Sherlock Holmes

THE ADVENTURES OF SHERLOCK HOLMES

권 도 희

—

미스터리 전문 번역가. 옮긴 책으로는 애거서 크리스티의 『누명』, 『비뚤어진 집』, 『움직이는 손가락』, 배리 리가의 『나는 살인자를 사냥한다』, 존 카첸바크의 『하트의 전쟁』, 더스틴 토머슨의 『12.21 종말의 날』, 조지핀 테이의 『시간의 딸』 등이 있다.

*

이 도서의 국립중앙도서관 출판예정도서목록(CIP)은
서지정보유통지원시스템 홈페이지(http://seoji.nl.go.kr)와
국가자료공동목록시스템(http://www.nl.go.kr/kolisnet)에서 이용하실 수 있습니다.
CIP제어번호 : CIP2016026569

—

이 작품의 한국어판은 영국 Penguin Books의 'THE PENGUIN SHERLOCK HOLMES COLLECTION'의 『The Adventures of Sherlock Holmes』(2011)을 번역 저본으로 삼았으며, 영국 Oxford University Press의 'THE OXFORD SHERLOCK HOLMES'(1993)를 참고하였습니다.

셜록×홈스

Arthur Conan Doyle

아서 코넌 도일 지음 / 권도희 옮김

Sherlock Holmes

THE ADVENTURES OF SHERLOCK HOLMES

셜록 홈스의 모험

엘릭시르

*

007 보헤미아 스캔들

053 사라진 약혼자

089 빨간 머리 연맹

133 보스컴밸리 사건

179 다섯 개의 오렌지 씨앗

215 입술이 비뚤어진 남자

259 푸른 카벙클

297 얼룩 띠

343 기술자의 엄지손가락

381 독신 귀족

423 녹주석 보관

469 코퍼비치스의 비밀

517 트리비아

525 해설

보헤미아 스캔들

1.

셜록 홈스에게 그녀는 항상 '그 여성'이다. 그가 그녀를 다른 말로 부르는 것을 본 적이 없다. 홈스의 눈에 그녀는 세상의 모든 여자들을 가릴 만큼 빛나는 존재다. 그렇지만 그가 아이린 애들러에게 사랑이라는 감정을 느끼는 것은 아니다. 홈스의 냉철하고 명확하면서도 기막힐 정도로 균형 잡힌 정신은 감정을 전부 혐오스럽게 여겼고, 그중에서도 연애 감정이 제일 끔찍하다고 생각했다. 내가 보기에 그는 세상에서 가장 이성적이고 예리한 추리 기계였다. 누군가의 연인이 된다면 어떻게 행동해야 할지도 모를 것이다. 조롱과 냉소 없이 달콤한 감정을 표현한 적이 없을 테니까. 물론 관찰자로서는 바람직한 특성이다. 베일에 가려진 인간의 동기와 행동을 밝혀내는 데는 그만이니까. 만약 숙련된 추론가가 섬세하고 완벽하게 조율해놓은 머릿속에 연애 감정을 받아들이면 어떻게 될까. 분명 혼란스러워져서 자신이 도출한 결론까지 의심하게 될 것이다. 홈스와 같은 천성을 가진 사람에게 연애와 관련된 강렬한 감정은 섬세한 악기에 모래알이 들어가거나, 고배율 렌즈에 금이 가는 일보다 더 큰 문제일 것이다. 그런 그가 마음에 담고 있는 여자가 바로 아이린 애들러다. 수상하고 의심스러운 인물로 기억되는 그녀는 이제 세상에 존재하지 않는다.

그 무렵 홈스를 자주 만나지 않았다. 내가 결혼하면서 우리는 소원해졌다. 나는 더할 나위 없이 행복했고, 처음 가장이 된 남자들이 흔히 그렇듯 모든 관심을 가정에 집중하고 있었다. 반면 보헤미안 기질이 가득해 사교 생활을 기피하는 홈스는 베이커 스트리트의 하숙집에서 고서에 파묻혀 지냈다. 일이 없을 때는 코카인이 제공하는 몽환에 빠져 있다가 사건이 발생하면 열정적으로 달려들어 타고난 활력을 불태우기를 반복했다. 그는 여전히 범죄 연구에 깊이 빠져 있었으며 타고난 재능과 갈고닦은 관찰력으로 경찰이 포기한 사건의 단서를 쫓아 수수께끼를 해결했다. 홈스의 활약상은 가끔씩 내 귀에까지 들어왔다. 트레포프 살인 사건을 수사하기 위해 오데사*로 불려간 일, 트링코말리[**]에 사는 앳킨슨 형제의 비극적인 사건을 해결한 일, 네덜란드 왕실과 관련된 임무를 섬세하게 다루어 성공적으로 완수한 일 등이었다. 나는 옛 친구이자 동료였던 홈스의 근황에 대해 신문을 통해 드러난 활약상 외에는 거의 알지 못하고 지냈다.

그러던 어느 날 밤, 그러니까 1888년 3월 20일 밤 왕진을 마치고 집으로 돌아가는 길에 베이커 스트리트를 지나게 되었다(그때 나는 다시 개업을 한 상태였다). 익숙한 문을 지나다 보니 아내에게 청혼했던 일과 홈스와 내가 '주홍색 연구'라 불렀던 암울한 사건이 떠오르면서 홈스가 너무나 그리웠다. 그가 뛰어난 능력을 어떻게 발휘하고 있는지도 알고 싶었다. 하숙집을 올려다보니 방 창문에 불이 환하게 들어와 있고 커튼 뒤로 길고 호리호리한 홈스의 그림자가 왔다갔다하는 모습이 보였다. 그는 고개를 푹 숙이고 뒷짐을 진 채 빠른 걸음으로 방안을 서성이고 있었다. 나는 홈스의 성향과 습관을 잘 알았기에 자세나 태도만 봐도 지금 어떤 상태인지 바로 알 수 있었다. 홈스는 일을 하는 중이었다. 마약이 자아낸 몽환에서 깨어나 새로운 사건에 열정적으로 뛰어든 것이다. 나는 초인종을 울린 뒤 한때 내가 살았던 방으로 들어갔다.

■ 우크라이나 남부의 흑해에 면한 도시. 빅토리아시대에는 러시아 영토였다.

■■ 스리랑카의 항구도시. 빅토리아시대에는 영국 연방으로 국호가 실론이었다.

홈스는 차분하게 나를 맞아주었다. 애초에 그는 호들갑을 떨지 않는 사람이다. 하지만 나를 보고 반가워하는 것을 알 수 있었다. 홈스는 뭐라 말을 하는 대신 안락의자에 앉으라고 손짓하며 따뜻한 눈빛으로 나를 바라보았다. 그리고 담배 상자를 던져주더니 구석에 놓인 술병과 탄산수 제조기를 가리켰다. 그런 다음 난로 앞에 서서 속을 꿰뚫어 보는 것 같은 특유의 눈으로 나를 쳐다보았다.

"결혼해서 좋은가 보군, 왓슨. 몸무게가 3.5킬로그램 정도 는 것처럼 보이는데."

"3킬로그램이라네."

"그런가, 조금 더 생각할걸 그랬군. 아주 조금만 더 말이야. 그런데 왓슨, 다시 개업한 모양이지? 그런 말은 듣지 못했는데."

"어떻게 알았나?"

"그야 한번 보고 생각하면 알 수 있지. 최근 비를 흠뻑 맞은 적이 있고, 자네 집 하녀가 서투르고 부주의하다는 사실을 내가 어떻게 알고 있을까?"

"이보게, 홈스. 정말 대단하군. 몇 세기 전에 태어났다면 마녀로 몰려 화형당했을 거야. 지난주 목요일에 시골길을 걷다가 흙탕물에 옷을 버렸지. 옷이 다 바뀌었는데 어떻게 알아냈는지

도통 모르겠군. 우리집 하녀인 메리 제인이 구제불능인 것도 사실이야. 아내가 이미 나가라고 통보했지. 자네가 어떻게 알았는지 모르겠네."

홈스는 싱긋 웃으며 길쭉하고 예민해 보이는 손을 문질렀다.

"간단해. 지금 내게는 자네의 왼쪽 구두 안쪽이 보인다네. 그래, 벽난로 불빛에 비치는 바로 거기 말이야. 가죽에 여섯 군데나 긁힌 자국이 있지 않은가. 그건 누가 구두굽 가장자리에 달라붙은 진흙을 떼어내기 위해 부주의하게 긁다가 만든 자국이 분명하지. 따라서 자네가 궂은 날씨에 외출을 했다는 것과 신발을 망가뜨리는 형편없는 하녀를 데리고 있다는 두 가지 사실을 알 수 있다네. 개업했다는 건 자네가 방에 들어오자 요오드포름 냄새가 풍기는데다 오른손 검지는 질산은 때문에 검게 물들었고, 청진기를 넣어둔 덕분에 오른쪽이 불룩 튀어나온 모자를 보고 알았지. 바보가 아닌 다음에야 의사로 일을 하고 있다는 걸 모를 수 없지 않겠나."

설명을 들으니 추론 과정이 너무 단순해서 웃음이 터졌다.

"자네 설명을 들으면 어처구니없을 정도로 간단해 보여서 나도 쉽게 추리를 할 수 있을 것 같다니까. 물론 말해주기 전에는 어떻게 된 일인지 전혀 알 수 없지만 말이야. 시력은 자네 못지 않게 좋은데도."

"그건 그렇지."

홈스가 담배에 불을 붙인 뒤 안락의자에 몸을 묻으며 말했다.

"자넨 보기만 할 뿐 관찰을 하지 않잖나. 보는 것과 관찰은 완전히 다르다네. 예를 들면, 자넨 1층 현관에서 이 방으로 올라오는 계단을 수도 없이 봤을 거야."

"그렇지."

"몇 번이나 봤나?"

"수백 번은 봤을걸."

"계단은 전부 몇 단인가?"

"몇 단이냐고? 모르겠는데."

"바로 그거야. 자넨 관찰을 하지 않아. 보기만 하지. 내가 말하고 싶은 게 그거라네. 난 계단이 열일곱 단이라는 걸 알고 있어. 왜냐하면 계단을 보면서 관찰했기 때문이지.

그건 그렇고, 자네는 다양한 사건에 관심이 많지 않은가? 내가 다루었던 소소한 사건을 기록한 적도 있으니 이번 일에도 흥미를 느낄 것 같군. 이걸 한번 읽어보게나."

그가 탁자 위에 펼쳐져 있던 두꺼운 분홍색 편지지를 건네주었다.

편지에는 보낸 사람의 이름도 날짜도 주소도 없었다.

오늘 저녁 7시 45분에 아주 중요한 문제로 상담을 원하는 신사분이 찾아갈 겁니다. 당신이 최근 유럽의 어느 왕실을 위해 봉사하는 모습을 보고 너무나도 중요한 이번 일을 믿고 맡길 적임자라는 것을 확인할 수 있었습니다. 당신에 관한 평가는 사방에서 전해 들었습니다. 앞서 말씀드린 시각에 자택에서 기다려주십시오. 혹시 방문객이 가면을 쓰고 있더라도 불쾌하게 여기지 않았으면 좋겠습니다.

"이상한 편지군. 어떻게 생각하나?"

내가 말했다.

"아직은 정보가 없어. 정보가 없는 상태로 가설을 세우면 큰 실수를 하게 되지. 사실을 기반으로 가설을 세우는 대신, 저도 모르게 가설에 맞춰 사실을 왜곡하게 되니까. 지금은 편지에 대해서만 생각해보세. 자네는 편지에서 뭘 알아냈나?"

나는 필체와 편지지를 자세히 살펴보았다.

"편지를 쓴 사람은 틀림없이 부자일 거야."

나는 친구의 추리 방식을 따라해보려고 노력했다.

"이런 편지지는 한 묶음에 삼십 펜스 넘게 줘야 해. 종이가 특이하게 질기고 빳빳한 걸 보니."

"특이하다……. 바로 그거야. 영국산 종이가 아니라네. 불빛에 한번 비춰 보게나."

나는 편지지를 불빛에 비춰 보았다. 종이에는 'Eg', 그리고 'P', 'Gt'라는 글자가 도드라져 있었다.

"이게 뭐라고 생각하나?"

홈스가 물었다.

"제조사 상호겠지. 아니, 이런 건 모노그램■이라고 해야 하려나."

"그렇지 않다네. 여기서 'Gt'는 '게젤샤프트Gesellschaft'라네. 독일어로 '회사Company'란 뜻이야. 우리가 회사를 'Co'라고 줄여 쓰는 것과 마찬가지지. 'P'는 당연히 '파피어Papier', 그러니까 종이란 단어의 첫 글자야. 문제는 'Eg'지. 『대륙 지명 사전』에서 찾아볼까."

홈스는 책장에서 갈색 표지의 두꺼운 책을 꺼냈다.

"에글로, 에글로니츠……. 여기 있군. 에그리아Egria. 보헤미아에서 독일어를 쓰는 지역이지. 카를스바트와 가깝거든. '발렌슈타인이 죽은 장소로 유명하며 수많은 유리 공장과 제지 회사가 있다.' 하하, 여보게. 어떤가?"

홈스가 눈을 반짝거리며 푸르스름한 담배 연기를 의기양양하

■ 두 개 이상의 문자나 자소를 조합한 기호. 개인이나 단체의 머리글자로 만들어 서명이나 인감, 로고로 사용한다.

게 뿜었다. 내가 말했다.

"보헤미아에서 만든 종이로군."

"그렇지. 그리고 편지를 쓴 남자는 독일인이야. 자네도 문장의 구조가 특이하다는 것을 알아차렸을 걸세. '당신에 관한 평가는 사방에서 전해 들었습니다(This account of you we have from all quarters received).' 이 구절 말이야. 프랑스인이나 러시아인이라면 이런 식으로 쓰지 않았을 걸세. 이렇게 동사를 홀대해 문장 뒤꽁무니로 빼버리는 건 독일인밖에 없어. 이제 보헤미아산 종이를 쓰고 얼굴을 감추려고 가면을 쓰는 독일인이 무엇을 바라는지 알아보아야겠군. 내가 제대로 추리했다면 모든 의문을 풀어줄 당사자가 지금 막 도착한 것 같으니."

홈스의 말과 함께 날카로운 말발굽 소리, 바퀴가 연석에 쓸리는 소리가 들렸다. 이어 초인종 소리가 다급하게 울렸다. 홈스가 휘파람을 불었다.

"소리를 들어보니 말이 두 필이야."

홈스가 창문을 흘깃 내다본 뒤 말을 이었다.

"맞군. 두 필의 준마가 끄는 아담하고 고급스러운 사륜마차가 앞에 서 있어. 한 마리에 150기니는 나갈 것 같은 말인데. 다른 건 몰라도 이번 사건은 수입이 괜찮겠네, 왓슨."

"홈스, 난 그만 가보는 게 좋겠어."

"그럴 필요 없어. 여기 있어주게. 내 전기 작가인 자네가 없으면 안 되지. 게다가 이번 사건은 무척 흥미로울 텐데 놓치면 아깝지 않겠나?"

"하지만 자네 의뢰인이……."

"신경쓰지 말게. 내가 자네 도움을 필요로 한다면 의뢰인에게도 자네가 필요한 셈이니까. 이제 곧 올라오겠군. 의자에 앉아서 잘 지켜보게나."

묵직하면서도 느린 발걸음 소리가 계단과 복도를 지나더니 문 앞에서 멈췄다. 이어 묵직하게 문을 두드리는 소리가 들렸다.

"들어오십시오!"

홈스가 말했다.

이 미터에 달하는 키에 덩치가 우람한 남자는 마치 헤라클레스 같았다. 옷차림은 영국 사람들에게는 악취미로 느껴질 정도로 화려하기 짝이 없었다. 단추가 두 줄로 달린 코트의 소매와 앞자락의 접힌 자리로 안에 걸친 두툼한 아스트라한 모피가 보였다. 주홍색 실크로 안감을 댄 군청색 망토는 반짝이는 녹주석 브로치로 목에 고정하여 어깨에 걸치고 있었다. 종아리까지 올라오는 부츠는 윗부분에 풍성한 갈색 털이 달렸다. 전체적으로 엄청나게 사치스러운 모습이었다. 남자는 챙이 넓은 모자를 손에 들고 얼굴 위쪽에서부터 광대뼈까지 가리는 검은색 가면을 쓰고 있었다. 아직까지 가면에 손을 대고 있는 것으로 보아 방에 들어오기 직전에 쓴 것이 분명했다. 얼굴 아래쪽은 그대로 드러났다. 두툼한 입술과 단호하다 못해 완고해 보일 정도로 길쭉하게 뻗은 턱에서 강인한 성격을 가졌음을 알 수 있었다.

"편지는 받았소? 내가 방문할 거라고 알렸을 텐데."

남자가 굵고 거친 목소리로 물었다. 독일어 억양이 강하게 드러났다. 그는 누구에게 말을 걸어야 할지 모르는 것처럼 우리 두 사람을 번갈아 쳐다보았다.

"일단 자리에 앉으시지요. 여긴 제 친구이자 동료인 왓슨 박사입니다. 이따금 사건 수사에 도움을 주고 있죠. 성함을 여쭤도 되겠습니까?"

홈스가 물었다.

"폰크람 백작으로 부르시오. 보헤미아의 귀족이지. 그대의 친구라는 이 신사분이 내가 가져온 중요한 문제를 믿고 말해도 될 만큼 신의가 있는 사람이라 생각하겠소. 만일 그렇지 않다면 그대와 단둘이 이야기하고 싶군."

내가 자리에서 일어나자 홈스가 내 팔을 잡아 다시 의자에 앉혔다.

"이 친구와 함께 듣겠습니다. 뭐든지 말씀하셔도 됩니다."

백작이 넓은 어깨를 으쓱했다.

"그렇다면 이야기를 시작하겠소. 그전에 이번 일을 이 년 동안 비밀로 하겠다고 약속해주시오. 이 년 뒤에는 알려져도 상관없지만 당장은 유럽 역사를 바꿀 만큼 중대한 일이니 말이오."

"약속드리죠."

홈스가 말했다.

"약속드리겠습니다."

나도 말했다.

"가면을 쓴 건 이해해주시오. 내게 일을 맡긴 높은 분이 그대에게 얼굴이 노출되기를 원치 않으셨소. 더불어 내 신분이 방금 말한 것과 다르다는 사실도 알아두시오."

"잘 압니다."

홈스가 무덤덤하게 말했다.

"대단히 미묘한 문제요. 자칫하면 엄청난 추문이 되어 유럽 왕실 한 곳이 심각한 위기에 빠질 수도 있소. 그렇게 되지 않도록 만전을 기해야 할 거요. 솔직히 말하자면, 보헤미아 왕실의 오름슈타인 가문에 관련된 일이오."

"그 또한 알고 있습니다."

홈스가 의자에 앉은 채 눈을 감으며 중얼거렸다.

유럽에서 가장 날카롭고 활동적이라고 알려진 홈스가 나른하게 축 처져 있는 모습을 본 방문객은 경악한 표정을 지었다. 홈스는 천천히 눈을 뜨더니 더이상 못 참겠다는 듯 거대한 덩치의 의뢰인을 쳐다보았다.

“무슨 일인지 국왕 전하께서 직접 말씀해주신다면 제가 훨씬 큰 도움을 드릴 수 있을 겁니다.”

홈스가 말했다.

남자가 자리에서 벌떡 일어났다. 몹시 동요한 듯 방안을 서성이더니 마침내 체념의 표시로 가면을 바닥에 집어던지고 큰 소리로 말했다.

“그대 말이 옳소. 나는 보헤미아 국왕이오. 굳이 숨길 필요가 없었던 것 같군.”

“그렇습니다. 전하를 뵙자마자 보헤미아의 국왕이며 카셀팔슈타인 대공이신 빌헬름 고츠라이히 지기스몬트 폰오름슈타인이시란 걸 알았으니까요.”

홈스가 나지막이 말했다.

“그대도 이해하겠지. 나는 이런 일에 직접 나서는 것이 익숙하지 않다오. 아무한테나 사정을 털어놓고 사건을 위임할 수 없었소. 그래서 직접 의논하기 위해 프라하에서부터 신분을 숨기고 여기까지 찾아온 거요.”

뜻밖의 방문객은 다시 의자에 앉아 넓은 하얀 이마를 손으로 문질렀다.

"이제 무슨 일인지 말씀해주십시오."

홈스가 도로 눈을 감았다.

"간단하게 말하겠소. 오 년 전 바르샤바에서 지낼 때 그 유명한 아이린 애들러와 알게 되었소. 그대들도 이름은 들어봤겠지."

"의사 선생, 내 자료 목록에서 좀 찾아봐주겠나."

홈스가 눈을 감은 채로 나지막이 말했다. 그는 오래전부터 온갖 인물과 사건에 관한 기사를 요약해 정리해두고 있어서 웬만한 인물이나 사건에 대해서는 바로 자료를 찾아낼 수 있었다. 이번에도 나는 유대인 랍비 항목과 심해어에 관한 논문을 쓴 부함장 항목 사이에서 아이린 애들러에 관한 자료를 찾아냈다.

"어디 볼까. 흠! 1858년 미국 뉴저지에서 태어났고, 콘트랄토 가수로군. 음! 라스칼라 극장이라, 흠! 바르샤바 황실 오페라단의 프리마돈나……. 그래! 오페라 무대에서 은퇴했고. ……이런! 런던 거주라. 그렇군. 전하, 아무래도 이 아가씨와 관계를 맺은 뒤 남이 보면 위신이 떨어질 만한 편지라도 쓰신 모양이군요. 편지를 돌려받고 싶으신 거겠죠."

홈스가 말했다.

"바로 그거요. 하지만 어떻게……."

"비밀 결혼이라도 하셨습니까?"

"아니오."

"법적인 서류나 증명서를 주셨습니까?"

"아니오."

"전하가 걱정하시는 이유를 모르겠군요. 설령 그 아가씨가 협박이나 다른 짓을 하려 해도 편지가 진짜라는 것을 입증할 수가 없지 않습니까?"

"필체가 있잖소."

"위조했다고 하면 됩니다."

"왕실 전용 편지지에 쓴 거요."

"훔쳤다고 하면 됩니다."

"내 인장이 찍혀 있소."

"모조품이라고 하면 됩니다."

"내 사진을 가지고 있소."

"샀을 거라고 하면 됩니다."

"같이 찍은 사진이라오."

"이런! 그건 곤란하군요! 정말 부주의하셨습니다."

"그땐 제정신이 아니었으니까."

"전하의 명예에 누가 될 일입니다."

"난 그때 왕세자였소. 어렸고. 하지만 지금은 서른 살이라오."

"사진은 반드시 찾아와야 합니다."

"시도했지만 실패했소."

"값을 치르셨어야죠. 돈을 주었어야 합니다."

"팔지 않을 거요."

"그럼 훔쳐야죠."

"다섯 번이나 시도해봤소. 도둑을 시켜 그녀의 집을 두 번이나 샅샅이 뒤졌고 그녀가 여행을 갔을 때 짐을 빼돌린 적도 있었지. 노상강도질도 두 번이나 시켰지만 아무것도 찾아내지 못했소."

"흔적도 없던가요?"

"아무것도 없었소."

홈스가 웃었다.

"그리 대단한 사건 같지는 않군요."

"내게는 아주 심각하오."

보헤미아의 국왕이 비난조로 대꾸했다.

"그러시겠죠. 그 여자는 사진으로 뭘 하겠답니까?"

"날 파멸시키려는 거요."

"어떻게 말입니까?"

"난 결혼을 앞두고 있소."

"그렇다고 들었습니다."

"상대는 스칸디나비아 왕실의 둘째 공주인 클로틸데 로트만 폰작스메닝겐이지. 그쪽 왕실의 엄격한 가풍에 대해서는 들어본 적 있을 거요. 공주 본인도 무척이나 예민한 사람이고. 내 행실에 조금이라도 의구심이 든다면 이 혼사는 그대로 끝장이오."

"아이린 애들러는 어떻게 하겠답니까?"

"스칸디나비아 왕실에 사진을 보내겠다고 위협하고 있소. 그녀는 정말 그렇게 할 거요. 그러고도 남을 사람이지. 그대는 잘 모르겠지만 아이린은 강철처럼 강인한 사람이라오. 어떤 여자보다도 아름답고 어떤 남자 못지않게 강단 있지. 내가 다른 여자와 결혼하는 것을 막기 위해서라면 무슨 짓이든 할 거요."

"그 여자가 사진을 아직 보내지 않은 건 확실합니까?"

"그렇소."

"확신하시는 이유가 뭡니까?"

"약혼이 공식적으로 선포되는 날 보내겠다고 했으니까. 그날은 다음주 월요일이오."

"아직 사흘이라는 시간이 있군요."

홈스가 하품을 하며 말했다.

"정말 다행입니다. 당장 조사할 중요한 일이 한두 가지 있어서요. 전하는 당분간 런던에 계시겠죠?"

"물론. 폰크람 백작으로서 랭엄 호텔에 묵고 있소."

"일의 진척 상황은 전보로 알려드리겠습니다."

"그러시오. 그 일 때문에 근심이 많으니."

"보수는 어떻게 됩니까?"

"원하는 대로 주겠소."

"정말이십니까?"

"사진만 찾아준다면 왕국의 영토도 나누어줄 수 있소."

"착수금은요?"

국왕은 망토 아래에서 새미 가죽 주머니를 꺼내 탁자에 내려놓았다.

"이 안에는 금화로 삼백, 지폐로 칠백 파운드가 들어 있소."

홈스는 수첩에서 종이 한 장을 뜯어 영수증을 만들고 국왕에게 건네며 물었다.

"그 아가씨의 주소를 알려주시겠습니까?"

"세인트존스 우드, 서펀틴 애비뉴의 브라이오니 로지요."

홈스는 주소를 받아 적었다.

"한 가지 질문이 더 있습니다. 사진은 캐비닛판(11×17cm) 크기입니까?"

"그렇소."

"그럼 안녕히 가십시오, 전하. 빠른 시일 내에 좋은 소식을 전해드리겠습니다. 왓슨, 자네도 그만 가봐야 할 시간이군."

국왕의 마차가 떠나는 소리가 들리자 홈스가 덧붙였다.

“시간이 괜찮으면 내일 오후 3시에 다시 와주게. 이번 일에 대해 자네와 이야기를 나누고 싶으니까 말이야.”

2.

다음날 오후 3시 정각에 베이커 스트리트로 찾아갔지만 홈스는 없었다. 하숙집 주인의 말로는 아침 8시경에 나갔다고 했다. 언제가 됐든 홈스가 돌아올 때까지 기다릴 작정으로 난로 옆에 앉았다. 나는 이번 사건에 깊은 흥미를 느끼고 있었다. 앞서 기록한 ‘주홍색 연구’와 ‘네 사람의 서명’ 사건처럼 기이하거나 섬뜩한 분위기는 없었지만, 사건의 성격과 의뢰인의 고귀한 신분 때문에 독특한 구석이 있었다. 사실 친구의 손에 들어온 사건의 성질이 어떻든, 그의 훌륭한 상황 판단과 명민하고 날카로운 추리를 지켜보고, 복잡하게 얽힌 수수께끼를 해결하는 기민하고 미묘한 방식을 따라 연구하는 것은 내게 큰 즐거움이었다. 홈스가 사건을 성공적으로 해결하는 모습에 익숙했던 나는 그가 실패한다는 생각은 단 한 번도 해본 적이 없었다.

4시쯤 되었을 때 방문이 열리더니 술에 취한 듯 벌겋게 달아오른 얼굴에 구레나룻을 지저분하게 기르고 초라한 옷차림을 한 마부가 방안으로 들어왔다. 나는 친구의 신출귀몰한 변장술을 익히 알면서도 세 번이나 살펴본 뒤에야 그가 홈스라는 것을 알아보았다. 그는 고개를 한 번 끄덕여 보이더니 침실로 사라졌다. 오 분 뒤 다시 나타났을 때는 트위드 정장 차림의 말쑥한 모습이었다. 홈스는 양손을 주머니에 찔러 넣고 난로 앞에서 다리를 벌리고 섰다. 그러더니 한참 동안 큰 소리로 웃었다.

"이럴 수가 있나!"

그는 이렇게 외치더니 또다시 숨이 막힐 정도로 웃어대기 시작했다. 그런 다음 지친 듯 의자에 힘없이 기대앉았다.

"무슨 일인가?"

"너무 웃겨서 그렇다네. 오늘 아침 내가 나가서 무슨 짓을 하고 다녔는지 자네는 상상조차 못 할 거야."

"그건 그렇지. 짐작건대 아이린 애들러의 집이나 동태를 감시하다 온 게 아닌가?"

"맞아. 그런데 아주 뜻밖의 결과가 펼쳐졌지 뭔가. 어떻게 된 일인지 설명해주지. 난 오늘 아침 8시경에 집을 나섰다네. 실직한 마부처럼 보이도록 꾸미고 말이야. 마부들 사이에는 서로에 대한 암묵적인 공감과 이해가 존재한다네. 마부가 되어보면 무슨 뜻인지 알 수 있을 거야. 난 브라이오니 로지를 금세 찾아냈어. 집 뒤를 정원으로 꾸민 작고 예쁜 주택으로, 정면이 도로에 면한 이층집이지. 문에는 정교한 처브 자물쇠가 달렸더군. 바깥에서 보면 문 오른쪽으로 가구가 잘 갖추어진 커다란 응접실이 있고 창문은 바닥까지 닿을 정도로 길다네. 그 영국식 창문에 달린 자물쇠는 허술해서 어린아이라도 딸 수 있겠더군. 집 뒤쪽에는 별다른 게 없었지만 단 한 가지, 마차 차고 지붕에 올라가면 복도 창문으로 들어갈 수 있다는 점이 눈에 띄었다네. 집 주위를 돌면서 자세히 살펴보았지만 그 외에 흥미를 끄는 건 없었지.

그런 뒤에 어슬렁거리며 길을 내려가니 예상했던 대로 정원 담을 따라 난 골목길에 마차 보관소가 있더군. 말을 솔질하는 마부들을 도와주고 이 페니를 벌었지. 더불어 혼합 맥주 한 잔 얻어 마시고 섀그 담배 두 대를 받아 피우면서 많은 정보를 알아낼 수 있었다네. 애들러에 관한 정보만이 아니라 아무 상관 없는 이웃 사람들에 대해서도 알게 되었지."

"아이린 애들러에 대해서는 뭐라고 하던가?"

"아, 그 지역 남자들의 마음을 모두 빼앗은 것 같더군. 다들 세상에서 그보다 우아한 여자는 없다고 칭찬들을 하지 뭔가. 서펀틴 마차 보관소에 있는 남자들 말로는 그 여자는 음악회에서 노래를 부르며 조용히 살고 있다고 했어. 매일 오후 5시에 마차를 타고 나갔다가 7시에 돌아와 저녁 식사를 한다더군. 노래를 부르러 갈 때를 제외하면 다른 시간에 외출하는 일은 좀처럼 없다고 했어. 집에 찾아오는 남자는 한 명밖에 없는데 자주 들락거리는 모양이야. 검은 머리에 잘생긴 멋진 남자가 하루도 빠짐없이 찾아오는데, 하루에 두 번 올 때도 있다고 하더군. 고드프리 노턴이라는 자인데 이너 템플 법학원에서 일한다고 했어. 마부를 친구로 두면 얼마나 편한지 이제 알겠나? 남자가 서펀틴 마차 보관소에서 몇 번인가 마차를 타고 집에 돌아간 덕분에 마부들은 그자에 대해 잘 알고 있더군. 알아낼 수 있는 정보들은 다 알아낸 뒤, 다시 브라이오니 로지 쪽으로 걸어가면서 앞으로 어떻게 할지 계획을 세웠지.

고드프리 노턴이라는 남자가 이번 사건에서 중요한 변수인 것이 분명했네. 그자는 변호사야. 아무래도 수상하지. 두 사람은 무슨 관계일까? 무슨 일로 남자는 그 여자 집에 계속 찾아가는 걸까? 여자가 남자의 고객이나 친구일까? 어쩌면 정부일지도 모르지. 만일 고객으로서 만난다면 여자는 사진을 남자에게 맡겼을 거야. 정부라면 아무래도 그럴 가능성은 적겠지. 어느 쪽이냐에 따라 브라이오니 로지를 계속 조사해야 할지, 아니면 변호사의 사무실로 관심을 돌려야 할지 결정해야 하는 상황이라네. 미묘한 문제다 보니 조사 범위가 넓어졌지. 시시콜콜한 이야기라 자네에게 지겨울지도 모르겠지만 현재 상황에 대해 제대로 파악하려면 어떤 난점이 있는지 알아야 할 테니 말하는 걸세."

"잘 듣고 있다네."

내가 대답했다.

"내가 그 문제로 계속 고민하고 있을 때 이륜마차 한 대가 브라이오니 로지 앞에 멈췄지. 신사 한 명이 내리더군. 검은 머리에 매부리코를 가지고 콧수염을 기른, 눈에 띄게 잘생긴 남자였지. 말로만 듣던 남자가 분명했어. 그자는 몹시 서둘렀다네. 마부에게 기다리라고 소리친 뒤 하녀가 문을 열어주자마자 그 집에 사는 사람처럼 그대로 안에 들어가더군.

남자는 삼십 분쯤 머물렀어. 응접실 창문으로 얼핏 보니 방안을 정신없이 서성거리면서 흥분한 듯 떠들며 양팔을 휘젓고 있었지. 여자의 모습은 보이지 않았어. 이내 집에서 나오더니 들어갈 때보다 더 서두르더군. 마차에 올라타서는 주머니에서 금시계를 꺼내 심각하게 쳐다보곤 버럭 외쳤어.

'전속력으로 달립시다! 먼저 리전트 스트리트에 있는 그로스 앤드 행키스에 들렀다가 에지웨어 로드에 있는 세인트 모니카 교회로 가는 거요. 이십 분 안에 도착하면 반 기니 주겠소!'

떠난 마차를 쫓아가야 할지 고민할 때 작고 깔끔한 사륜마차

한 대가 집 앞으로 달려오더군. 마부 꼴은 완전히 엉망이었다네. 코트 단추는 반만 채웠고, 넥타이는 한쪽 귀 뒤로 넘어갔고 옷자락은 멜빵 밖으로 빠져나왔지. 마차가 멈춰 서기도 전에 그 여자가 뛰어나오더니 올라타며 소리쳤어. 그때 잠깐 여자를 보았는데, 확실히 사랑스러운 미인이더군. 남자들이 목숨을 걸 만했어.

'존, 세인트 모니카 교회로 가요. 이십 분 안에 도착하면 반 파운드를 줄게요!'

여자가 외쳤어.

왓슨, 정말 놓칠 수 없는 좋은 기회였네. 그대로 쫓아갈지, 아니면 여자가 탄 마차 뒤에 몰래 올라탈지 고민하는데 마침 마차 한 대가 다가오더군. 마부가 내 초라한 차림을 두 번이나 훑어보기에 승차를 거부하기 전에 재빨리 올라타 소리쳤네.

'세인트 모니카 교회로 갑시다. 이십 분 안에 도착하면 반 파운드 주겠소!'

그때가 11시 35분이었지. 뭔가 사건이 일어나려는 게 분명했어.

마차는 전속력으로 달렸지. 내 평생 그렇게 빨리 달리는 마차를 타본 적이 없을 정도였어. 하지만 두 사람을 따라잡을 순 없었다네. 내가 교회 앞에 도착했을 때 이륜마차와 사륜마차의 말들이 몸에서 김을 뿜어내며 서 있더군. 난 마부에게 삯을 지불하고 서둘러 교회로 들어갔다네. 안에는 내가 쫓아온 두 남녀와 흰 사제복을 입은 사제밖에 없었지. 사제가 두 사람에게 뭔가 훈계를 하는 것 같았어. 그들은 모두 제단 앞에 서 있더군. 나는 우연히 교회에 들른 사람인 양 통로를 따라 어슬렁거리며 걸어갔다네. 그때 놀랍게도 제단 앞에 있던 세 사람이 동시에 나를 돌아보는 거야. 고드프리 노턴이 쏜살같이 달려오더니 이렇게 소리치더군.

'하느님, 감사합니다! 마침 잘 오셨어요. 이쪽으로 오십시오. 어서요!'

'무슨 일입니까?'

'이쪽으로 와주세요. 삼 분이면 됩니다. 도와주지 않으시면 무효가 될 겁니다.'

나는 반쯤 끌려가다시피 제단 앞으로 나갔다네. 어디에 있는 건지 깨닫기도 전에 귓가에 속삭이는 소리를 따라 웅얼거리며 대답을 하고 뭔지도 모르는 맹세를 했지. 신부 아이린 애들러와 신랑 고드프리 노턴의 결혼식 증인이 된 거야. 결혼식은 순식간에 끝났지. 신랑 신부가 내게 감사 인사를 하고 바로 앞에 서 있던 사제도 환한 미소를 지어주더군. 평생 그렇게 황당했던 적은 없었다네. 지금도 생각하면 웃음이 난다니까. 약식 결혼식이다 보니 사제가 증인이라도 없으면 식을 마칠 수 없다고 진행을 완강히 거부했던 모양이야. 그런데 때마침 내가 교회에 들어오는 바람에 신랑이 증인을 찾으러 길거리를 헤맬 필요가 없어진 거지. 신부가 사례라며 금화 일 파운드를 주었다네. 그 금화는 시곗줄에 달아 기념으로 간직할 생각이야."

"전혀 예상치 못했던 일이로군. 그래서 어떻게 됐나?"

"계획이 완전히 무산될 상황이라는 걸 깨달았지. 두 사람이 바로 떠날 것처럼 보였기 때문에 난 신속하고 단호한 결단을 내려야했다네. 그들은 교회 앞에서 헤어졌어. 남자는 법학원으로 돌아가고 여자도 자기집으로 돌아갔다네. 여자는 헤어지면서 말했어.

'평소처럼 5시에 공원으로 나갈게요.'

그 말밖에 들리지 않았네. 그들은 각자 다른 방향으로 마차를 타고 떠났어. 그래서 나도 준비를 하려고 돌아온 거야."

"무슨 준비?"

"차가운 쇠고기 요리와 맥주 한 잔 말이야."

홈스가 사람을 부르는 종을 울렸다.

"바빠서 온종일 아무것도 못 먹었지 뭔가. 게다가 저녁에도 바쁠 것 같네. 그건 그렇고 자네의 도움이 필요해."

"기꺼이 돕지."

"법을 어기는 일이라도 괜찮겠나?"

"상관없네."

"체포될지도 모르는데?"

"제대로 된 명분만 있다면야."

"명분이야 확실하지!"

"그렇다면 문제없네."

"자네가 있으면 정말 든든하다니까."

"내가 뭘 하면 되겠나?"

"터너 부인이 음식을 가져다주었으니 일단 먹으면서 이야기 하지."

홈스는 하숙집 주인이 가져다준 음식들을 허겁지겁 먹기 시작했다.

"시간이 없어서 그렇다네. 벌써 5시가 다 되었군. 두 시간 안에 현장에 가야 해. 아이린 양, 아니, 이제 부인이라고 불러야 하나. 부인은 7시에 돌아오니까 말이야. 우리가 먼저 브라이오니 로지에 가서 그 여자를 기다려야 한다네."

"어떻게 하려고?"

"나한테 맡기게. 계획을 세워놓았어. 한 가지만 특별히 당부하겠네. 자넨 무슨 일이 있더라도 나서지 마. 알아들었나?"

"중립을 지키라는 건가?"

"무슨 일이 벌어지든 아무것도 하지 말라는 걸세. 다소 불쾌한 일이 벌어질 수도 있네. 그래도 끼어들지 말게. 내가 집안으로 실려 들어갈 텐데, 사오 분 뒤에 응접실 창문이 열릴 테니까 자넨 창문 가까운 곳에 자리잡고 있게."

"알겠네."

"나를 잘 보고 있어야 하네. 밖에서도 보일 거야."

"그러지."

"그러다가 내가 손을 들어올리면 이 물건을 방안으로 집어던지고 바로 '불이야' 하고 소리치게. 알겠나?"

"물론이지."

"그리 위험한 물건은 아니야."

홈스가 주머니에서 시가 모양의 길쭉한 물건을 꺼냈다.

"배관공이 파이프가 새는 곳을 알아내는 데 쓰는 연막탄이라네. 양끝에 뇌관을 심어 저절로 연기가 나게 만든 물건이지. 자네가 할 일은 거기까지네. '불이야'라고 소리치면 사람들이 몰려올 거야. 그럼 골목 끝에 가 있게. 내가 십 분 안에 갈 테니. 제대로 알아들었나?"

"무슨 일이 있어도 나서지 말고 창문 가까운 곳에 가만히 서서 자네를 지켜보고 있으란 거지. 그런 다음 신호를 하면 이 물건을 방안으로 던지고, '불이야'라고 소리친 후에, 골목 끝에서 자네가 올 때까지 기다리라는 것 아닌가."

"맞아."

"그런 일이라면 믿고 맡겨주게."

"좋아, 그럼 이제 새로운 역할을 연기할 준비를 해야겠군."

홈스는 침실로 들어가더니, 몇 분 뒤에 온화하고 순진해 보이는 비국교도 목사로 변장하고 나타났다. 챙이 넓은 검은 모자와 헐렁한 바지를 입고 흰색 타이를 맨 모습이었다. 사람 좋아 보이는 미소에 선량한 호기심이 어린 평범한 얼굴은 배우 존 헤어에 필적할 만했다. 홈스는 단순히 옷만 갈아입는 것이 아니었다. 어떤 인물로 변장하느냐에 따라 표정과 태도, 영혼까지 바뀌는 듯했다. 그가 범죄 전문가가 되는 바람에 연극계는 훌륭한 배우를 잃었으며 과학계는 뛰어난 연구자를 잃은 셈이다.

우리는 6시 15분에 베이커 스트리트를 출발해 6시 50분에 서펀틴 애비뉴에 도착했다. 이미 날이 저물어 가로등에 불이 들어와 있었다. 우리는 브라이오니 로지 앞을 서성거리며 집주인이 오기를 기다렸다. 셜록 홈스에게 설명을 듣고 상상했던 모습 그대로의 집이었지만 생각처럼 호젓한 동네는 아니었다. 오히려 조용한 동네의 작은 골목치고 활기가 넘치는 편이었다. 한쪽에 모여 담배를 피우면서 웃는 추레한 차림의 남자들, 회전 숫돌을 가진 칼갈이, 젊은 보모에게 수작을 거는 근위병 두 명, 말쑥하게 차려입고 시가를 문 채 어슬렁거리는 젊은이도 몇 명 보였다.

집 앞에서 서성거리는 동안 홈스가 말했다.

"여자가 결혼을 한 덕분에 문제는 한결 간단해졌네. 이제 사진은 양날의 칼이 된 거야. 의뢰인이 공주에게 사진을 보여주고 싶지 않은 것처럼, 아이린 애들러 역시 남편인 고드프리 노턴에게 보여주고 싶지 않을 테니까. 이제 문제는 하나일세. 사진을 어디에 숨겨놓았을까?"

"정말 어디에 숨겼을까?"

"가지고 다닐 가능성은 적다네. 캐비닛판은 드레스 속에 숨기기엔 너무 크지. 게다가 여자는 국왕이 보낸 사람이 노상강도를 가장하고 공격해 사진을 빼앗을 가능성이 있다는 것도 알고 있어. 이미 두 번이나 그런 일이 있었으니까 말이지. 그러니 사진을 가지고 다니진 않을 걸세."

"그럼 어디에 있을까?"

"거래 은행이나 변호사에게 맡겼을 수도 있어. 그랬을 가능성이 두 배는 되지. 하지만 난 그쪽도 아니라고 생각하네. 여자란 천성적으로 비밀이 많기 때문에 자기가 직접 숨기는 걸 좋아하지. 다른 사람한테 맡겼을 리가 없어. 자기 수중에 있어야만 마음이 놓일 테니까. 사업을 하는 사람에게 사진을 맡기면 그가 간접적으로나 정치적으로 압력을 받을 수 있는데 미리 경고를 해줄 수도 없지 않나. 더군다나 여자가 며칠 이내에 사진을 이용하기로 마음먹고 있었다는 걸 잊으면 안 되지. 틀림없이 손 닿는 곳에 놔두었을 걸세. 집안에 말이지."

"두 번이나 도둑을 보내 뒤졌다고 하지 않았나."

"흥! 찾는 방법도 모르는 자들이야."

"자네는 어떻게 찾을 셈인가?"

"찾지 않을 거야."

"그럼 어떻게 할 생각인가?"

"그 여자한테 알려달라고 해야지."

"거절할 텐데."

"그럴 수 없을 거야. 드디어 마차 바퀴 소리가 들리는군. 여자의 마차가 오고 있어. 이제부터 아까 내가 말한 대로 해주게."

홈스가 말하는 동안 마차에 달린 등불이 거리 모퉁이를 비추며 다가왔다. 브라이오니 로지 문 앞에 작지만 근사한 사륜마차가 덜컹거리며 멈춰 섰다. 마차가 서자 골목에서 빈둥거리던 부랑자 중 한 명이 동전 몇 푼 챙길 욕심에 후다닥 달려가 문을 열어주었다. 같은 생각으로 달려온 다른 부랑자가 그를 팔꿈치로 밀어내자 격한 싸움이 벌어졌다. 한술 더 떠 근위병 두 명이 부랑자 중 한 명의 편을 들자 칼갈이는 다른 쪽의 역성을 들었다. 주먹이 오가기 시작했다. 마차에서 내린 숙녀는 사납게 주먹다

짐을 주고받는 남자들 속에 갇혀버렸다. 홈스는 숙녀를 보호하기 위해 남자들 사이를 뚫고 들어갔다. 하지만 그녀 옆에 도달한 순간 비명을 지르며 바닥에 쓰러졌다. 얼굴에서 피가 철철 흘러내렸다. 홈스가 쓰러지자 근위병들은 그대로 도망쳤고 싸우던 부랑자들도 줄행랑을 쳤다. 싸움에 끼지 않고 지켜보고만 있던 말쑥한 차림새의 젊은이들이 곤경에 처한 숙녀와 부상당한 홈스를 돕기 위해 몰려왔다. 아이린 애들러는 황급히 현관 계단으로 올라갔다. (그렇다, 나는 홈스와 달리 그녀를 이름으로 부른다.) 그녀는 계단 맨 위에서 멈춰 서더니 현관 불빛 속에서 아름다운 모습으로 뒤돌아보았다.

"불쌍한 신사분은 많이 다쳤나요?"

그녀가 물어보았다.

"아무래도 죽은 것 같습니다."

몇몇 사람들이 심각한 목소리로 말했다.

"아뇨, 아직 살아 있소. 하지만 병원에 데려가기 전에 숨을 거두겠군요."

다른 사람이 소리쳤다.

"용감한 분이었어요. 이분이 아니었으면 아가씨 지갑과 시계를 빼앗겼을 거예요. 저놈들은 부랑자예요. 아주 거친 놈들이죠. 아, 남자분이 숨을 쉬네요."

어떤 여자가 말했다.

"이대로 길거리에 놔둘 순 없소. 이분을 집안에 눕혀도 되겠습니까?"

아이린 애들러가 대답했다.

"그럼요. 응접실로 옮겨주세요. 거기 편안한 소파가 있으니까요. 이쪽이에요!"

사람들이 홈스를 조심스럽게 브라이오니 로지 안으로 옮겨 응접실에 눕혔다. 그동안 나는 응접실 안이 잘 보이는 창가에 서서 그 모습을 지켜보았다. 응접실 불을 켰지만 커튼을 내리지 않아 소파에 누운 홈스의 모습이 똑똑히 보였다. 연기를 하던 홈스가 양심의 가책을 느꼈는지는 모르겠지만, 그 순간 나는 다친 사람을 친절하고 따뜻하게 보살피는 아름다운 여자를 속이고 있다는 사실에 죄책감이 들었다. 그렇지만 이제 와서 홈스가 나를 믿고 맡긴 일을 하지 않는다는 것은 그를 배신하는 행위였다. 마음을 단단히 먹고 외투 속에 넣어두었던 연막탄을 꺼냈다. 어쨌든 우리는 그녀를 다치게 하려는 것이 아니었다. 그저 그녀가 다른 사람을 해치지 못하게 막으려는 것뿐이었다.

몸을 일으켜 앉은 홈스가 숨이 막힌다는 동작을 취했다. 그러자 하녀가 재빨리 창문을 열었다. 동시에 홈스가 손을 들어올렸다. 신호를 보고 나는 연막탄을 방안에 집어던진 뒤 '불이야!'

하고 외쳤다. 내 입에서 그 말이 튀어나오자마자 사람들이 모여들었다. 옷차림이 말쑥한 사람, 지저분한 사람 할 것 없이 신사, 마부, 하녀 가릴 것 없이 모두가 큰 소리로 '불이야!' 하고 외쳤다. 응접실을 가득채운 자욱한 연기가 열린 창문으로 새어 나오기 시작했다. 안에서 허둥대는 사람들의 모습이 얼핏 보였다. 이내 불이 난 게 아니라고 사람들을 안심시키는 홈스의 목소리가 들렸다. 나는 법석을 떠는 사람들 틈에서 빠져나와 골목 끝으로 향했다. 거기서 십 분을 기다리자 친구가 나타나 팔을 잡았다. 우리는 소란스러운 현장에서 빠져나왔다. 홈스는 말없이 몇 분간 빠르게 걸어갔다. 이윽고 우리는 에지웨어 로드로 통하는 조용한 거리로 들어섰다.

"잘했네, 의사 선생. 그보다 더 잘할 수는 없었을 거야. 아주 좋았어."

홈스가 말했다.

"사진을 찾은 모양이군!"

"어디에 있는지 알아냈어."

"어떻게 알아낸 건가?"

"그 여자가 알려줬다네. 그럴 거라고 말했잖은가."

"무슨 뜻인지 모르겠군."

"어려울 것 없다네."

홈스가 소리 내어 웃은 뒤 말을 이었다.

"간단한 일이니까. 거리에 있던 사람들이 전부 공범이었다는 건 자네도 알아차렸겠지. 그들은 모두 내가 오늘 저녁에 고용한 사람들이었다네."

"그럴 줄 알았어."

"싸움이 일어났을 때 손바닥에 빨간 물감을 미리 묻혀두었다네. 앞으로 뛰어들어가다가 쓰러지면서 얼굴을 손바닥으로 쳤지. 덕분에 불쌍한 피해자가 될 수 있었다네. 사실 아주 낡은 수법이지."

"그것도 알고 있었네."

"사람들이 나를 집안으로 옮겼지. 여자는 나를 들일 수밖에 없었어. 그런 상황에서 어떻게 할 수 있겠나? 결국 난 응접실로 들어가게 되었다네. 처음부터 사진이 응접실에 있을 거라고 생각했어. 아니면 침실이거나. 그래서 어느 쪽에 있는지 알아보기로 한 걸세. 그들이 나를 소파에 눕히자 갑갑하다는 동작을 해서 창문을 열게 만들었어. 그때 자네가 연막탄을 던질 기회를 잡았고."

"그게 어떤 도움이 되었나?"

"결정적인 도움이 됐지. 집에 불이 나면 여자들은 본능적으로 가장 소중한 것이 있는 쪽으로 달려가기 마련이니까. 이건 도저히 억누를 수 없는 강렬한 충동이라네. 예전에도 몇 번 이런 성향을 이용한 적이 있었지. 달링턴 바꿔치기 사건이나 아른스워스 성 사건이 바로 그런 경우였어. 결혼한 여자라면 아기를 먼저 끌어안고, 결혼하지 않은 여자들은 보석 상자를 챙긴다네. 우리 숙녀분이 현재 가장 소중하게 여기는 것이라면 바로 우리가 찾는 그 물건 아니겠나. 그녀라면 사진부터 챙기려고 달려가겠지. 불이 났다고 알리는 소리들이 실감나더군. 연기가 퍼지기 시작하고 여기저기서 '불이야' 하고 외치기 시작하니 아무리 강철 같은 신경을 가진 사람이라고 해도 동요할 수밖에.

여자도 내가 기대한 그대로 행동하더군. 사진은 오른쪽 설렁줄▪ 바로 위의 작은 벽감 안에 있었어. 미닫이문이 달렸더군. 여자가 그곳으로 달려가 사진을 반쯤 꺼내는 모습을 언뜻 봤다네. 내가 진짜 불이 난 게 아니라고 소리치자 여자는 사진을 집어넣고는 바닥에 떨어진 연막탄을 흘끗 보더니 방에서 나가버리더군. 그 뒤로 여자를 보지 못했네. 난 자리에서 일어나 핑계를 대고 집에서 나왔어. 사진을 가지고 나오려고 틈을 보고 있었는데 마부가 들어와서 의심스러운 눈으로 쳐다보기에 그대로 나올 수밖에 없었지. 괜히 성급하게 행동했다가는 모든 것을 망칠 수

▪ 사람을 부를 때 사용하는 종인 설렁을 울리기 위해 매단 줄.

도 있으니까 말이야."

"이제 어떻게 할 생각인가?"

내가 물었다.

"실질적인 탐색은 끝났으니 전하와 함께 찾아갈 생각이라네. 괜찮다면 자네도 같이 갔으면 하네만. 우리는 응접실에서 숙녀를 기다리는 것처럼 행동할 거야. 하지만 그녀가 왔을 때는 우리도 사진도 사라지고 없겠지. 전하도 직접 사진을 찾는 편이 만족스러울 거고."

"언제 찾아갈 건가?"

"아침 8시. 여자가 일어나지 않았을 때 가는 편이 수월할 테니까. 사실 서둘러야 한다네. 결혼을 했다는 건 생활과 습관이 완전히 바뀐다는 뜻이기도 하지. 곧장 전하에게 전보부터 보내야겠군."

우리는 베이커 스트리트에 다다라 하숙집 문 앞에 도착했다. 홈스가 주머니에서 열쇠를 찾고 있을 때 누가 지나가면서 인사를 했다.

"안녕하십니까, 셜록 홈스 씨."

그때 거리에 있었던 몇몇 사람들 중 얼스터코트를 걸치고 우리 옆을 빠르게 지나친 호리호리한 젊은이가 건넨 인사 같았다.

"귀에 익은 목소리인데 누군지 모르겠군."

홈스가 흐릿한 가로등이 비추는 거리를 쳐다보며 말했다.

3.

나는 그날 밤 베이커 스트리트에서 묵었다. 다음날 아침 우리가 토스트와 커피를 먹고 있을 때 보헤미아의 국왕이 들이닥쳤다.

"정말 사진을 손에 넣었나!"

국왕이 홈스의 양어깨를 붙잡고 얼굴을 들여다보며 물었다.

"아직은 아닙니다."

"성공할 가능성이 있소?"

"그렇습니다."

"갑시다. 인내심이 바닥날 것 같군."

"마차를 불러야 합니다."

"그럴 필요 없소. 내 마차가 대기하고 있으니까."

"일이 한결 수월하겠군요."

우리는 집을 나서 브라이오니 로지를 향해 출발했다.

"아이린 애들러가 결혼했습니다."

홈스가 말했다.

"결혼했다고! 언제 말이오?"

"어제요."

"누구랑 했소?"

"노턴이라는 영국인 변호사입니다."

"그녀는 그를 사랑할 리가 없는데?"

"전 여자가 남편을 사랑하길 바랍니다."

"어째서 말이오?"

"그래야 앞으로 전하를 성가시게 할 일이 없을 테니까요. 만일 숙녀분이 남편을 사랑한다면 더이상 전하를 사랑하지 않는다는 뜻이겠죠. 전하를 사랑하지 않는다면 결혼을 망칠 이유도 없지요."

"그건 그렇군. 하지만……! 그녀가 나와 같은 신분이었다면 얼마나 좋았을까! 좋은 왕비가 되었을 텐데!"

국왕은 침울한 듯 서펀틴 애비뉴에 도착할 때까지 아무 말도 하지 않았다.

브라이오니 로지의 문은 열려 있었다. 나이 많은 여자가 계단 위에 서서 마차에서 내리는 우리를 못마땅한 눈빛으로 쳐다보았다.

"셜록 홈스 씨인가요?"

여자가 물었다.

"그렇습니다만."

친구는 놀라고 의아한 눈빛으로 여자를 쳐다보며 대답했다.

"정말이네! 주인아가씨가 댁이 찾아올 거라고 했거든요. 아가씨는 유럽으로 건너가기 위해 오늘 새벽에 남편분과 함께 채링 크로스 역에서 5시 15분에 출발하는 기차를 타고 떠나셨어요."

"이런! 영국을 떠났단 말인가?"

충격을 받은 셜록 홈스는 휘청거리며 원통함에 얼굴이 하얗게 질렸다.

"다시는 돌아오지 않으실 거예요."

"그럼 사진은? 전부 끝나버렸군."

국왕이 쉰 목소리로 말했다.

"내 눈으로 봐야겠소."

홈스는 여자를 밀치고 황급히 응접실로 들어갔다. 국왕과 내가 뒤를 따랐다. 가구들이 어수선하게 사방에 흩어진 채였다. 선반은 텅텅 비었고 서랍도 열려 있었다. 떠나기 전에 정신없이 짐을 싼 모양이었다. 홈스가 설렁줄이 늘어진 곳에 있던 작은 미닫이문을 뜯어냈다. 안에는 사진 한 장과 편지 한 통이 있었다. 이브닝드레스를 입은 아이린 애들러의 독사진이었다. 함께 놓인 편지 봉투에는 "셜록 홈스 귀하 친전"이라고 씌어 있었다. 친구가 편지 봉투를 뜯어 우리 세 사람은 함께 편지를 읽었다. 편지를 쓴 시각은 전날 자정이었다.

친애하는 셜록 홈스 씨

정말 훌륭하셨어요. 나를 완전히 속여넘기셨군요. 불이 났다는 소리를 들었을 때까지만 해도 전혀 의심하지 않았어요. 그러다 내가 불가피하게 사진의 위치를 드러냈다는 것을 알아차린 순간부터 의심이 들기 시작했죠. 사실 몇 달 전에 이미 당신을 조심해야 한다는 경고를 들었답니다. 전하가 탐정을 고용한다면 틀림없이 당신일 거라고 하더군요. 해서 당신 주소도 알아두고 조심했는데 결국 당신이 찾는 물건의 위치를 직접 알려주고 말았네요. 온화해 보이는 연로한 목사님이 그런 못된 짓을 할 거라고 누가 상상이나 했겠어요? 하지만 아시다시피, 난 배우 생활을 오래했답니다. 남자 옷을 입는 정도야 아무것도 아니죠. 종종 남자 옷을 입고 자유롭게 돌아다니기도 하니까요. 마부 존에게 당신을 감시하라고 한 뒤 2층으로 올라가 내가 산책용 의상이라고 부르는 남자 옷으로 갈아입고 내려와 당신 뒤를 미행했어요.

당신 집까지 따라가 내가 상대하는 사람이 그 유명한 셜록 홈스라는 것을 분명하게 확인했죠. 그때 경솔하게도 당신에게 인사를 건네버렸네요. 그리고 법학원으로 남편을 만나러 갔죠.

우리 두 사람은 무시무시한 적수를 피해 달아나는 게 좋겠다고 생각했답니다. 내일 아침 당신이 찾아올 때쯤 이 집은 비어 있을 거예요. 의뢰인에게 사진에 관해서는 안심해도 좋을 거라고 전해 주세요. 난 그 사람보다 훨씬 훌륭한 남자와 사랑에 빠졌으니까요. 전하는 자기가 무자비하게 버린 여자의 훼방을 받지 않고 뜻하는 대로 할 수 있을 거예요. 사진을 계속 간직하고 있는 건 순전히 나 자신을 지키기 위해서죠. 전하가 내게 저지를지 모를 일에 대한 무기로 말이에요. 대신 그 사람이 갖고 싶어 할 만한 사진 한 장을 남겨둘게요.

그럼 이만.

아이린 노턴(결혼 전 성은 애들러) 드림

"대단한 여자라니까. 정말 대단하지 않은가!"

편지를 다 읽자 보헤미아의 국왕이 외쳤다.

"강단 있고 똑똑한 여자라고 하지 않았소? 정말 훌륭한 왕비가 되었을 텐데. 이 여자가 나와 신분이 다르다는 사실이 정말 안타깝지 않소?"

"제가 보기에도 숙녀분은 전하와 전혀 다른 부류의 사람 같습니다. 의뢰하신 일을 성공적으로 끝내지 못해서 죄송합니다."

홈스가 차갑게 대답했다.

"그렇지 않소. 이보다 더 성공적일 수는 없지. 내가 알기로 아이린은 자신이 한 말은 반드시 지키는 사람이오. 사진은 이제 불에 태운 거나 마찬가지지요."

국왕이 말했다.

"그렇게 여겨주신다니 다행입니다."

"그대에겐 큰 신세를 졌소. 원하는 게 있다면 무엇이든 말만 하시오. 일단 이 반지를……."

국왕이 손가락에서 에메랄드가 박힌 뱀 모양 반지를 빼서 손바닥에 얹어 내밀었다.

"제가 원하는 건 그 반지보다 훨씬 귀한 것입니다."

홈스가 말했다.

"뭐든 말만 하시오."

"이 사진을 주십시오!"

국왕은 깜짝 놀란 눈으로 홈스를 쳐다보았다.

"아이린의 사진 말인가! 그대가 원한다면 가지시오."

"감사합니다. 이걸로 사건은 끝났습니다. 전하, 부디 안녕히 돌아가십시오."

홈스는 고개 숙여 인사를 한 뒤 국왕이 내민 손을 보지 않고 돌아섰다. 그리고 나와 함께 베이커 스트리트의 하숙집으로 돌아갔다.

이번 사건으로 보헤미아 왕국은 엄청난 추문에 휩싸일 위험에 처했었고 셜록 홈스가 공들여 세운 계획은 한 여성의 기지로 물거품이 되었다. 지금껏 홈스는 여성의 지혜를 무시하곤 했지만 최근 들어서는 그런 말을 하는 것을 본 적이 없다. 그리고 아이린 애들러에 대한 이야기를 할 때나 그녀의 사진을 언급할 때마다 홈스는 이름 대신 '그 여성'이라는 영예로운 호칭을 사용했다.

사라진 약혼자

베이커 스트리트의 하숙집 난로 옆에서 나와 마주보고 앉아 있던 셜록 홈스가 말했다.

“이보게, 친구. 인생이란 인간의 정신이 창조할 수 있는 그 무엇보다도 기묘한 것이라네. 우리는 일상의 진부함에 지나지 않는 것을 감히 인생이라고 속단해선 안 돼. 만일 우리가 손을 잡고 창밖으로 날아가 거대한 도시 위를 떠돌면서 지붕을 다 걷어낸 건물을 들여다본다고 해보세. 건물 안에서 벌어지고 있는 기이한 일, 기묘한 우연의 일치나 온갖 계획, 빗나간 의도, 연달아 발생하는 놀라운 사건이 몇 세대를 걸쳐 내려오다가 뜻밖의 결과로 이어지는 것을 보게 될 거야. 그러면 관습적이고 결말이 뻔한 소설 같은 것들은 재미없고 무의미하다고 느껴지겠지.”

"난 그렇게 생각하지 않아. 신문에 나오는 사건 보도들은 대개 지나치게 빤하고 저속하지 않나. 지극히 사실적인 경찰 보고서는 재미도 예술성도 전혀 없지."

홈스의 말에 내가 반박했다.

"사실만을 가지고 깊은 인상을 남기려면 제대로 선택하고 판단해서 필요한 것을 골라내는 게 중요하다네. 경찰 보고서에는 그 점이 부족해. 사건의 본질을 파악하려면 상세한 설명이 필요한데 진부하기 짝이 없는 공문서의 상투적인 문구를 그대로 쓰고 있으니 말이야. 그러면 일상이 얼마나 부자연스러워지겠나."

홈스가 대꾸했다. 나는 미소를 지으며 고개를 저었다.

"그렇게 생각하는 건 충분히 이해하네. 세 개 대륙에 걸쳐 곤경에 처한 사람들에게 비공식적인 도움과 조언을 주는 자네 입장에서야 이상하고 기묘한 사건들을 많이 접하고 있으니 당연히 그렇겠지. 하지만 이걸 좀 보게."

나는 조간신문을 들어 보이며 말을 이었다.

"실제로 어떤지 한번 보겠나. 1면에 나온 기사의 제목은 '아내를 학대하는 남편'이라네. 지면을 절반이나 차지할 정도로 긴 기사지만 읽어보지 않아도 내용을 짐작할 수 있지. 아마 바람난 남편이 술을 마시고 아내를 때렸다는 내용일 거야. 여자를 동정하는 동생이나 집주인 여자도 나오겠지. 아무리 형편없는 작가라고 해도 이보다 더 허술한 이야기를 쓰진 못할걸."

"이런, 자넨 예를 잘못 들었어."

홈스가 신문을 받아 기사를 훑어보더니 말했다.

"이건 던대스 부부 별거 사건이라네. 공교롭게도 내가 소소하게 도움을 준 사건이지. 남편은 술이라곤 한 방울도 입에 대지 않고 다른 여자도 없어. 문제는 식사가 끝나면 틀니를 빼서 아내에게 집어던지는 버릇이 있다는 거야. 어지간한 작가들은 상상도 못 할 일이지. 의사 선생, 코담배나 한줌 집고 이번에는 자네 생각이 틀렸다는 걸 순순히 인정하는 게 어떻겠나."

홈스가 뚜껑 한가운데 커다란 자수정이 박힌 오래된 금코담뱃갑을 내밀었다. 그의 검소한 평소 생활과는 어울리지 않는 사치스러운 물건이라 얻은 경위를 물어보지 않을 수 없었다.

"아, 자넬 몇 주 동안 만나지 못했다는 걸 깜박했군. 아이린 애들러 사건을 도와준 보답으로 보헤미아 국왕에게서 받은 작은 선물이라네."

홈스가 말했다.

"그럼 반지는?"

나는 그의 손가락에서 유난히 빛나고 있는 보석 반지를 흘깃 쳐다보며 물었다.

"이건 네덜란드 왕실에서 받았지. 지금껏 내가 해결한 사건 기록을 한두 차례 책으로 펴낸 자네한테조차 말할 수 없는 민감한 문제를 해결해준 답례로 말이야."

"지금은 맡은 사건이 없나?"

나는 호기심을 참지 못하고 물었다.

"열 건에서 열두 건 정도 있지. 흥미로운 사건은 하나도 없어. 모두 중요한 사건이긴 하지만 재미가 없다네. 현장 조사와 신속한 인과관계 파악이라는 점에서 수사적 재미를 주는 사건들은 그다지 중요하지 않은 사건이더군. 범죄는 규모가 커질수록 단순해지는 경향을 보인다네. 동기가 명확하기 때문이지. 요즘 들어온 사건 중에는 마르세유에서 의뢰가 들어온 복잡한 사건 말고는 흥미를 끌 만한 것이 없어.

그렇지만 이제 뭔가 재미있는 사건을 맡을 수도 있겠군. 착각한 게 아니라면 의뢰인이 찾아온 것 같으니."

의자에서 일어난 홈스는 커튼을 열어놓은 창문 앞에 서서 런던의 우중충한 잿빛 거리를 내려다보았다. 그의 어깨 너머로 맞은편 보도에 서 있는 몸집이 큰 여자가 보였다. 여자는 묵직한 모피 목도리를 두르고 붉은 공작 깃털을 꽂은 챙 넓은 모자를 요염한 데번셔 공작 부인처럼 한쪽 귀가 덮이도록 비스듬히 썼다. 화려하게 차려입은 그녀는 불안한 듯 몸을 앞뒤로 흔들고 장갑 단추를 만지작거리면서 우리 방 창문을 힐끔힐끔 올려다보았다. 그러다 수영 선수가 강둑에서 물속으로 뛰어들듯 갑자기 길을 건넜다. 이내 초인종 소리가 요란하게 울리기 시작했다.

“전에도 저런 모습을 본 적 있다네. 길거리에서 저렇게 초조하게 구는 건 항상 연애 문제였어. 조언을 구하고 싶지만 민감한 문제라 다른 사람에게 말해도 좋을지 확신하지 못하는 거지. 여기서도 좀더 세분화할 수 있다네. 남자에게 크게 당한 여자는 망설이지 않아. 초인종 줄이 끊어질 정도로 잡아당기지. 연애 문제는 맞아 보이는데 저 아가씨는 화가 났다기보다는 당혹스러워하거나 슬퍼하는 것처럼 보이는군. 어떤 상황인지 직접 말해주겠지.”

홈스가 담배를 난롯불 속에 집어던지며 말했다.

그와 동시에 노크 소리가 들리더니 제복을 입은 소년이 들어와 메리 서덜랜드 양이 찾아왔다고 알렸다. 소년 바로 뒤에 여자가 서 있었다. 작은 수로안내선 뒤에 커다란 상선이 돛을 올리고 서 있는 듯한 모습이었다. 셜록 홈스는 정중하게 맞이하고 문을 닫았다. 의자를 권한 뒤, 홈스 특유의 무심한 자세로 손님을 한참 동안 살폈다.

“시력이 좋지 않은데 타자를 치려니 힘들지 않습니까?”

홈스가 물었다.

“처음엔 그랬어요. 하지만 이제는 자판을 보지 않고도 칠 수 있답니다."

그녀는 불현듯 홈스의 말이 무슨 의미인지를 알아차리고 깜짝 놀랐다. 사람 좋아 보이는 큼직한 얼굴에 놀라움과 두려움이 동시에 드러났다.

"어디서 제 얘기를 들으셨군요, 홈스 씨. 아니라면 어떻게 아셨죠?"

여자가 큰 소리로 물었다.

"염려 놓으십시오. 그런 걸 알아내는 게 내 일이니까요. 다른 사람들은 보지 못하고 지나치는 것을 알아차리는 훈련을 했습니다. 그게 아니라면 이곳에 사람들이 상담을 하러 찾아올 이유가 없지 않겠습니까?"

"에서리지 부인에게 얘길 듣고 찾아왔어요. 부인의 남편이 죽었을 거라고 경찰과 모든 사람들이 포기했을 때 홈스 씨가 찾아주셨다더군요. 오, 홈스 씨. 부디 제게도 그렇게 해주세요. 제가 부자는 아니지만 연 수입이 백 파운드고, 타자를 쳐서 버는 돈도 있어요. 호스머 에인절 씨가 어떻게 되었는지 밝혀주신다면 전부 드릴게요."

"여기 오기 전, 집에서 무엇 때문에 서둘러 나왔습니까?"

셜록 홈스가 양 손가락 끝을 마주대고 천장을 올려다보며 물었다.

멍해 보였던 메리 서덜랜드 양의 얼굴에 다시 깜짝 놀란 표정이 떠올랐다.

"말 그대로 집에서 뛰쳐나왔답니다. 윈디뱅크 씨, 그러니까 아버지가 이 일을 너무나 태평스럽게 여기는 태도에 화가 나서 말이에요. 아무 일 없을 거라고 하며 경찰을 찾아가려고도, 홈스 씨를 찾아가려고도 하지 않았어요. 너무 화가 나서 곧장 홈스 씨에게 달려왔어요."

"아버지요? 성이 다른 걸 보니 의붓아버지입니까?"

홈스가 물었다.

"네, 새아버지예요. 생각해보면 아버지라고 부르기도 웃기죠. 저보다 고작 오 년하고도 두 달 더 살았을 뿐이니까요."

"어머님은 살아 계십니까?"

"아, 그럼요. 우리 어머니는 아주 잘 계세요. 아버지가 돌아가신 직후 어머니가 거의 열다섯 살이나 어린 남자와 재혼했을 때 전 좀 기분이 좋지 않았어요. 토트넘코트 로드에서 배관업을 하셨던 아버지가 돌아가시면서 작은 가게를 남기셨는데, 어머니는 현장감독인 하디 씨와 가게를 함께 운영하다가 새아버지의 말을 듣고 팔아버렸어요. 와인 외판업을 하는 그 사람 눈에는 배관업이 하찮았던 거죠. 손님 목록을 포함해 소유권까지 전부 사천칠백 파운드에 넘겼어요. 아버지가 살아 계셨다면 그렇게 헐값에 넘기진 않으셨을 거예요."

나는 셜록 홈스가 서덜랜드 양의 두서없는 사소한 이야기에 짜증을 낼 거라고 생각했지만 홈스는 그 이야기를 귀담아듣고 있었다.

"서덜랜드 양의 수입은 아버님의 유산에서 나오는 겁니까?"

"아니요, 그렇지 않아요. 뉴질랜드 오클랜드에 살던 네드 숙부가 남겨주신 거예요. 뉴질랜드 국채에 투자를 해서 해마다 4.5퍼센트의 이자가 나와요. 투자 원금인 이천오백 파운드에서 전 이자만 받을 수 있어요."

"아주 흥미로운데요. 일 년에 백 파운드라는 적지 않은 수입에 직접 버는 돈을 합친다면 서덜랜드 양은 여행도 다니면서 풍족하게 생활할 수 있겠군요. 독신 여성이라면 일 년 수입이 육십 파운드만 되어도 꽤 여유롭게 생활할 수 있는 걸로 압니다만."

홈스가 대꾸했다.

"그보다 더 적은 액수로도 충분히 생활할 수 있답니다, 홈스 씨. 하지만 같이 사는 동안 짐이 되고 싶지 않아서 지금까지 그 돈은 어머니와 새아버지께 드렸어요. 같이 살 동안만 드리는 거죠. 새아버지는 삼 개월마다 저한테 들어오는 이자를 찾아서 어머니께 갖다주곤 했어요. 사실 저는 타자를 쳐서 버는 돈만 있어도 충분해요. 한 장에 이 펜스씩 받는데, 하루 열다섯 장에서 스무 장 정도는 칠 수 있거든요."

"서덜랜드 양의 상황을 잘 알겠군요. 이쪽은 내 친구인 왓슨 박사입니다. 이 친구 앞에서는 무슨 말이든 해도 괜찮습니다. 이제 호스머 에인절 씨와의 관계에 대해 말해주시죠."

서덜랜드 양이 얼굴을 붉히더니 신경질적으로 옷자락을 잡아당기기 시작했다.

"가스 배관업자들의 무도회에서 그 사람을 처음 만났어요. 아버지가 살아 계실 때부터 초대장을 보내주곤 했는데 여전히 잊지 않고 어머니한테 초대장을 보낸 거죠. 새아버지는 우리가 무도회에 참석하는 걸 싫어했어요. 사실 어디든 나가는 걸 좋아하지 않는 사람이죠. 제가 주일학교 소풍에 가려고 해도 무지막지하게 화를 내거든요. 하지만 무도회만큼은 꼭 참석해야겠다고 마음먹었어요. 그 사람이 대체 무슨 권리로 우리를 못 가게 한단 말이에요? 새아버지는 무도회에 참석하는 사람들의 수준이 우리와 맞지 않는다고 했어요. 전부 아버지 친구분들인데 말이죠. 저한테 입고 나갈 옷도 없지 않느냐고도 했죠. 하지만 제 옷장에는 한 번도 입은 적 없는 자주색 드레스가 있어요. 어떻게 해도 우릴 말릴 수 없자 그 사람은 프랑스로 출장을 가버렸어요. 어머니와 저는 현장감독으로 일했던 하디 씨와 함께 무도회에 참석했죠. 그곳에서 호스머 에인절 씨를 만났어요."

"프랑스에서 돌아온 의붓아버지가 서덜랜드 양과 어머님이 무도회에 참석했다는 사실을 알고 무척 화를 냈겠군요."

홈스가 말했다.

"의외로 아무렇지 않게 받아들였어요. 웃으면서 어깨를 으쓱하더니 여자들은 제멋대로라 말려봐야 소용없다는 식으로 말하더군요."

"그랬군요. 가스 배관업자들의 무도회에서 호스머 에인절 씨라는 신사분을 만났다고요."

"네, 그날 밤 만났고, 다음날 우리가 무사히 집에 갔는지 궁금하다며 집으로 찾아왔어요. 그 뒤에도 또 만났죠. 두 번 만나 함께 산책을 했어요. 하지만 새아버지가 집에 돌아오자 에인절 씨는 더이상 우리집에 찾아올 수 없게 됐어요."

"어째서입니까?"

"새아버지가 좋아하지 않았으니까요. 그 사람은 어쩔 수 없는 경우를 제외하고 집에 손님을 초대하는 법이 없어요. 새아버지는 모름지기 여자란 가정이라는 울타리 안에 있어야 제일 행복하다고 말하곤 했죠. 하지만 제가 어머니한테도 여러 번 했던 말인데, 여자라면 누구나 자신만의 울타리를 만들고 싶어 하는 게 당연하잖아요? 그런데 전 아직도 가정을 꾸리지 못했어요."

"에인절 씨는 어떻게 했습니까? 더이상 서덜랜드 양을 만나려고 하지 않던가요?"

"새아버지는 일주일 뒤에 다시 프랑스로 출장을 가기로 되어 있었어요. 그래서 에인절 씨는 새아버지가 출장을 가면 만나는 게 좋겠다는 편지를 보냈어요. 그동안 계속해서 편지를 주고받았거든요. 그 사람은 매일 편지를 써서 보냈어요. 아침마다 제가 편지를 받았기 때문에 새아버지에게 들키지 않았죠."

"신사분과 결혼 약속을 했습니까?"

"네, 홈스 씨. 처음 산책을 같이 했던 날에 청혼을 받았어요. 호스머, 그러니까 에인절 씨는 레든홀 스트리트에 있는 사무소에서 회계원으로 일을 한다고 했어요. 그리고……."

"어느 사무소입니까?"

홈스가 물었다.

"그게 문제예요, 홈스 씨. 그걸 몰라요."

"사는 곳은 어디죠?"

"사무소에서 잔다고 했어요."

"그런데 사무소 주소를 모른단 말인가요?"

"네, 레든홀 스트리트에 있다는 것 말고는요."

"그럼 편지는 어디로 보냈습니까?"

"레든홀 스트리트에 있는 우체국으로 보내면 그이가 찾아갔어요. 사무소에서 여자가 보낸 편지를 받으면 동료들한테 놀림을 당할 거라더군요. 그러면 그 사람이 하듯이 저도 편지를 타자로 쳐서 보내겠다고 했지만 싫다고 했어요. 손으로 쓴 편지여야 진짜 제가 보내는 편지라는 느낌이 드는데 타자로 친 편지는 우리 사이에 기계가 끼어 있는 것 같다면서요. 그것만 봐도 그이가 절 얼마나 좋아하는지 아시겠죠. 아주 작은 일까지 신경쓰는 사람이었어요."

"그 점이 의미심장하군요. 사소한 것이 무엇보다 중요하다는 게 제 지론입니다. 아주 사소해도 좋으니 에인절 씨에 대해 생각나는 다른 점은 없습니까?"

홈스가 말했다.

"그이는 수줍음이 많아요, 홈스 씨. 낮보다는 밤에 함께 산책하기를 좋아했죠. 다른 사람들 눈에 띄고 싶지 않다면서 말이에요. 내성적이고 예의 바른 사람이었어요. 목소리도 부드러웠죠. 어렸을 때 편도선염을 앓은 뒤로 목이 약해졌다고 했어요. 그래서 말을 할 때 더듬기도 하고 소리도 작았죠. 옷차림은 항상 말쑥했어요. 단정하고 깔끔했죠. 저처럼 그이도 눈이 약해서 햇빛에서 눈을 보호하기 위해 색안경을 꼈고요."

"의붓아버지인 윈디뱅크 씨가 다시 프랑스로 떠난 뒤에는 어떻게 됐습니까?"

"에인절 씨가 다시 우리집으로 찾아왔어요. 새아버지가 돌아오기 전에 결혼하자더군요. 그 사람은 진심이었어요. 성경에 제 손을 얹고 맹세까지 시켰죠. 무슨 일이 있어도 자신에게 충실해야 한다고 말이에요. 어머니는 그 사람이 맹세를 시키는 것이 당연하다면서 그게 바로 절 사랑하는 증거라고 했어요. 처음부터 어머니는 그 사람 편을 들었고 저보다도 더 좋아하셨죠. 어머니와 그이가 그 주 안에 결혼식을 올리는 게 좋겠다고 하기에 새아버지한테는 어떻게 말을 할 생각이냐고 물었어요. 두 사람은 새아버지가 돌아오면 그때 알리자면서 신경쓸 것 없다고 하더군요. 어머니는 자기가 알아서 전하겠다고 하셨어요. 하지만 전 그러는 게 꺼림칙했어요. 몇 살 많지도 않은 새아버지에게 허락을 받는 것도 우습지만 몰래 결혼하고 싶진 않았어요. 그래서 새아버지가 다니는 회사의 프랑스 지점이 있는 보르도로 편지를 써서 보냈죠. 하지만 결혼식 날 아침에 편지가 되돌아왔어요."

"윈디뱅크 씨가 편지를 받지 못했다는 말인가요?"

"네, 편지가 도착하기 전에 영국으로 출발했대요."

"이런! 어긋나버렸군요. 결혼 날짜는 정해졌는데. 금요일이었겠죠? 교회에서 올리기로 했습니까?"

"네, 조용하게 올리기로 했죠. 킹스 크로스 근처에 있는 세인트 세이비어 교회에서요. 식이 끝나면 세인트 팽크러스 호텔에서 아침 식사를 하기로 했어요.

그날 아침 그이는 이륜마차를 타고 우리집으로 왔어요. 타고 온 마차에 어머니와 저를 태우고 그이는 지나가던 사륜마차를 잡아탔죠. 우리가 탄 이륜마차가 먼저 교회에 도착했고 사륜마차도 뒤따라왔어요. 그가 마차에서 내리기를 기다렸는데 내리지 않는 거예요. 마부가 안을 들여다봤더니 아무도 없더군요! 마부는 어떻게 된 일인지 모르겠다고 했어요. 에인절 씨가 마차에 타는 걸 분명히 봤다면서 말이에요. 그게 지난 금요일에 있었던 일이에요, 홈스 씨. 저는 그날 이후로 그의 신상에 대한 자그마한 단서조차 보지도 듣지도 못하고 있어요."

"내가 보기엔 아무래도 서덜랜드 양이 부당한 일을 당한 것 같습니다."

홈스가 말했다.

"오, 아니에요. 홈스 씨. 그 사람이 절 그런 식으로 떠났을 리 없어요. 얼마나 착하고 다정한 사람인데요. 만일 절 떠나려고 했다면 무엇 때문에 그날 아침 내내 무슨 일이 있어도 자신에게 충실해야 한다는 말을 했겠어요? 예기치 못한 일로 떨어지게 되더라도 제가 했던 맹세를 잊으면 안 된다고 했어요. 머지않아 돌아와 맹세를 확인하겠다고 약속했어요. 결혼식 아침에 그런 말을 해서 이상하긴 했지만 뒤에 일어난 일을 생각하니 왜 그랬는지 알겠더군요."

"확실히 그렇군요. 서덜랜드 양은 에인절 씨에게 예기치 못한 변고가 일어났다고 생각하십니까?"

"네, 그 사람은 불길한 일을 예감한 거예요. 그렇지 않다면 무엇 때문에 저한테 그런 말을 했겠어요. 예감했던 일이 벌어진 거죠."

"그게 무슨 일인지는 모르시고요?"

"네."

"한 가지만 더 묻겠습니다. 이번 일을 어머니는 어떻게 생각하고 계십니까?"

"어머니는 화를 냈어요. 그 일에 대해서는 두 번 다시 입 밖에 내지 말라고 하더군요."

"의붓아버지는요? 그분에게도 말씀드렸습니까?"

"네, 새아버지도 저처럼 그이에게 무슨 일이 생겼지만 조만간 연락이 올 거라고 생각하는 것 같았어요. 절 교회 문 앞에 데려다놓고 그대로 사라져버린다고 무슨 이득이 있느냐면서 말이에요. 만일 그이가 제게서 돈을 빌렸거나, 결혼한 뒤에 제 돈을 자기 앞으로 돌려놓았다면 그럴 수도 있겠죠. 하지만 그는 돈에 관심이 없었어요. 제 돈은 단 한 푼도 넘보지 않았죠. 정말 어떻게 된 일일까요? 어째서 제게 편지를 쓰지 않을까요? 그 생각만 하면 돌아버릴 것 같아요! 밤마다 한숨도 못 자고 있어요."

서덜랜드 양은 머프■ 안에서 작은 손수건을 꺼내더니 흐느껴 울기 시작했다.

홈스가 자리에서 일어나며 말했다.

"내가 알아보겠습니다. 확실한 결과를 얻을 수 있을 겁니다. 이제 이 일은 내게 맡기고 더이상 마음에 담아두지 마세요. 무엇보다 에인절 씨를 잊어버리는 게 좋겠습니다. 그 사람이 서덜랜드 양의 인생에서 사라진 것처럼 말이에요."

"홈스 씨는 제가 그이를 다시는 만나지 못할 거라고 생각하시나요?"

"아무래도 그럴 것 같습니다."

"그에게 무슨 일이 생겼을까요?"

"내게 맡기십시오. 에인절 씨의 정확한 인상착의와 그 사람이 보냈다는 편지가 필요합니다."

"지난 토요일 《크로니클》에 사람을 찾는 광고를 냈어요. 여기 그 신문이에요. 그리고 이건 그이에게 받은 편지 네 통이에요."

"감사합니다. 아가씨의 집주소를 알려주시겠습니까?"

■ 털이나 천으로 만든 여성용 방한용품. 양끝이 뚫린 원통 형태라 양손을 집어 넣을 수 있다.

"캠버웰 라이언 플레이스 31번지예요."

"에인절 씨의 주소는 모른다고 하셨죠. 그럼 의붓아버지가 다니는 회사는 어디인가요?"

"새아버지는 펜처치 스트리트에 있는 프랑스 보르도산 레드와인 수입 회사인 웨스트하우스 앤드 마뱅크사에서 일하고 있어요."

"고맙습니다. 명료하게 말씀해주시는군요. 편지와 신문은 여기 놔두고 가십시오. 내가 한 조언을 잊지 마세요. 이번 일은 덮어두고 서덜랜드 양의 평소 생활로 돌아가십시오."

홈스가 말했다.

"정말 친절하시군요, 홈스 씨. 하지만 그럴 수 없어요. 전 에인절 씨를 믿어요. 그 사람이 돌아올 때까지 기다리겠어요."

요란한 모자를 쓰고 멍한 표정을 짓고 있어도 그녀의 믿음은 어찌나 순전한지 고귀하게까지 보였다. 서덜랜드 양은 탁자 위에 신문과 편지를 내려놓고는 연락을 주면 바로 찾아오겠다는 말을 남기고 돌아갔다.

셜록 홈스는 두 다리를 쭉 뻗고 양 손가락 끝을 마주댄 채 몇 분간 말없이 천장만 올려다보았다. 그러다 생각에 잠길 때마다 함께하는 반들거리는 오래된 사기 파이프를 선반에서 꺼냈다. 의자에 기대앉아 파이프에 불을 붙인 뒤 푸른색 연기 구름을 뿜어내기 시작하는 그의 얼굴에 나른한 표정이 떠올랐다.

"저 아가씨는 흥미로운 연구 대상이야. 사건보다 의뢰인이 훨씬 흥미롭군. 어쨌든 이런 사건은 흔하지. 내 자료 색인을 뒤져보면 비슷한 사건을 여러 개 찾을 수 있을 걸세. 1877년의 앤도버 사건과 작년의 헤이그 사건도 이번 사건과 비슷하지. 발상 자체는 진부한데 세부 사항에 있어서는 한두 가지가 새롭긴 하군. 하지만 이번 사건에서 가장 배울 점이 많은 건 아가씨 본인이야."

홈스가 말했다.

"나한테는 보이지 않는 것을 자네는 많이 읽어낸 모양이군."

"보이지 않는 게 아니야, 왓슨. 알아차리지 못한 것뿐이지. 자네는 어디를 봐야 하는지 모르기 때문에 중요한 것들을 놓치고 있다네. 그동안 내가 소매의 중요성이나, 엄지손톱에 얼마나 많은 정보들이 함축되어 있는지, 구두끈에 얼마나 많은 문제점들이 매달려 있는지를 알려줬는데도 아직 모르는군. 자넨 아가씨의 모습에서 무엇을 알아냈나? 말해보게."

"그러니까…… 서덜랜드 양은 벽돌색 깃털이 달리고 챙이 넓은 짙은 청회색 밀짚모자를 썼어. 검은 구슬로 수를 놓고 가장자리에 흑옥 장식이 된 검은색 재킷을 입었지. 커피색보다 짙은 갈색 드레스는 목과 소매에 자주색 플러시 천을 댔더군. 장갑은

회색이고 오른손 검지 부분이 터져 있었네. 신발은 보지 못했어. 그리고 달랑거리는 동그랗고 작은 금귀고리를 했지. 차림새는 전체적으로는 부유해 보였고, 편안하면서도 여유로워 보이지만 서민적인 인상도 있었다네."

셜록 홈스는 싱긋 웃더니 가볍게 박수를 쳤다.

"이것참. 왓슨, 정말 놀랄 만큼 발전했군. 아주 잘했어. 늘 그랬듯 중요한 부분은 전부 놓쳤지만 요령은 제대로 터득했다네. 색상을 식별하는 능력도 뛰어나. 이보게, 전체적인 인상만 보지 말고 세부 사항에 집중하게. 난 여자를 볼 때 먼저 소매부터 살핀다네. 남자라면 바지 무릎을 살피지. 자네가 본 대로 오늘 찾아온 아가씨의 소매에는 플러시 천이 대어져 있었다네. 플러시는 자국이 잘 남는 천이지. 손목에 남은 두 줄짜리 주름은 타자를 칠 때 탁자에 눌려서 생긴 자국이야. 수동식 재봉틀을 써도 비슷한 자국이 남지만 왼쪽에만 생기고 넓은 부위가 아니라 새끼손가락에만 남지. 아가씨의 얼굴을 보니 콧등 양쪽에 코안경에 눌린 자국이 있더군. 그래서 아가씨가 근시이고 타자수란 걸 알았어. 내 말에 서덜랜드 양은 놀란 모양이었지만."

"나도 놀랐다네."

내가 대꾸했다.

"그 정도는 뻔하지. 그런 다음에 나는 아가씨가 짝짝이로 신은 신발을 보고 놀라면서도 흥미롭다는 생각이 들었다네. 신발 모양이 완전히 딴판은 아니었지만 한쪽 구두코에는 작은 장식이 달렸고 다른 한쪽은 장식이 없었지. 그리고 한쪽 신발은 다섯 개 단추 중 아래쪽 두 개만 채워져 있었고 다른 한쪽은 첫 번째, 세 번째, 다섯 번째 단추만 채워져 있었어. 단정하게 차려입은 젊은 숙녀가 신발을 짝짝이로 신고 단추도 절반밖에 채우지 않고 나왔다면 몹시 서두른 모양이라는 생각이 당연히 들지 않겠나."

"다른 건?"

나는 언제나처럼 친구의 날카로운 추리에 푹 빠졌다.

"서덜랜드 양이 집을 나오기 직전에 뭔가 썼다는 것을 알아차렸네. 옷을 다 차려입은 채로 말이야. 자네는 아가씨의 오른쪽 장갑의 검지 부분이 터진 건 봤지만, 장갑과 집게손가락에 묻은 보라색 잉크 얼룩은 보지 못한 것 같더군. 서덜랜드 양은 급하게 뭔가를 쓰다가 펜을 잉크에 너무 깊이 담갔어. 아마 오늘 아침에 그랬을 걸세. 그렇지 않다면 손가락에 얼룩이 그렇게 또렷하게 남진 않을 테니까. 모든 것이 사소하지만 흥미롭지 않은가. 그건 그렇고 이제 일을 시작해야겠어. 신문광고에 나온 호스머 에인절의 인상착의를 읽어주겠나?"

나는 신문 조각을 들고 불빛에 비춰 보았다.

"'14일 아침, 호스머 에인절이라는 이름의 신사 실종. 신장 170센티미터에 건장한 체구. 창백한 혈색, 가운데가 살짝 벗겨진 검은 머리, 숱이 많은 검은색 구레나룻과 콧수염. 색안경, 약간 어눌한 말투. 실종 당시의 복장은 앞에 실크를 댄 검정색 프록코트, 검정색 조끼, 앨버트 금시곗줄, 회색 해리스 트위드 바지, 양쪽에 고무천을 대고 갈색 각반이 달린 신발을 신고 있었음. 레든홀 스트리트에 있는 사무소에서 일했던 것으로 알고 있음. 행방을 아시는 분은…….'"

"그건 그만하면 됐네. 이 편지들은……."

홈스가 편지를 흘깃 쳐다보며 말을 이었다.

"아주 흔해빠졌어. 에인절 씨에 대한 단서가 하나도 없군. 발자크를 한 번 인용했다는 것만 제외하면 말이야. 그나마 주목할 만한 점이 한 가지 있긴 한데, 이건 자네도 알아차렸겠지."

"타자로 쳤다는 거지."

내가 대꾸했다.

"편지 내용만이 아니라 서명까지 타자로 쳤어. 맨 아래 '호스머 에인절'이라는 단정한 글씨를 보게. 날짜는 있는데 레든홀 스트리트라는 것 외에는 주소도 제대로 적혀 있지 않아. 서명까지 타자로 쳤다는 건 뜻하는 바가 많지. 결정적인 증거라고 할 수 있어."

"무엇에 대해 말인가?"

"이보게, 친구. 사건에서 이게 얼마나 중요한지 어떻게 모를 수가 있지?"

"잘 모르겠군. 약혼을 깼다고 고소당할 경우를 대비해 자기가 서명한 적 없다고 할 생각이었을까?"

"아니, 그런 문제가 아니야. 어쨌든 지금은 사건을 해결하기 위해 편지 두 통을 써야겠네. 한 통은 시티■에 있는 회사에, 다른 한 통은 서덜랜드 양의 의붓아버지라는 윈디뱅크 씨에게 보낼 거야. 괜찮다면 내일 저녁 6시에 이곳으로 찾아와달라고 말이야. 아무래도 의붓아버지라는 사람을 만나보는 게 좋겠어. 자, 의사 선생, 답장이 올 때까지는 달리 할 일도 없다네. 이 문제는 잠시 미뤄두도록 하지."

나는 친구의 뛰어난 추리력과 행동력을 잘 알고 있었기에 이 희한한 사건에 대해 이처럼 느긋한 태도를 보이는 건 이유가 있으리라고 생각했다. 내가 알기로 홈스가 해결하지 못한 사건은 보헤미아 국왕이 아이린 애들러에게서 사진을 찾아달라고 했던 사건밖에 없었다. 그렇지만 '네 사람의 서명'과 같은 기이한 사건이나 '주홍색 연구' 사건에서의 특이한 상황을 돌이켜보면

■ 런던의 금융, 상업 중심지. 잉글랜드중앙은행을 비롯하여 금융기관이 밀집해 있다. 미국의 월 스트리트에 해당한다.

홈스가 해결하지 못할 사건은 없을 거라 생각했다.

나는 다음날 저녁이면 홈스가 메리 서덜랜드 양의 사라진 약혼자의 정체를 밝혀줄 모든 단서를 손에 넣을 거라고 확신했다. 그래서 검정색 사기 파이프로 담배를 피우고 있는 그를 남겨놓은 채 그곳을 떠났다.

당시 나는 중환자를 맡고 있었기에 다음날은 온종일 그 환자를 돌보느라 바쁘게 보냈다. 환자에게서 벗어났을 때는 6시가 다 된 시각이었다. 나는 서둘러 마차를 타고 베이커 스트리트의 하숙집으로 향했다. 혹시 시간을 맞추지 못해 사건의 대단원을 놓칠까 봐 걱정했다. 하지만 방문을 열어보니 셜록 홈스는 길고 마른 몸을 안락의자에 묻은 채 선잠이 들어 있었다. 유리병과 시험관이 사방에 어질러져 있고 염산의 자극적인 냄새가 코를 찌르는 것으로 보아 하루 종일 화학 실험을 했음이 분명했다.

"그래, 문제는 해결했나?"

나는 방에 들어서며 물었다.

"그럼. 황산바륨의 황산수소염이었어."

"아니, 사건 말이야!"

내가 외쳤다.

"아, 사건! 오늘 온종일 실험했던 황산염을 말하는 줄 알았지. 어제도 말했다시피 이번 일은 사건이라고 부를 만한 일이 아니야. 세부 사항이 흥미롭긴 하지만. 문제는 범인을 법적으로 처벌할 방법이 없다는 걸세."

"범인이 누군가? 무슨 이유로 서덜랜드 양을 떠난 거지?"

내 질문이 끝나기도 전에, 홈스가 대답을 하기도 전에 복도를 따라 걷는 묵직한 발걸음 소리에 이어 문을 두드리는 소리가 들렸다.

"아가씨의 의붓아버지인 제임스 윈디뱅크가 온 모양이군. 6시에 찾아오겠다는 답장을 받았다네. 들어오시죠!"

방안으로 들어온 남자는 보통 키에 건장한 체격을 가졌으며 서른 살 정도로 보였다. 단정하게 면도를 한 얼굴은 안색이 창백했다. 부드러우면서도 다른 사람의 환심을 사려는 태도가 보이기도 했지만 회색 눈동자만큼은 상대를 꿰뚫어 보는 것처럼 날카로웠다. 그는 의아한 눈빛으로 우리 두 사람을 쳐다본 뒤 반들거리는 중산모를 찬장 위에 올려놓았다. 그리고 살짝 목례를 하더니 가까운 곳에 있는 의자에 앉았다.

"어서 오십시오. 제임스 윈디뱅크 씨. 6시에 찾아오겠다는 내용을 타자로 친 이 편지를 보내셨죠?"

"그렇습니다. 약간 늦었네요. 아무래도 직장을 다니다 보니 그렇게 됐습니다. 서덜랜드 양이 사소한 문제로 홈스 씨를 귀찮게 해드린 점은 죄송합니다. 사실 난 그런 치부를 공공연하게 드러내서 좋을 건 없다고 생각합니다. 그래서 여기 찾아오는 걸 반대했었습니다. 홈스 씨도 만나보셔서 아시겠지만, 서덜랜드 양은 흥분도 잘하고 충동적인 성격인데다 어떤 일에 마음을 정하면 아무도 말릴 수가 없습니다. 물론 홈스 씨야 경찰과 상관이 없으니 이번 일을 안다고 해도 큰 상관은 없습니다. 하지만 안 좋은 집안일이 바깥에 새어 나가는 건 기분 좋은 일이 아니죠. 쓸데없이 돈만 낭비하는 일이기도 하고요. 호스머 에인절이라는 자를 무슨 수로 찾겠습니까?"

"저는 반대로 호스머 에인절을 찾을 수 있다고 믿습니다. 그럴 만한 근거가 있고요."

홈스가 나지막이 말했다.

윈디뱅크는 깜짝 놀라며 장갑을 떨어뜨렸다.

"그 말씀을 들으니 기쁘군요."

"타자기가 인간의 필체만큼 개성적이라는 사실을 아십니까? 어찌나 흥미로운지. 새로 나온 제품을 제외하면 이 세상에 완전히 똑같은 글씨를 찍어내는 타자기는 없답니다. 다른 활자들보다 더 많이 닳은 활자도 있고 한쪽만 닳은 활자가 생기기도 하더군요. 윈디뱅크 씨가 보낸 편지를 보면 e 자의 윗부분이 살짝 흐릿하고, r 자의 끝부분이 약간 떨어져 나가 있어요. 이 두 가지가 제일 눈에 띄지만, 그 외에도 열네 가지 정도 특징이 있죠."

"사무실에서 공용으로 쓰는 타자기다 보니 활자들이 좀 닳긴 했을 겁니다."

윈디뱅크가 반짝거리는 작은 눈으로 홈스를 날카롭게 쳐다보며 대답했다.

"윈디뱅크 씨, 이제 정말 흥미로운 연구 결과를 보여드리죠. 최근 타자기와 범죄의 연관성에 대한 소논문을 하나 써볼까 하는 중이었거든요. 예전부터 제법 관심을 가지고 있던 주제입니다. 지금 여기 실종된 남자가 썼다는 네 통의 편지가 있습니다. 전부 타자기로 쓴 편지죠. 이 편지에도 e 자의 윗부분이 흐릿하고, r 자의 끝부분이 떨어져 나가 있습니다. 돋보기로 자세히 살펴보면 아까 윈디뱅크 씨의 편지에서 언급하지 않았던 열네 가지 특징들까지 모두 일치합니다."

윈디뱅크는 자리에서 벌떡 일어나더니 모자를 집어 들었다.

"홈스 씨, 이런 황당하기 그지없는 이야기를 들으면서 시간을 낭비하고 싶진 않군요. 만일 그 남자를 잡을 수 있다면 잡아보세요. 그런 뒤에 알려주십시오."

윈디뱅크가 말했다.

"그러죠."

홈스는 문 앞으로 걸어가 열쇠로 문을 잠가버렸다.

"자, 이제 알려드리죠. 그 남자를 잡았습니다!"

"뭐요? 어디 있습니까?"

윈디뱅크가 소리쳤다. 입술에 핏기가 가신 그는 덫에 걸린 쥐처럼 두리번거렸다.

"이런, 그러지 마십시오. 아무 소용 없으니까."

홈스가 예의 바르게 말했다.

"빠져나갈 길은 없습니다, 윈디뱅크 씨. 너무 빤한 사건이었어요. 내가 이렇게 단순한 사건을 해결하지 못할 거라는 말을 들으니 기분이 좋지 않군요. 자! 일단 앉아서 이야기를 끝내죠."

윈디뱅크는 하얗게 질린 얼굴로 의자에 털썩 주저앉았다. 이마에 땀방울이 반짝이는 그가 더듬거리며 말했다.

"그래도……. 아무리 그래도 날 기소하진 못할 거요."

"아, 그 점이 나도 걱정이라네, 윈디뱅크. 우리끼리니까 하는 말인데, 이번 사건에서 당신이 쓴 수법은 이제껏 내가 겪어본 사건들 중에서도 가장 잔인하고 이기적이고 몰인정하더군. 사건 경위를 설명할 테니 틀린 점이 있다면 바로 말하게."

완전히 압도당한 남자는 고개를 푹 숙이고 몸을 웅크려 앉아 있었다. 홈스는 벽난로 모퉁이에서 양손을 주머니에 넣은 채 벽에 기대서 있었다. 그리고 그는 우리에게 하는 이야기가 아니라 혼잣말을 하듯이 말하기 시작했다.

"돈 때문에 나이 많은 여자와 결혼한 남자가 있어. 의붓딸의 돈에도 손을 댈 수가 있었지, 같이 사는 동안만이긴 했지만. 그자의 입장에서 보면 결코 적은 액수가 아니었기에 앞으로 받지 못하게 된다면 타격이 컸어. 어떻게든 지켜야만 하는 상황이었지. 딸은 착하고 상냥한데다 애정이 많고 마음이 따뜻했어. 성품이 좋고 개인 재산까지 있으니 누가 봐도 노처녀로 늙을 일은 절대 없었지. 남자는 의붓딸이 결혼하면 연간 백 파운드를 날리는 상황이야. 그런 사태를 막기 위해 의붓아버지는 어떻게 했을까?

그는 의붓딸을 될수록 집밖으로 내보내지 않고 또래 청년들과 만나지 못하게 하는 속이 다 들여다보이는 짓을 했지. 하지만 이내 그런 방법이 영원히 통하지 않다는 걸 알게 되었어. 의붓딸이 반항적으로 자기 권리를 주장하기 시작하더니 결국에는 무도회에 참석하겠다는 선언을 했으니까. 그러자 영리한 의붓아버지는 어떻게 했을까? 양심적으로는 훌륭하다고 할 수 없어도 이성적으로는 훌륭하다 할 수 있는 계획을 떠올린 거야. 아내의 묵인과 도움을 받아 다른 사람으로 변장을 했지. 날카로운 눈은 색안경으로 가리고 덥수룩한 구레나룻과 콧수염으로 얼굴을 숨기고 또렷한 목소리는 속삭이는 듯한 목소리로 바꾼 거야. 아가씨가 근시인 덕분에 두 배로 수월했지. 그렇게 남자는 호스머 에인절이 되어 나타났고, 자기가 의붓딸의 마음을 얻어 다른 구혼자들을 쫓아냈어."

"처음에는 장난이었어요. 우리는 그 애가 그렇게까지 마음을 줄 거라고는 생각하지 못했습니다."

손님이 신음하듯 말했다.

"그야 그랬겠지. 하지만 젊은 아가씨는 에인절이라는 남자에게 푹 빠져버렸어. 의붓아버지는 프랑스에 가 있다고 생각했기 때문에 이런 상황은 꿈에도 생각하지 못했지. 의붓딸은 무도회에서 만난 신사가 자신을 주목했다는 사실에 들뜬데다가 어머니까지 그 신사를 치켜세우니 더욱더 마음이 갔을 거야. 그때 에인절 씨는 집에 찾아가기 시작했지. 제대로 효과를 보려면 끝까지 밀어붙여야 하는 법이니까. 그렇게 만남을 이어가다 결혼 약속을 받아냈어. 의붓딸이 다른 남자에게 마음을 주지 않도록 막아냈지. 하지만 언제까지나 속일 수도 없고 프랑스로 출장 가는 척하는 것도 성가셨어. 이제 극적으로 마무리를 해서 젊은 숙녀의 마음에 영원히 지워지지 않을 인상을 남기는 일만 남았지. 그녀가 한동안 다른 구혼자들을 돌아보지 않게 말이야. 그래서 의붓딸에게 성서에 손을 올리고 자신에게 충실하라는 맹세를 시키고, 결혼식 날 아침에 무슨 일이 일어날지도 모른다는 암시를 주었던 거야. 제임스 윈디뱅크는 서덜랜드 양이 호스머 에인절에게 얽매여 생사도 모르고 걱정하기를 바랐지. 적어도 십 년간은 다른 남자를 만날 생각을 하지 못했으면 한 거야. 그 남자는 서덜랜드 양을 교회 문 앞에 보내고, 자신은 사륜마차의 한쪽 문으로 올라탔다가 다른 쪽 문으로 내리는 고전적인 방식으로 모습을 감추었지. 여기까지가 내가 생각하는 사건의 진상이라네, 윈디뱅크!"

손님은 홈스가 이야기를 하는 동안 자신감이 살아난 모양이었다. 그는 창백한 얼굴에 냉소를 머금으며 자리에서 일어났다.

"그럴 수도 있고 아닐 수도 있어요, 홈스 씨. 당신이 그렇게 영리하다면 지금 법을 어기고 있는 건 바로 당신이라는 걸 알고 있겠지요. 난 애초에 기소당할 짓을 하지 않았으니까. 하지만 저 문을 잠그고 있는 한, 당신은 폭행과 불법 감금죄를 저지르는 셈이오."

"지금 말한 대로 법으로는 당신을 어쩔 수 없지."

홈스가 자물쇠로 잠갔던 문을 열며 말했다.

"그렇지만 세상에 당신보다 더 벌을 받아 마땅할 인간은 없을 거야. 만일 젊은 숙녀에게 오빠나 친구가 있었다면 당신을 채찍으로 후려갈겼을 테지. 기필코 말이야!"

홈스는 남자의 얼굴에 떠오른 냉소를 보자 화가 치솟는지 얼굴을 붉혔다.

"의뢰인을 위해 이런 일까지 할 필요는 없지만, 마침 사냥용 채찍이 있으니 본때를 보여주는 것도…….”

홈스가 재빨리 채찍이 걸려 있는 쪽으로 다가갔다. 하지만 그가 채찍을 들기 전에 우당탕 계단을 뛰어 내려가는 소리에 이어 쾅하고 문이 닫히는 소리가 들렸다. 창문으로 내다보니 제임스 윈디뱅크가 젖 먹던 힘까지 내서 달아나고 있는 모습이 보였다.

“저 냉혈한 좀 보게!”

홈스가 웃으며 말하고는 의자에 몸을 던졌다.

“저런 놈은 계속 죄를 짓다가 결국에는 끔찍한 짓을 저질러 교수대에서 생을 마감하게 될 걸세. 이번 사건도 어떤 면에서는 흥미로운 점이 있다네.”

“난 지금도 자네가 그런 결론에 도달한 경위를 잘 모르겠네.”

내 말에 홈스가 대답했다.

“일단 호스머 에인절이라는 사람의 이상한 행동에는 뚜렷한 목적이 있는 게 분명했지. 더불어 이번 사건을 통해 이득을 보는 사람이 의붓아버지밖에 없다는 것도 확실했고. 두 남자는 단 한 번도 같이 있었던 적이 없고 한쪽이 나타나면 다른 한쪽이 사라진다는 점이 의심쩍더군. 거기다 색안경과 이상한 목소리도 마찬가지야. 그 두 가지는 보통 변장을 할 때 쓰이거든. 덥수룩한 구레나룻도 마찬가지고. 이런 의혹들은 서명까지 타자로 치는 그자의 특이한 행동으로 확실해졌다네. 그건 아가씨가 편지를 쓴 사람의 필체를 잘 알고 있기 때문이었어. 몇 글자만 봐도 알아볼 수 있을 정도로 말이야. 수많은 사소한 사실들과 함께, 별개처럼 보이는 이 사실들은 모두 같은 방향을 가리키고 있어."

"자네는 그것들을 어떻게 입증했나?"

"용의자가 있으니 확증을 얻는 거야 쉬운 일이지. 그자가 어느 회사에서 일하는지 알고 있었잖은가. 그래서 신문에 난 인상착의 중에 변장이라고 생각되는 부분들, 그러니까 구레나룻, 색안경, 목소리 등을 모두 지워버린 뒤에 회사에 보내서 외판원 중에 그렇게 생긴 사람이 있는지 문의했지. 그리고 그자의 사무실 주소로 편지를 보내 이곳으로 찾아와달라고 했지. 예상했던 대로 그자는 답장을 타자로 쳐서 보냈는데 호스머 에인절이 보낸 편지에 드러나 있는 타자기 특성과 일치하더군. 마침 우체부가 펜처치 스트리트에 있는 웨스트하우스 앤드 마뱅크사에서 온 답장도 같이 배달해주었어. 내가 보낸 인상착의가 제임스 윈디뱅크라는 직원과 일치한다는 내용이었지. 그게 다라네!"

"서덜랜드 양한테는 뭐라고 할 건가?"

"내가 무슨 말을 해도 아가씨는 믿지 않을 거야. 페르시아에 이런 격언이 있지. '호랑이에게서 새끼를 빼앗은 자가 화를 입듯 여자에게서 환상을 빼앗는 자 역시 화를 입는다.' 로마의 호라티우스 못지않게 페르시아의 하피즈 역시 세상을 보는 지혜가 뛰어났다네."

빨간 머리 연맹

지난가을 어느 날, 내가 셜록 홈스를 찾아갔을 때다. 그는 뚱뚱하고 나이가 지긋한 남자와 진지하게 대화를 나누는 중이었다. 불붙은 것처럼 새빨간 머리에 혈색도 불그레한 신사였다. 방해해서 미안하다고 사과한 뒤 바로 나오려는데 홈스가 나를 붙잡아 방안으로 끌어당기고는 문을 닫았다.

"마침 잘 왔네, 왓슨."

홈스가 진심으로 말했다.

"바빠 보이는데."

"맞아. 많이 바쁘지."

"옆방에서 기다리겠네."

"그럴 것 없어. 윌슨 씨, 제 동료이자 조수인 이 신사는 이제까지 여러 사건을 해결하는 데 많은 도움을 주었답니다. 윌슨 씨의 사건을 해결하는 데도 큰 도움이 될 겁니다."

뚱뚱한 신사는 의자에서 반쯤 일어나 가볍게 고개를 숙이며 인사했다. 퉁퉁한 얼굴에 파묻힌 작은 눈에 순간 미심쩍어하는 빛이 스쳤다.

"이 의자에 앉게."

홈스는 다시 안락의자에 앉고는 생각에 잠길 때면 늘 그렇듯 양 손가락 끝을 마주댔다.

"왓슨, 자네도 단조롭고 평범한 일상에서 벗어나는 기이한 일을 좋아한다는 걸 잘 알고 있네. 내가 맡았던 사건들을 기록하는 일에 열심인 것만 봐도 알 수 있지. 이렇게 말해도 될지 모르겠지만 자넨 내가 겪은 수많은 소소한 모험담들을 잘 포장해 주었다네."

"자네가 맡았던 사건은 모두 흥미로웠으니까."

내가 말했다.

"지난번 메리 서덜랜드 양과 관련된 단순하고 소소한 사건을 해결하기 전에 내가 했던 말을 기억하나? 정말 특이하고 기이한 것들은 삶 자체에 있다는 얘기 말이야. 인생보다 더 흥미진진한 허구는 없다고 했었지."

"난 자네의 의견에 동의하지 않았지."

"그랬지, 의사 선생. 하지만 결국 내 의견에 동의하게 될 거야. 자네의 논지가 무너지고 마침내 내가 옳다는 사실이 인정받을 때까지 계속해서 사례를 제시할 테니까. 오늘 아침에도 여기 계신 제이베즈 윌슨 씨가 정말 기이한 이야기를 들려주고 계시지. 전에도 말했듯이 큰 사건보다는 작은 사건, 범죄인지 아닌지조차 알 수 없는 소소한 사건이 훨씬 특이하고 희한한 경우가 많다네. 지금까지 들은 바로는 범죄 여부를 파악하기 힘들지만 이제껏 내가 들었던 이야기 중에 가장 독특하다는 것만큼은 분명해. 윌슨 씨, 이야기를 다시 처음부터 들려주시겠습니까? 이런 부탁을 드리는 것은 내 친구 왓슨 박사가 이야기를 듣지 못했을뿐더러 워낙 기이한 이야기다 보니 가능한 한 자세한 부분까지 새겨듣고 싶어서 그렇습니다. 대개의 경우 사건의 경위를 조금만 들어도 유사한 사건들이 떠올라 쉽게 감을 잡는데 이번 경우는 비슷한 사건이 하나도 떠오르지 않을 만큼 독특하기 짝이 없군요."

뚱뚱한 의뢰인이 자랑스럽다는 듯 가슴을 앞으로 내밀더니 외투 안주머니에서 잔뜩 구겨진 신문을 꺼냈다. 신문을 무릎에 펼친 남자가 고개를 쭉 빼고 광고란을 살피는 동안 나는 그를 살피기 시작했다. 내 친구의 방식대로 남자의 옷차림이나 생김새에서 뭔가를 알아낼 심산이었다.

하지만 이리저리 뜯어봐도 알아낼 수 있는 것이 별로 없었다. 우리를 찾아온 외뢰인은 평범한 상인 같았다. 그는 비대한 몸집으로 느릿느릿 움직이며 점잖은 척했다. 품이 넉넉한 회색 격자무늬 바지에 깨끗하다고 할 수 없는 검정색 프록코트를 걸쳤다. 황갈색 조끼 위로 늘어진 묵직한 놋쇠로 된 앨버트 시곗줄에 네모난 구멍이 뚫린 동그란 금속 장신구를 꿰었다. 옆에 있는 의자에는 해진 중산모와 구겨진 벨벳 칼라가 달린 빛바랜 갈색 외투가 놓여 있었다. 아무리 봐도 나로서는 그의 머리카락이 불타는 듯 새빨갛다는 사실과 얼굴에 억울함과 불만이 가득차 있다는 사실 말고는 알아낼 수 있는 게 없었다.

셜록 홈스는 예리한 눈빛으로 내가 무슨 생각을 하고 있는지를 간파했다. 그는 의아해하는 내 표정을 알아차리고는 싱긋 웃으며 고개를 내저었다.

"이분은 과거에 육체노동을 했고 코담배를 피우며 프리메이슨에 소속되어 계시지. 중국에서 지낸 적도 있고 최근에 글씨를 많이 쓰셨다네. 나도 그 이상은 모르겠군."

깜짝 놀란 윌슨이 자리에서 벌떡 일어났다. 검지로는 여전히 신문을 짚은 채였지만 눈은 내 친구를 향해 있었다.

"세상에! 어떻게 알았습니까, 홈스 씨? 내가 육체노동을 했다는 건 어떻게 알았죠? 맞습니다. 전에 배 만드는 일을 했죠."

"손을 보고 알았습니다. 오른손이 왼손보다 훨씬 크지 않습니까. 오른손으로 일을 많이 해서 근육이 발달했기 때문입니다."

"코담배를 피운다는 건요? 프리메이슨 단원이라는 건 어떻게 알았습니까?"

"그걸 일일이 설명한다면 윌슨 씨의 지성을 모욕하게 됩니다. 지금 프리메이슨단의 엄격한 규정에도 불구하고 활과 컴퍼스 모양의 브로치를 달고 계시지 않습니까."

"아, 그렇군요. 깜빡했습니다. 글씨를 많이 썼다는 건 어떻게 알았죠?"

"오른쪽 소맷자락의 십 센티미터가량이 반들거리고, 왼쪽은 책상에 괴는 팔꿈치 부분이 반들거리니까요."

"음, 중국에 갔다 온 건 어떻게 알았습니까?"

"오른쪽 손목 위에 새긴 물고기 문신은 중국에서만 할 수 있습니다. 전에 문신을 연구해서 논문을 쓴 적이 있죠. 물고기 비늘을 분홍색으로 섬세하게 물들이는 건 중국에서만 쓰는 독특한 기법입니다. 더군다나 시곗줄에 달린 중국 동전을 보면 훨씬 간단하게 알 수 있죠."

윌슨이 큰 소리로 웃었다.

"별거 아니네요! 처음에는 홈스 씨가 똑똑한 줄 알았더니 알고 보니 아무것도 아니군요."

"왓슨, 아무래도 설명을 한 게 실수였던 것 같아. '미지의 것은 모두 위대하게 여겨진다'라더니. 이런 식으로 솔직하게 털어놓다 보면 내 보잘것없는 명성에 금이 갈 것 같군. 광고는 찾았습니까, 윌슨 씨?"

"네, 방금 찾았습니다."

윌슨이 두툼하고 빨간 손가락으로 광고의 중앙을 가리켰다.

"이겁니다. 다 이것 때문이죠. 직접 읽어보세요."

나는 신문을 받아들어 읽었다.

빨간 머리 연맹

미국 펜실베이니아 주 레바논의 고 이지키아 홉킨스 씨의 유언에 따라 만들어진 우리 연맹에 공석이 생겼습니다. 연맹원이 되면 형식적인 업무를 수행하고 일주일에 사 파운드의 급료를 받습니다. 심신이 건강한 스물한 살 이상의 빨간 머리 남성이라면 누구든지 지원할 수 있습니다. 월요일 오전 11시까지 플리스 스트리스의 포프스 코트 7번지로 찾아와 덩컨 로스에게 신청하십시오.

"이게 대체 무슨 소리지?"

특이한 광고를 두 번이나 읽고 나서 내가 불쑥 말했다.

홈스가 기분이 좋을 때 항상 그러듯 의자에서 몸을 뒤틀며 씨익 웃었다.

"진짜 이상하지 않나? 자, 윌슨 씨. 이제 설명해주시죠. 먼저 자기소개를 한 다음 이 광고가 가져다준 행운에 대해 말씀해주십시오. 의사 선생, 자넨 먼저 신문이 며칠 자이고 어느 신문사에서 나왔는지부터 보게."

"1890년 4월 27일 자《모닝 크로니클》이군. 두 달 전인데."

"그래, 맞아. 시작해볼까요?"

"그럼 아까 했던 이야기를 다시 해보죠."

윌슨이 이마의 땀을 닦았다.

"난 시티 근처 색스코버그 스퀘어에서 작은 전당포를 운영하고 있습니다. 일이 많지 않아서 최근 몇 년간은 근근이 입에 풀칠이나 하는 정도죠. 예전에는 점원이 두 명이었는데 지금은 한 명만 데리고 있습니다. 그나마 지금 있는 점원도 일을 배우고 싶다며 급료를 반만 받아도 좋다고 해서 고용한 거랍니다."

"그 착한 청년의 이름이 뭡니까?"

"빈센트 스폴딩입니다. 젊지는 않은데 정확한 나이는 모르겠군요. 똑똑하고 일도 잘 합니다. 사실 이 친구라면 훨씬 좋은 자리를 구해 급료도 두 배는 더 받을 수 있을 겁니다. 하지만 자기가 지금이 좋다는데 내가 그런 말을 해줄 필요는 없지 않습니까?"

"그야 그렇죠. 급료를 적게 받고도 일하겠다는 점원을 두셨다니 정말 운이 좋으시군요. 요즘 세상에 흔치 않은 일이니까요. 신문광고만큼이나 윌슨 씨가 데리고 있는 점원도 특이한 것 같습니다."

"아, 그 친구도 단점은 있어요. 사진에 미쳐 있습니다. 툭하면 카메라를 들고 나가 사진을 찍어대고는 그걸 현상하겠다고 토끼가 굴속에 뛰어들듯이 지하실에 처박히곤 합니다. 그런 게 큰 단점이지만 대체로 좋은 일꾼이에요. 나쁜 버릇도 없고."

윌슨이 말했다.

"그 점원과 지금도 일하십니까?"

"네, 그 친구 외에 간단한 요리와 청소를 해주는 열네 살짜리 여자애도 한 명 데리고 있죠. 식구는 그게 다예요. 홀아비라 가족이 없거든요. 우리 세 사람은 조용하게 살고 있답니다. 집 있고 빚 없으면 그만이지요.

그러다 광고 때문에 조용한 생활이 끝나버렸습니다. 정확히 팔 주 전에, 스폴딩이 신문을 들고 사무실에 들어오면서 그러더군요.

'저도 빨간 머리였으면 좋겠어요.'

'왜 그러는데?'

내가 물었죠.

'글쎄, 빨간 머리 연맹에 자리가 났다지 뭐예요. 그 자리에 들어가는 사람은 행운아예요. 분명 이 연맹은 혜택을 받을 회원보다 신탁으로 받은 예금이 넘쳐나 돈을 주체하지 못하는 거라고요. 제 머리카락 색깔이 빨간색으로 변하기만 하면 당장 가서 그 행운을 차지할 텐데.'

'그게 뭔데 그러나?'

홈스 씨, 아시다시피 원래도 난 집에 처박혀 있는 사람인데다 외출할 필요가 없는 일을 하다 보니 몇 주씩 집밖으로 나가지 않을 때도 있답니다. 그래서 바깥세상이 어떻게 돌아가는지 잘 모르니 별것 아닌 일이라도 누가 얘기를 해주는 게 반가웠어요.

'빨간 머리 연맹에 대해 들어본 적 없으세요?'

스폴딩이 눈을 크게 뜨면서 물어보더군요.

'처음 듣는데.'

'세상에, 윌슨 씨 같은 적임자가 모르고 있다니.'

'좋은 건가?'

'일 년에 이백 파운드가량 수입이 생기는 일이에요. 업무도 별로 없어서 다른 직업이 있어도 상관없대요.'

솔깃한 얘기더군요. 최근 몇 년간 수입이 좋지 않은 터라 일 년에 이백 파운드가 생긴다면 제법 도움이 될 테니 말이에요.

'자세히 말해보게.'

내가 물어보자 스폴딩이 광고를 보여주며 설명했죠.

'여기 보세요. 연맹에 공석이 났다잖아요. 자세한 내용은 이 주소로 찾아가면 알게 되겠죠. 미국인 백만장자 이지키아 홉킨스라는 사람이 연맹을 만들었는데, 그 사람이 아주 괴짜였대요. 본인이 빨간 머리이기도 했고 이 세상의 빨간 머리 남자들을 안쓰럽게 여겼다고 하더군요. 그래서 죽으면서 막대한 유산을 신탁에 맡긴 뒤 거기서 나오는 수익금으로 빨간 머리 남자들을 도와주라고 했대요. 들어보니까 연맹원들은 하는 일도 거의 없이 엄청난 보수를 받는다던데요.'

'연맹에 지원하는 빨간 머리들이 수도 없이 많겠군.'

'생각만큼 많지는 않아요. 보세요. 런던에 사는 성인 남성이 대상이잖아요. 그 미국인이 젊을 때 런던에서 일을 시작했기 때문에 보답을 하고 싶었나 봐요. 그리고 밝은 빨강이나 어두운 빨간 머리는 안 되고 불이 붙은 것처럼 새빨간 머리만 자격이 된다더군요. 생각이 있으면 이곳으로 찾아가세요. 물론 윌슨 씨야 몇백 파운드 때문에 굳이 이런 연맹을 찾아갈 필요가 없을지도 모르지만요.'

두 분이 보시다시피 내 머리는 숱도 많고 색이 진하지 않습니까. 이런 조건이라면 누구보다도 내가 적임자라는 생각이 들더군요. 빈센트 스폴딩이 이번 일에 대해 아는 게 많은 듯하니 같이 가면 도움이 될 것 같았어요. 그날 가게문을 닫고 같이 가자고 했습니다. 스폴딩은 하루 쉬게 돼서 그런지 좋아하더군요. 우리는 광고에 나온 주소로 찾아갔습니다.

홈스 씨, 도착하고 보니 장관이 펼쳐져 있었습니다. 동서남북 사방에서 머리에 빨간 기운이 조금이라도 있는 사람들은 몽땅 몰려온 것 같았어요. 플리트 스트리트가 빨간 머리들로 발 디딜 틈도 없을 지경이더군요. 포프스 코트가 과일 장수의 오렌지 수레처럼 보일 지경이었어요. 광고 하나에 그렇게나 많은 사람들이 몰려들 줄은 정말 몰랐습니다. 참 갖가지 머리색이 모여 있었어요. 밀짚색, 레몬색, 오렌지색, 벽돌색, 아이리시세터색, 간색, 진흙색. 스폴딩의 말대로 불붙은 듯한 새빨간 머리카락을 가진 사람은 별로 없더군요. 하지만 기다리는 사람들이 너무 많아 나는 포기하고 돌아가려고 했어요. 스폴딩은 내 말을 듣지 않았어요. 그렇게까지 할 줄은 생각도 못했는데 나를 끌고 사람들 사이를 애써 뚫고 들어가더니 사무실로 들어가는 계단 앞까지 갔습니다. 계단에는 두 줄이 있었는데 한쪽은 희망을 가지고 올라가는 줄이었고, 남은 한쪽은 거절당하고 내려가는 사람들의 줄이었죠. 우리는 그 사이에 끼어 간신히 사무실 앞에 도달할 수 있었어요."

의뢰인이 말을 멈추고 코담배를 듬뿍 맡으며 기억을 더듬는 동안 홈스가 말했다.

"흥미진진한 경험을 하셨군요. 정말 재미있습니다. 계속해주시죠."

"사무실 안에는 나무 의자 두 개와 전나무 탁자 외에는 아무것도 없었습니다. 나보다 더 빨간 머리를 가진 키가 작은 남자가 앉아 있었죠. 남자는 지원자들과 몇 마디 말을 나눈 뒤 결격 사유를 찾아내 거절하곤 했어요. 빨간 머리 연맹의 빈자리에 들어가는 일은 쉽지 않아 보였죠. 하지만 내 차례가 되자 작은 남자는 다른 지원자들에게 한 것보다 훨씬 호의적인 태도를 보였어요. 우리가 사무실에 들어가자 좀더 편안하게 이야기를 나누고 싶다는 듯 문까지 닫았죠.

스폴딩이 말했습니다.

'이분은 제이베즈 윌슨 씨입니다. 빨간 머리 연맹에 지원하고 싶어 찾아왔습니다.'

'우리가 찾던 분이군요. 모든 요건을 다 갖추셨어요. 이보다 더 좋은 색은 본 적이 없는 것 같은데.'

작은 남자는 한 걸음 뒤로 물러나 고개를 한쪽으로 비스듬히 기울이더니 내가 얼굴을 붉힐 만큼 빤히 쳐다보았습니다. 그러다가 갑자기 달려들어 내 손을 움켜잡더니 가입을 축하한다며 따뜻하게 인사를 건네더군요.

'망설일 이유는 전혀 없지만 확실하게 하기 위해 실례 좀 하겠습니다.'

남자는 양손으로 내 머리털을 잡더니 아파서 비명을 지를 때까지 힘껏 잡아당겼습니다.

'눈물이 고였군요.'

머리털을 놓으며 남자가 말했어요.

'그럴 줄 알았어요. 하지만 신중을 기해야 해서요. 가발에 두 번이나 속았고 한 번은 염색한 머리에 속았거든요. 구두 수선공의 왁스 이야기도 있어요. 아마 이야기를 들으면 인간의 본성을 혐오하게 될 겁니다.'

남자는 창문 쪽으로 가서 모집이 끝났다고 큰 소리로 외쳤어요. 실망이 담긴 웅성거림과 함께 사람들이 모두 흩어지자, 빨간 머리라고는 나와 그 남자만 남았죠.

'덩컨 로스라고 합니다. 나 역시 고귀하신 자선가가 남긴 기금의 수혜자죠. 윌슨 씨, 결혼은 하셨겠죠? 가족이 어떻게 됩니까?'

난 가족이 없다고 대답했어요.

남자가 곧바로 고개를 떨어뜨리더군요.

'이럴 수가! 그건 정말 필수적인 조건인데! 유감이군요. 이 기

금은 빨간 머리의 유지뿐만 아니라 확산을 목표로 하고 있답니다. 윌슨 씨가 홀몸이라니 안타까운 일이에요.'

홈스 씨, 그 말을 듣고 가슴이 철렁 내려앉았습니다. 자리를 얻지 못하겠다는 생각이 들더군요. 하지만 남자는 몇 분 동안 생각하더니 괜찮겠다고 말했어요.

'다른 사람이었다면 치명적인 결격 사유입니다만 이런 머리색을 가진 분은 봐드려야죠. 언제부터 일을 하러 나오실 수 있습니까?'

'그게, 난처한 일입니다만 직업이 따로 있습니다.'

'아, 신경쓰지 마세요! 제가 가게를 보고 있을게요.'

빈센트 스폴딩이 말했습니다.

'근무시간이 어떻게 됩니까?'

내가 물었죠.

'10시에서 2시까지입니다.'

홈스 씨, 전당포에 손님이 찾아오는 시간은 주로 저녁때랍니다. 특히 주급을 받기 직전인 목요일과 금요일 저녁이 바쁘죠. 그러니 낮시간에 잠깐 일하는 건 더할 나위 없이 좋은 조건이에요. 게다가 스폴딩은 일을 잘하기 때문에 충분히 믿고 맡길 수 있어요.

'좋습니다. 급료는 어떻게 됩니까?'

'일주일에 사 파운드입니다.'

'무슨 일을 해야 합니까?'

'형식적인 일이죠.'

'형식적인 일이라는 게 뭡니까?'

'근무시간 동안 사무실, 적어도 이 건물 안에 있기만 하면 되는 일이에요. 만일 정해진 시간 내에 자리를 비우면 자격을 박탈당합니다. 유언장에 분명하게 명시된 사항이죠. 근무시간 내에 사무실을 나가면 규정을 어기는 겁니다.'

'하루에 네 시간인데, 당연히 자리를 지키겠습니다.'

'어떤 구실도 통하지 않습니다. 몸이 아프다거나, 사업상 일이 있다거나, 다른 어떤 이유도 통하지 않아요. 이 시간만큼은 반드시 사무실 안에 있어야 해요. 그렇지 않으면 일자리를 잃게 됩니다.'

'여기서 무슨 일을 합니까?'

'『브리태니커 백과사전』을 베껴 쓰는 일이에요. 저쪽 선반에 1권이 있어요. 책상과 의자는 우리 쪽에서 준비하겠지만 잉크와 펜, 압지는 가져오셔야 합니다. 내일부터 나오실 수 있습니까?'

'그렇게 하죠.'

'그럼 안녕히 가세요. 제이베즈 윌슨 씨. 연맹에 가입하게 된

걸 다시 한번 축하합니다. 당신은 정말 운이 좋았어요.'

그와 인사를 나눈 뒤 사무실을 나와 스폴딩과 함께 집으로 돌아갔습니다. 이런 행운을 얻은 것이 너무 기뻐 어찌할 바를 몰랐어요.

온종일 그 일만 생각하다가 저녁때가 되자 갑자기 기분이 가라앉더군요. 전부 사기이거나 짓궂은 장난일지도 모른다는 생각이 들었습니다. 무슨 목적인지는 도통 알 수가 없었지만 말입니다. 어떤 사람이 남겼다는 유언의 내용도 그렇고 『브리태니커 백과사전』을 베껴 쓰는 단순한 일에 그만한 돈을 준다니 신빙성이 없지 않습니까. 스폴딩이 기운을 북돋아주려고 애를 썼지만 난 잠자리에 들 무렵 그냥 없던 일로 치자고 마음먹었습니다. 한데 날이 밝으니 일단 한번 가보자는 생각이 들더군요. 일 페니짜리 잉크 한 병과 깃펜, 큰 종이 일곱 장을 사서 포프스 코트로 향했습니다.

놀랍고 기쁘게도 모든 것이 사실이었습니다. 내가 쓸 책상이 준비되어 있었고 덩컨 로스 씨가 먼저 나와 나를 기다리고 있었어요. 그 사람은 내게 A 항목부터 쓰라고 지시를 한 뒤 나갔어요. 그리고 일을 잘하고 있는지 살피기 위해 간간이 들렀습니다. 2시가 되자 제법 일을 많이 했다고 칭찬하더니 그만 퇴근해도 좋다고 하더군요. 내가 나가면 그 사람도 나와 사무실 문을 잠갔습니다.

며칠이 지나 토요일이 되자 로스 씨가 주급으로 금화 사 파운드를 주더군요. 그다음 주도 마찬가지였습니다. 그다음 주도 똑같았죠. 나는 매일 아침 10시에 사무실로 나갔다가 오후 2시에 퇴근했습니다. 덩컨 로스 씨는 점차 사무실에 들르는 빈도가 줄어 나중에는 아침에만 한 번 들르고 그 뒤로는 아예 모습을 드러내지 않더군요. 물론 난 사무실을 잠시도 벗어나지 않았습니다. 로스 씨가 언제 들를지 알 수 없었고 나한테 딱 맞는 좋은 일자리를 잃고 싶진 않았으니까요.

그렇게 여덟 주가 지났습니다. 그동안 난 수도원장Abbots, 궁도Archery, 갑옷Armour, 건축Architecture, 아티카Attica 항목을 베껴 썼고, 머지않아 B 항목으로 넘어갈 참이었어요. 종이도 제법 많이 써서 선반 한 칸이 내가 쓴 종이들로 가득찼을 정도였습니다. 그런데 갑자기 모든 게 끝나고 말았어요."

"끝났다고요?"

"네, 바로 오늘 아침에 말입니다. 평소처럼 10시에 사무실로 갔는데 잠긴 문 한복판에 마분지가 압정으로 박혀 있더군요. 바로 이겁니다. 직접 보세요."

그가 공책 크기의 흰색 마분지 한 장을 내밀었다. 그 위에 이렇게 씌어 있었다.

빨간 머리 연맹 해체

1890년 10월 9일

셜록 홈스와 나는 짤막한 공고문과 들고 있는 사람의 서글픈 표정을 보고 그만 웃음을 터뜨리고 말았다. 상황이 너무 우스웠기 때문이다.

"뭐가 그렇게 우습습니까? 비웃기만 할 거면 다른 곳에 찾아갈 거요!"

의뢰인이 새빨간 머리카락이 자라난 두피까지 벌겋게 물들이며 소리쳤다.

"아뇨, 아닙니다."

홈스가 반쯤 일어선 윌슨을 다시 의자에 앉히며 말했다.

"이 사건을 절대 놓치고 싶지 않습니다. 기막힐 정도로 참신한 사건이니까요. 이런 말씀을 드리면 실례일지 모르겠습니다만 이번 사건에는 약간 우스운 구석이 있습니다. 그래, 사무실 문에 붙은 공고문을 보고 어떻게 하셨습니까?"

"완전히 얼이 빠졌습니다. 어떻게 해야 할지 몰랐죠. 옆에 있는 다른 사무실에 가봤지만 이곳에서 있었던 일을 아무도 모르더군요. 1층에서 회계 일을 하는 건물 주인까지 찾아갔습니다.

빨간 머리 연맹이 어떻게 됐는지 물어봤는데 그런 단체는 들어본 적 없다고 했습니다. 덩컨 로스 씨에 대해 물어봤지만 처음 듣는 이름이라고요.

'4호실에 있던 신사 말입니다.'

'빨간 머리 남자 말이오?'

'맞아요.'

'아, 그 사람은 윌리엄 모리스요. 사무 변호사인데 새 사무실을 마련할 때까지 임시로 있다가 어제 이사 갔어요.'

'어디로 갔습니까?'

'새 사무실로 갔죠. 주소를 알려줬는데. 맞다, 세인트 폴 대성당 근처인 킹에드워드 스트리트 17번지라고 했어요.'

바로 그 주소로 찾아갔더니 인공 슬개골 공장이었습니다. 그곳에서도 윌리엄 모리스나 덩컨 로스를 아는 사람은 없었어요."

"그래서 어떻게 했습니까?"

홈스가 물었다.

"색스코버그 스퀘어에 있는 집으로 돌아와 스폴딩에게 조언을 구했습니다. 하지만 그 친구도 도움이 되지 않았어요. 기다리고 있으면 우편으로라도 소식이 오지 않겠느냐고 하더군요. 하지만 마냥 기다릴 수는 없었습니다. 노력해보지도 않고 좋은 일자리를 잃을 순 없어요. 홈스 씨가 도움이 필요한 사람들에게 조언을 해준다는 말을 듣고 찾아온 겁니다."

"잘하셨습니다. 윌슨 씨는 아주 특이한 사건을 겪으셨습니다. 수사가 무척 재미있을 것 같군요. 이야기를 듣고 나니 보기보다 심각한 사건일 가능성도 있겠습니다."

홈스가 말했다.

"심각하다마다요! 일주일에 사 파운드라는 수입을 잃게 됐잖습니까."

윌슨이 말했다.

"윌슨 씨가 그 특이한 연맹에 불평할 이유는 없어 보입니다만. 도리어 그동안 삼십 파운드 넘는 돈을 벌었지 않습니까. A 항목에 있는 온갖 지식들을 얻은 건 말할 것도 없고 말이에요. 연맹 때문에 윌슨 씨가 손해 본 건 없습니다."

"그건 그렇군요. 하지만 연맹에 대해 알고 싶습니다. 그자들이 누구인지, 이 일이 장난이라면 무슨 목적으로 나한테 장난을 쳤는지 알고 싶어요. 장난치고는 그쪽에서 너무 비싼 대가를 지불하지 않았습니까. 삼십이 파운드나 말이죠."

"윌슨 씨의 의문을 명쾌하게 풀어드리겠습니다. 그전에 물어보고 싶은 것이 몇 가지 있습니다, 윌슨 씨. 스폴딩이라는 점원이 광고를 보여준 건 윌슨 씨 밑에서 일한 지 얼마나 지나서였습니까?"

"한 달쯤 됐을 때입니다."

"그자는 어떻게 알게 됐습니까?"

"구인 광고를 보고 찾아왔더군요."

"지원자가 그 사람뿐이었나요?"

"아뇨, 열댓 명 있었죠."

"그럼 왜 그자를 뽑은 건가요?"

"쓸 만해 보이는데다 급료를 적게 받겠다고 했으니까요."

"반만 받겠다고 했죠."

"그랬죠."

"빈센트 스폴딩이라는 자는 어떻게 생겼습니까?"

"작은 키에 몸이 다부지고 민첩합니다. 수염은 없지만 서른 살은 넘었을 겁니다. 이마에 산이 튄 하얀 자국이 있어요."

홈스는 상당히 흥분한 듯 의자에서 몸을 일으켰다.

"생각했던 대로군. 혹시 귀에 귀고리 구멍이 있습니까?"

홈스가 물었다.

"네, 어렸을 때 집시가 뚫어줬다고 하더군요."

"흠!"

홈스는 다시 깊은 생각에 잠겼다.

"아직도 거기서 일하고 있습니까?"

"물론입니다. 여기 오기 전까지 같이 있었는걸요."

“윌슨 씨가 자리를 비워도 전당포는 괜찮습니까?”

“그 친구가 일을 곧잘 하니까요. 아침에는 손님이 별로 없기도 하고.”

“알겠습니다. 윌슨 씨의 문제는 하루이틀 안에 해결될 겁니다. 오늘이 토요일이니까 월요일까지는 결론이 나겠군요.”

의뢰인이 돌아가고 우리만 남자 홈스가 말했다.

“왓슨, 자네는 이번 일을 어떻게 생각하나?”

“뭐가 뭔지 모르겠네. 전혀 이해가 가지 않아.”

나는 솔직하게 대답했다.

“기이해 보이는 일일수록 알고 나면 별일 아닌 경우가 많지. 평범하고 특색 없어 보이는 사건이 실제로는 더 해결하기 어렵다네. 평범한 얼굴들을 각자 구분하기가 힘든 것처럼 말이야. 이번 사건은 서둘러야 할 것 같군.”

“어떻게 할 생각인가?”

내가 물었다.

“담배를 피워야지. 파이프 세 대는 피워야 할 것 같아. 그러니 오십 분 동안은 말을 걸지 말게나.”

홈스는 의자에 몸을 웅크리고 앉아서 무릎을 매부리코에 닿을 정도로 끌어올렸다. 그리고 눈을 감았다. 입에 문 검은 사기 파이프가 이상한 새의 부리처럼 보였다. 그가 잠들었다는 생각이 들자 나도 졸음이 쏟아져 꾸벅꾸벅 졸았다. 갑자기 홈스가 자리에서 벌떡 일어났다. 마음을 정했다는 듯한 움직임이었다. 파이프를 벽난로 선반에 올려놓은 홈스가 말했다.

"오늘 오후에 세인트 제임스 홀에서 사라사테가 연주회를 한다네. 어떤가, 왓슨? 오후에 몇 시간 정도 환자들한테서 자네를 빌릴 수 있을까?"

"오늘은 별일 없네. 진료가 특별히 재미있는 것도 아니고."

"그럼 모자를 쓰게나. 시티를 가로질러 가세. 점심은 가는 길에 먹고. 오늘 연주할 곡목을 보니 독일 음악이 많더군. 난 이탈리아나 프랑스보다는 독일 음악이 취향에 맞아. 독일 음악은 깊은 생각에 잠길 수 있게 해주지. 내가 원하는 게 바로 그거야. 어서 가지!"

우리는 올더스게이트까지 지하철을 타고 갔다. 거기서 조금 걷자 아침에 들었던 기이한 이야기의 배경인 색스코버그 스퀘어가 나왔다. 작고 초라했지만 어떻게든 구색은 갖춘 동네였다. 작은 울타리가 둘러진 공터 안에는 잡초가 우거진 잔디밭과 시든 월계수 덤불이 매연과 오염된 대기에 맞서 힘겹게 싸우고 있었고 공터 바깥쪽으로 지저분한 이 층 벽돌집들이 네 줄로 늘어섰다. 모퉁이에 있는 집에 달린 갈색 간판에는 전당포 마크인 금색 공 세 개와 함께 흰 글씨로 '제이베스 윌슨'이라 씌어 있었다. 그곳이 바로 빨간 머리의 의뢰인이 운영하는 전당포였다. 셜록 홈스는 그 집 앞에 서서 고개를 기울인 채 눈을 가늘게 뜨고 주위를 찬찬히 살폈다. 그의 눈이 날카롭게 빛났다. 그런 다음 계속 골목의 집들을 살피며 거리를 이리저리 걸어다녔다. 다시 전당포 앞으로 돌아온 그는 지팡이로 바닥을 두세 번 힘껏 두드려본 뒤 문을 두드렸다. 문이 열리며 깔끔하게 면도를 한 영리해 보이는 점원이 나와 안으로 들어오라고 말했다.

"실례지만 여기서 스트랜드 대로는 어떻게 가야 합니까?"

홈스가 물었다.

"세 블록 지나 우회전, 네 블록 지나 좌회전이오."

점원은 재빨리 대답하고는 문을 닫았다.

"영리한 녀석이라니까. 저자는 머리가 좋기로 런던에서 네 번째는 될 거야. 대담하기로는 세 번째쯤 될 테고. 저자에 대해서는 예전부터 알고 있었지."

홈스가 걸어가며 말했다.

"윌슨 씨가 데리고 있는 점원이 빨간 머리 연맹 사건에 한자리하고 있는 게 확실하다는 이야기군. 자넨 저자의 얼굴을 확인하기 위해 길을 물어본 것이고."

"얼굴을 보려던 게 아니야."

"그럼?"

"그자의 무릎을 봤지."

"그랬더니?"

"생각했던 대로더군."

"바닥은 왜 두드려본 건가?"

"이보게, 의사 선생. 지금은 이야기가 아니라 관찰을 해야 할 때라네. 우린 적진에 들어온 첩자나 마찬가지야. 색스코버그 스퀘어에서 알아낸 게 있으니 이제 뒤쪽으로 한번 가보지."

외진 색스코버그 스퀘어에서 모퉁이를 돌자 그림의 앞면과 뒷면처럼 완전히 대조적인 풍경이 나타났다. 시티의 북쪽과 서쪽을 잇는 큰길이었다. 도로는 오고가는 마차들로, 보도는 정신없이 오가는 인파로 가득차 있었다. 고급 상점과 당당한 사무용 건물이 늘어선 모습을 보니 그곳이 조금 전 우리가 지나 온 초라하고 정체된 지역의 바로 뒤쪽이라는 사실이 믿기 힘들었다.

"어디 보자……."

홈스가 모퉁이에 서서 거리를 살펴보며 말했다.

"여기 건물들을 순서대로 기억하고 싶어. 런던에 관한 정확한 지식을 쌓는 취미가 있거든. 모티머스 가게, 담배 가게, 작은 신문 가게, 시티앤드서버번은행 색스코버그 지점, 베지테리언 레스토랑, 맥팔레인 마차 정거장. 그다음은 다른 블록이군. 자, 의사 선생. 이제 볼일은 다 봤어. 즐길 시간이야. 샌드위치와 커피 한 잔 하고 바이올린의 나라로 떠나세. 빨간 머리 의뢰인이 이상한 사건으로 우리를 괴롭히는 일이 없는, 감미롭고, 섬세하고, 조화로운 그곳으로 말이야."

내 친구는 열정적인 음악가였다. 연주 실력이 뛰어날 뿐 아니라 훌륭난 작곡가이기도 했다. 홈스는 그날 오후 내내 객석 앞자리에 앉아서 이루 말할 수 없는 행복함을 느끼며 길고 가느다란 손가락을 음악에 맞춰 흔들었다. 얼굴에는 부드러운 미소가 떠올랐고 나른한 눈빛은 꿈을 꾸는 것처럼 보였다. 뛰어난 두뇌로 무자비하게 범죄자를 쫓는 사냥개 같은 모습은 찾아볼 수 없었다.

셜록 홈스라는 한 사람 안에 내재된 두 가지 면모는 번갈아가며 나타났다. 극도로 정확하고 예민한 면모는, 가끔 보여주는 감상적이고 사색적인 면모의 반작용인 듯했다. 깊은 무기력에 빠져 있다가 갑자기 기운이 넘쳐나는 경우도 있었다. 사실 홈스가 가장 심상찮을 때는 며칠 동안 안락의자에 앉아 빈둥거리면서 즉흥연주를 하거나 흑자체 활자본을 들여다보고 있을 때였다. 그런 다음에는 항상 범죄 해결에 대한 열의가 치솟아 추리력이 직관의 수준까지 이르기 때문이다. 홈스의 방식이 익숙하지 않은 사람들은 다른 사람이 알지 못하는 것을 알아내는 그의 능력을 불신의 눈으로 쳐다보곤 했다.

그날 오후 세인트 제임스 홀에서 음악에 빠진 홈스의 모습을 보니 그가 노리는 악당들에게 머지않아 엄청난 재앙이 일어나리란 느낌이 들었다.

연주회가 끝나고 밖으로 나오면서 홈스가 말했다.

"자넨 이제 슬슬 집에 가고 싶을 테지."

"그러는 게 좋겠어."

"난 할 일이 있네. 몇 시간 정도 걸릴 거야. 색스코버그 스퀘어 일이 보통 심각한 게 아니거든."

"그 정도인가?"

"놈들이 엄청난 범죄를 꾸미고 있어. 그들을 막아야 할 때가 된 것 같군. 그런데 오늘이 토요일이라 일이 좀 복잡해졌네. 오늘밤 자네의 도움이 필요해."

"몇 시쯤 가면 되겠나?"

"10시쯤 오게나."

"10시까지 베이커 스트리트로 가지."

"좋아. 의사 선생! 위험할 수도 있으니까 군대에서 썼던 권총도 챙겨 오게."

홈스는 손을 흔들고 돌아서자마자 사람들 사이로 모습을 감추었다.

내가 주변 사람들보다 우둔하다고 생각했던 적은 없었다. 하지만 셜록 홈스와 함께 지내다 보면 내가 머리 회전이 너무 느리다는 생각이 들곤 했다. 그가 들은 것은 나도 들었고, 그가 본 것은 나도 보았다. 홈스의 말을 들으면 그는 무슨 일이 일어났는지 알아냈을 뿐만 아니라 앞으로 일어날 일까지 아는 게 분명했지만 나는 여전히 일이 혼란스럽고 기괴하기만 했다. 마차를 타고 켄싱턴에 있는 집으로 돌아가면서 백과사전을 베껴 썼다는 빨간 머리 남자의 이야기부터 색스코버그 스퀘어에 찾아갔던 일, 홈스가 나와 헤어지면서 했던 불길한 말까지 지금껏 있었던 모든 일에 대해 곰곰이 생각해보았다. 오늘밤 대체 무슨 일이 벌어질까? 무기를 가지고 오라고 한 이유는 무엇일까? 우리는 어디로 가서 무엇을 하게 되는 걸까? 홈스는 멀끔해 보이던 전당포 점원이 만만치 않은 상대라고 했다. 점원이 음모를 꾸몄을지도 모른다. 나는 속내를 알아내기 위해 애쓰다가 결국 포기하고 모든 것이 밝혀질 밤이 올 때까지 덮어두기로 했다.

9시 15분에 집을 나서 공원을 가로질러 옥스퍼드 스트리트를 지나 베이커 스트리트에 도착했다. 문 앞에 이륜마차 두 대가 서 있었다. 집안에 들어가자 위층에서 사람들의 말소리가 들렸다. 홈스는 방에서 두 명의 남자와 한참 대화를 나누는 중이었다. 한 명은 경찰인 피터 존스였다. 키가 크고 몸이 마른 다른 남자는 반들거리는 모자 아래로 슬픈 표정을 짓고 있었다. 그의 프로코트는 답답해 보일 정도로 고상했다.

"아! 이제야 다 모였군."

홈스가 두툼한 모직 코트의 단추를 채우고는 선반 위에서 묵직한 사냥용 채찍을 집어 들었다.

"왓슨, 경찰청의 존스 씨는 알지? 다른 한 분은 오늘밤 모험에 동참하기로 한 메리웨더 씨라네."

"왓슨 박사님, 또다시 함께 사냥을 나가게 됐습니다. 이 자리에 계신 홈스 씨야 사냥이라면 일가견이 있으니 이제 사냥감을 몰아줄 노련한 사냥개 정도만 있으면 되겠군요."

존스가 거드름을 피우며 말했다.

"기껏 이렇게 몰려가 기러기 한 마리 잡는 걸로 끝나지 않으면 좋겠군요."

메리웨더가 우울하게 말했다.

"홈스 씨의 말이니 믿어도 좋을 겁니다. 홈스 씨는 자기만의 방식이 있죠. 이렇게 표현해도 좋을지 모르겠습니다만, 꽤나 이론적이고 별난 구석이 있긴 해도 탐정으로선 대단한 사람입니다. 숄토 살인과 아그라 보물 사건 때처럼 한두 번 경찰을 능가하는 실력을 보인 적도 있죠."

존스가 거만하게 말했다.

"형사님이 그렇게 말씀하시니 괜찮겠지요! 솔직히 카드 게임을 놓친 게 아쉽긴 하지만 말입니다. 토요일 저녁에 카드 게임을 못 하는 건 삼십칠 년 만에 처음입니다."

메리웨더가 경의를 표하며 말했다.

"이번 일은 지금껏 했던 어떤 카드 게임보다 판이 크고 흥미진진할 겁니다. 메리웨더 씨에게는 삼만 파운드가 걸렸고, 존스 형사님에게는 그토록 바라던 범인의 체포가 달렸기 때문이죠."

셜록 홈스가 말했다.

"존 클레이는 살인, 절도에 화폐 위조까지 했습니다. 메리웨더 씨, 그자는 젊지만 범죄 세계에서는 거물이죠. 런던에 있는 범죄자 중에 가장 체포하고 싶은 녀석입니다. 확실히 독특한 놈이에요. 조부가 왕족 공작이고 본인은 이튼 스쿨과 옥스퍼드 대학을 나온 유망한 청년입니다. 손재주만큼이나 머리도 좋아서 우리가 흔적을 찾아내도 번번이 달아나곤 했어요. 이번 주에 스코틀랜드에서 도둑질을 하면 그다음 주에는 콘월에서 고아원 건립 기부금을 모으는 식으로 행동하죠. 지난 몇 년간 그자를 쫓았지만 아직 얼굴 한번 본 적이 없습니다."

존스가 설명했다.

"오늘밤 형사님에게 그 친구를 직접 소개할 수 있으면 좋겠군요. 지금껏 존 클레이와 한두 차례 스친 적이 있는데, 그자가 범죄 세계의 거물이라는 점은 동의합니다. 이런, 10시가 넘었군요. 이제 출발하도록 하죠. 두 분이 앞에 있는 이륜마차를 타고 가십시오. 왓슨과 내가 뒤에 있는 마차로 따라가겠습니다."

셜록 홈스는 마차를 타고 가는 내내 별다른 말이 없었다. 좌석에 몸을 기대고 연주회에서 들었던 가락을 흥얼거렸다. 가스등이 밝히는 미로 같은 골목길을 덜컹거리며 달리던 마차가 패링턴 스트리트에 접어들었다.

"거의 다 왔군. 메리웨더 씨는 은행장이니 이번 사건과 직접적으로 관련된 사람이고 거기다 존스도 데려오는 게 좋겠다는 생각이 들었다네. 형사로선 형편없지만 사람은 나쁘지 않거든. 장점도 한 가지 있어. 불도그처럼 용감하고 바닷가재처럼 집요해서 한번 물면 절대 놓지 않지. 도착한 모양이야. 그 사람들이 기다리고 있네."

홈스가 말했다.

우리는 오전에 다녀갔던 복잡한 거리에 도착했다. 마차를 돌려보낸 뒤 메리웨더의 뒤를 따라 좁은 골목으로 들어가 그가 열어준 어떤 건물의 옆문으로 들어갔다. 안에 들어서자 작은 통로가 나왔고 끝에 거대한 철문이 있었다. 통로를 지나 철문을 열고 들어가 나선형의 돌계단을 내려가자 또 다른 오싹한 문이 앞을 가로막았다. 메리웨더는 그 앞에 멈춰 서서 등불을 밝혔다. 그리고 계속해서 어둡고 흙냄새 나는 통로로 우리를 데리고 내려갔다. 마침내 세 번째 문을 열자 거대한 지하 금고실이 나타났다. 금고실 안으로 들어가자 커다란 나무 궤짝과 상자 들이 쌓여 있었다.

"위에서 내려오는 길은 보안이 철통같군요."

홈스가 등불을 들고 주위를 살피며 말했다.

"아래쪽도 마찬가지입니다."

메리웨더가 판석이 깔린 바닥을 지팡이로 두드리다 깜짝 놀라 외쳤다.

"이런, 소리가 울리잖아!"

"조용히 해주시겠습니까. 오늘밤 작전이 실패할 수도 있습니다. 방해하지 말고 저쪽 궤짝에라도 앉아 계십시오."

홈스가 무섭게 말했다.

메리웨더는 기분이 상한 표정으로 궤짝 위에 걸터앉았다. 그 사이 홈스는 바닥에 무릎을 꿇고 등불과 돋보기를 이용해 판석 사이에 갈라진 틈은 없는지 조사했다. 몇 초 뒤, 충분히 조사했는지 자리에서 일어나 돋보기를 주머니에 집어넣었다.

"한 시간 정도 기다려야 할 것 같습니다. 저들은 선량한 전당포 주인이 잠자리에 든 뒤에나 움직일 테죠. 하지만 그 뒤에는 서두를 겁니다. 일이 빨리 끝날수록 도망갈 시간이 늘어나니까요. 의사 선생, 이제 자네도 짐작하겠지만 우린 지금 런던에서 손꼽히는 은행의 시티 지점 지하 금고에 들어와 있다네. 내로라하는 런던의 범죄자들이 어째서 이 지하 금고를 노리는지 은행장이신 메리웨더 씨께서 설명해주시죠."

"프랑스 금화 때문이오. 사실 이런 일에 대한 경고도 여러 번 들었죠."

은행장이 나직한 목소리로 말했다.

"프랑스 금화요?"

"그래요. 우리 은행은 보유 자금을 늘리기 위한 목적으로 프랑스중앙은행에서 몇 달 전 나폴레옹 금화 삼만 개를 빌렸소. 그런데 그 금화 상자를 지하 금고에 보관하고 있다는 소문이 나고 만 거요. 지금 내가 걸터앉은 궤짝 하나에는 납지에 싼 나폴레옹 금화 이천 개가 겹겹이 쌓여 있소. 금고에는 평소보다 훨씬 많은 양의 금화를 보관중이라 은행 임원들의 걱정이 하늘을 찌를 듯하죠."

"그럴 만합니다. 우리도 작전을 세울 때가 되었군요. 예상하기로는 한 시간 이내에 일이 터지겠습니다. 메리웨더 씨, 그때까지 각등의 덮개를 내리는 편이 좋겠습니다."

홈스가 말했다.

"어둠 속에 있으란 말이오?"

"그래야 할 것 같습니다. 사실 주머니에 카드 한 벌을 넣어왔어요. 마침 인원도 네 명이고 해서 기다리는 동안 카드 게임을 할 수 있을까 싶었죠. 하지만 저자들이 일을 상당히 진척시킨 모양이니 불을 켜놓기는 위험합니다. 일단 위치부터 정하죠. 우리가 유리한 입장이지만 워낙 대담한 놈들이라 조심하지 않으면 자칫 다칠 수 있어요. 난 이 궤짝 뒤에 서 있겠습니다. 여러분들도 각자 궤짝 뒤에 몸을 숨기고 있다가 내가 놈들에게 불을 비추면 재빨리 포위해주십시오. 왓슨, 만일 저들이 총을 쏘면 그땐 사정 봐주지 말고 쏘게."

나는 권총을 꺼내 공이치기를 당긴 채로 궤짝 위에 올려놓은 후 그 뒤로 몸을 숨겼다. 홈스가 각등 덮개를 내리자 칠흑 같은 어둠이 우리를 뒤덮었다. 생전 처음 겪는 완전한 어둠이었다. 달아오른 금속 냄새가 풍겼다. 각등은 언제든지 어둠을 몰아낼 준비가 되어 있었다. 앞으로 벌어질 일을 생각하자 신경이 곤두섰다. 지하 금고의 차갑고 눅눅한 공기와 갑작스러운 어둠이 어쩐지 오싹했다.

"퇴로는 하나밖에 없습니다. 전당포를 통해 색스코버그 스퀘어 쪽으로 빠져나가는 길이죠. 존스 형사님, 내가 아까 요청한 대로 했습니까?"

"문 앞에 경위 한 명과 경관 두 명을 배치해놓았습니다."

"저들이 빠져나갈 구멍은 없어요. 이제부터는 조용히 기다려

봅시다.”

시간이 얼마나 느리게 가는지! 나중에 보니 우리가 기다린 시간은 한 시간 십오 분뿐이었다. 하지만 밤을 꼬박 새우고 동이 틀 때까지 기다린 것 같은 느낌이었다. 감히 자세를 바꿀 엄두를 내지 못한 덕에 팔다리가 저리고 뻣뻣해졌다. 신경이 곤두서고 청각이 예민해진 덕에 동료들의 나직한 숨소리까지 들렸다. 덩치가 큰 존스 형사의 깊고 묵직한 숨소리와 은행장의 가느다란 한숨 소리까지 구분할 수 있을 정도였다. 내가 숨은 자리에서는 궤짝 너머로 금고실 바닥이 보였다. 갑자기 바닥에서 한줄기 불빛이 새어 나왔다.

처음에는 판석 사이로 흐릿하게 보이던 불빛이 점차 노란색 줄기로 길게 이어졌다. 그러다 아무 예고나 소리도 없이 바닥이 쩍 갈라지더니 여자 같은 하얀 손이 튀어나와 빛이 비추는 부분을 더듬거렸다. 손은 일 분 남짓 바닥을 더듬더니 나타났을 때처럼 갑자기 사라졌다. 다시 어둠이 내려앉으며 판석 사이에 틈이 생겼다는 것을 보여주는 흐릿한 불빛만 남았다.

불빛은 금방 다시 나타났다. 요란한 소리와 함께 하얗고 널찍한 판석이 옆으로 뒤집어지면서 네모난 구멍이 생겼다. 그곳을 통해 눈부신 불빛이 뿜어져 들어왔다. 구멍으로 말쑥한 소년 같은 얼굴이 올라와 날카로운 눈빛으로 주위를 둘러보더니 팔과 어깨를 밖으로 빼고 한쪽 무릎을 구멍 가장자리에 걸칠 수 있을 만큼 몸을 끌어올렸다. 재빨리 위로 올라온 그는 뒤에 올라오는 동료를 끌어올렸다. 마찬가지로 몸집이 작은 동료는 얼굴이 창백했고 머리카락은 새빨갰다.

"문제없어. 끌과 자루는 챙겼지? 이런! 도망가, 아치! 어서, 난 틀렸어!"

그 순간 셜록 홈스가 뛰어나가서 첫 번째 침입자를 붙잡았다. 두 번째 침입자는 다시 구멍으로 뛰어들었다. 존스가 잽싸게 그 자의 옷자락을 붙잡았지만 옷이 찢어지는 소리만 들렸다. 불빛에 번쩍이는 권총 총신을 본 홈스가 사냥용 채찍으로 첫 번째 침입자의 손목을 내리치자 권총은 돌바닥에 떨어졌다.

"소용없다, 존 클레이. 자넨 이제 끝났어."

홈스가 무뚝뚝하게 말했다.

"그런 것 같군. 그래도 내 친구는 무사할 거다. 네놈들한테 옷자락을 붙잡히긴 했어도."

존 클레이는 냉정하게 대꾸했다.

"경관 세 명이 문 앞을 지키고 있지."

"오, 그런가. 완벽하게 준비했군. 칭찬해줘야겠는걸."

"자네도 마찬가지야. 빨간 머리 연맹이라는 발상은 아주 참신하고 인상적이었다네."

"곧 네 친구를 만날 거야. 어찌나 빠른지 굴속으로 금세 내빼긴 했지만. 얌전히 있어, 수갑을 채울 테니."

존스가 말했다.

"그 더러운 손으로 내 몸을 건드리지 말게. 잘 모르는 모양인데, 내 몸에는 왕족의 피가 흐르고 있지. 그러니 말을 할 때는 공손하게 예를 갖추도록 하게."

손목에 수갑을 채우는 동안 존 클레이가 말했다.

"그런 거야 얼마든지 해주지."

존스가 클레이를 향해 킬킬 웃었다.

"이제 경찰서까지 마차로 모시겠습니다, 전하. 위층으로 올라가주시겠습니까?"

"좀 낫군."

존 클레이가 침착하게 대꾸했다. 그는 우리 세 사람을 향해 고개를 살짝 숙여 인사를 한 뒤 존스에게 이끌려 조용히 밖으로 나갔다.

"홈스 씨, 우리 은행에서 어떻게 감사 인사를 드려야 할지, 어떻게 보답해야 할지 모르겠군요. 홈스 씨가 아니었더라면 정말 큰일날 뻔했습니다. 이렇게 쥐도 새도 모를 만큼 용의주도한 방법을 쓰는 은행 강도는 처음 봤어요."

메리웨더가 지하 금고에서 나서면서 말했다.

"나와 존 클레이와의 사이의 문제를 해결했을 뿐입니다. 이번 사건 때문에 쓴 비용만 은행 쪽에서 부담해주셨으면 좋겠군요. 보상은 이번 일로 여러 가지 독특한 경험을 했던 것과 빨간 머리 연맹이라는 흥미로운 이야기를 들은 것으로 충분합니다."

이른 아침, 우리는 베이커 스트리트의 하숙집에서 소다수를 탄 위스키를 앞에 두고 앉아 있었다. 홈스가 설명을 시작했다.

"왓슨, 빨간 머리 연맹에 관한 광고를 내거나 백과사전을 베껴 쓰는 것처럼 희한한 일을 벌인 목적은 처음부터 한 가지밖에 없었다네. 아둔한 전당포 주인을 매일 몇 시간씩 집밖으로 내보내기 위함이지. 기이한 방식이긴 하지만, 사실 그보다 더 나은 방법을 떠올리기도 힘들지. 클레이는 공범의 머리색에서 그런 기발한 발상을 떠올렸을 걸세. 일주일에 사 파운드라는 금액은 전당포 주인을 밖으로 끌어내기에 좋은 미끼였지. 수천 파운드를 노리고 있는 자들에게 그 정도야 대수겠는가? 그자들은 광고를 냈어. 한 놈은 사무실을 빌려 그곳을 지키고 다른 한 놈은 전당포 주인이 광고를 보고 응모하도록 부추겼지. 결국 두 녀석은 전당포 주인을 매일 아침마다 밖으로 내보낼 수 있었다네. 나는 점원이 급료를 반만 받겠다고 했다는 말을 들었을 때부터 그자가 어떻게든 전당포 안에 들어가야만 하는 강력한 동기가 있다는 것을 알아차렸지."

"동기는 어떻게 알아냈나?"

"집에 여자가 있었다면 단순한 불륜 사건이라고 생각했을 걸세. 하지만 그건 아니었지. 전당포도 작아서 그렇게까지 용의주도하게 준비하고 비싼 대가를 치르면서까지 노릴 만한 물건은 없어 보였고. 그렇다면 그자들이 노리는 건 집밖에 있는 게 분명했어. 대체 그게 뭘까? 그러다 점원이 사진 촬영을 좋아하고, 틈만 나면 지하실에 처박힌다는 이야기를 듣고 알아차렸어. 그자들이 노리는 건 지하실이라는 걸 말이야! 그러자 복잡해 보이던 문제의 실마리가 풀리기 시작했지. 조사해보니 점원의 정체는 런던에서 손꼽히는 냉혹한 범죄자더군. 그자는 지하실에서 뭔가를 하고 있었어. 하루에 몇 시간씩 몇 달 동안 계속해야 하는 일이 과연 무엇일까? 아무리 생각해도 다른 건물로 연결되는 굴을 파고 있다는 결론만 나오더군.

사건 현장을 보러 갔을 때 그런 결론을 내린 상황이었지. 그때 내가 바닥을 지팡이로 두드려서 자네는 의아했을 거야. 저자들이 파는 굴이 앞쪽으로 연결되었는지, 뒤쪽으로 연결되었는지 확인해보려고 그랬다네. 앞쪽은 아니었어. 그런 다음 점원이 나오길 바라며 전당포의 초인종을 눌렀지. 클레이와 나는 그동안 몇 번 스치긴 했지만 직접 얼굴을 마주친 적은 없었다네. 난 그자의 얼굴을 살펴보진 않았어. 내가 보고 싶었던 건 녀석의 무릎이었지. 자네도 그자의 바지 무릎 부분이 많이 해지고 잔뜩 구겨진데다 얼룩진 걸 봤을 걸세. 몇 시간 동안 굴을 팠다는 사실을 말해주고 있었지. 문제는 어느 쪽으로 파느냐였어. 모퉁이를 돌아가자 의뢰인의 전당포와 등을 맞댄 시티앤드서버번은행이 보이더군. 그 순간 모든 문제가 풀렸지. 그래서 난 연주회가 끝나고 자네가 집으로 돌아간 뒤에 런던 경찰청과 은행장을 찾아갔다네. 결과는 자네가 본 그대로고."

"그자들이 오늘밤 일을 저지를 거라는 건 어떻게 알았나?"

내가 물었다.

"빨간 머리 연맹 사무실이 문을 닫았다는 건 더이상 제이베즈 윌슨 씨를 집밖으로 내보낼 필요가 없다는 뜻이지. 다시 말하자면 굴을 다 팠다는 말일세. 더군다나 그자들은 일을 서둘러야만 했지. 시간을 끌면 굴이 발견될 수도 있고 금화가 다른 곳으로 옮겨질 수도 있었으니까. 그들 입장에서는 도망칠 시간을 이틀이나 버는 셈이니 다른 날보다는 토요일이 좋겠지. 그래서 그자들이 오늘밤 행동을 개시할 거라고 생각했다네."

"정말 근사한 추리야. 논리의 사슬이 처음부터 끝까지 완벽하게 이어져 있군."

나는 감탄을 숨기지 않았다.

"덕분에 지루하진 않았어."

홈스가 하품을 하며 말을 이었다.

"이런, 벌써 지루해지는 느낌이 드는군. 내 삶은 진부한 일상에서 벗어나기 위한 노력의 연속이지. 이런 작은 사건이 도움이 된다네."

"자네는 사람들의 은인이야."

내가 말했다.

홈스가 어깨를 으쓱했다.

"결과적으로 약간 도움이 될 수는 있겠지. 귀스타브 플로베르가 조르주 상드에게 쓴 편지 중에 이런 구절이 있다네. '인간은 아무것도 아니고 작품이 전부다.'"

보스컴밸리 사건

어느 날 아침 아내와 식사를 하고 있을 때 하녀가 전보를 가져왔다. 셜록 홈스가 보낸 것이었다.

이틀 정도 시간을 낼 수 있겠나? 지금 막 잉글랜드 서부에서 보스컴밸리의 비극에 관련된 전보를 받았다네. 자네가 같이 가준다면 기쁘겠어. 패딩턴에서 11시 15분 기차라네.

"어떻게 할 거예요? 갈 건가요?"

아내가 나를 쳐다보며 물었다.

"어떻게 해야 할지 모르겠어요. 예약 환자들이 제법 있는데."

"앤스트러더 씨가 대신 봐줄 수 있어요. 요즘 당신 안색도 안 좋은데 기분 전환을 하면 나아지지 않을까요? 셜록 홈스 씨 사건에는 항상 관심이 많잖아요."

"아니라고 하면 배은망덕한 인간이겠죠. 사건들을 통해 얻은 것을 생각하면 말이에요. 가려면 당장 짐을 싸야겠어요. 삼십 분밖에 안 남았군요."

아프가니스탄에서 군 생활을 한 덕분에 나는 언제나 재빠르게 짐을 쌀 수 있었다. 필요한 물건도 많지 않았다. 나는 제시간에 짐 가방을 챙겨 마차를 타고 덜컹거리며 패딩턴 역으로 향했다. 셜록 홈스는 승강장에서 서성이고 있었다. 여행용 회색 망토를 두르고 머리에 꼭 맞는 납작한 모자를 쓰고 있어서인지 평소보다 키가 크고 말라 보였다.

"왓슨, 자네가 같이 가줘서 정말 좋군. 내가 전적으로 의지하는 사람이 옆에 있는 것과 없는 것은 큰 차이가 있으니까 말일세. 현지 사람들은 전혀 쓸모없거나 편향적인 정보만 주기 마련이지. 내가 가서 표를 끊어올 테니 자넨 구석자리 두 개를 맡아 주게."

우리 두 사람과 홈스가 가져온 엄청난 양의 신문 뭉치가 객실을 독점했다. 홈스는 레딩 역을 지날 때까지 신문을 뒤적거리면서 읽다가 가끔씩 메모를 하거나 깊은 생각에 잠겼다. 그러다 갑자기 신문을 둘둘 말더니 짐칸에 던져놓았다.

"이번 사건에 대해서 들어봤나?"

홈스가 물었다.

"아니, 요즘 들어 신문을 보지 못했어."

"런던 신문들에는 사건의 전말이 제대로 실려 있지 않아. 이번 사건에 대해 알아보기 위해 최근 신문을 전부 살펴보니 그렇더군. 내가 알아낸 걸로 짐작하면 단순하면서도 무척 까다로운 사건이라네."

"어쩐지 역설적이군."

"하지만 사실이라네. 특이한 사건인 경우 대부분 그 특이성이 단서가 되지. 아무 특징 없고 평범한 범죄가 더 해결하기 어려워. 게다가 이번 사건에서는 피해자의 아들이 용의자더군."

"살인 사건인가?"

"음, 그렇게 추정하고 있어. 내 눈으로 직접 조사해보기 전에는 단정할 수 없지만 내가 아는 범위 안에서 간단하게 설명해주겠네.

보스컴밸리는 허퍼드셔 주 로스에서 그리 멀지 않은 지역이라네. 지역 최대 지주인 존 터너는 오스트레일리아에서 돈을 벌어 몇 년 전에 귀향한 사람이지. 그는 소유한 농장들 중 해덜리 농장을 찰스 매카시에게 빌려주었어. 매카시 역시 오스트레일리아에서 넘어온 사람으로 두 사람은 예전부터 알고 지내던 사이였지. 그들은 이곳에 정착한 뒤에도 자연스럽게 가깝게 지냈어. 터너가 더 부자여서 매카시가 소작인이 되긴 했지만 두 사람은 전적으로 동등한 관계를 유지하며 자주 만났던 모양이야. 매카시에게는 열여덟 살 된 아들이 하나 있고 터너에게는 같은 나이의 딸이 하나 있지. 두 사람 다 부인과 사별했어. 그들은 다른 영국인 이웃과 어울리지 않고 조용하게 생활했다지. 그래도 매카시 부자는 스포츠를 좋아해서 지역 경마 대회에 자주 참가했다고 하더군. 매카시는 집에 남녀 하인을 한 명씩 두고 있었고, 터너는 하인을 적어도 여섯 명은 둔 모양이야. 가족에 대해 내가 아는 건 그게 전부라네. 이제 사건 이야기로 넘어가보지.

6월 3일, 그러니까 지난 월요일 오후 3시에 매카시는 농장 가옥인 해덜리 팜하우스를 나와 보스컴풀 연못까지 걸어갔어. 보스컴밸리에서 흘러 내려온 시냇물이 모여 만들어진 연못이야. 매카시는 그날 아침에 하인과 함께 로스에 갔다가 3시에 중요한 약속이 있다면서 서둘러 돌아가야 한다고 했다더군. 그 사람은 약속 장소에 나갔다가 다시는 돌아오지 못하게 되었다네.

해덜리 팜하우스에서 보스컴풀까지는 사백 미터 정도 떨어져 있는데, 그곳을 지나가는 매카시를 두 사람이 봤다더군. 한 명은 이름을 알 수 없는 노부인이고 다른 한 명은 터너가 고용한 사냥터 관리인인 윌리엄 크로더라는 남자였지. 두 사람 모두 매카시가 혼자 걸어가는 모습을 봤다고 했어. 사냥터 관리인은 매카시가 지나가고 몇 분 뒤에 총을 끼고 같은 방향으로 가는 아들 제임스 매카시를 봤다고 했다네. 매카시가 지나간 지 얼마 되지 않은 때라서 당시에는 아들이 뒤따라간다고 생각했어. 그 일을 그대로 잊고 있다가 저녁에 비극적인 사고 소식을 듣고 떠오른 거지.

사냥터 관리인인 윌리엄 크로더 다음에 매카시 부자를 목격한 사람이 있어. 보스컴풀 주변은 갈대와 풀로 우거졌고 사방이 숲이라네. 보스컴밸리 별장지기의 딸인 열네 살 페이션스 모런은 숲속에서 꽃을 꺾고 있었지. 그 애는 연못 근처 숲 가장자리에 있다가 매카시와 아들이 심하게 싸우는 것을 본 거야. 매카시가 아들에게 심한 말을 퍼부었고, 아버지를 치기라도 할 듯이 손을 들어올리는 아들을 봤다더군. 페이션스 모런은 겁에 질려 그대로 집으로 돌아가 어머니에게 알렸어. 두 사람이 정말 싸울까 봐 걱정했던 거지. 그런데 그 애가 말을 끝내기도 전에 매카시의 아들이 별장으로 달려와 아버지의 시신을 숲속에서 발견했다며 별장지기에게 도움을 청했어. 총도 모자도 없는 그는 몹시 흥분한 것처럼 보였고 오른손과 소매에는 핏자국까지 남아 있었지. 그들이 아들을 따라가보니 연못 뒤 숲속에 매카시의 시신이 쓰러져 있었어. 머리를 묵직한 둔기로 셀 수 없이 얻어맞은 것처럼 보였다네. 근처에 떨어져 있던 아들의 총개머리에 얻어맞은 상처로 보였어. 정황상 아들은 즉시 체포되었고 화요일에 있었던 검시 배심에서 고의적 살인이라는 평결을 받았지. 그리고 사건은 수요일에 로스의 치안판사에게 회부되었는데, 판사는 다음 순회심판으로 넘겼어. 여기까지가 검시관과 즉결심판소에서 드러난 사건의 경위라네."

"상상조차 할 수 없을 만큼 끔찍한 사건이로군. 정황증거대로 아들이 범인이라면 말이야."

내가 말했다.

"정황증거란 사실 모호한 거라네. 특정인을 범인으로 지목하는 증거처럼 보이지만 조금만 관점을 바꾸면 전혀 다른 사람이 범인으로 보일 수도 있으니 말이야. 솔직히 말하자면 이번 사건은 아들이 많이 불리하네. 물론 그가 진짜 범인일 수도 있지. 하지만 이웃 사람들 중에는 아들 제임스의 결백을 믿는 사람들이 많아. 그중에는 지역 대지주인 터너의 딸도 있어. 그 아가씨가 레스트레이드를 불렀다네. 레스트레이드는 '주홍색 연구' 사건에서 만난 적이 있으니 자네도 잘 알겠지. 사건의 정황을 파악한 그가 난감해하며 내게 연락했다네. 덕분에 중년 신사 두 명이 아침 식사나 소화시키며 집에서 조용히 있어야 할 시각에 시속 팔십 킬로미터로 서쪽을 향해 달려가게 된 걸세."

"밝혀진 사건 경위가 명백해서 자네가 활약할 수 있을지 모르겠군."

내가 말했다.

"명백한 사실보다 의심스러운 건 없다네. 게다가 레스트레이드가 찾아내지 못한 또 다른 명백한 사실을 우리가 알아낼 수도 있어. 자넨 나에 대해 잘 알고 있으니 잘난 척한다고 생각하지 않겠지? 나는 레스트레이드가 전혀 쓸 수 없고 이해조차 못할 방식으로 그의 이론을 증명하거나 무너뜨릴 걸세. 지금 눈앞에 보이는 것을 예로 들어볼까? 난 자네 집 침실 창문이 거울 앞에 섰을 때 오른쪽에 있다는 것을 알고 있다네. 하지만 레스트레이드는 그런 명확한 사실조차 알지 못해."

홈스가 웃으며 말했다.

"그걸 어떻게!"

"이보게, 난 자네를 잘 알아. 자네는 전직 군인답게 깔끔한 사람이지. 자네는 아침마다 면도를 하는데 지금 같은 계절에는 햇빛에 의지할 거야. 그런데 얼굴 왼쪽으로 갈수록 점점 면도 상태가 시원찮아지다가 왼쪽 턱 아래는 말끔하지 않지. 그건 곧 얼굴 왼쪽이 오른쪽에 비해 빛을 덜 받았다는 말이야. 제대로 빛을 받았다면 자네 성격상 이런 결과가 나오진 않았겠지. 관찰과 추리를 통해 알아낼 수 있는 사소한 예라네. 바로 내 특기지.

이 방식은 앞으로 사건을 조사하는 데 큰 도움이 될 걸세. 그리고 검시 과정을 보니 사소하긴 해도 생각해볼 만한 일이 몇 가지 있다네."

"그게 뭔가?"

"매카시의 아들은 현장이 아니라 해덜리 팜하우스에 돌아간 뒤에 체포된 모양일세. 그런데 지역 경찰서의 경위가 체포하겠다고 했을 때 놀라기는커녕 자기는 벌을 받아 마땅하다고 했다는군. 그 말에 검시 배심원들도 아들이 범인이라는 사실을 의심하지 않았던 거지."

"자백을 했잖아."

내가 불쑥 말했다.

"아니, 그런 뒤에 자신은 결백하다고 주장했다네."

"엄청난 일이 일어난 뒤에 그런 말을 하면 아무래도 의심스러울 수밖에 없지 않은가."

"그게 아니라 먹구름 사이로 비치는 햇살 같은 거지. 아들 제임스가 아무리 순진하다고 해도 정황이 자신에게 절대적으로 불리하다는 사실을 모르진 않았을 걸세. 체포하겠다는 말에 깜짝 놀라거나 화를 냈다면 나라도 그를 의심할 수밖에 없었겠지. 그런 상황에서 교활한 인간이라면 놀라거나 화를 내는 부자연스러운 반응을 보였을 거야. 자신이 처한 상황을 순순히 인정했다는 것은 제임스가 정말 결백하거나 자제력이 아주 강한 사람이거나 둘 중 하나겠지. 벌을 받아 마땅하다던 말은 아버지 시신 옆에 서니 자식의 도리는 잊어버리고 막말을 했던 자신의 모습이 떠올라서였을 거야. 심지어 사건에서 가장 중요한 증인인 소녀의 말에 따르면 제임스가 아버지를 치기라도 할 것처럼 손까지 들어올렸다고 했어. 그러니 제임스는 자책감과 회한에서 그런 말을 한 거야. 그런 점에서 죄인이 아니라 건전한 정신을 가진 젊은이로 보인다네."

나는 고개를 저었다.

"그보다 훨씬 사소한 증거로도 교수형을 당하는 사람이 많아."

"그렇지. 억울하게 교수형을 당하는 사람들이 많다네."

"젊은이는 사건에 대해 어떻게 말했나?"

"본인의 결백을 입증해줄 내용으로 보기는 힘드네. 한두 가지 의미심장한 대목이 있긴 하지만 말이야. 자네가 직접 읽어보게."

홈스가 둘둘 말아놓았던 신문 뭉치에서 허퍼드셔 지역신문을 꺼내서 불운한 젊은이의 진술 부분을 펼쳐 건네주었다. 나는 주의깊게 읽어보았다.

고인의 외아들인 제임스 매카시 씨는 다음과 같이 증언했다.

증인 : 전 사흘간 브리스틀에 있다가 지난 월요일, 그러니까 3일 아침에 집에 돌아왔습니다. 제가 도착했을 때 아버지는 집에 계시지 않았어요. 하녀 말로 아버지는 마부 존 콥과 함께 로스에 가셨다고 했죠. 오래지 않아 마당에 마차가 들어오는 소리가 들렸습니다. 창밖을 내다보니 아버지가 마차에서 내리자마자 급히 나가시는 모습이 보였어요. 어디로 가시는지는 몰랐죠. 전 총을 들고 보스컴풀 쪽으로 향했습니다. 건너편에 있는 토끼 굴에 가보려고요. 가는 길에 사냥터 관리인인 윌리엄 크로더를 보았습니다. 제가 아버지를 따라가고 있었다는 그분의 증언은 잘못되었습니다. 전 아버지가 앞에 있다는 것을 알지 못했으니까요. 연못까지 백 미터 정도 남았을 때쯤 '쿠우이!' 하는 소리가 들렸습니다. 그건 평소 아버지와 제가 서로를 부르는 신호였죠. 그래서 서둘러 달려가보니 아버지가 연못 앞에 서 계셨습니다. 아버지는 저를 보고 깜짝 놀라신 것 같았어요. 저보고 여기서 뭘 하느냐며 화를 내시더군요. 그렇게 시작된 대화는 결국 험악해져서 하마터면 주먹질로 이어질 뻔했습니다. 아버지는 성격이 다혈질이셨거든요. 걷잡을 수 없이 화를 내시기에 전 그 자리를 떠나 해덜리 팜하우스로 돌아왔습니다. 백오십 미터쯤 갔을 때 갑자기 뒤쪽에서 무서운 비명이 들렸어요. 다시 달려갔더니 아버지가 머리에 심한 상처를 입은 채 쓰러져 계셨습니다. 전 총을 집어던지고 아버지를 끌어안았어요. 하지만 아버지는 그대로 숨을 거두셨습니다. 전 얼마 동안 무릎을 꿇고 있다가 도움을 청하기 위해 근처에 있는 터너 씨

의 별장으로 달려갔어요. 아버지가 쓰러진 근처에서 다른 사람은 보지 못했고, 누가 그런 짓을 저질렀는지도 모릅니다. 아버지는 주변 사람들의 호감을 사지 못했어요. 다른 사람을 차갑고 무섭게 대했으니까요. 하지만 제가 아는 한 아버지께 원한을 품은 사람은 없었어요. 제가 아는 건 그게 답니다.

검시관 : 아버지가 죽기 전에 아무 말도 남기지 않았습니까?

증인 : 몇 마디 중얼거리셨지만, 쥐라는 말밖에 알아듣지 못했습니다.

검시관 : 그게 무슨 뜻인 것 같습니까?

증인 : 전혀 모르겠습니다. 아버지가 헛소리를 하신다고 생각했습니다.

검시관 : 아버지와 싸운 이유는 뭡니까?

증인 : 그건 말하고 싶지 않습니다.

검시관 : 반드시 들어야 되겠습니다만.

증인 : 정말 말할 수 없습니다. 그 일은 아버지께 일어난 비극과는 아무 상관없습니다.

검시관 : 그건 법원이 판단할 일입니다. 증인이 대답을 거부한다면 앞으로의 재판 과정에서 불필요한 오해로 불이익을 받을 수도 있습니다.

증인 : 그래도 말할 수 없습니다.

검시관 : '쿠우이'라는 소리는 평소 증인과 아버지가 서로를 부르는 신호라고 했죠?

증인 : 그렇습니다.

검시관 : 그렇다면 증인을 보지 못했고, 브리스틀에서 돌아온지도 몰랐다는

아버지가 어째서 그 소리를 냈을까요?

증인 : (몹시 당황하며) 잘 모르겠습니다.

배심원 : 비명을 듣고 돌아가 심한 부상을 입고 쓰러져 있는 아버지를 목격했을 때 주위에 뭔가 수상한 건 없었나요?

증인 : 제대로 보지 못했습니다.

검시관 : 무슨 뜻입니까?

증인 : 연못 앞 풀밭으로 달려갔을 때 정신이 하나도 없었고, 아버지에 대한 걱정뿐이었으니까요. 그렇지만 달려가면서 왼쪽에 뭔가 떨어져 있는 것을 어렴풋이 보았습니다. 회색 망토나 코트 같았어요. 어쩌면 격자무늬였을지도 몰라요. 하지만 아버지를 살핀 후에 다시 주위를 둘러보았을 때는 없었습니다.

증인이 도움을 청하러 가기 전에 이미 없어졌다는 뜻입니까?

네. 그때 없었습니다.

그게 뭔지는 모른단 말인가요?

네. 뭔가 있었던 것 같은 느낌만 들었습니다.

그 물건은 시신과 얼마나 떨어져 있었습니까?

십 미터쯤 떨어져 있었습니다.

그럼 숲 가장자리에서는 얼마나 떨어져 있었습니까?

비슷한 거리였습니다.

그렇다면 증인과 불과 십 미터 정도 떨어진 곳에 있던 물건이 없어졌다는 건가요?

네. 하지만 그건 제 뒤쪽에 있었습니다.

증인 신문은 이렇게 끝났다.

"이제 보니 검시관은 제임스를 가차없이 몰아붙이며 신문을 끝냈군. 아버지가 아들이 있는 줄 몰랐는데도 신호를 보냈다는 모순과 아버지와 무슨 대화를 했는지 밝히길 거부했다는 점, 그리고 아버지가 죽어가면서 남겼다는 알 수 없는 말 등은 검시관이 주목할 만하지. 어쨌든 모든 상황이 검시관 말대로 아들에게 불리하긴 해."

나는 신문 기사에서 시선을 떼지 않고 말했다.

홈스가 살짝 웃더니 푹신한 좌석에 몸을 쭉 뻗었다.

"자네나 검시관이나 젊은이에게 유리한 점을 보지 않으려고 애를 쓰는군. 자네가 보기에 젊은이의 상상력이 어떤 때는 너무 풍부하고, 어떤 때는 너무 빈약하다고 느껴지지 않나? 제임스가 아버지와 싸운 이유로 배심원의 동정을 살 만한 이야기를 지어내지 못한 데에서는 상상력이 너무 빈약하고, 아버지가 죽어가면서 엉뚱하게 쥐라는 말을 남겼다거나, 옷이 감쪽같이 사라졌다거나 하는 이야기는 상상력이 지나치게 풍부해 보이지 않는가? 그건 아니지. 난 젊은이의 말이 사실이라는 관점에서 사건에 접근할 생각이야. 이 가설이 우리를 어디로 이끄는지 두고 보게나. 이제 난 페트라르카 시집이나 읽어야겠어. 현장에 도착하기 전까지 사건에 대해서는 더이상 말하지 않겠네. 점심은 스윈던 역에서 먹지. 이십 분 정도 더 가면 도착하겠군."

기차는 아름다운 스트라우드밸리와 은은하게 빛나는 넓은 세번 강을 지나, 오후 4시가 되어서야 작은 시골 마을 로스에 도착했다. 음흉하고 교활한 족제비처럼 생긴 비쩍 마른 남자가 승강장에서 우리를 기다리고 있었다. 시골 환경에 적합한 밝은 갈색 더스트코트와 가죽 각반을 차고 있었음에도 런던 경찰청 소속 레스트레이드 형사라는 것을 바로 알아볼 수 있었다. 우리는 마차를 타고 레스트레이드가 예약해놓은 허퍼드 암스 호텔로 향했다.

"마차를 불러두었습니다. 홈스 씨는 원체 활동적인 분이시니 곧장 범죄 현장으로 가고 싶어 할 것 같아서 말입니다."

레스트레이드가 함께 앉아서 차를 마시다 말했다.

"정말 친절하고 효율적이군요. 하지만 그곳에 갈지 말지는 전적으로 날씨에 달려 있습니다."

레스트레이드는 어리둥절해했다.

"그게 무슨 말입니까?"

"청우계를 좀 볼까요? 29도에다가 바람도 없고 하늘에 구름

한 점 없네요. 여기 담배도 한 갑 있는데다가 시골 호텔치고는 소파도 편안하군요. 오늘밤에는 마차를 쓸 일이 없을 것 같습니다."

레스트레이드가 너그럽게 웃었다.

"신문만 보고도 벌써 결론을 내린 모양이군요. 이번 사건은 사실 빤하지 않습니까. 들여다보면 볼수록 더 명확해지죠. 그래도 아가씨의 청을 거절할 수가 없었습니다. 그렇게 적극적이니 말입니다. 아가씨가 홈스 씨에 대한 이야기를 들었는지 당신의 의견을 듣고 싶어 합니다. 홈스 씨라고 해도 이번 사건에는 별다른 수가 없을 거라고 누차 말했는데도 말입니다. 이런 세상에! 문 앞에 선 마차에서 아가씨가 내리는군요."

레스트레이드가 말을 끝내기도 전에 호텔 문이 열리더니 지금껏 살아오면서 만났던 여자들 중 가장 사랑스러운 아가씨가 모습을 드러냈다. 침착함은 모두 잊어버린 그녀는 지나친 흥분과 걱정 때문에 보라색 눈동자를 반짝거리며 입술을 반쯤 벌리고 분홍빛으로 뺨을 물들인 모습이었다.

"오, 셜록 홈스 씨!"

그녀는 우리 두 사람을 번갈아 쳐다보다가, 마침내 여자의 직감으로 내 친구에게 시선을 고정시켰다.

"와주셔서 너무 기뻐요. 홈스 씨께 드릴 말씀이 있어서 이렇게 왔어요. 전 제임스가 그런 짓을 하지 않았다는 걸 알아요. 확실해요. 홈스 씨도 그것만큼은 알고 수사를 시작해주셨으면 좋겠어요. 그 점에 대해서는 의심하실 필요 없어요. 우린 어릴 때부터 친하게 지냈어요. 전 다른 사람들은 모르는 제임스의 단점까지 잘 알고 있답니다. 그 사람은 파리 한 마리도 죽이지 못해요. 제임스에 대해 잘 아는 사람이라면 이 기소가 얼마나 터무니없는지 알 거예요."

"터너 양, 우리도 제임스 매카시의 혐의가 벗겨지길 바라고 있습니다. 최선을 다할 테니 믿고 맡겨주십시오."

셜록 홈스가 말했다.

"신문을 통해 현재 상황이 어떤지는 보셨겠죠. 뭔가 결론을 내리셨나요? 정황증거 중에서 허점이나 빈틈을 찾으셨나요? 제임스가 결백하다고 생각하세요?"

"그럴 가능성이 높다고 생각합니다."

"이것 보세요! 들으셨죠! 홈스 씨는 제게 희망을 주셨어요."

그녀가 고개를 돌리더니 레스트레이드를 반항적인 눈빛으로 쳐다보았다.

레스트레이드는 어깨를 으쓱했다.

"홈스 씨가 성급한 결론을 내린 것 같군요."

"하지만 홈스 씨 말이 맞아요. 오! 저는 이분 말이 맞다는 걸 알 수 있어요. 제임스는 그런 짓을 하지 않았어요. 검시관에게 왜 아버지와 싸웠는지 말하지 않은 까닭도 알아요. 제가 연관되어 있기 때문이에요."

"어떻게 말입니까?"

홈스가 물었다.

"지금은 그런 걸 숨길 때가 아니죠. 제임스는 저 때문에 아버지와 여러 번 싸웠어요. 매카시 씨는 저희 둘을 결혼시키려고 난리셨어요. 제임스와 전 지금까지 서로를 오누이처럼 아끼고 사랑해왔답니다. 그 사람은 아직 젊고, 세상 경험도 모자라서…… 그래서…… 제임스는 아직 결혼을 원하지 않았어요. 그 문제로 부자간에 다툼이 있었죠. 이번에도 아마 그것 때문에 싸웠을 거예요."

"터너 양의 아버님도 결혼에 찬성하십니까?"

홈스가 물었다.

"아뇨, 아버지도 반대하셨어요. 매카시 씨 외에는 아무도 바라지 않았어요."

홈스가 캐묻는 것 같은 날카로운 눈빛으로 쳐다보자 그녀의 풋풋한 얼굴이 금세 달아올랐다.

"말씀해주셔서 감사합니다. 내일 터너 씨를 뵈러 가도 괜찮을까요?"

홈스가 말했다.

"의사 선생님이 허락하지 않을 거예요."

"의사 선생님이요?"

"네, 듣지 못하셨어요? 안타깝게도 지난 몇 년간 아버지는 건강이 썩 좋지 않으셨어요. 그런데 이번 일이 너무 큰 충격이셨나 봐요. 지금 몸져누워 계세요. 윌로스 의사 선생님 말씀으로는 신경계가 완전히 망가져서 몸이 많이 상하셨대요. 그도 그럴 것이 매카시 씨는 아버지가 오스트레일리아 빅토리아에 살 때부터 친하게 지냈던 분들 중에 유일하게 살아 계신 분이었거든요."

"아! 빅토리아에 계셨었군요! 아주 중요한 사실인데요."

"네, 광산에서 일하셨어요."

"그랬을 겁니다. 금광이었겠죠. 터너 씨는 그곳에서 재산을 모은 모양이군요."

"네, 맞아요."

"감사합니다, 터너 양. 정말 큰 도움이 됐습니다."

"내일 무엇이든 새로운 소식이 있으면 제게도 알려주세요. 제임스를 만나러 가시겠죠? 그 사람의 결백을 제가 알고 있다고 전해주세요."

"알겠습니다, 터너 양."

"그만 돌아가야겠어요. 아버지가 편찮으셔서 그런지 제가 옆에 없으면 찾으시거든요. 그럼 안녕히 계세요. 부디 하느님의 가호가 있기를."

터너 양은 들어올 때와 마찬가지로 급하게 뛰쳐나갔다. 우리는 그녀가 탄 마차가 출발하는 소리를 들었다.

몇 분간 침묵이 흐른 뒤, 레스트레이드가 무게를 잡고 말했다.

"홈스 씨에게 실망했습니다. 나중에 분명 실망할 텐데 어째서 희망을 주는 거죠? 나도 그리 자상한 사람은 아니지만 너무 잔인하지 않습니까."

"제임스 매카시의 혐의를 벗길 방법을 알 것 같아서 말이죠. 면회 신청은 했습니까?"

"네, 면회는 나와 홈스 씨만 가능합니다."

"오늘밤에 외출하지 않겠다는 결심은 철회해야겠군요. 지금 허퍼드행 기차를 타면 오늘밤에 그 젊은이를 만날 수 있습니까?"

"그럼요."

"당장 출발합시다. 왓슨, 자네는 혼자 있어야 하니 좀 지겨울지도 모르겠네. 그래도 두어 시간이면 될 거야."

나는 그들과 함께 기차역까지 걸어갔다. 두 사람이 떠난 뒤 작은 마을을 이리저리 돌아다니다가 호텔로 돌아와 소파에 누워 통속소설이나 읽어보려 했다. 하지만 지금 상대하고 있는 사건의 복잡한 수수께끼에 비하면 소설의 이야기는 구성이 빈약했다. 자꾸 사건에 대한 생각이 떠올라 좀처럼 집중할 수 없어서 결국 책을 덮고 오늘 있었던 일을 생각했다. 불운한 젊은이의 말이 사실이라면 그가 아버지와 헤어졌다가 비명을 듣고 다시 숲으로 달려가는 사이에 어떤 참사가 있었을까? 끔찍하고 치명적인 일이 있었을 것이다. 대체 무슨 일이 벌어진 걸까? 매카시가 머리에 입은 부상에 대해 파악하면 의사로서 뭔가 알아낼 수 있지 않을까? 나는 호텔 직원을 불러 검시 보고서가 실린 주간지를 갖다달라고 했다. 외과 의사의 소견으로는 둔기로 강타당해 왼쪽 두정골 후부 3분의 1 지점과 왼쪽 후두골의 절반이 부서졌다고 했다. 내 머리에서 그 부위를 짚어보았다. 뒤에서 가격당한 것이 분명했다. 이건 피의자에게 다소 유리한 사실이었다. 매카시 부자는 얼굴을 마주보고 싸웠다는 증언이 있었으니까. 하지만 반드시 그렇게만 볼 수는 없다. 노인이 뒤로 돌아섰을 때 내려쳤을 수도 있기 때문이다. 어쨌든 홈스에게 알려줄 만한 사항이었다. 그다음에는 피해자가 죽어가면서 생뚱맞게 쥐라고 말했다는 내용이 있었다. 대체 무슨 뜻일까? 단순한 헛소리는 아니었을 것이다. 갑자기 가격당해 죽어가는 사람들은 보통 의식이 혼탁하지 않다. 공격당한 상황에 대한 이야기를 했을 가능성이 높다. 대체 무슨 말을 하려고 했을까? 나는 그럴듯한 설명을 생각하려고 머리를 쥐어짰다. 그다음에는 제임스가 봤다는 회색 옷에 대한 이야기가 있었다. 그 말이 사실이라면 살인범이 도망치다 외투 같은 것을 떨어뜨렸다는 이야기다. 제임스가 등을 돌리고 있긴 해도 불과 열 걸음 떨어진 곳에 있는데 옷을 되찾아간 걸 보면 범인은 대범한 놈이 분명했다. 온통 말이 안 되는 이상한 일투성이지 않은가! 나는 레스트레이드의 견해가 옳다고 생각했다. 그렇지만 셜록 홈스의 통찰력을 깊이 신뢰했다. 홈스는 제임스의 결백을 확신했다. 그의 생각을 뒷받침해주는 새로운 증거를 발견하게 될지도 몰랐다. 그때까지 나는 희망을 버릴 수 없었다.

셜록 홈스는 밤늦게 혼자 돌아왔다. 레스트레이드의 숙소는 마을에 있었다.

"청우계 수치가 높군. 우리가 현장에 가기 전까지 비가 오지 않는 것이 중요해. 게다가 현장 조사를 할 때는 최상의 상태에서 해야 한다네. 장거리 여행에 지친 몸으로 하고 싶진 않아. 어쨌든 제임스는 만나고 왔네."

홈스가 자리에 앉으며 말했다.

"뭔가 좀 알아냈나?"

"아니."

"실마리가 없던가?"

"전혀 없었어. 처음에는 제임스가 범인의 정체를 알면서도 숨기려는 것이 아닌가 했었네. 그런데 다른 사람과 마찬가지로 아무것도 모르고 있어. 머리가 좋진 않지만 잘생기고 심성이 올곧은 젊은이더군."

"안목도 없지 않나. 터너 양 같은 매력적인 아가씨와의 결혼을 내켜하지 않았다는 게 사실이라면 말이야."

"아, 거기에는 가슴 아픈 사연이 있다네. 젊은이는 미친듯이 아가씨를 사랑하고 있어. 하지만 이 년 전 이 바보가 치기에 무슨 짓을 했는지 아나! 브리스틀에 있는 술집 종업원의 꼬드김에 넘어가 혼인신고를 해버린 거야! 터너 양은 오 년 동안 기숙학교를 다녔기 때문에 제임스가 아직 그녀에 대해 잘 모를 때였지. 이 일을 아무도 모르니 제임스가 얼마나 미칠 노릇이었겠나. 자기는 터너 양과 결혼할 수만 있다면 못 할 일이 없는데 현실적으로 불가능한 상황에서 아버지가 다그치니 말이야. 아버지와 마지막으로 싸웠을 때 손을 들어올렸던 이유는 터너 양에게 청혼하라고 아버지가 몰아붙였기 때문이라더군. 뿐만 아니라 성격이 불같은 아버지가 비밀 결혼을 알면 아들을 가만두지 않을 것이고 집에서 쫓겨나면 먹고살 길이 막연한 상황이었지. 젊은이는 아내 때문에 브리스틀에 갔었다네. 매카시는 아들이 어디 갔는지 몰랐지. 이 점을 주목하게. 중요한 문제니까. 그나마 불행 중 다행은 제임스가 심각한 문제에 휘말려 교수형을 당할 수도 있다는 기사를 신문에서 본 술집 여자가 젊은이를 떠났다는 걸세. 사실 버뮤다 조선소에 남편이 있었다는 편지를 보내왔다는군. 이제 두 사람은 아무 사이도 아니지. 제임스가 지금 무척 힘든 상황이긴 하지만 그 소식에서 위안을 받았을 걸세."

"젊은이가 결백하다면 범인은 대체 누구란 말인가?"

"아! 범인 말인가? 특별히 주목해야 할 두 가지가 있다네. 살해당한 남자가 연못에서 누군가와 만나기로 했다는 거지. 아들은 약속 상대가 될 수 없어. 제임스는 먼 곳에 가 있었고 아버지는 아들이 언제 돌아오는지 몰랐으니까. 다음은 살해당한 남자가 아들이 돌아온 것을 모르는 상태에서 '쿠우이!'라고 외쳤다는 거라네. 이 두 가지가 사건의 실마리야. 자, 이제 조지 메러디스에 대한 이야기나 하는 게 어떻겠나? 사소한 문제들은 내일까지 미뤄두고 말이야."

홈스의 예상대로 비는 오지 않았다. 다음날 아침은 구름 한 점 없이 맑고 화창했다. 9시에 레스트레이드가 찾아왔다. 우리는 그와 함께 해덜리 농장과 보스컴풀을 향해 출발했다.

"오늘 아침에 안 좋은 소식을 들었습니다. 터너 씨의 상태가 위중해서 살아날 가망이 없다고 하더군요."

레스트레이드가 말했다.

"나이가 제법 많지 않습니까?"

홈스가 말했다.

"예순 살 정도 됐습니다. 해외에서 사는 동안 건강을 버렸고 한동안 몸이 좋지 않았다고 하더군요. 그런데다가 이번 일로 충격을 크게 받은 모양입니다. 터너 씨는 매카시 씨의 오랜 친구였죠. 은인이라고도 할 수 있습니다. 해덜리 농장과 집을 무상으로 빌려주고 있었더군요."

"그랬습니까! 그것참 흥미롭군요."

"그랬답니다. 그것 말고도 온갖 도움을 주었답니다. 이곳 사람들은 모두 터너 씨가 매카시 씨에게 그동안 얼마나 잘했는지 모른다고 했습니다."

"정말입니까? 어쩐지 이상하다는 생각이 들지 않습니까? 가진 것 하나 없이 터너에게 빌붙어 살았던 매카시가 자기 아들에게 터너의 딸과 결혼하라고 계속 종용했다는 것이 말입니다. 터너 양은 엄청난 재산을 물려받을 텐데, 청혼만 하면 다른 문제가 없을 것처럼 말이죠. 터너 양의 얘기로는 아버지는 결혼을 반대한다고 하는데도 아랑곳하지 않았다는 게 이상하지 않습니까. 여기서 뭔가 떠오르는 게 없습니까?"

"추리가 시작된 모양이군요."

레스트레이드가 내게 눈을 찡긋하며 말을 이었다.

"가설과 공상으로 상상의 나래를 펼치지 않으면 사실을 알아내기 어렵다는 건 압니다."

"맞습니다. 사실을 알아내는 건 어렵죠."

홈스가 점잖게 말했다.

"어쨌든 나는 홈스 씨가 간과한 사실 하나를 압니다."

레스트레이드가 흥분해서 말했다.

"뭡니까?"

"아들이 아버지를 죽였다는 거요. 그걸 부정하는 모든 이론은 희미한 달빛처럼 무의미하단 말입니다."

"안개가 낀 것보다는 달빛이라도 있는 게 나은 법이죠. 그건 그렇고 저기 왼쪽에 보이는 게 해덜리 팜하우스입니까?"

홈스가 웃으며 물었다.

"그렇습니다."

해덜리 팜하우스는 슬레이트 지붕의 넓고 편안해 보이는 이층집이었다. 회색 벽은 노란 이끼로 뒤덮였다. 커튼이 쳐진 굴뚝에서 연기가 나오지 않는 걸 보니 이번에 있었던 무서운 사건으로 무거운 분위기가 드리워진 듯했다. 문을 두드리자 하녀가 나왔다. 그리고 홈스의 요청대로 하녀는 집주인이 죽을 당시 신고 있던 신발과 그때 신은 건 아니지만 아들의 신발 한 켤레를 가져다주었다. 홈스는 신발들의 치수를 일고여덟 군데 재더니 마당으로 안내해달라고 했다. 우리는 거기서부터 보스컴풀로 이어지는 구불구불한 길을 따라갔다.

셜록 홈스는 이런 식으로 단서를 추적할 때면 완전히 다른 사람 같았다. 홈스가 베이커 스트리트의 조용한 사색가이자 논리가인 줄로만 아는 사람들은 지금 그의 모습을 알아보지 못할 것이다. 홈스의 얼굴은 검붉게 달아올라 있었다. 이마를 찡그리는 바람에 깊은 주름살 두 줄이 생겼고 눈빛은 강철처럼 번뜩였다. 그는 어깨를 구부정하게 웅크리고 고개를 숙인 채 입술은 꾹 다물고 있었다. 길고 탄탄한 목에 정맥이 채찍 자국처럼 도드라졌다. 사냥감을 쫓고자 하는 동물적인 욕구로 콧구멍은 팽창되었고 앞에 놓인 문제에 정신이 온통 쏠린 탓에 말을 걸거나 질문을 하면 귓등으로 흘려듣거나 대답을 하더라도 으르렁거리듯 짧게 대꾸할 뿐이었다. 그는 말없이 빠른 걸음으로 풀밭 사이를 지나 보스컴풀로 이어지는 숲길에 들어섰다. 숲길은 대부분 눅눅하고 축축했다. 그래서 길이나 양쪽의 좁은 풀밭에 발자국이 많이 남아 있었다. 홈스는 빠르게 지나가다가 가끔씩 멈춰 섰다. 풀밭에 들어갔다 나오기도 했다. 레스트레이드와 나는 홈스의 뒤를 따랐다. 형사는 홈스의 행동을 무관심한 태도로 비웃었지만 나는 친구의 행동 하나하나가 분명한 결과를 향해 다가간다는 확신을 가지고 주의깊게 지켜보았다.

해덜리 팜하우스와 터너의 사유지 경계 사이에 보스컴풀이 있었다. 갈대로 둘러싸인 연못은 너비가 오십 미터 정도였다. 나무들 위로 부유한 지주가 사는 집의 빨간 첨탑이 보였다. 농장 쪽은 숲이 우거졌고 숲 가장자리와 연못을 둘러싼 갈대 사이에 스무 걸음 너비의 축축한 풀밭이 좁은 띠처럼 자리하고 있었다. 레스트레이드는 시신이 발견된 정확한 지점을 알려주었다. 땅바닥이 축축하게 젖어서 피해자가 쓰러져서 생긴 흔적이 고스란히 남았다. 짓눌린 풀밭을 내려다보는 홈스의 진지한 표정과 눈빛을 보니 아주 많은 정보를 알아내고 있음을 알 수 있었다. 홈스는 냄새를 쫓는 개처럼 주위를 빙글빙글 돌다가 레스트레이드를 돌아보며 물었다.

"연못에는 왜 들어갔습니까?"

"갈퀴로 바닥을 훑으면 흉기나 다른 증거가 나오지 않을까 싶어서 들어갔죠. 그걸 어떻게……?"

"쯧쯧! 설명할 시간이 없어요. 발끝이 안쪽을 향한 형사님의 왼쪽 발자국이 사방에 찍혀 있잖습니까. 두더지도 알 정도란 말입니다. 그러다 형사님은 갈대숲 사이로 들어갔죠. 이런, 사람들이 들소떼처럼 몰려와서 헤집어놓기 전에 왔었더라면 일이 훨씬 수월했을 텐데. 아, 여기가 별장지기 일행이 서 있던 자리인 모양이네. 시신 주위로 서너 명의 발자국이 찍혔어. 이쪽에는 똑같은 발자국이 세 줄로 찍혔군."

홈스는 돋보기를 꺼내 들더니 좀더 자세히 살피기 위해 방수 코트를 입은 채로 엎드렸다. 그리고 계속 혼잣말을 중얼거렸다.

"제임스의 발자국이야. 두 번 걸었어. 한 번은 뒤꿈치 자국이 거의 없고 신발 앞쪽 자국만 깊이 찍힌 걸 보니 뛰었나 보군. 이건 젊은이의 말을 뒷받침해주는 증거야. 제임스는 쓰러진 아버지를 보고 달려갔다고 했으니까. 이건 아버지가 서성거린 자국일 테고. 그렇다면 이건 뭐지? 아들이 아버지의 이야기를 들으면서 엽총 개머리판으로 땅을 짚은 자국인 모양이군. 그럼 이건? 하, 하! 이게 뭐지? 발끝으로 걸은 자국이야. 발끝으로! 앞부분이 각진 독특한 모양의 신발이군! 이쪽으로 왔다가 갔고, 다시 왔어. 망토를 찾으러 왔나 보군. 자, 그럼 이 발자국이 어느 쪽에서 왔는지 찾아볼까?"

홈스는 발자국을 따라가기 시작했다. 언덕을 따라 오르내렸고, 가끔씩 발자국이 사라지기도 했지만 금방 다시 찾아내어 숲 가장자리에 있는 커다란 너도밤나무 그늘 아래에까지 이르렀다. 근처에서 가장 큰 나무였다. 홈스는 나무 뒤로 돌아가 바닥에 엎드려 얼굴을 땅에 대고 조사를 하다가 작게 탄성을 질렀다. 그는 한참 동안 자리에서 나뭇잎과 마른 가지를 뒤지다가 흙으로밖에 보이지 않는 것을 모아 봉투에 집어넣었다. 그리고 돋보기를 꺼내더니 땅바닥만이 아니라 손이 닿는 범위에 있는 나무껍질까지 조사했다. 이끼 사이에 떨어진 울퉁불퉁한 돌멩이도 주의깊게 살핀 뒤 집어 들었다. 그런 다음 숲속 길을 따라가다 모든 흔적이 사라져버린 큰길까지 나갔다.

“정말 흥미로운 사건입니다.”

평소 모습으로 돌아온 홈스가 말했다.

“오른쪽에 있는 회색 집이 터너의 별장인 모양이군요. 들어가서 모런 양과 이야기를 좀 나눠봐야겠습니다. 어쩌면 간단한 전언만 남길 수도 있겠죠. 그런 다음 돌아가서 점심 식사를 합시다. 두 사람은 먼저 마차에 가 계십시오. 금세 뒤따라가겠습니다.”

그로부터 십 분 뒤, 우리 셋은 마차를 타고 로스로 향했다. 홈스는 숲에서 집었던 돌멩이를 여전히 쥐고 있었다.

“형사님, 이 돌멩이에는 당신도 관심이 갈 겁니다. 바로 이번 사건의 흉기니까요.”

홈스가 돌멩이를 내밀었다.

“아무 흔적도 없는데요.”

“그렇죠.”

“그런데 어떻게 알았습니까?”

“이 돌멩이가 놓인 자리에 풀이 있었으니까요. 그건 자리에 떨어진 지 며칠 되지 않았다는 말입니다. 돌멩이를 어디서 가져왔는지는 모르겠지만 모양이 상처 부위와 일치합니다. 다른 무기를 쓴 흔적은 없었습니다."

"범인은 누굽니까?"

"키가 크고, 왼손잡이에, 오른쪽 다리를 절고, 밑창이 두꺼운 사냥용 부츠를 신고, 회색 망토를 걸쳤습니다. 인도산 시가를 시가 파이프에 끼워 피웁니다. 날이 무딘 작은 주머니칼을 가지고 다닐 겁니다. 그 밖에도 몇 가지 특징이 더 있긴 하지만 그 사람을 찾는 데 이 정도면 충분하죠."

레스트레이드가 웃음을 터뜨렸다.

"아직은 그 말을 그대로 믿을 수가 없군요. 이론이야 훌륭하지만 우리는 고지식한 영국 배심원을 상대해야 합니다."

"두고 봅시다. 형사님은 형사님 방식대로 하십시오. 난 내 식대로 일할 테니. 아무래도 오늘 오후는 바쁘겠군요. 저녁 기차로 런던에 돌아가려면 말입니다."

홈스가 침착하게 대꾸했다.

"사건을 해결하지 않고 돌아가겠다는 말입니까?"

"아니, 사건은 해결했습니다."

"사건의 수수께끼는요?"

"그것도 풀었습니다."

"범인이 누굽니까?"

"좀 전에 말한 인상착의의 신사죠."

"그 사람이 누군데요?"

"찾기 어렵지는 않을 겁니다. 마을 주민이 많지도 않으니까."

레스트레이드가 어깨를 으쓱했다.

"난 실리적인 사람입니다. 다리를 저는 왼손잡이 신사를 찾기 위해 온 마을을 헤매고 다닐 순 없어요. 그랬다간 런던 경찰청의 웃음거리가 될 겁니다."

"마음대로 하십시오. 난 기회를 줬으니까. 자, 숙소에 다 왔군요. 잘 가십시오, 형사님. 런던으로 돌아가기 전에 연락하겠습니다."

홈스가 나지막이 말했다.

레스트레이드가 숙소에 내리자 우리도 호텔로 향했다. 이미 점심 식사가 준비되어 있었다. 홈스는 말없이 생각에 잠겼다. 곤혹스러운 입장에 처한 사람처럼 얼굴에 번민이 가득했다.

식사가 끝나고 식탁이 치워지자 홈스가 부탁했다.

"이보게, 왓슨. 잠깐만 여기 앉아서 이야기를 들어주게나. 지금 어떻게 해야 할지 모르겠어. 그래서 자네 조언이 듣고 싶네. 담배나 한 대 피우면서 이야기를 들어주게."

"말해보게."

"이번 사건에서 제임스가 한 이야기 중에 우리 둘 다 주목했던 점이 두 가지 있지. 물론 같은 이야기를 듣고 자네는 젊은이를 유죄라고 생각했고 나는 결백하다고 생각했지만 말이야. 하나는 죽은 매카시가 아들을 보기도 전에 '쿠우이!' 하고 외쳤다는 것, 다른 하나는 죽어가면서 쥐가 어떻다는 이상한 말을 남겼다는 것. 실제로는 좀더 많은 말을 했겠지만 아들이 알아들은 말은 그것밖에 없었지. 바로 이 두 가지 사실부터 살펴봐야 한다네. 젊은이의 말이 모두 사실이라는 전제하에 말이야."

"'쿠우이!'는 뭐였을까?"

"아들을 부른 소리는 분명히 아니야. 매카시는 아들이 브리스틀에 있다고 알고 있었으니까. 아들이 그 소리를 들은 건 단순한 우연이었어. '쿠우이!'는 누군지 몰라도 그때 만나기로 약속했던 상대를 부르는 소리였을 거야. 원래 '쿠우이'는 오스트레일리아 원주민들이 쓰는 말로, 그들이 서로를 부를 때 사용하지. 그러니까 매카시가 보스컴풀에서 만나기로 한 사람은 오스트레일리아에서 살았던 적이 있는 사람일 가능성이 높아."

"그럼 쥐는 뭔가?"

셜록 홈스는 주머니에서 접힌 종이 한 장을 꺼내 식탁 위에 펼쳤다.

"이건 식민지 빅토리아의 지도라네. 어젯밤에 브리스틀에 전보를 보내 구했지."

그가 지도의 한 부분을 손으로 가리고 물었다.

"여기 뭐라고 씌어 있나?"

"쥐A RAT."

"그럼 이젠?"

홈스가 지도에서 손을 뗐다.

"밸러랫BALLARAT."

"맞아. 매카시는 이걸 말한 거였어. 아들은 끝에 두 음절만 알아들었고. 매카시는 범인의 이름을 말하려고 했던 거야. 밸러랫의 누구누구라고 말이지."

"굉장하군!"

나는 감탄했다.

"이건 확실해. 이로서 용의자의 범위가 상당히 줄어들었지. 젊은이의 말이 정확하다면 세 번째로 중요한 점은 회색 옷을 가졌을 거란 거야. 이제 우리는 막막하기만 했던 범인의 정체를 회색 옷을 가지고 있는 오스트레일리아 밸러랫에서 온 사람이라고 명확하게 알게 됐지."

"그렇군."

"그리고 범인은 이 지역에 사는 사람이야. 보스컴풀은 농장이나 사유지를 거쳐야만 갈 수 있고, 외부인이 함부로 들어갈 수 없으니까."

"맞아."

"그다음은 오늘 현장에서 알아낸 사실이지. 거기서 얻은 소소한 정보를 바탕으로 범인의 인상착의를 천치 같은 레스트레이드에게 알려주었네."

"그런 건 또 어떻게 알아낸 건가?"

"내가 일하는 방식은 잘 알지 않은가. 사소한 것을 관찰해서 알아냈지."

"키야 보폭을 보고 계산했을 테고 어떤 신발을 신었는지는 발자국을 보고 알아냈겠지."

"그래, 특이한 부츠였어."

"다리를 전다는 건 어떻게 알았지?"

"오른쪽 발자국이 왼쪽 발자국에 비해 흐릿하더군. 그건 왼발에 체중을 더 실었단 의미야. 왜 그랬겠나? 그야 범인이 다리를 저는 절름발이이기 때문이지."

"왼손잡이란 건?"

"자네도 검시 보고서에서 상처에 관한 외과 의사의 소견을 보고 깜짝 놀랐을 거야. 바로 뒤에서 머리 왼쪽을 가격했으니까. 왼손잡이 남자가 아니고서는 할 수 없는 일 아닌가? 범인은 매카시와 아들이 이야기를 나누는 동안 나무 뒤에 서 있었어. 담배까지 피웠지. 그 자리에서 담뱃재를 발견했다네. 담뱃재에 대한 전문 지식 덕분에 인도산 시가에서 나왔다는 걸 알 수 있었지. 내가 담뱃재에 관심을 가지다 보니 140가지 종류의 시가, 담배, 파이프용 담뱃재 들이 어떻게 다른지 보여주는 논문을 쓰게 되었다는 걸 자네도 알지. 담뱃재를 발견한 뒤 주위를 살피다가 이끼 사이에 떨어진 담배꽁초까지 찾아냈다네. 바로 인도산 시가였지. 가공은 로테르담에서 했지만."

"시가 파이프를 가지고 있다는 말은?"

"담배꽁초에 입에 문 흔적이 없었다네. 그렇다는 건 파이프를 쓴다는 뜻이지. 끝부분을 물어뜯지 않고 칼로 잘랐더군. 하지만 잘린 면이 매끈하지 않은 것으로 봐서 칼날이 무딘 주머니칼을 썼겠다고 생각했어."

"홈스, 범인은 자네가 친 그물에서 벗어날 수 없을 거야. 자네는 무고한 한 생명을 구했어. 젊은이의 목에 걸린 교수대의 밧줄을 잘라준 거나 마찬가지지. 이제 모든 사실이 누구를 가리키는지 알겠네. 범인은 바로……."

"존 터너 씨가 찾아오셨습니다."

바로 그때 호텔 웨이터가 문을 열고 외쳤고, 손님이 방으로 들어왔다.

방안에 들어온 남자는 기묘하고 인상적인 모습이었다. 절뚝

거리는 느린 걸음과 구부정한 어깨 덕에 노쇠한 인상이었지만 깊은 주름살이 새겨진 우락부락한 얼굴과 우람한 체구에서 몸과 마음이 모두 강인한, 보기 드문 사람이라는 것을 알 수 있었다. 헝클어진 턱수염과 희끗희끗한 머리, 숱이 많고 축 늘어진 눈썹에서 위엄과 힘이 느껴졌다. 하지만 파리한 안색과 검푸른 빛을 띤 입술과 콧구멍으로 보아 만성질환이 있고 죽을 날이 얼마 남지 않은 게 분명했다.

홈스가 부드럽게 말했다.

"이쪽으로 앉으시죠. 전갈을 받으셨습니까?"

"받았소. 별장지기가 전해주었지. 추문을 피하고 싶으면 여기로 오라고 적혀 있더군."

"댁으로 찾아가면 아무래도 사람들의 입에 오르내릴 것 같아서요."

"무슨 이유로 날 보자고 했소?"

존 터너는 이미 답을 아는 듯 지치고 절망이 가득한 눈으로 친구를 쳐다보았다.

"네, 그렇습니다. 저는 매카시의 모든 것을 압니다."

홈스는 터너의 질문이 아닌 표정에 대답했다.

노인이 양손에 얼굴을 묻으며 외쳤다.

"신이시여! 나는 그 젊은이에게 해를 끼칠 마음은 없었소. 순회심판에서 그 애가 유죄를 받게 된다면 사실대로 말할 참이라오."

"그렇게 말씀해주셔서 다행입니다."

홈스가 진지하게 말했다.

"사랑하는 내 딸만 아니었다면 벌써 자백했을 거요. 내가 체포된다면 그 애가…… 그 애가 상심이 클 거요."

"체포되지 않을 수도 있습니다."

홈스가 말했다.

"어떻게!"

"전 경찰이 아닙니다. 따님의 부탁으로 이곳에 와서 따님을 위해 일하고 있죠. 어쨌든 제임스는 풀려나야 합니다."

"난 죽어가고 있소. 오랫동안 당뇨병을 앓았지. 의사는 살날이 한 달도 남지 않았다고 했소. 난 감옥이 아니라 집에서 죽음을 맞이하고 싶소."

홈스는 자리에서 일어나 종이와 펜을 탁자 위에 놓았다.

"사실대로 말씀해주십시오. 제가 받아 적겠습니다. 터너 씨가 서명을 하면 여기 있는 왓슨 박사가 증인이 되어줄 겁니다. 나중에 제임스를 구해야 할 결정적인 순간이 오면 이 진술서를 내놓겠습니다. 반드시 필요한 경우가 아니라면 공개하지 않겠다고 약속드리죠."

"좋소. 내가 순회심판 때까지 살아 있을지 의문이긴 하지만 아무래도 상관없소. 다만 내 딸 앨리스가 너무 상심하지 않기만 바랄 뿐이오. 이제 모든 것을 사실대로 털어놓으리다. 해묵은 사연이지만 말로 하면 그리 길지 않소.

죽은 매카시가 어떤 자인지는 아무도 모를 거요. 그자는 악마나 다름없소. 정말이오. 그런 자의 손에 잡히지 않게 신께서 여러분을 지켜주기를 바라지. 그자는 지난 이십 년 동안 나를 옭아맸고 내 인생을 엉망으로 만들었소. 이제 내가 어쩌다 그자의 손아귀에 붙잡히게 되었는지 말하리다.

1860년대 초에 우린 광산에서 일했소. 그 당시만 해도 젊고 혈기 왕성했던 나는 무슨 일이든 무모하게 덤벼들곤 했지. 그러다 나쁜 친구들과 어울리면서 술을 마시기 시작했소. 마침 불하받은 광산에서 운 나쁘게도 아무것도 나오지 않아서 결국 난 정도를 벗어나게 되었다오. 노상강도가 되어버렸지. 우리 일당은 여섯 명이었는데 제멋대로 거칠게 살았다오. 가끔 목장을 털거나 광산으로 가는 마차를 세우면서 말이오. 당시 난 밸러랫의 블랙잭이라는 별명으로 불렸지. 식민지에서는 아직도 우리를 밸러랫 갱단으로 기억하고 있을 거요.

그러던 어느 날, 우리는 밸러랫에서 멜버른으로 가는 금궤 호송 마차를 덮쳤소. 호송병도 여섯 명, 우리 쪽도 여섯 명이었으니 전력은 막상막하였지. 처음 공격으로 그들 중 네 명을 말에서 떨어뜨렸다오. 우리 일당 중 세 명이 죽었지만 전리품을 수중에 넣을 수 있었소. 난 호송 마차의 마부를 총으로 겨누고 있었는데 그가 바로 매카시였소. 그때 그자를 쏴버렸어야 했는데. 하지만 사악한 작은 눈으로 결코 잊지 않겠다는 듯 내 얼굴을 뚫어지게 쳐다보는 것을 알면서도 그자를 놔줬소. 금을 가지고 도망친 우리는 부자가 되어 아무 의심도 받지 않고 영국으로 건너왔소. 그 뒤에 난 일당들과 헤어져 조용한 곳에 자리잡고 제대로 된 생활을 하기로 마음먹었지. 마침 매물로 나온 이 땅을 산 뒤 잘못된 방식으로 돈을 번 것에 속죄하기 위해 조금이나마 선행을 베풀기 시작했다오. 그리고 결혼도 했소. 비록 아내는 젊은 나이로 세상을 떠났지만 사랑하는 딸 앨리스를 남겨주었소. 앨리스는 아기 때부터 작은 손으로 나를 바른길로 이끌어주었지. 이 세상 누구도 하지 못했던 일이었소. 새 출발을 한 나는 과거를 속죄하기 위해 최선을 다했소. 매카시가 손을 뻗기 전에는 모든 것이 잘되었지.

그러던 어느 날, 투자 관련 업무차 런던에 올라갔다가 리전트 스트리트에서 그자와 마주치고 말았소. 매카시는 신발도 없고 외투도 없는 거지꼴을 하고 있었지.

그자가 내 팔을 잡으면서 말했소.

'여기서 만나는군, 존. 우린 가족이나 마찬가지가 아닌가. 나와 아들, 우리 둘 다 말이야. 그러니 자네가 우리를 보살펴주면 좋겠군. 만일 싫다고 한다면…… 그래도 괜찮아. 영국은 법치주의 국가니까. 소리만 질러도 경찰이 달려오지.'

그들은 나를 따라 여기 서부 지방으로 내려왔소. 매카시 부자를 떼어낼 방법이 없었지. 그때부터 그들은 내 땅 중에서도 가장 좋은 땅에서 공짜로 지내게 되었소. 그때 이후로 내게는 휴식도, 마음의 평화도 사라졌소. 과거를 잊을 수도 없었지. 내가 가는 곳마다 교활하게 웃는 그자가 따라다녔으니까. 앨리스가 커가면서 상황은 더욱 나빠졌소. 내가 과거를 경찰보다 딸에게 들킬까봐 더 무서워한다는 사실을 매카시는 바로 알아차렸지. 그때부터 그자는 원하는 것은 무엇이든 가지려고 했소. 나는 땅이든 돈이든 집이든 무엇이든 두말 않고 그자에게 내주었다오. 끝내 매카시는 결코 줄 수 없는 것을 달라고 했소. 앨리스 말이오.

보다시피 매카시의 아들도 다 컸고 내 딸도 다 자랐소. 내 건강 상태가 좋지 않다는 것을 알아차린 매카시는 아들을 이용해 전 재산을 가로챌 작정을 한 모양이오. 난 완강하게 버텼소. 그자의 저주받은 혈통과 섞이고 싶지 않았으니까. 매카시의 아들이 싫었던 건 아니오. 그자의 피를 물려받았다는 사실을 용납할 수 없었을 뿐. 난 계속해서 꿋꿋하게 버텼소. 매카시가 위협했지만 무슨 짓이든 해보라며 용감하게 맞섰다오. 결국 우리는 문제를 해결하기 위해 양쪽 집 중간에 있는 연못에서 만나기로 했소.

내가 약속 장소에 갔을 때 매카시는 아들과 이야기를 나누고 있더군. 담배를 피우면서 매카시가 혼자 남을 때까지 나무 뒤에서 기다렸소. 그런데 그자가 하는 말을 듣고 있자니 눈앞이 깜깜해지면서 화가 머리끝까지 치밀어 오르기 시작하더이다. 그자는 아들에게 내 딸과 결혼하라고 다그쳤소. 내 딸이 길거리의 매춘부라도 되는 것처럼 딸아이의 생각은 안중에도 없었지. 그따위 인간에게 나뿐만 아니라 세상에서 가장 사랑하는 딸아이까지 휘둘리고 있다는 생각이 들자 미쳐버릴 것 같았소. 이 굴레를 어떻게 벗어날 수 있을까? 난 이미 죽음이 코앞에 닥친 절망적인 상태라오. 아직 정신이 맑고 팔다리에 제법 힘이 있긴 하지만 죽은목숨이나 다름없지. 하지만 과거와 딸! 매카시의 더러운 입을 틀어막을 수 있다면 그 두 가지를 지킬 수 있는 거요. 그래서 일을 저질렀소. 홈스 씨, 다시 그때로 돌아가더라도 난 똑같이 할 거요. 그동안 지은 죄가 너무 커서 속죄하는 마음으로 수도승처럼 살아왔소. 하지만 딸도 나와 똑같은 굴레를 쓸지 모른다고 생각하니 도저히 견딜 수가 없더군. 난 난폭하고 흉악한 야수를 처리하는 것처럼 아무런 죄책감 없이 그자를 내려쳤소. 매카시의 비명을 듣고 그의 아들이 달려왔지만 이미 난 숲

속으로 도망간 뒤였지. 비록 도망치다가 떨어뜨린 망토를 가지러 되돌아갈 수밖에 없었지만 말이오. 이게 사건의 진상이오, 신사분들."

존 터너가 진술서에 서명을 하는 동안 홈스가 말했다.

"터너 씨를 심판하는 건 제 일이 아닙니다. 그런 유혹에 넘어가는 일이 없기만을 바라고 있고요."

"나 역시 그러길 바라오. 이제 어떻게 할 생각이오?"

"터너 씨의 건강 상태를 보아하니 제가 할 일은 없겠습니다. 터너 씨는 순회심판보다 훨씬 권위 있는 곳에서 정당한 대가를 치를 것을 알고 계시니까요. 진술서는 보관하고 있다가 제임스가 유죄판결을 받으면 법정에 제출하겠습니다. 하지만 그렇지 않다면 진술서가 세상에 나오는 일은 없을 겁니다. 터너 씨가 살아 있든 아니든 상관없이 비밀을 안전하게 지키겠습니다."

"그럼 그만 가보겠소. 두 분도 마지막 순간을 맞이했을 때 나를 편안히 보내준 사실을 떠올리면 마음이 한결 편할 거요."

터너는 엄숙하게 말한 뒤 떨리는 거구의 몸을 이끌고 비틀거리며 천천히 방을 나섰다.

한참 동안 침묵을 지키던 셜록 홈스가 입을 열었다.

"이렇게 안타까울 데가! 어째서 운명은 가련하고 무력한 미물들에게 이런 장난을 치는 걸까? 사건의 전말을 들으니 백스터의 말을 떠올리지 않을 수 없군. '신의 은총이 없었다면 셜록 홈스도 저렇게 됐을 것이다.'"

제임스 매카시는 순회심판에서 석방되었다. 홈스가 변호사에게 귀띔해준 수많은 반론 덕분이었다. 터너는 우리와 만난 뒤로 칠 개월을 더 살다가 세상을 떠났다. 그리고 두 집안의 아들과 딸은 자신들의 과거에 드리웠던 먹구름을 전혀 모른 채 함께 행복하게 살아갈 것이다.

다섯 개의
오렌지 씨앗

1882년부터 1890년 사이 셜록 홈스가 엮였던 사건에 대해 내가 적어둔 기록과 메모를 살펴보면 무엇을 꼽아 글을 써야 할지 모를 정도로 기묘하고 흥미진진한 사건이 많다. 그중 어떤 사건은 이미 지면을 통해 대중에게 알려졌지만, 어떤 사건은 내 친구가 정말이지 뛰어나다고 할 수밖에 없는 특유의 재능을 발휘했는데도 세상에 알려지지 않았다. 그의 재능을 세상에 내보이기 위해 내가 글을 쓰는 것인데도 말이다. 상황을 분석하는 홈스의 기술이 발휘되고도, 이야기로 치면 시작만 하고 끝이 나지 않은 사건도 있다. 또 부분적으로만 해결되어 홈스가 좋아하는 순수한 논리적 증거가 아니라 추측과 추정을 토대로 설명해야 하는 사건도 있다. 마지막에 언급한 종류의 사건 중에서 기이한 내용과 놀라운 결말 때문에 세상에 알리고 싶은 사건이 있다. 아직까지 풀리지 않은 부분이 있고 어쩌면 앞으로도 완전히 해결되지 않을 테지만 말이다.

기록을 보면 1887년에는 흥미진진한 사건부터 별 볼 일 없는 사건까지 온갖 일이 있었다. 십이 개월 동안 있었던 일을 훑어보니 패러돌 챔버 사건, 가구 창고 지하실에서 호화 클럽을 운영했던 아마추어 탁발 수도회 사건, 영국 범선 소피 앤더슨호 실종 사건, 그라이스 패터슨 일가가 우파 섬에서 겪은 특이한 사건, 마지막으로 캠버웰 독살 사건 등이 눈에 들어온다. 캠버웰 독살 사건에서 셜록 홈스가 피살자의 시계태엽을 감아 시계태엽이 두 시간 전에 감겼다는 사실을 입증하면서 피살자가 잠자리에 든 시간을 추정해 사건 해결의 결정적인 단서를 찾았던 일이 지금도 잊히지 않는다. 이 사건들에 대해서 언젠가 이야기할 수 있을 것이다. 하지만 내가 지금 이야기하려는 이 사건이 개중 가장 기이하다.

때는 추분이 가까운 구월 말이었고, 강풍이 유난히 세차게 불던 날이었다. 온종일 비바람이 창문을 세차게 두드렸다. 덕분에 런던이라는 거대한 도시 심장부에서 판에 박힌 일상을 보내던 사람들도 대자연의 존재를 인식하지 않을 수 없었다. 대자연은 우리에 갇힌 야수처럼 문명의 창살 사이로 울부짖었다. 저녁이 되어 폭풍우가 거세졌고 바람은 굴뚝 속에서 어린아이처럼 울부짖고 흐느꼈다. 셜록 홈스는 난로 옆에 언짢은 기색으로 앉아 범죄 기록 색인을 만들었고, 나는 맞은편에 앉아 클라크 러셀이 쓴 재미있는 해양소설을 읽었다. 독서에 열중한 나머지 밖에서 불어대는 거친 바람 소리와 빗소리가 소설의 배경과 뒤섞이면서 해변에 밀려드는 거친 파도 소리로 들렸다. 아내가 이모님 댁에 가 있는 며칠 동안 나는 예전처럼 베이커 스트리트에서 지내고 있었다.

내가 고개를 들고 홈스를 보며 물었다.

"초인종 소리 들리지 않았나? 이런 날씨에 누가 찾아온 거지? 혹시 친구가 오기로 되어 있나?"

"나한테 친구는 자네밖에 없어. 집에 누가 찾아오는 것도 좋아하지 않고."

홈스가 대답했다.

"그럼 의뢰인일까?"

"의뢰인이라면 심각한 사건이겠군. 그렇지 않으면 이런 날씨 이런 시각에 밖에 나오지 않을 테니. 주인아주머니 친구가 찾아왔겠지."

하지만 셜록 홈스의 추측은 빗나갔다. 복도에서 발소리가 울리더니 이어 누가 방문을 두드렸기 때문이다. 홈스는 긴 팔을 뻗어 자기 쪽을 비추던 등불을 손님이 앉을 빈 의자 쪽으로 돌렸다.

"들어오십시오!"

홈스가 외쳤다.

방에 들어온 남자는 깔끔하게 단장한 외모와 말쑥한 옷차림을 하고 있었으며 행동거지가 어딘지 세련되고 우아한 젊은이였다. 나이는 스물두 살 정도로 보였다. 손에 든 우산에서 빗물이 뚝뚝 떨어지는데다 몸에 걸친 긴 방수 코트가 젖어 번들거리는 걸 보니 지독한 악천후를 뚫고 여기까지 왔음을 알 수 있었다. 젊은이는 등불 아래서 불안한 듯 주위를 둘러보았다. 큰 걱정이 있는 사람처럼 안색이 창백하고 눈빛이 어두웠다.

"죄송합니다. 폐를 끼칠 생각은 없었는데 아늑한 방안까지 비바람의 흔적을 끌고 와버렸군요."

젊은이가 금테 코안경을 밀어 올리며 말했다.

"코트와 우산은 이리 주십시오. 이쪽에 걸어두면 금방 마를 겁니다. 보아하니 남서부에서 오신 모양이군요."

홈스가 말했다.

"네, 호섬에서 왔습니다."

"구두코에 묻은 점토와 백토의 혼합물이 워낙 특이해서 금세 알아봤죠."

“조언을 구하려고 찾아왔습니다.”

“그거야 쉽지요.”

“도움도 필요합니다.”

“도움을 드리는 건 항상 쉽다고 할 순 없겠군요.”

“홈스 선생님에 대한 말씀은 많이 들었습니다. 프렌더개스트 소령님 말씀으로는 탱커필 클럽 사건이 터졌을 때 도와주셨다고 하더군요.”

“맞습니다. 당시 소령은 카드 게임을 할 때 속임수를 썼다는 누명을 쓰고 있었지요.”

“소령님께서는 홈스 선생님이라면 무슨 문제든 해결해주실 거라고 하셨습니다.”

“과찬이군요.”

“한 번도 실패한 적이 없다고 들었습니다.”

“네 번이나 실패했죠. 세 번은 남자에게, 한 번은 여자에게.”

“성공한 횟수에 비하면 아무것도 아니지 않습니까?”

“대부분 성공하긴 합니다.”

“그렇다면 제 문제도 해결해주실 수 있을 겁니다.”

“난로 앞에 의자를 끌고 와서 앉으십시오. 그런 다음 무슨 일인지 들어봅시다.”

“보통 문제가 아닙니다.”

"여길 찾아오는 사람들의 용건이 대부분 그렇습니다. 이쪽 업계에선 내가 최후의 항소법원이나 마찬가지죠."

"하지만 저희 집안에 일어난 일보다 더 불가사의하고 이상한 사건은 들어보지 못하셨을 겁니다."

"정말 궁금해지는군요. 사건의 요점을 처음부터 말해주십시오. 중요해 보이는 사항은 이야기를 들은 뒤에 묻겠습니다."

홈스가 말했다.

젊은이는 의자를 끌어당기며 젖은 발을 난롯불 쪽으로 뻗었다.

"제 이름은 존 오픈쇼입니다. 이 끔찍한 사건이 저와 직접 관계된 건 아닙니다. 상속 문제가 있지만요. 어쨌든 사건에 대해 제대로 설명하려면 배경부터 이야기해야 합니다.

저희 할아버지껜 아들이 두 명 있습니다. 일라이어스 큰아버지와 제 아버지 조지프죠. 아버지는 코번트리에서 작은 공장을 운영하셨는데 때맞춰 자전거가 발명된 덕분에 공장은 점점 커졌습니다. 아버지는 펑크나지 않는 오픈쇼 타이어의 특허를 내고 큰 성공을 거두셨죠. 덕분에 은퇴하고 공장을 넘기면서 많은 재산을 모을 수 있었습니다.

큰아버지는 젊을 때 미국으로 이민을 가셨어요. 플로리다에서 농장을 운영하셨는데 아주 잘됐다고 하더군요. 남북전쟁이 일어났을 때 큰아버지는 잭슨 장군이 이끄는 부대에 들어갔다가 나중에 후드 장군 휘하로 들어갔는데 대령으로까지 승진했다고 하셨습니다. 리 장군이 항복한 뒤 큰아버지는 농장으로 돌아와 삼사 년 정도 계셨어요. 그러다 1869년인지 1870년에 다시 유럽으로 돌아와 서식스 주 호셤 근처에 작은 땅을 구입하셨습니다. 큰아버지는 미국에서 재산을 많이 모았지만 흑인을 싫어했고 흑인에게 선거권을 주자는 공화당 정책이 마음에 들지 않아서 돌아오셨다고 했어요.

큰아버지는 특이한 분이셨습니다. 난폭한데다 성격도 급했고 화가 날 때는 상스러운 말을 내뱉곤 하셨죠. 그리고 은둔 생활을 하셨어요. 호셤에 사는 동안 시내에 나가신 적이 한 번도 없을 겁니다. 정원과 집 근처에 있는 사유지 두세 곳에서만 운동하셨어요. 몇 주일 동안 방밖으로 한 발자국도 나오지 않을 때도 비일비재했습니다. 큰아버지는 브랜디를 많이 드시고 담배도 많이 피우셨어요. 사람들과 전혀 어울리지 않은데다 친구는 물론 동생조차 멀리했죠.

하지만 조카인 제게는 그러지 않으셨습니다. 절 좋아하셨죠. 큰아버지와 처음 만난 건 제가 열두 살 때였습니다. 그때는 1878년쯤으로, 큰아버지가 영국에 돌아오고 팔구 년 정도 지났을 때입니다. 큰아버지가 저희 아버지에게 부탁해 저를 집으로 데려갔고 함께 지내는 동안 나름 잘해주셨어요. 술을 마시지 않았을 때는 같이 주사위 놀이나 체커 게임을 했죠. 그리고 하인이나 상인을 상대하는 일을 전부 맡기시는 바람에 열여섯 살 때부터 사실상 제가 집주인 노릇을 했습니다. 모든 열쇠를 관리하다 보니 큰아버지를 방해하지만 않으면 집안 어디든 갈 수 있었고 무엇이든 할 수 있었죠. 하지만 다락방 중에 창고로 쓰는 방만큼은 예외였어요. 항상 문이 잠겨 있었고 큰아버지는 아무도 들어가지 못하게 하셨죠. 소년다운 호기심에 열쇠 구멍으로 안을 들여다보았지만 창고에 있을 법한 낡은 가방들과 짐꾸러미 말고 특별한 건 보이지 않았습니다.

1883년 3월 어느 날이었어요. 외국 소인이 찍힌 편지 한 통이 큰아버지의 접시 앞에 놓여 있었습니다. 큰아버지한테 편지가 오는 일은 거의 없었습니다. 물건을 구입하실 때도 항상 현금으로 결제했기 때문에 청구서가 날아올 일도 없었고 편지를 보낼 친구도 없었으니까요.

'인도에서 왔군! 퐁디셰리 소인이야! 뭐지?'

큰아버지가 편지를 집어 들고 급히 봉투를 개봉하자 안에 들어 있던 바짝 말린 작은 오렌지 씨앗 다섯 개가 접시에 떨어졌습니다. 저는 웃으려고 하다가 큰아버지의 얼굴을 보고는 웃음을 거두었습니다. 입을 쩍 벌린 큰아버지는 눈이 튀어나올 것 같았고 안색도 납빛으로 변했어요. 떨리는 손으로 봉투를 들고 그대로 노려보고만 계셨죠.

'K.K.K. 이럴 수가, 이럴 수가. 이렇게 죗값을 치르는구나!'

큰아버지가 비명을 지르셨습니다.

'뭔데요, 큰아버지?'

'죽음이다.'

큰아버지는 자리에서 일어나 방으로 들어가셨어요. 전 두려움에 떨면서 봉투를 살펴보았습니다. 봉투 뚜껑 안쪽 풀을 바른 부분 위쪽에 빨간 잉크로 휘갈겨 쓴 K 자 세 개가 보이더군요. 봉투에 들었던 건 말린 씨앗 다섯 개가 전부였죠. 큰아버지는 무엇 때문에 그토록 겁에 질리셨을까요? 전 식탁에서 일어나 계단을 올라가다가 큰아버지와 마주쳤습니다. 한 손에 다락방 열쇠로 보이는 낡고 녹슨 열쇠를 들고, 다른 손에는 돈궤처럼 보이는 작은 놋쇠 상자를 들고 내려오고 계셨죠.

'저들이 어떻든 나도 가만히 있진 않을 거다. 메리한테 오늘 밤 내 방에 난롯불을 때라고 해라. 그리고 호섬 지역 변호사인 포덤을 불러오라고 해.'

큰아버지가 단호하게 말씀하셨습니다.

전 큰아버지의 지시에 따랐습니다. 변호사가 도착하자 저도 같이 방으로 들어오라시더군요. 난롯불이 활활 타오르고 있었는데 종이 뭉치를 태웠는지 검은 재가 수북하게 쌓여 있었습니다. 그 옆에 활짝 열린 놋쇠 상자에는 아무것도 없었죠. 상자를 슬쩍 보다가 뚜껑에 편지 봉투에서 본 것과 똑같이 K 자가 세 개 쓴 것을 보고 깜짝 놀랐어요.

'지금 작성할 유언장에 네가 증인이 되어주면 좋겠구나. 전 재산을 내 동생, 그러니까 네 아버지에게 물려줄 것이다. 그럼 나중에 네가 물려받겠지. 이 유산을 네가 편안하게 누릴 수 있으면 좋겠구나! 만일 그러지 못하면 그땐 가장 미워하는 사람에게 모든 것을 넘겨주라고 충고하마. 이런 양날의 검을 물려줘서 미안하다. 나도 앞으로 무슨 일이 있을지 알 수가 없으니. 자, 이제 포덤 씨가 주는 서류에 서명해라.'

시키는 대로 서명하자 변호사가 서류를 가져갔습니다. 짐작하셨겠지만 그 이상한 일은 아주 깊은 인상을 남겼습니다. 계속 생각해보았지만 아무리 생각해도 영문을 알 수 없었죠. 그 후로 막연하게 불안하긴 했지만 몇 주가 지나자 두려움도 가라앉았고 일상을 뒤흔드는 사건도 일어나지 않았습니다. 하지만 큰아버지는 완전히 변해버리셨죠. 전보다 술을 더 많이 드시고 아무도 만나려 하지 않으셨습니다. 언제나 문을 안에서 잠그고 방안에 틀어박혀 지내셨고, 가끔씩 술에 잔뜩 취해서 권총을 들고 밖으로 뛰쳐나가 정원을 휘젓고 다니면서 아무도 두렵지 않다, 인간이든 악마든 누구도 자신을 우리 안의 양처럼 가둬둘 수는 없다고 목청이 찢어질 정도로 고함을 지르곤 하셨어요. 난동을 부리고 난 뒤에는 영혼의 뿌리를 잠식한 두려움에 더이상 맞설 수 없다는 듯 미친듯이 방으로 뛰어들어가 문을 걸어 잠그셨습니다. 추운 날에도 큰아버지의 얼굴은 세수라도 한 것처럼 땀으로 번들거렸습니다.

홈스 씨, 이야기가 끝나가니 조금만 참고 들어주세요. 어느 날 밤, 큰아버지는 또다시 술에 취해 밖으로 뛰어나갔다가 다시는 돌아오지 않았습니다. 찾으러 나가보니 큰아버지는 정원의 녹조 낀 작은 연못에 엎드려 계셨어요. 외상이 없는데다 연못 깊이가 육십 센티미터밖에 안 됐기 때문에 검시 배심에서는 큰아버지가 평소 보였던 이상한 행동을 고려해 자살이라는 평결을 내렸습니다. 하지만 저는 큰아버지가 죽음을 생각하는 것조차 싫어했다는 사실을 알았기 때문에 스스로 목숨을 끊었다고는 믿을 수 없었습니다. 일은 그렇게 마무리되어 큰아버지의 유언대로 땅과 만 사천 파운드의 예금은 아버지가 물려받았습니다."

"잠깐, 확실히 이제껏 들어보지 못한 독특한 이야기로군요. 큰아버지가 편지를 받은 날짜와 자살로 추정되는 상황에서 사망한 날짜는 각각 언제입니까?"

홈스가 젊은이의 이야기에 끼어들어 물었다.

"편지를 받은 건 1883년 3월 10일이고, 일곱 주쯤 지난 뒤, 그러니까 5월 2일에 큰아버지가 돌아가셨습니다."

"고맙습니다. 자, 이야기를 계속하시죠."

"그후 전 아버지에게 말씀을 드리고 잠겨 있던 다락방을 샅샅이 조사했습니다. 놋쇠 상자를 발견했지만 내용물은 들으셨다시피 이미 소각되었죠. 뚜껑 안쪽에 쓴 'K.K.K.'라는 머리글자 위에 '편지, 각서, 증서, 명부'라고 쓴 종이가 붙어 있었습니다. 큰아버지가 소각한 서류의 종류일 거라고 생각합니다. 다락방에는 큰아버지가 미국에 있을 때 쓴 기록이나 문서를 제외하면 별게 없었어요. 일부는 전쟁 당시의 것으로 큰아버지가 군 생활을 아주 잘했으며 용감한 군인으로 명성을 날렸다는 내용을 담고 있었습니다. 그 외에는 남북전쟁이 끝난 뒤의 남부 재건에 관련된 문서들로 대부분이 정치적인 내용이었어요. 큰아버지는 북부에서 온 뜨내기 정치인에 대한 반대 운동에 열렬히 동참했던 모양입니다.

어쨌든 아버지는 1884년 초부터 호섬에서 살기 시작하셨고, 그해 연말까지는 아무 문제가 없었습니다. 그런데 다음해인 1885년 1월 4일, 아침 식사 자리에 앉았을 때 아버지가 갑자기 깜짝 놀라 비명을 지르셨어요. 편지 봉투를 든 아버지의 다른 손바닥 위에 오렌지 씨앗 다섯 개가 놓여 있었습니다. 제가 큰아버지에게 있었던 일을 이야기할 때마다 터무니없는 소리라고 웃어넘기셨던 아버지도 똑같은 일을 당하니 겁이 나고 당황하신 모양이었습니다.

'존, 이게 대체 뭐냐?'

아버지가 더듬더듬 말씀하셨어요. 전 가슴이 철렁 내려앉았습니다.

'K.K.K.가 보낸 거예요.'

아버지는 봉투 안쪽을 들여다보고 말씀하셨죠.

'그렇구나. 그렇게 씌어 있어. 그런데 그 위에 적힌 건 뭐지?'

전 아버지 어깨 너머로 글자를 읽었습니다.

'문서를 해시계 위에 놓아라.'

'문서라니? 해시계는 또 뭐고?'

아버지가 물으셨어요.

'정원에 있는 해시계겠죠. 다른 덴 없으니까요. 전에 큰아버지가 태워버린 문서를 말하는 것 같아요.'

'흥! 우린 문명국가에 살고 있어. 이런 바보 같은 짓에 놀아날 순 없다. 어디서 보낸 거냐?'

아버지는 애써 용기를 내어 말씀하셨어요.

'던디요.'

전 소인을 확인하고 대답했습니다.

'누가 못된 장난을 치는 거야. 해시계나 문서가 나와 무슨 상관이지? 이런 말도 안 되는 일은 신경쓸 필요도 없다.'

'경찰에 신고를 해야 해요.'

'비웃음만 당할 거다. 그런 취급을 당할 순 없어.'

'제가 할게요.'

'안 돼. 이런 말도 안 되는 짓에 수선 떨 거 없다.'

아버지와는 싸워봐야 소용없습니다. 워낙 완고한 분이시거든요. 하지만 마음이 너무 불안했습니다.

편지를 받은 지 사흘째 되는 날, 아버지는 오랜 친구인 프리바디 소령님을 만나러 가셨습니다. 포츠다운힐 요새 중 한 곳을 지키고 계시는 소령님이죠. 전 아버지가 집을 비우셔서 다행이라고 생각했습니다. 집에서 멀어지는 만큼 위험에서도 멀어진다고 생각했으니까요. 하지만 그건 착각이었습니다.

아버지가 떠나고 다음날, 소령님이 제게 급히 와달라는 전보를 보내셨어요. 아버지가 근방에 있는 깊은 백악광白堊鑛에 떨어져서 두개골이 부서져 의식을 잃고 누워 계시다고요. 바로 달려갔지만 아버지는 의식을 회복하지 못한 채 그대로 돌아가셨습니다. 해질녘에 페어럼에서 돌아오던 길이었는데, 낯선 길이기도 하고 하필 그 백악광에는 울타리가 없었다고 하더군요. 검시배심에서는 지체 없이 사고사 평결을 내렸어요. 아버지의 죽음과 관련된 정황을 낱낱이 살펴보았지만 살인이라는 증거는 찾을 수가 없었어요. 폭행의 흔적도, 발자국도, 없어진 물건도 없었고, 현장 근처에서 수상한 사람을 봤다는 증언도 없었습니다. 하지만 당연히 마음은 편치 않았죠. 아버지가 어떤 사악한 음모 때문에 돌아가셨다고 생각했습니다.

저는 이렇게 불길하게 유산을 상속받았습니다. 어째서 재산을 처분하지 않느냐고 하시겠죠. 전 집안에 닥친 불행이 큰아버지의 인생과 연관되었다고 생각합니다. 그런 거라면 이사를 간다 해도 마찬가지 아니겠습니까.

1885년 1월에 아버지가 돌아가시고, 이 년 팔 개월이 흘렀습니다. 그동안 전 호섬에서 행복하게 살았어요. 집안에 내린 저주가 풀렸을지 모른다는 희망을 품었죠. 아버지 세대에서 모든 게 끝났다고 말입니다. 하지만 성급한 생각이었습니다. 바로 어제 아침, 아버지에게 그랬듯이 저주가 갑작스럽게 저를 덮쳤습니다."

젊은이는 조끼 주머니에서 구겨진 봉투를 꺼내더니 탁자 위에 탁탁 털었다. 바짝 말린 오렌지 씨앗 다섯 개가 떨어졌다.

"이게 그 봉투입니다. 소인은 런던의 동부 지역이에요. 아버지에게 보낸 것과 같은 내용이 적혀 있습니다. 'K.K.K. 문서를 해시계 위에 놓아라.'"

"어떻게 했습니까?"

홈스가 물었다.

"아무것도 안 했습니다."

"아무것도 안 했다고요?"

"솔직히 말씀드리면 무력감만 듭니다."

젊은이는 가늘고 하얀 손에 얼굴을 묻었다.

"다가오는 뱀을 보면서도 옴짝달싹 못 하는 불쌍한 토끼 같은 심정이에요. 도저히 피할 수 없는 냉혹한 악마의 손에 붙잡힌 것 같습니다. 아무리 조심하고 경계해도 막을 수 없는 악마 말이에요."

"쯧쯧! 어떻게든 조치를 취해야 합니다. 안 그러면 목숨을 잃을 테니까. 살아남으려면 힘을 내야 해요. 절망할 시간이 없습니다."

홈스가 말했다.

"경찰을 찾아갔습니다."

"그래요?"

"경찰들은 제 이야기를 웃어넘기더군요. 편지들이 전부 장난이라고 생각합니다. 큰아버지와 아버지의 죽음 역시 검시 배심 평결처럼 편지와는 상관없는 사고라고 생각하는 것 같았어요."

홈스가 불끈 쥔 주먹을 흔들며 소리쳤다.

"구제불능인 바보 천치들 같으니라고!"

"그래도 경관 한 명을 우리집에 보내주긴 했습니다."

"그 경관도 이곳에 같이 왔습니까?"

"아뇨, 경관은 집을 지키란 명령을 받았으니까요."

홈스가 다시 주먹을 흔들었다.

"왜 여기 온 거요? 아니, 그보다 어째서 처음부터 나를 찾아오지 않았습니까?"

"전 몰랐습니다. 오늘 프렌더개스트 소령님을 만나 이 일을 의논했더니 선생님을 찾아가보라고 하더군요."

"당신이 편지를 받은 지 벌써 이틀이 되었습니다. 좀더 일찍 조치를 취했어야 했어요. 혹시 지금 보여준 것 말고 다른 건 없습니까? 아주 사소해도 좋으니 도움이 될 만한 것 말입니다."

"한 가지 있습니다."

존 오픈쇼가 말했다. 그는 코트 주머니에서 색이 바랜 푸른색 종이 한 장을 꺼내 탁자에 올려놓았다.

"큰아버지가 문서를 불에 태우던 날, 타다 남은 조각들이 바로 이런 빛깔의 종이였던 기억이 납니다. 이 종이가 큰아버지 방에 떨어져 있더군요. 아무래도 문서들을 태우다가 한 장이 빠진 모양이에요. 씨앗에 관해 언급하고 있다는 것만 빼면 별 도움이 안 될 수도 있습니다. 일기장에서 떨어졌을지도 모르겠어요. 큰아버지의 필체는 확실합니다."

홈스는 등불을 끌어당겼다. 나와 홈스는 함께 종이를 살펴보았다. 공책에서 찢은 것처럼 가장자리가 들쭉날쭉했다. "1869년 3월"이라고 적힌 맨 윗줄 아래로 무슨 뜻인지 알 수 없는 말이 있었다.

4일. 허드슨 도착. 똑같은 강령.

7일. 세인트 어거스틴의 매컬리, 패러모어, 존 스웨인에게 씨앗 발송.

9일. 매컬리 해결.

10일. 존 스웨인 해결.

12일. 패러모어 방문. 잘 처리됨.

"고맙습니다! 꾸물거릴 시간이 없습니다. 상황을 설명할 시간도 없어요. 지금 당장 집으로 돌아가서 조치를 취해야 합니다."

홈스는 종이를 접어 젊은이에게 돌려주었다.

"어떻게 하면 될까요?"

"할 일은 하나뿐입니다. 즉시 하십시오. 아까 말했던 놋쇠 상자 안에 이 종이를 넣으십시오. 큰아버지가 문서를 모두 불태워서 남은 건 이것밖에 없다고 쓴 쪽지도 같이 넣어야 합니다. 그들이 믿을 수 있게 최선을 다해 쓰십시오. 그런 다음 상자를 해시계에 올려놓는 겁니다. 알겠습니까?"

"네."

"복수를 생각할 때가 아닙니다. 복수는 합법적인 방법으로 할 수 있습니다. 저들은 이미 그물을 쳐놓았는데 우리는 이제 그물을 쳐야 해요. 지금 가장 중요한 일은 당신이 위협에서 벗어나는 겁니다. 이번 사건의 수수께끼를 풀고 범인들을 단죄하는 건 다음 일이에요."

"감사합니다. 선생님께선 제게 살길과 희망을 주셨어요. 반드시 말씀하신 대로 하겠습니다."

젊은이가 자리에서 일어나 코트를 걸치며 말했다.

"서두르십시오. 당분간은 몸조심을 최우선으로 하시고요. 위험이 임박한 건 사실이니까. 집에는 어떻게 돌아갈 생각입니까?"

"워털루 역에서 기차를 타고 갈 생각입니다."

"아직 9시가 되지 않았으니 거리에 사람들이 많아서 안전할 겁니다. 하지만 한순간도 방심해선 안 됩니다."

"권총을 가지고 왔어요."

"잘했군요. 내일 당장 수사를 시작하겠습니다."

"호셤에 오시는 겁니까?"

"아뇨, 이번 사건의 열쇠는 런던에 있습니다. 여기서 찾을 겁니다."

"그럼 제가 하루이틀 뒤에 상자와 문서에 대한 소식을 가지고 다시 찾아뵙도록 하죠. 선생님께서 조언해주신 대로 따르겠습니다."

그는 우리와 악수를 하고 떠났다. 밖에서는 여전히 바람이 세차게 불고 빗줄기가 창문을 사정없이 두드려댔다. 기이하고 유별난 이야기가 악천후 사이에서 강풍을 타고 날아온 해초처럼 우리에게 왔다가 또다시 폭풍 속으로 날아가버렸다.

셜록 홈스는 한참 동안 말없이 고개를 숙이고 벽난로 불빛만 바라보았다. 파이프에 불을 붙이더니 의자에 기대앉아 천장으로 올라가는 고리 모양의 푸른 담배 연기를 지켜보았다.

"왓슨, 우리가 맡았던 사건 중에 이렇게 괴상한 사건은 처음인 것 같네."

마침내 홈스가 입을 열었다.

"그럴지도 모르겠군. '네 사람의 서명'을 제외하면 말이야."

"그래, 그 사건은 제외해야지. 내가 보기에 존 오픈쇼는 숄토 형제보다 훨씬 더 위험한 상황에 빠진 것 같네."

"자네는 어떤 상황인지 내막이 짐작가는가?"

"위험이 어떤 건지는 물론 알고 있지."

"그자들은 대체 누구지? K.K.K.란 건 또 뭐고, 어째서 이 불행한 가족을 쫓는 건가?"

셜록 홈스는 눈을 감더니 의자 팔걸이에 팔꿈치를 대고 양 손가락 끝을 마주댔다.

"이상적인 추론가라면 여러 가능성을 내포하는 한 가지 사실을 알았을 때 그 사실에서부터 시작될 수 있는 모든 사건의 연쇄만이 아니라 따라올 결과까지 추측해낼 수 있다네. 동물학자 조르주 퀴비에가 뼈 하나만 보고도 동물의 전체 모습을 정확하게 묘사할 수 있었듯이, 연쇄적으로 일어나는 사건의 연결 고리 중 하나라도 완전히 이해하고 있는 관찰자라면 앞뒤로 이어진 고리까지 정확하게 말할 수 있지.

우린 아직 결과를 얻지 못했어. 그건 논리로만 가능한 일이라네. 문제 해결을 감각에만 의존하는 사람들이 도저히 이해할 수 없는 문제라도, 논리적인 연구를 통해서라면 해결이 가능하지. 그렇지만 논리적으로 파악하는 기술을 가장 높은 단계, 예술의 경지까지 끌어올리려면 자신이 가진 지식 전부를 활용해야 한다네. 자네도 알다시피 온갖 지식을 가지고 있어야 한다는 뜻이기도 해. 요즘처럼 누구나 교육을 받을 수 있고 백과사전이 나온 시대라 해도 온갖 지식을 다 갖추기는 아주 힘든 법이지. 하지만 자기 일에 필요한 지식을 모두 갖추는 것이 불가능하지는 않다네. 나 역시 사건 수사를 위해 노력하는 부분이기도 하지. 내 기억이 틀리지 않다면 우리가 만난 지 얼마 되지 않았을 때 자네가 내 지식의 한계를 정확하게 규정한 적이 있었던 것 같은데."

"맞아, 특이한 기록이었지. 자넨 철학, 천문학, 정치에 대해서는 아무것도 몰랐어. 식물학에 대한 지식은 일정하지 않고, 지질학의 경우는 반경 팔십 킬로미터 이내의 지역에서 묻혀 온 흙이라면 어디 흙인지 알아맞힐 만큼 심오했지. 화학에 대해서는 지나칠 정도로 잘 알고 있고, 해부학 지식은 체계적이지 않았어. 세상을 시끄럽게 한 사건을 다룬 문헌에 대한 지식은 독보적이고, 바이올린 연주와 복싱, 검술은 전문가급이고, 영국법 지식이 풍부하며 코카인과 담배는 중독 수준이라고 했지. 이게 내가 분석했던 내용의 요지야."

내가 웃으며 대답했다.

홈스는 마지막 항목을 듣고는 싱긋 웃었다.

"그래, 그때도 말했지만, 사람은 자기 머릿속에 있는 다락방에 쓸모 있는 가구를 채워 넣어야 한다네. 나머지는 헛간 같은 서재에 쌓아두고 필요할 때 꺼내 쓰면 되지. 오늘밤 우리 앞에 놓인 사건을 해결하려면 가진 역량을 모조리 끌어내야 할 필요가 있어.

자네 옆의 선반에 놓인 미국 백과사전에서 K 항목을 찾아주겠나. 고맙네. 이제 상황을 살펴보고 어떤 결론을 내릴 수 있을지 알아볼까? 먼저, 오픈쇼 대령이 미국을 떠난 이유는 그럴 만한 사정이 있었기 때문일 걸세. 그 연배에 생활 습관을 바꾸는 사람도 없지만, 기후가 좋은 플로리다를 버리고 우중충한 영국 시골 마을에서 외롭게 사는 것을 택할 리는 더더욱 없다네. 영국의 시골에서 고독하게 지내는 삶을 선호한다면 뭔가를 두려워하기 때문인 걸로 봐야 하지. 그래서 미국을 떠났을 거야. 그 사람이 무엇을 두려워했는지는 그와 상속자 두 명이 받은 무시무시한 편지에서 알아볼 수밖에 없어. 그 편지들에 어디 소인이 찍혔는지 기억하나?"

"첫 번째 편지는 퐁디셰리였고, 두 번째는 던디, 세 번째는 런던이라고 했지."

"런던 동부였어. 거기서 무엇을 알 수 있나?"

"모두 항구도시잖나. 편지를 쓴 사람이 배를 탔다는 거지."

"훌륭해. 우린 단서를 찾은 걸세. 편지를 쓴 사람은 배를 탔을 가능성이 아주 높아. 이제 다른 것도 한번 생각해보세. 퐁디셰리의 경우, 협박 편지를 보내고 실제 사건까지 일곱 주 정도 걸렸네. 던디의 경우는 삼사 일밖에 걸리지 않았고. 이게 무엇을 의미하겠는가?"

"여행에 걸리는 시간이겠지."

"편지가 도착하는 데도 시간이 걸리지 않나."

"난 잘 모르겠군."

"한 명인지 여러 명인지 모르지만 범인이 범선을 탔을 가능성이 있어. 그들은 범행을 저지르기 전에 독특한 경고장인지 징표인지를 미리 보내는 모양이야. 자네도 던디에서 편지가 온 뒤 사건이 일어나기까지 얼마나 짧은 시간이 걸렸는지 알고 있지. 만일 그들이 퐁디셰리에서 증기선을 탔다면 편지와 비슷하게 도착했을 거야. 하지만 범행은 일곱 주나 지나서 일어났어. 내가 보기에 일곱 주라는 시차는 편지를 실은 우편선과 범인들이 탄 범선 간의 속도 차이인 것 같아."

"그럴지도 모르겠군."

"그럴지 모르겠는 정도가 아니라 그랬을 가능성이 높아. 그러니 자네도 이번 사건이 얼마나 위급하며 내가 어째서 존 오픈쇼에게 조심하라고 누누이 당부했는지 알았을 걸세. 사건은 늘 편지를 보낸 자들이 도착했을 법한 때에 일어났어. 그런데 이번에는 편지를 런던에서 보냈다네. 여유 시간을 기대할 수 없는 상황이란 말이야."

"세상에! 그렇게 가차없이 죽이는 이유가 도대체 뭐지?"

"그야 오픈쇼 대령이 가져간 문서가 범선을 타고 온 자들에게 중요하기 때문이지. 내가 보기에 범인은 틀림없이 여러 명이야. 범인이 혼자라면 검시 배심을 감쪽같이 속인 범행을 두 번이나 저지를 수는 없을 테니까. 여러 명일 뿐만 아니라 기지와 결단력도 뛰어난 자들이야. 문서를 누가 가지고 있든 수단과 방법을 가리지 않고 되찾으려 할 걸세. 이런 여러 가지 점들로 미루어 보아 K.K.K.는 개인이 아니라 단체를 가리키는 머리글자야."

"어떤 단체를 말하는 걸까?"

"자넨……."

홈스가 내 쪽으로 몸을 숙이더니 목소리를 낮추고 말했다.

"큐클럭스클랜Ku Klux Klan에 대해 들어보지 못했나?"

"들어본 적 없네."

홈스가 무릎 위에 놓았던 백과사전을 넘겼다.

"여기 있군."

홈스가 항목을 읽기 시작했다.

큐클럭스클랜. 소총의 공이치기를 당길 때 나는 소리를 따서 지은 기발한 명칭. 미국의 남북전쟁이 끝난 뒤 남군 출신 군인들이 만든 무서운 비밀단체로 테네시, 루이지애나, 캐롤라이나, 조지아, 플로리다와 같은 남부 지역에서 급속도로 세력을 넓혀나가고 있다. 이 단체는 정치적인 목적, 주로 흑인 유권자를 위협하고, 자신들의 의견에 반대하는 사람들을 죽이거나 추방

하는 일에 힘을 행사한다. 처벌 대상에게는 기발하면서도 누구든지 알아볼 수 있는 형태의 징표를 경고 삼아 보낸 뒤 범행을 저지른다. 어떤 지역에서는 떡갈나무 가지를, 어떤 지역에서는 멜론 씨앗이나 오렌지 씨앗을 보냈다. 이런 형태의 경고를 받은 사람은 공개적으로 자신의 견해를 바꾸거나 지역을 떠나야만 했다. 그중 용감하게 맞서는 사람들은 전혀 예상치 못한 기이한 방식으로 죽음을 맞이했다. 완벽한 조직력과 계획적인 범행 방식을 보유한 이 단체는 자신들에게 맞서는 사람들을 처리하는 데 단 한 번의 실패도 없었으며 어떤 폭력 행위를 저질러도 붙잡히는 법이 없다. 미국 정부와 남부의 의식 있는 계층의 노력에도 불구하고 이 단체는 수년간 암약했다. 1869년에 갑자기 해산했지만 그 뒤로도 계속해서 비슷한 사건들이 산발적으로 일어나고 있다.

"자네도 알아차렸겠지만……."

홈스가 백과사전을 내려놓으며 말했다.

"이 단체가 갑자기 해산한 시기와 오픈쇼 대령이 문서를 가지고 미국에서 모습을 감춘 시기가 일치한다네. 인과관계가 있을지도 모르지. 그런 거라면 저들이 대령과 집안사람들을 끈질기게 추적하는 것도 이상하지 않아. 오픈쇼 대령이 가져간 명부와 일지에 남부의 고위층 인사들의 이름이 포함되어 있을지도 모르고, 문서들을 회수하지 않고는 발뻗고 잠들 수 없는 사람도 있을 테니까."

"그럼 우리가 본 내용은……."

"예상이 맞을 거야. 내 기억이 정확하다면, 'A, B, C에게 씨앗 발송'이라고 되어 있었어. 단체가 처벌 대상에게 경고를 했다는 의미겠지. 그다음 나온 A와 B의 해결은 제거했거나 추방했다는 뜻일 거야. 마지막으로 C를 방문했다는 말이 나왔지. C는 끔찍한 일을 당했을 거야.

의사 선생, 우리가 이 암울한 사건을 해결할 거라는 생각이 드는군. 그사이 존 오픈쇼가 목숨을 부지하려면 내가 시키는 대로 하는 수밖에 없어. 오늘밤에는 더이상 할말도 없고 할 일도 없네. 바이올린 좀 건네주겠나. 삼십 분 정도 연주하면서 지독한 날씨와 그보다 더 끔찍한 인간사를 잊어야겠네."

다음날 아침은 날이 개었다. 대도시에 드리워진 흐릿한 장막 사이로 태양이 희미하게 빛났다. 침실에서 나가보니 셜록 홈스는 벌써 아침 식사를 하고 있었다.

"먼저 먹어서 미안하네. 오픈쇼가 의뢰한 사건을 수사하려면 오늘은 바쁠 것 같아서 말이야."

"어떻게 할 작정인가?"

내가 물었다.

"첫 번째 조사 결과에 달렸다네. 결과에 따라선 호섬에 가봐야 할지도 모르겠군."

"먼저 호섬에 가는 게 아니었나?"

"아니, 시티에서부터 시작할 생각이야. 벨을 울리면 하녀가 커피를 가져다줄 걸세."

커피를 기다리는 동안 나는 탁자 위에 놓인 조간신문을 훑어보았다. 그러다가 1면에 실린 기사를 보고 마음이 무거워졌다.

"홈스, 이미 늦었네."

"아!"

홈스가 커피잔을 내려놓았다.

"결국 우려했던 일이 일어났군. 어떻게 된 건가?"

침착한 목소리였지만 홈스는 몹시 동요하는 듯했다.

"오픈쇼라는 이름이 눈에 띄었어. 기사 제목은 '워털루 브리지의 비극'이군. 기사를 읽어보겠네."

어젯밤 9시에서 10시 사이, 워털루 브리지 근처를 순찰중이던 H 지구 소속 쿡 경관은 살려달라는 비명과 함께 누가 물에 빠지는 소리를 들었다. 하지만 어젯밤은 폭풍우가 심한데다 어두웠기 때문에 지나가던 행인들이 도왔음에도 구조에 실패했다. 그나마 경보를 울려 수상경찰에게 지원을 요청해 시신은 수습할 수 있었다. 시신의 신원은 주머니에서 나온 봉투에 의거

해 호셤 근처에 사는 존 오픈쇼로 밝혀졌다. 워털루 역에서 출발하는 마지막 기차를 타려고 서두르다가 칠흑 같은 어둠 속에서 길을 잃고 작은 증기선 전용 선착장에서 실족한 것으로 보인다. 시신에 외상의 흔적이 없기 때문에 안타까운 사고사로 판단된다. 이 사고를 계기로 당국은 강변 선착장의 안전 상태 점검에 나서야 할 것이다.

우리는 한참 동안 정적 속에 앉아 있었다. 홈스가 그렇게 낙심하고 동요하는 모습은 처음 보았다.

"이번 일로 내 자존심에 금이 갔네, 왓슨. 대수롭지는 않지만 확실히 금이 갔어. 이제 이 사건은 내 개인적인 문제가 됐네. 목숨이 붙어 있는 한 어떻게든 저놈들을 내 손으로 잡을 거야. 도움을 청하러 온 젊은이를 죽음으로 내몰다니……!"

홈스가 마침내 입을 열었다. 그는 자리에서 벌떡 일어나 흥분을 주체하지 못하고 창백한 얼굴을 벌겋게 물들인 채 길고 야윈 손을 신경질적으로 쥐었다 폈다 했다.

"교활한 악마 같은 놈들. 어떻게 그를 그쪽으로 유인한 거지? 제방은 역으로 향하는 길이 아니야. 더군다나 아무리 어제처럼 날씨가 안 좋았어도 워털루 브리지에는 사람들이 많을 수밖에 없을 텐데. 왓슨, 최후의 승자가 누구인지 두고 보게. 당장 나가 봐야겠어!"

홈스가 외쳤다.

"경찰서에 가려고?"

"아니, 내가 경찰 역을 할 거야. 내가 거미줄을 쳐놓으면 경찰이 파리를 잡을 수 있겠지. 그전에는 아무것도 할 수 없어."

나는 온종일 진료를 한 뒤 저녁 늦게 베이커 스트리트로 돌아갔다. 셜록 홈스는 아직 오지 않았다. 거의 10시가 되어서야 잔뜩 지친 모습으로 돌아왔다. 안색이 창백했다. 홈스는 찬장에 있는 빵을 꺼내 허겁지겁 먹어치운 뒤 물을 들이켰다.

"시장했나 보군."

"온종일 굶었어. 끼니를 챙기는 걸 잊었거든. 아침 식사를 한 뒤로 아무것도 못 먹었다네."

"아무것도?"

"그래, 끼니를 생각할 시간이 없었으니까."

"나간 일은 잘됐나?"

"그럼."

"단서를 잡았나?"

"이 손에 꽉 잡고 있지. 머지않아 존 오픈쇼의 원수를 갚을 거야. 이보게, 왓슨. 놈들에게 악마의 징표를 되돌려주면 어떨까? 좋은 생각이지?"

"무슨 소린가?"

홈스는 찬장에서 오렌지를 꺼내더니 쪼개어 씨를 꺼냈다. 그리고 그중에서 다섯 개를 추려 봉투에 집어넣고 봉투 안쪽에 "S.H.가 J.O.를 위해"라고 썼다. 그런 다음 봉투를 봉한 뒤 "조지아 주 서배너 항, 론 스타호, 제임스 캘훈 선장 앞"이라고 주소를 적었다.

"그자가 항구에 들어가면 편지가 기다리고 있을 거야."

홈스가 만족스러운 미소를 지으며 말했다.

"밤잠 좀 설치겠군. 오픈쇼와 똑같은 운명에 처해질 전조라는 걸 잘 알테니까."

"캘훈 선장이 누군데?"

"조직의 우두머리라네. 다른 놈들도 잡을 거지만 이놈이 먼저야."

"어떻게 알아냈나?"

홈스는 주머니에서 날짜와 이름이 빽빽하게 적힌 큰 종이 한 장을 꺼냈다.

"하루 종일 로이드 선박 등기소에서 기록부와 오래된 문서철을 뒤졌다네. 1883년 1월과 2월 사이에 퐁디셰리에 들렀던 모든 선박의 행적을 쫓았지. 그 기간 동안 퐁디셰리에 들른 배는 서른여섯 척이었어. 그중에 론 스타라는 배가 눈에 띄더군. 런던에서 출항했다지만 배 이름이 미국의 어느 주 별명과 같지 않은가."

"텍사스■ 말이군."

"어느 주인지는 잘 몰랐네. 들어도 모르겠군. 하지만 배가 미국 국적이라는 건 확실했지."

"그래서?"

"던디 항의 기록을 뒤졌다네. 1885년 1월에 론 스타호가 들렀다는 기록을 찾아내자 의심은 확신이 되었지. 그래서 현재 런던 항에 정박중인 배들을 조사했다네."

"그랬더니?"

"지난주에 론 스타호가 들어왔더군. 앨버트 부두로 가서 배가 오늘 아침에 조류를 타고 강을 내려가 서배너 항으로 돌아갔다는 것을 알아냈네. 그레이브젠드로 전보를 보내 문의했더니 배가 몇 시간 전에 지나갔다고 하더군. 동풍이 불고 있으니까 지금쯤 배는 굿윈 사주砂洲를 지나 와이트 섬 근처에 있을 거야."

"그래서 어떻게 하려고?"

"아, 이미 손을 써놨어. 알아보니 배에 탄 선원 중에 미국인은 선장과 두 명의 항해사뿐이더군. 다른 사람들은 핀란드인과 독일인이었어. 미국인 세 명이 지난밤 배에서 내렸다는 사실도

■ 텍사스 주의 깃발에 별이 하나이기 때문에 론 스타라고도 부른다.

알아냈다네. 배에 화물을 실은 하역 인부한테서 들었지. 배가 서배너 항에 도착하기 전에 이 편지를 실은 우편선이 먼저 도착할 거야. 서배너 경찰은 세 명이 살인 용의로 수배되었다는 전보를 받을 테고."

인간이 세운 계획은 아무리 훌륭해도 허점이 있기 마련이다. 존 오픈쇼를 죽인 살인마들은 자기들 못지않게 머리가 좋고 의지가 강한 상대가 뒤를 쫓는다는 것을 알려줄 오렌지 씨앗을 끝내 받지 못했다. 그해 추분 무렵에는 강풍이 오랫동안 불었다. 우리는 서배너 항에 론 스타호가 도착했다는 소식을 기다렸지만 끝내 듣지 못했다. 그러다 대서양 어딘가에서 'L.S.'라는 글자가 새겨진 선미 조각이 떠다니다 목격되었다는 소식을 전해 들었다. 그것이 론 스타호의 운명에 대해 알고 있는 전부다.

입술이
비뚤어진 남자

세인트 조지 신학대학의 학장이자 신학박사이며 이제는 고인이 된 일라이어스 휘트니의 동생인 아이자 휘트니는 아편중독자였다. 그는 순전히 어떤 어리석은 아편중독자 때문에 마약에 발을 들였다. 대학에 다닐 때 아편의 몽환적인 느낌을 묘사한 드퀸시■의 글을 읽고 똑같은 경험을 해본답시고 아편 용액에 적신 담배를 피우기 시작한 것이다. 이내 그는 다른 수많은 사람들과 마찬가지로 아편을 시작하기는 쉬워도 끊기는 어려움을 몸소 깨달았다. 친구나 친척은 오랫동안 마약의 노예로 살아가는 아이자를 혐오와 연민이 뒤섞인 눈으로 바라보았다. 병색이

■ 영국의 비평가이자 수필가. 아편을 했던 경험을 바탕으로 쓴 『어느 영국인 아편 중독자의 고백』이 대표작이다.

완연한 누런 얼굴에 눈꺼풀은 축 늘어지고 동공은 바늘 끝처럼 줄어든 채 의자에 웅크리고 있던 망가지고 몰락한 귀족의 모습이 지금도 눈에 선하다.

1889년 6월의 어느 날 밤, 초인종이 울렸다. 사람들이 슬슬 하품을 하면서 시계를 쳐다볼 시각이었다. 의자에 앉아 있던 나는 자세를 바로 했고 아내는 유감스러운 표정으로 바느질감을 무릎에 내려놓았다.

"환자인가 봐요! 당신이 나가봐야겠네요."

아내가 말했다. 나는 고단한 하루를 보내고 집에 돌아온 참이었다. 신음 소리가 절로 새어 나왔다.

문이 열리는 소리가 들리더니 다급한 말소리에 이어 리놀륨 바닥을 종종걸음으로 걸어오는 소리가 들렸다. 문이 벌컥 열리더니 검은 옷을 입고 검은 베일을 쓴 부인이 들어왔다.

"늦은 시각에 찾아와서 미안해요."

여자는 자제력을 잃은 듯 달려와 아내를 끌어안더니 어깨를 들썩이며 흐느끼기 시작했다.

"아! 어쩌면 좋아! 나 좀 도와줘."

"어머, 케이트 휘트니네. 깜짝 놀랐잖아, 케이트! 들어오는 걸 보고서도 너인 줄 몰랐어."

아내가 여자의 베일을 걷어올리며 말했다.

"어떻게 해야 할지 몰라 여기로 달려왔어."

항상 이런 식이다. 슬픔에 잠긴 사람들은 등대를 찾는 새처럼 아내를 찾아왔다.

"잘 왔어. 먼저 와인이랑 물 좀 마셔야겠다. 여기 편안하게 앉아 무슨 일인지 말해봐. 남편이 침실로 비켜주는 게 좋겠니?"

"오, 아냐. 그러지 마. 왓슨 박사님의 조언과 도움도 필요하니까. 아이자에 관한 일이야. 그 사람이 이틀째 집에 안 들어오지 뭐야. 무슨 일이 생긴 건 아닌지 걱정돼죽겠어!"

케이트가 우리에게 남편 아이자에 대해 이야기하는 건 이번이 처음이 아니었다. 나는 의사고 아내는 동창이자 오랜 친구였기 때문이다. 우리는 온갖 말로 그녀를 달래고 안심시켰다. 케이트에게 아이자가 어디에 있는지 우리가 그를 데려올 수 있는 상황인지 물었다.

데려올 수 있을 것 같았다. 케이트는 최근 남편이 시티 동쪽 끝에 있는 아편굴을 드나든다는 확실한 정보를 주었다. 이제껏 아이자는 아편 잔치를 벌이더라도 하루를 넘기지 않았고, 저녁이 되면 기진맥진한 모습으로 경련을 일으키며 집으로 돌아오곤 했다. 하지만 이번에는 마흔여덟 시간째 아편에서 헤어 나오지 못하고 있다고 한다. 틀림없이 부둣가의 쓰레기 더미 속에 드러누워 아편을 피우거나 잠에 취해 있을 것이다. 케이트는 아이자가 어퍼스완덤 레인에 있는 '바 오브 골드'라는 곳에 있을 거라고 확신했다. 그녀가 뭘 어쩔 수 있을까? 케이트처럼 겁 많은 젊은 여자가 어떻게 건달들이 우글거리는 곳에 가서 남편을 빼온단 말인가?

물론 방법이 없는 건 아니다. 내가 케이트와 함께 그곳에 가면 되지 않는가? 다시 생각해보니 굳이 그녀가 갈 필요도 없다. 나는 아이자 휘트니의 주치의이고 그를 움직일 만한 힘도 있다. 아무래도 혼자 가는 편이 나을 것 같았다. 난 그 장소에 아이자가 있다면 두 시간 이내에 그를 마차에 태워 집에 돌려보내겠다고 케이트에게 약속했다. 십 분 뒤, 나는 안락의자와 아늑한 거실을 뒤로하고 이륜마차를 타고 동쪽으로 향했다. 희한한 일을 떠맡았다는 생각이 들긴 했지만 나중에 그 정도로 이상한 일이 될 줄은 몰랐다.

그날 밤 모험의 1단계는 어려움이 없었다. 어퍼스완덤 레인은 강의 북쪽 연안에서부터 런던 브리지의 동쪽으로 이어지는 부두 뒤편에 숨은 음침한 골목이었다. 싸구려 옷가게와 술집 사이에 있는 가파른 계단을 통해 동굴처럼 시꺼먼 어둠으로 내려갈 수 있었다. 그곳이 바로 내가 찾는 아편굴이었다. 나는 마부에게 기다리라고 하고 계단을 내려갔다. 아편중독자들이 끊임없이 오르내린 덕에 계단 한가운데가 움푹 패어 있었다. 문 위에 달아놓은 깜빡거리는 등잔 불빛에 의지해 문고리를 찾아 안으로 들어가자 갈색 아편 연기가 자욱하고 천장이 낮고 길쭉한 실내가 보였다. 이민선의 선원들이 쓰는 선실처럼 계단식 나무 침상들이 줄지어 있었다.

실내는 컴컴했지만 이상한 자세로 누운 사람들의 모습은 어렴풋하게 볼 수 있었다. 어깨를 웅크렸거나, 무릎을 구부렸거나, 턱을 치켜든 이상한 모습들이었다. 여기저기서 생기 없는 눈동자들이 새로 들어온 사람을 쳐다보았다. 어둠 속에서 금속 파이프에 담긴 아편이 타들어갈 때마다 작고 동그란 불빛이 빨갛게 타올랐다가 희미해지곤 했다. 대부분의 사람들은 조용히 누워 있었지만 간혹 혼잣말을 중얼거리는 사람들도, 이상할 정도로 낮고 단조로운 목소리로 서로 이야기를 하는 사람들도 있었다. 그들은 마구 쏟아내듯이 대화를 하다가 갑자기 입을 다물곤 했다. 서로가 상대방이 하는 말에는 전혀 신경쓰지 않고 머릿속에 떠오르는 말을 중얼거리는 식이었다. 줄줄이 늘어선 침상 끝에 숯불을 피우는 작은 화로와 삼각 걸상이 자리했다. 걸상에 키 크고 마른 노인이 팔꿈치를 무릎에 얹고 양 주먹으로 턱을 괸 채 앉아 있었다.

내가 들어가자 안색이 나쁜 말레이시아인 종업원이 파이프와 아편을 준비해 빈 침상을 가리켰다.

"괜찮소. 난 금세 나갈 거요. 아이자 휘트니라는 친구를 찾으러 왔는데 어디 있는지 아시오?"

오른쪽에서 누군가 몸을 뒤척이더니 소리를 질렀다. 어둠 속에서 창백하고 비쩍 마른 모습의 휘트니가 단정치 못한 차림새로 나를 쳐다보았다.

"이런! 왓슨이잖아."

아이자 휘트니는 처참한 몰골로 온몸을 경련하듯 떨었다.

"왓슨, 지금 몇 시나 됐나?"

"11시가 다 됐어."

"무슨 요일이지?"

"금요일이야. 날짜는 6월 19일이고."

"그럴 수가! 수요일인 줄 알았는데. 아니, 수요일 맞아. 왜 사람 놀라게 하나?"

그는 양팔에 얼굴을 묻고 새된 소리로 흐느껴 울기 시작했다.

"금요일이라고 했잖나. 부인이 자네를 이틀이나 기다렸다네. 부끄러운 줄 알라고!"

"부끄럽다는 건 알아. 하지만 자네 말은 틀렸어. 여기 온 지 몇 시간밖에 안 됐단 말이야. 세 대, 네 대…… 몇 대 피웠는지 기억이 나지 않는군. 어쨌든 자네와 같이 집에 가야지. 케이트를 걱정시킬 순 없으니까. 불쌍한 내 아내. 나 좀 일으켜주게!

마차는 있나?"

"그래, 밖에 대기시켜놨네."

"그럼 그걸 타고 가야지. 먼저 돈부터 내야 해. 왓슨, 금액이 얼마나 되는지 알아봐주겠나? 힘이 하나도 없어서 아무것도 못 하겠어."

나는 양쪽으로 늘어선 침상 사이의 좁은 통로를 걸어갔다. 감각을 마비시키는 독한 아편 연기를 들이마시지 않기 위해 숨을 꾹 참으며 관리인을 찾았다. 화로 옆에 앉은 키 큰 남자 옆을 지나칠 때 갑자기 누가 옷자락을 잡아당기는 것을 느꼈다. 그리고 나지막하게 속삭이는 소리가 들렸다.

"그냥 지나가게. 그런 다음 돌아봐."

또렷한 말소리였다. 나는 눈을 내리깔았다. 그런 말을 할 만한 사람은 옆에 있던 노인밖에 없었다. 그렇지만 주름이 자글자글한 얼굴에 허리가 구부정하고 비쩍 마른 노인은 마약에 취한 것처럼 보였다. 나른함을 못 이겨 떨어뜨린 듯 아편 파이프가 무릎 사이에 걸쳐져 있었다. 나는 그대로 두 발자국 정도 더 갔다가 뒤를 돌아보았다. 순간 깜짝 놀라 하마터면 소리를 지를 뻔했다. 나 이외에 다른 사람은 보지 못하게 돌아앉은 노인이 몸을 펴자, 주름이 사라지고 흐릿하던 눈동자에 생기가 돌아왔다. 깜짝 놀라는 나를 보며 싱긋 웃는 사람은 다름 아닌 셜록 홈스였다. 그는 가까이 오라는 듯 살짝 손짓하더니 몸을 부들부들 떠는 입이 싼 노인네로 돌아가 다른 사람들 쪽으로 얼굴을 반쯤 돌렸다.

"홈스! 도대체 여기서 뭐하고 있는 건가?"

내가 목소리를 낮춰 말했다.

"더 목소리를 낮추게. 난 잘 들리니까 말이야. 아편쟁이 친구를 보내고 잠깐 시간을 내줄 수 있겠나. 하고 싶은 이야기가 있다네."

"밖에 마차를 대기시켜놨어."

"그럼 친구 먼저 태워 보내게. 저 정도로 축 늘어진 걸 보면 아무 짓도 못 하겠군. 부인한테는 오늘밤에 나와 함께 있겠다는 편지를 써서 마부 편에 보내는 게 좋겠어. 먼저 나가서 기다리게. 오 분 뒤에 나갈 테니까."

언제나 명확한 내용으로 사람을 압도하는 힘이 실린 셜록 홈스의 말을 거절하긴 힘들었다. 사실 휘트니를 마차에 태우기만 하면 할 일은 마친 셈이기도 했다. 게다가 홈스의 일상이랄 수 있는 색다른 모험에 동참하는 일이야 늘상 내가 고대하는 일 아닌가. 나는 즉시 아내에게 편지를 쓰고 휘트니의 약값을 지불한 뒤 그를 태운 마차가 어둠 속으로 사라지는 모습을 지켜보았다. 잠시 후 노인으로 보이는 사람이 아편굴에서 나왔다. 나는 셜록 홈스와 함께 거리를 걷기 시작했다. 그는 몸을 구부정하게 굽힌 채 비틀비틀 걷다가 두 블록을 지나서야 주위를 둘러보고 몸을 쭉 펴더니 큰 소리로 웃음을 터뜨렸다.

"왓슨, 자넨 내가 코카인 주사로도 모자라서 아편까지 피운다고 생각했지? 안 그래도 몸에 안 좋은 짓만 골라서 한다는 의학적인 소견까지 들려줬는데 말이야."

"거기서 자네를 보고 놀란 건 사실이라네."

"아무렴 내가 자네를 보고 놀란 것만 하겠나."

"난 친구를 찾으러 간 걸세."

"난 적을 찾으러 갔지."

"적?"

"그래. 내 천적, 아니 내 먹잇감이라고 불러야 하나. 왓슨, 간단히 말하면 아주 중요한 사건을 수사하는 중이라네. 예전에 그랬던 것처럼 아편쟁이들의 횡설수설에서 단서를 찾을 수 있을까 싶어 갔었어. 만일 아편굴 안에서 정체가 발각되기라도 했으면 한 시간 안에 목숨을 잃었을 걸세. 전에도 같은 목적으로 저곳을 이용한 적이 있었는데, 아편굴을 운영하는 인도인이 내게 복수하겠다고 벼르고 있거든. 저 건물 뒷편에 부두 방향으로 난 비밀 문으로 달빛이 없는 밤마다 뭔가 버려진다는 해괴한 소문이 있지."

"뭐라고! 설마 시체는 아니겠지?"

"맞아. 시체들이지. 아편굴에서 죽어나가는 불쌍한 인간 한 명당 천 파운드씩만 받아도 엄청난 부자가 될 걸세. 이 강변에서 제일 지독한 살인 문이라고 할 수 있지. 아무래도 네빌 세인트클레어도 저 안에 들어갔다가 나오지 못한 것 같아. 우리 마차가 여기 어디 있을 텐데!"

홈스가 양쪽 검지를 입에 물고 날카롭게 휘파람을 불었다. 응답이라도 하듯 멀리서 비슷한 소리가 들리더니 이어 말발굽 소리와 덜컹거리는 바퀴소리가 들렸다.

"왓슨, 자네도 나와 함께 가겠나?"

높다란 이륜마차가 양쪽에 달린 등불로 황금색 터널 같은 빛을 쏘며 달려왔다.

"도움이 된다면야."

"믿음직한 친구는 항상 도움이 되지. 게다가 자네는 사건 기록까지 하지 않는가. 마침 묵고 있는 시더스 저택의 방은 침대도 2인용이라네."

"시더스 저택?"

"그래. 세인트클레어의 집이라네. 수사를 하는 동안 그 집에 묵고 있지."

"거기가 어딘가?"

"켄트 주 리 근처야. 여기서 십 킬로미터쯤 떨어져 있다네."

"난 이번 사건에 대해서는 아무것도 모르는데."

"그야 그럴 수밖에 없지. 곧 알게 될 거야. 어서 타게! 존, 자네는 같이 갈 필요 없어. 여기 반 크라운 있네. 내일은 11시까지 오게. 말고삐는 이리 주고! 그럼 잘 가게!"

홈스는 채찍을 휘둘러 말을 몰았다. 마차는 어둡고 인적이 없는 골목길을 끝없이 달렸다. 난간이 있는 넓은 다리 위를 지나가기 전까지 길이 점점 넓어졌다. 다리 밑으로는 시꺼먼 강물이 천천히 흐르고 벽돌과 회반죽으로 지은 삭막한 집들이 건너편에도 똑같이 늘어서 있었다. 거리의 적막은 순찰하는 경관의 규칙적이고 묵직한 발소리나 늦은 시각까지 파티를 즐기는 술꾼들의 고함소리와 노랫소리에 깨지곤 했다. 밤하늘에는 짙은 구름이 느릿느릿 떠다녔고 그 사이로 별들이 희미하게 빛났다. 홈스는 깊은 생각에 잠긴 듯 고개를 숙인 채 말없이 마차를 몰았다. 옆에 앉은 나는 홈스의 능력을 필요로 하는 사건이 무엇인지 궁금했지만 방해할까 봐 입을 다물었다. 그대로 몇 킬로미터를 더 달린 끝에 우리는 교외 주택가로 접어들었다. 몸을 가볍게 흔든 홈스는 어깨를 으쓱하고는 파이프에 불을 붙였다. 뿌듯해하는 기색이었다.

"자넨 침묵할 줄 아는 탁월한 재능을 가지고 있어, 왓슨. 동행하는 입장에서 그보다 더 좋은 건 없지. 하지만 이야기를 나눌 상대로서도 소중하다네. 혼자서 생각만 하는 것도 그리 즐겁지 않으니까 말이야. 실은 오늘밤 집 앞에서 나를 맞이해줄 부인에게 무슨 말을 해야 할지 고민하는 중이었어."

"내가 이번 사건에 대해 아무것도 모른다는 걸 잊은 모양이군."

"리에 도착하기 전에 다 말해주지. 너무나도 단순한 사건인데 돌파구가 없어. 실마리는 많은데 막상 손에 잡히는 게 없다고 할까. 자, 사건을 간단하고 분명하게 설명해주겠네. 어쩌면 자네가 암흑 속에 있는 내게 한줄기 빛을 내려줄지도 모르지."

"어서 이야기해보게."

"몇 년 전, 그러니까 1884년 5월쯤에 리에 엄청난 자산을 가진 듯한 네빌 세인트클레어라는 이름을 가진 신사가 나타났다네. 그 사람은 대저택을 구입하고 정원도 근사하게 가꾸면서 여유로운 삶을 꾸렸어. 점차 이웃들과 어울리더니 1887년에는 지역 양조업자의 딸과 결혼했고 아이도 둘 낳았지. 특별한 직업은 없었지만 관여하는 사업이 몇 개 있는 사람이라 매일 아침 시내로 나갔다가 저녁이 되면 캐넌 스트리트에서 5시 14분 기차를 타고 집으로 돌아왔다는군. 세인트클레어는 서른일곱 살로 온화한 성품에 자상한 남편이자 다정한 아버지라지. 주변 사람들 모두 그 사람을 좋아해. 추가로, 현재 세인트클레어에게는 팔십팔 파운드 십 실링의 부채가 있지만 캐피탈앤드카운티스은행에 이백이십 파운드의 예금이 있으니 돈 문제는 없다고 봐도 좋을 걸세.

지난 월요일 네빌 세인트클레어는 중요하게 처리할 일이 두 가지 있다면서 평소보다 일찍 시내로 나갔어. 그러면서 집에 돌아올 때 어린 아들에게 줄 블록 장난감을 사 오겠다고 약속했다는군. 그날 부인은 애버딘 선박 회사 사무실에 손꼽아 기다리던 작은 소포가 도착했다는 전보를 받았네. 자네도 런던 지리에 밝으니 선박 회사 사무실이 프레즈노 스트리트에 있다는 건 알걸세. 바로 오늘밤 나와 마주친 어퍼스완덤 레인으로 이어지는 길이지. 세인트클레어 부인은 점심 식사를 마친 뒤 시내로 나가 쇼핑을 잠깐 하고 선박 회사 사무실로 가서 소포를 찾았어. 그리고 기차역으로 가기 위해 어퍼스완덤 레인을 따라 걷던 시각이 정확하게 4시 35분이었네. 여기까지 이해가 가나?"

"그래."

"기억날지 모르겠네만 지난 월요일은 날씨가 많이 더웠지. 세인트클레어 부인은 아무래도 그 동네가 마음에 들지 않아서 빈 마차가 오는지 두리번거리며 천천히 걷고 있었어. 그렇게 어퍼스완덤 레인을 걸어가다가 갑작스럽게 비명을 듣게 된 거야.

부인은 자기를 내려다보고 있는 남편을 보고 얼어붙었지. 2층 창문에서 그녀를 손짓해 부르는 것처럼 보였다는군. 열린 창으로 부인은 겁에 질린 남편의 얼굴을 똑똑히 볼 수 있었다네. 그는 아내를 향해 정신없이 손을 흔들다가 갑자기 뒤에서 저항할 수 없는 힘으로 끌어당기기라도 한 것처럼 끌려갔어. 그때 부인은 여성다운 눈썰미로 이상한 점을 발견했네. 남편이 아침에 입고 나간 검정 코트를 입고 있긴 했지만 넥타이나 셔츠 칼라가 보이지 않았다는군.

남편에게 무슨 일이 생겼음을 안 부인은 서둘러 계단을 내려갔어. 그곳은 바로 오늘밤 자네와 마주친 아편굴이었지. 부인은 안에 들어가 2층으로 올라가는 계단을 찾다가 아까 말했던 인도인 악당과 딱 마주쳤어. 그자는 덴마크인 조수와 합세해서 부인을 밖으로 쫓아냈지. 부인은 강한 의구심과 공포에 휩싸여 어퍼스완덤 레인을 뛰어 내려가다가 운이 좋게도 프레즈노 스트리트에서 순찰 구역으로 향하던 경위와 경관들을 마주쳤다네. 경위와 경관 두 명이 부인과 함께 그 건물로 향해, 끈질기게 저항하는 집주인을 물리치고 세인트클레어가 마지막으로 모습을 보였던 방으로 올라갔어. 하지만 남편은 없었다네. 2층에는 거기서 사는 것처럼 보이는 흉한 외모의 장애인뿐이었어. 장애인과 인도인 악당은 그날 오후 방에 다른 사람은 들어온 적이 없다고 주장했지. 두 사람이 워낙 강하게 부인하다 보니 경위도 세인트클레어 부인이 잘못 보았다는 쪽으로 마음이 기우려는 순간, 부인이 비명을 지르며 탁자 위의 작은 전나무 상자에 달려들어서는 뚜껑을 열었어. 그 안에는 세인트클레어가 아침에 아들에게 사가겠다고 약속한 블록 장난감이 잔뜩 들어 있었다네.

장애인의 얼굴에 당황한 기색이 역력한 것을 보고 경위는 문제의 심각성을 깨달았지. 방을 샅샅이 뒤진 후 끔찍한 범죄가 일어났다는 결론을 냈어. 응접실용 가구들이 간소하게 놓인 방은 작은 침실과 이어져 있었는데 침실 창문으로 부두 뒤쪽이 내다보인다네. 침실 창문과 부두 사이에는 좁은 골목이 있었는데 썰물 때는 바닥이 드러났다가 밀물 때는 1.4미터 이상 물이 차오르는 곳이었지. 커다란 침실 창문은 위로 밀어서 여는 식이었는데 조사를 해보니 창틀에 핏자국이 묻었고 침실 마룻바닥에도 핏방울이 몇 개 떨어져 있었지. 거실로 쓰던 방의 커튼 뒤에서는 네빌 세인트클레어의 것으로 보이는 옷가지들이 발견됐어. 코트만 빼고 신발, 양말, 모자, 시계까지 죄다 있었지. 옷가지에서 폭행의 흔적을 발견하진 못했지만 네빌 세인트클레어는 종적도 없이 사라진 상태였어. 다른 출구는 없었으니 창문으로 나간 것이 분명했지만 창틀에 묻은 불길한 핏자국을 보면 그가 무사히 헤엄쳐서 빠져나갔을 거라고 기대하긴 어려웠어. 비극이 일어났던 때는 만조였거든.

이제 사건과 관련된 악당들에 대해 이야기해볼까? 인도인 악당은 전과가 화려하지만 세인트클레어 부인의 말에 따르면 창문에서 남편 모습이 보여 곧장 뛰어들어갔을 때 그자는 계단 발치에 있었다고 했어. 그러니 기껏해야 공범밖에 될 수가 없지. 그자는 자긴 아무것도 모른다고 딱 잡아뗐어. 2층에 세 든 휴 분이 무슨 짓을 했는지도 모를뿐더러 사라진 신사의 옷가지가 어째서 거기 있는지도 모른다고 주장했지.

인도인 악당에 대해서는 이쯤 하고 아편굴 2층에 세 들어 산다는 장애인에 대해 알아보기로 하지. 그자가 네빌 세인트클레어 씨를 마지막으로 목격한 게 분명하다네. 휴 분이라는 자인데, 흉측하게 생긴 얼굴 때문에 시내에서는 모르는 사람이 없을 정도라고 하더군. 경찰들의 단속을 피하느라 성냥을 파는 척하지만 실제로는 직업 거지라네. 스레드니들 스트리트를 따라 걸어 내려가는 길에 왼쪽 벽이 살짝 안으로 들어가 있는 곳을 자네도 봤겠지. 거기가 휴 분의 지정석이야. 무릎 위에 작은 성냥갑 몇 개를 올려놓고 책상다리를 하고 앉아 있지. 그러면 지나다니는 사람들이 측은한 모습을 보고 동전을 던져주는데, 그 모양이 마치 기름기 절은 지저분한 가죽 모자 속으로 쏟아지는 빗줄기 같더군. 예전에 그자가 직업 거지인 줄 모르고 지켜본 적이 있었는데 짧은 시간에 버는 수입이 놀라울 정도였네. 휴 분의 외모가 쳐다보지 않고는 지나갈 수 없을 정도로 인상적이긴 해. 헝클어진 오렌지색 머리에 심한 흉터가 있는 창백한 얼굴, 더군다나 흉터 때문에 피부가 수축되는 바람에 비뚤어진 윗입술과 불도그처럼 피부가 늘어진 턱에 머리색과는 대조적인 날카로운 검은 눈동자. 이런 특징들 때문에 다른 거지들에 비해 원체 눈에 띄는데다가 재치까지 있어서 행인들의 놀림도 잘 받아넘기거든. 아편굴에 사는 이자가 우리가 찾는 신사를 마지막으로 목격했다네."

"하지만 장애인이라고 하지 않았나! 장애가 있는데 멀쩡한 젊은 남자를 혼자서 상대할 수 있을까?"

"장애인이라고 해도 걸을 때 한쪽 다리를 저는 정도야. 그것만 제외하면 건강하고 힘도 세 보이더군. 왓슨 자네도 의사로서 한쪽 다리가 약하면 그걸 보완하기 위해 다른 신체 부위들이 이례적으로 강해지는 경우를 많이 보지 않았나."

"이야기를 계속해보게."

"세인트클레어 부인은 창틀에 남은 핏자국을 보고 기절했네. 그래서 경찰이 부인을 마차로 집까지 데려다주었지. 현장에 부인이 있어봤자 수사하는 데 도움이 되지 않으니까. 이번 사건을 맡은 바턴 경위는 건물을 샅샅이 조사했지만 아무 단서도 찾지 못했어. 더군다나 경찰들은 한 가지 실수를 저질렀다네. 휴 분을 바로 체포하지 않는 바람에 친구인 인도인과 말을 맞출 시간을 준 거지. 나중에 체포하긴 했지만 범인임을 입증할 증거를 찾지 못했어. 오른쪽 소매에서 작은 혈흔을 발견했는데 휴 분은 약지 손톱 부근에 베인 상처를 가리키며 거기서 흘렸다더군. 더불어 창틀에 묻은 핏자국 역시 조금 전 창문 앞에 서 있을 때 그 상처에서 흘린 모양이라고 주장했지. 그자는 네빌 세인트클레어를 본 적이 없다고 강하게 주장했고 자기 방에 옷가지들이 있는 이유 역시 전혀 모른다고 했다네. 창문 앞에 서 있는 남편을 봤다는 부인의 증언에 대해서는 부인이 미쳤거나 헛것을 본 거라고 단언했지. 큰 소리로 항의하는 휴 분을 경찰서로 보내고 경위는 현장에 남았어. 조수가 빠지고 나면 뭔가 새로운 증거가 나올지도 모른다고 생각했기 때문이야.

실제로 그랬다네. 진창 속에서 나올 거라고 예측하진 않았지만 말이야. 네빌 세인트클레어의 시신이 아니라 코트가 발견되었네. 바닥에 가라앉았던 코트가 물이 빠지면서 드러났지. 코트 주머니에서 뭘 찾았는지 아나?"

"난 모르겠군."

"자넨 상상도 못 할 물건이 나왔다네. 주머니마다 일 페니 동전과 반 페니 동전들이 가득차 있었어. 일 페니 동전이 421개,

반 페니 동전 270개가 나왔지. 그래서 물살에 떠내려가지 않았던 거야. 하지만 시신이라면 얘기가 다르지. 부두와 아편굴 사이는 물살이 세차니까 시신은 강물로 떠내려가고 묵직한 코트만 남았을 수도 있어."

"다른 옷가지들은 모두 방안에 남아 있었잖나. 시신이 코트만 입고 있었단 말인가?"

"그건 아니겠지. 하지만 사실들을 여러 가지로 해석해볼 수 있어. 먼저 분이라는 자가 네빌 세인트클레어를 창문 밖으로 밀어버렸다고 가정해보세. 본 사람은 아무도 없어. 그럴 경우 그 자가 어떻게 하겠나? 당연히 제일 먼저 죽은 사람의 옷가지를 치워야겠다는 생각이 들겠지. 하지만 코트는 물에 던져도 가라앉지 않고 떠다니겠다 싶었을 테고. 휴 분에게는 시간이 없었지. 죽은 사람의 아내가 2층으로 올라오겠다고 난리 치는 소리가 들리지 않았겠나. 인도인 집주인에게서 경찰이 오고 있다는 소리를 들었을지도 모르고. 지체할 시간이 조금도 없던 그는 구걸한 동전을 모아놓은 비밀 금고로 달려가 손에 잡히는 대로 쥐어 주머니를 채웠지. 코트가 동전의 무게로 바닥에 가라앉도록 말이야. 그런 다음 코트를 창밖으로 던졌어. 다른 옷가지도 똑같이 처리하려고 했지만 경찰들이 올라오는 소리가 들려 그대로 창문을 닫아버릴 수밖에 없었지."

"확실히 그럴듯해 보이는군."

"더 나은 가설이 나오지 않는 한 이 추측을 밀고 나가야 해. 아까도 말했지만 늦게나마 분은 체포돼서 경찰서로 끌려갔어. 하지만 그자에게 불리한 증거는 전혀 나오지 않았지. 직업 거지로 살았을 뿐 오랫동안 죄 짓지 않고 조용하게 지냈던 모양이야. 현재까지의 상황은 이렇고, 아직 풀어야 하는 문제들이 여럿이네. 네빌 세인트클레어는 아편굴에서 뭘 했으며 그곳에서 무슨 일이 생겼는지, 지금은 어디에 있는지, 휴 분은 세인트클레어의 실종과 무슨 연관이 있는지. 하지만 지금까지 아무 진전이 없어. 언뜻 보기에는 단순해 보였는데 이렇게까지 풀리지 않는 사건은 처음일세."

셜록 홈스가 독특한 이번 사건에 대해 설명해주는 동안 우리는 도심 외곽을 벗어나 드문드문 보이는 집들을 뒤로한 채 양쪽으로 울타리가 늘어선 시골길을 달렸다. 홈스가 이야기를 마쳤을 때 우리는 외딴 마을을 지나치는 중이었다. 창문으로 흐릿한 불빛이 새어 나오는 집들이 보였다.

"지금 리 외곽에 접어들었네. 잠깐 사이에 영국의 세 개 주를 지나온 거지. 미들식스 주에서 시작해 서리 주의 외곽을 지나 이제 켄트 주에 이르렀으니까. 나무들 사이로 불빛이 보이나? 저기가 바로 시더스라네. 등불 옆에 세인트클레어 부인이 앉아 있을 거야. 혹시 무슨 소리가 들리지 않을까 귀를 쫑긋 세우고 말이지. 벌써 말발굽 소리를 들었을 걸세."

"베이커 스트리트가 아니라 굳이 여기서 지내는 이유는 뭔가?"

"여기서 조사해야 할 게 많으니까. 세인트클레어 부인이 친절하게도 방 두 개를 내주었다네. 자네가 내 친구이자 동료라고 하면 부인이 반갑게 맞아줄 테니 걱정할 것 없어. 왓슨, 하지만 남편에 관한 새로운 소식도 없이 부인을 만나려니 괴롭군. 다 왔네. 워, 워!"

우리는 넓은 부지에 서 있는 대저택 앞에 마차를 세웠다. 마구간 소년이 뛰어나와 고삐를 잡았다. 나는 마차에서 내려 홈스를 따라 저택으로 이어진 구불구불한 좁은 자갈길을 걸어갔다. 우리가 저택에 다가가자 현관문이 활짝 열리고 금발머리에 몸집이 작은 여성이 나왔다. 그녀는 목과 손목에 폭신폭신한 분홍색 시폰이 달린 가벼운 모슬린 드레스를 입고 있었다. 집안에서 새어 나오는 환한 불빛을 등지고 있어 부인의 윤곽이 고스란히 드러났다. 그녀는 한쪽 손으로 문을 짚고 조바심이 나는 듯 다른 손을 반쯤 든 채 몸을 살짝 숙이고 고개를 내밀었다. 간절한 눈빛과 살짝 벌어진 입술을 보아 바라는 것이 무엇인지 알 수 있었다.

"어떻게 됐나요?"

부인이 외쳤다.

"홈스 씨?"

그녀가 우리 두 사람을 쳐다보았다. 홈스가 고개를 저으며 어깨를 으쓱하자 희망이 가득하던 목소리가 탄식으로 바뀌었다.

"좋은 소식이 없나요?"

"네."

"나쁜 소식은요?"

"없습니다."

"그나마 다행이군요. 어쨌든 들어오세요. 온종일 힘드셨을 텐데."

"이쪽은 제 친구 왓슨 박사입니다. 여러 사건에서 많은 도움을 준 친구인데 마침 우연히 만나서 데려왔습니다. 이번 사건도 도와주기로 했습니다."

"와주셔서 기쁩니다. 갑자기 이런 일이 생긴 터라 혹시 대접이 소홀하더라도 이해해주세요."

부인이 내 손을 따뜻하게 잡으며 말했다.

"저는 전쟁터에도 있었던 사람입니다. 그게 아니더라도 부인께서 미안해하실 필요는 없습니다. 제가 부인이나 이 친구에게 조금이라도 도움이 되기만을 바랄 뿐입니다."

우리는 불을 환하게 밝힌 식당으로 들어갔다. 차갑게 먹는 요리들이 차려져 있었다.

"셜록 홈스 씨, 묻고 싶은 게 있어요. 솔직하게 대답해주시면 좋겠어요."

"그러죠."

"제 심경이 어떨지는 생각하지 않으셔도 됩니다. 신경 발작을 일으키거나 기절하는 일은 없을 거예요. 그저 홈스 씨의 솔직한 견해를 듣고 싶어요."

"무엇에 대해 말입니까?"

"네빌이 아직 살아 있다고 생각하시나요?"

셜록 홈스는 이 질문에 당황한 것처럼 보였다.

"솔직하게 말씀해주세요!"

부인이 의자에 앉은 홈스 앞에 서서 날카로운 시선으로 내려다보며 다시 한번 물었다.

"솔직히 말하자면 살아 있다고 생각하지 않습니다."

"남편이 죽었다는 거죠?"

"그렇습니다."

"살해당했을 거라고 생각하시나요?"

"단언할 순 없습니다. 하지만 가능성은 있죠."

"그렇다면 그이는 언제 죽었을까요?"

"월요일일 겁니다."

"그럼 홈스 씨, 제가 오늘 남편의 편지를 받은 건 어떻게 설명하시겠어요?"

그 말을 들은 셜록 홈스는 감전된 것처럼 자리에서 벌떡 일어나 외쳤다.

"뭐라고요!"

"오늘 받았어요."

부인이 미소를 지은 채 봉투를 들어올렸다.

"보여주실 수 있습니까?"

"물론이죠."

홈스는 부인의 손에서 봉투를 낚아채듯 받아들고는 식탁 위에 내려놓고 등불을 끌어당겼다. 그리고 꼼꼼하게 살피기 시작했다. 나도 자리에서 일어나 홈스의 어깨 너머로 봉투를 들여다보았다. 싸구려 봉투에 오늘 날짜로, 아니 자정이 넘었으니 어제 날짜로 그레이브젠드 우체국 소인이 찍혀 있었다.

"휘갈겨 썼군요! 남편분의 서체도 아닙니다. 부인."

"맞아요. 하지만 속에 든 편지는 그이가 쓴 거예요."

"봉투에 주소를 쓴 사람이 누군지는 모르지만 주소를 물어보고 쓴 게 분명합니다."

"어째서요?"

"받는 사람 이름이 진한 검정색으로 씌어 있습니다. 잉크가 그대로 말랐기 때문이죠. 주소는 회색으로 씌었는데 압지를 사용했기 때문입니다. 이름과 주소를 한꺼번에 쓴 다음 압지를 대고 눌렀다면 이렇게 진한 검정색은 남지 않았을 겁니다. 그 사람은 이름을 먼저 쓰고 한참 있다가 주소를 썼습니다. 주소를 잘 모르기 때문이었겠죠. 물론 사소한 일입니다만 사소한 것들이 정말 중요한 법이죠. 그럼 이제 편지를 한번 볼까요! 이런, 동봉된 게 있군요!"

"네, 반지예요. 남편의 인장 반지요."

"편지는 남편분이 쓴 게 확실합니까?"

"네, 그이의 필체 중 하나예요."

"필체가 여러 개 있습니까?"

"아주 급하게 쓸 때의 필체에요. 평소에는 이렇게 쓰지 않지만 전 잘 알고 있습니다."

"'여보, 너무 걱정 마오. 다 잘될 테니까. 문제가 생겨서 해결하려면 시간이 걸릴 것 같소. 참고 기다려줘요. 네빌.'

8절지 책의 면지에 연필로 썼군요. 비침 무늬는 없어요. 엄지손가락이 지저분한 남자가 그레이브젠드 우체국에서 오늘 보냈군요. 음! 잘못 본 게 아니라면 씹는담배를 즐기는 사람이 봉투를 붙였을 겁니다. 분명히 남편분이 쓴 편지라고 하셨죠?"

"네, 네빌이 쓴 게 맞아요."

"그레이브젠드 우체국에서 편지를 보낸 사람은 다른 사람입니다. 세인트클레어 부인, 이제야 앞이 보이는군요. 안심하셔도 된다고 확실하게 말할 순 없지만 말입니다."

"남편은 분명히 살아 있어요. 홈스 씨."

"우리를 속이기 위해 교묘하게 편지를 위조한 게 아니라면 그럴 겁니다. 반지로는 아무것도 입증할 수가 없어요. 남편분에게서 빼앗았을 수도 있으니까요."

"아뇨, 아니에요. 이 편지는 틀림없이 남편이 직접 쓴 거예요!"

"알겠습니다. 하지만 월요일에 받아놓은 편지를 오늘에서야 보냈을 수도 있습니다."

"그럴 수도 있겠죠."

"그사이에 많은 일이 있었을지도 모릅니다."

"오, 부디 희망을 꺾지 마세요, 홈스 씨. 저는 남편이 무사하다는 걸 알아요. 우리 두 사람은 남다르게 통하는 느낌이 있어서 그이에게 안 좋은 일이 생겼다면 제가 알았을 거예요. 네빌을 마지막으로 봤던 날도 그랬어요. 그이가 침실에서 칼에 베였을 때 저는 식당에 있다가 무슨 일이 있다는 느낌을 받고 곧장 달려갔으니까요. 그런 사소한 일에도 반응하는데 남편이 죽은 걸 느끼지 못할 거라고 생각하세요?"

"여자의 직감이 추론가의 분석적인 결론보다 뛰어날 때가 있다는 건 경험으로 잘 알고 있습니다. 더군다나 편지는 부인의 생각이 맞다는 강력한 증거로 볼 수 있죠. 하지만 남편분이 정말 살아 있고 편지를 쓸 수 있다면 어째서 부인 앞에 모습을 드러내지 않는 걸까요?"

"저도 잘 모르겠어요. 짐작조차 가지 않아요."

"월요일에 남편분이 집을 나서면서 별다른 말을 남기지는 않으셨습니까?"

"없었어요."

"어퍼스완덤 레인에서 남편분을 보고 깜짝 놀랐다고 하셨죠?"

"정말 깜짝 놀랐어요."

"그때 창문이 열려 있었습니까?"

"네."

"남편분이 부인을 보고 소리쳤다고 했죠?"

"그런 것 같아요."

"제가 이해한 바로는, 남편분이 뜻이 분명치 않은 소리를 지르셨다고요?"

"네."

"도움을 청하는 것 같았습니까?"

"네, 그이가 손을 흔들었으니까요."

"그저 놀라서 지른 소리였을 수도 있어요. 뜻밖에 부인을 보고 깜짝 놀라 손을 흔들었을지도 모릅니다."

"그럴 수도 있겠죠."

"남편분이 뒤로 끌려간 것 같았다고 하셨죠?"

"갑자기 사라졌으니까요."

"뒤로 물러섰을지도 모릅니다. 그 방에서 다른 사람은 보지 못했다고 하셨죠?"

"네, 하지만 무섭게 생긴 남자는 자기가 방에 있었다고 하더라고요. 인도인은 계단 아래쪽에 있었고요."

"그렇군요. 남편분의 옷차림은 평상시와 똑같았습니까?"

"네, 하지만 넥타이나 셔츠 칼라는 보지 못했어요. 목이 드러나 있었어요."

"남편분이 어퍼스완덤 레인에 대해 말한 적 있습니까?"

"아뇨."

"아편을 피우는 기미는요?"

"없었어요."

"감사합니다, 세인트클레어 부인. 확인해보고 싶었던 사실들이 전부 명확해졌습니다. 이제 우리도 간단하게 식사를 하고 쉬어야겠군요. 내일도 바쁜 하루를 보낼 테니까요."

우리를 위해 2인용 침대가 있는 커다랗고 편안한 침실이 마련되었다. 그날 밤 모험으로 몹시 피곤했던 나는 바로 이불 속으로 파고들었다. 하지만 마음에 걸리는 문제가 있을 때 셜록 홈스는 며칠, 때로는 일주일도 넘게 쉬지 않았다. 아는 사실들을 다양한 각도로 배열해본 끝에 사건의 진상을 파헤치거나, 진상에 도달하지 못해 정보가 부족하다는 결론을 내리곤 했다. 보아하니 그는 오늘도 밤을 새울 준비를 하고 있었다. 홈스는 코트와 조끼를 벗고 커다란 푸른색 실내복으로 갈아입었다. 그런 다음 방안을 돌아다니면서 침대에서 베개를, 소파와 안락의자에서는 쿠션들을 가져다가 동양식 깔개처럼 만든 뒤 그 위에 책상다리를 하고 앉았다. 앞에는 독한 섀그 담배와 성냥갑을 놓았다. 파이프 담배를 문 홈스는 흐릿한 불빛 아래에 앉아 멍하니 천장을 올려다보았다. 강인하고 날카로워 보이는 매부리코에 불빛을 받으며 미동도 하지 않고 묵묵하게 푸른 담배 연기만 뿜어냈다. 홈스의 모습을 지켜보다 나는 잠이 들었다. 갑작스러운 고함에 깨어났을 때도 그는 여전히 그 자세였다. 여름날의 이른 햇살이 방안을 비추었다. 홈스가 입에 파이프를 문 모습이며 담배 연기가 파이프에서 모락모락 올라오는 모습이 자기 전과 똑같았다. 방안은 짙은 담배 연기로 가득찼고 전날 밤 홈스 앞에 놓여 있던 담배들은 사라지고 없었다.

"왓슨, 일어났나?"

홈스가 물었다.

"그래."

"아침부터 한 바퀴 돌아볼 텐가?"

"그러지."

"그럼 옷을 입게. 아직 아무도 일어나지 않았지만 마구간 소년이 자는 곳을 알고 있으니 마차를 끌고 바로 나갈 수 있을 거야."

홈스는 싱긋 웃었다. 반짝거리는 눈동자를 보니 지난밤 침울하게 생각에 잠겨 있던 사람과는 전혀 다른 사람 같았다.

나는 옷을 갈아입으면서 흘깃 시간을 확인했다. 새벽 4시 25분. 아무도 일어나지 않은 것이 당연했다. 내가 옷을 입기도 전에 홈스가 마구간 소년이 마차를 준비하고 있다는 소식을 갖고 돌아왔다.

"내가 세운 가설을 확인해보고 싶어. 왓슨, 지금 자네 앞에 유럽 최고의 바보가 서 있다네. 채링 크로스까지 날아갈 정도로 걷어차여도 할말이 없을 정도지. 하지만 다행히도 사건 해결의 열쇠를 찾았다네."

홈스가 신발을 신으면서 말했다.

"어디서 말인가?"

내가 미소를 지으며 물었다.

"욕실에서. 아, 농담이 아니라네."

홈스가 믿지 못하겠다는 내 표정을 보더니 말을 덧붙였다.

"방금 욕실에서 가져다 여행 가방에 넣었다니까. 그만 가세. 어서 가서 이 열쇠가 맞는지 확인해봐야지."

우리는 조용히 아래층으로 내려가 눈부신 아침 햇살 속으로 나섰다. 옷도 제대로 갖춰 입지 못한 마구간 소년이 말을 붙잡고 서 있었다. 우리는 마차에 올라타서 런던 로드를 달리기 시작했다. 채소를 싣고 도심으로 향하는 짐마차 몇 대 외에 길 양쪽으로 늘어선 마을은 꿈속의 도시처럼 적막하고 생기 없이 잠들어 있었다.

"어떤 점에서 보면 정말 독특한 사건일세."

홈스가 속도를 올리기 위해 말에 채찍질을 하며 말했다.

"난 두더지만큼이나 눈이 멀었다네. 그나마 늦게라도 알았으니 영영 모르고 지나가는 것보다는 낫겠지."

마차가 시내에 들어섰다. 서리 방면의 거리를 지나는 동안 일찍 일어난 사람들의 모습이 창밖에 보이기 시작했다. 워털루브리지 로드를 지나 강을 건너 웰링턴 스트리트로 향했고 거기서 오른쪽으로 도니, 보 스트리트가 나왔다. 셜록 홈스는 경찰들

사이에서 유명 인사였다. 문을 지키던 경관 두 명이 홈스를 보고 경례를 하더니 한 명이 말을 잡아주고 다른 한 명은 우리를 안으로 안내해주었다.

"당직이 누굽니까?"

홈스가 물었다.

"브래드스트리트 경위입니다."

"아, 브래드스트리트 경위. 잘 지냈습니까? 할말이 있습니다만."

챙 달린 모자에 제복을 입은 키가 크고 건장한 경찰이 판석을 깐 복도로 나왔다.

"좋습니다, 홈스 씨. 이쪽 제 방으로 들어오십시오."

작은 사무실에 들어가자 탁자 위에 커다란 장부가 놓여 있었고 벽에는 전화기가 걸려 있었다. 경위가 책상 앞에 앉았다.

"하실 말씀이 뭡니까, 홈스 씨?"

"휴 분이라는 거지 때문에 왔습니다. 리에 사는 네빌 세인트클레어 실종 사건의 용의자 말입니다."

"아, 그자는 아직 조사할 게 남아서 구금되어 있습니다."

"그렇다고 들었습니다. 지금 여기 있습니까?"

"유치장에 있습니다."

"얌전히 있습니까?"

"말썽을 부리진 않습니다. 지저분하긴 하지만요."

"지저분하다고요?"

"네, 아무리 뭐라고 해도 손밖에 안 씻어요. 얼굴이 땜장이처럼 시꺼먼데 말입니다. 일단 사건만 해결되면 교도소 목욕탕에 보낼 거예요. 홈스 씨도 그자를 보면 내가 왜 이러는지 이해할 겁니다."

"그자를 보고 싶습니다."

"좋습니다. 이쪽으로 오시죠. 가방은 여기 두셔도 됩니다."

"아니요. 들고 가겠습니다."

브래드스트리트 경위는 우리를 이끌고 복도를 지나 쇠창살이 달린 문을 열더니 나선형 계단을 내려갔다. 하얗게 칠한 복도 양옆으로 붙은 문들이 보였다.

"오른쪽에서 세 번째 방입니다. 바로 여기죠!"

경위는 문 윗부분에 달린 작은 뙤창문을 조용히 열더니 슬쩍 안을 들여다보았다.

"자고 있군요. 잘 보입니다."

우리는 창살 사이로 안을 들여다보았다. 죄수는 얼굴을 우리 쪽으로 돌린 채 잠들어 있었다. 숨소리가 느리고 깊은 것으로 보아 잠이 깊게 든 것 같았다. 체격은 보통이었고 연행 당시의 지저분한 옷을 그대로 입고 있었다. 다 떨어진 외투 사이로 요란한 색상의 셔츠가 보였다. 그자는 경위가 말한 대로 몹시 지저분했다. 하지만 얼굴을 뒤덮은 시꺼먼 때로도 흉측한 모습은 가려지지 않았다. 눈에서 턱까지 이어지는 흉터는 폭이 넓었고, 그 흉터가 피부를 당기는 바람에 윗입술 한쪽이 비뚤게 뒤집어져 으르렁거리는 개처럼 치아 세 개가 드러나 있었다. 잔뜩 헝클어진 오렌지색 머리카락이 이마와 눈을 가리고 있었다.

"정말 볼만하지 않습니까?"

경위가 말했다.

"확실히 씻기긴 해야겠군요. 이럴 줄 알고 준비를 해왔습니다."

홈스가 들고 있던 여행 가방을 열더니 놀랍게도 큼직한 목욕용 스펀지를 꺼냈다.

"하하! 홈스 씨는 정말 재미있는 분이군요."

경위가 큰 소리로 웃으며 말했다.

"조용히 문을 열어주시죠. 저자를 말끔하게 만들어놓을 테니까요."

"안 될 것 있겠습니까. 저자가 보 스트리트 유치장을 볼썽사납게 만들고 있으니까요."

경위가 열쇠로 문을 열어주어 우리는 조용히 안으로 들어갔다. 잠든 수감자가 몸을 뒤척이며 반쯤 돌아눕더니 다시 깊은 잠에 빠졌다. 홈스는 몸을 숙여 물통의 물로 스펀지를 적신 뒤 수감자의 얼굴에 대고 가로세로로 두 번 힘껏 문질렀다.

"소개하죠. 켄트 주 리에 사는 네빌 세인트클레어 씨입니다."

홈스가 외쳤다.

내 평생 그런 광경은 처음 보았다. 스펀지가 닿자 남자의 얼굴이 나무껍질처럼 벗겨졌다. 거무죽죽하던 얼굴색이 사라졌다! 얼굴을 가로지르던 흉측한 흉터도 없어지고 비웃는 것처럼 보이던 비뚤어진 입술도 제자리로 돌아온 게 아닌가! 홈스가 헝클어진 오렌지색 가발까지 벗기자 검은 머리에 창백해 보일 정도로 하얀 얼굴과 매끈한 피부를 가진 고상해 보이는 남자가 눈을 비비며 잠이 덜 깬 어리둥절한 모습으로 주위를 돌아보았다. 그러다가 정체가 드러났음을 불현듯 깨닫고 비명을 지르며 베개에 얼굴을 묻었다.

경위가 소리쳤다.

"이럴 수가! 실종됐다던 사람이잖아. 사진에서 본 얼굴이야!"

수감자는 자포자기한 것처럼 갑자기 태도를 바꿨다.

"맞습니다. 이제 나한테 무슨 혐의를 붙일 작정입니까?"

"그야 네빌 세인트클레어 씨를 죽인……. 이런, 아니지. 자살이라도 하지 않는 한 그 죄목으로는 혐의를 둘 수가 없겠군요."

경위가 싱긋 웃으며 말했다.

"경찰 생활 이십칠 년 만에 이런 일은 처음이군."

"내가 네빌 세인트클레어라면 아무 범죄도 일어나지 않았단 말이고 난 불법감금되어 있는 거요."

홈스가 말했다.

"범죄는 없었지만 큰 잘못을 저질렀죠. 당신은 부인을 좀더 믿었어야 했습니다."

수감자가 신음하듯 말했다.

"아내 때문이 아니라 아이들 때문에 그런 겁니다. 애들한테 부끄러운 아빠가 되고 싶지 않았습니다. 맙소사! 이렇게 들키다니! 이제 어떻게 해야 하지?"

셜록 홈스가 그의 옆에 앉아 다정하게 어깨를 두드렸다.

"재판을 받으면 모든 일들이 세상에 알려지는 것을 막을 수 없습니다. 달리 말해서 경찰 당국이 당신을 기소할 명분이 없다는 것을 받아들이기만 하면 내용은 언론을 통해 퍼질 일이 없겠지요. 사실대로 털어놓으십시오. 브래드스트리트 경위가 당국에 보고서를 올릴 겁니다. 그러고 나면 재판을 받을 일도 사라질 거고요."

"하느님 감사합니다!"

수감자가 열렬하게 외쳤다.

"비참한 비밀을 아이들에게 들켜 가족의 수치로 남느니 차라리 감옥에 가거나 사형을 당하는 편이 낫다고 생각했습니다.

이 이야기를 누구에게 하는 건 이번이 처음입니다. 우리 아버지는 체스터필드에서 교장 선생님을 지내셨어요. 덕분에 난 좋은 교육을 받을 수 있었죠. 젊어서는 여기저기 돌아다니면서 무대에 오르다가 마침내 런던에 돌아와 석간신문 기자가 됐습니다. 그러던 어느 날 편집장이 런던의 거지에 대한 연속 기사를 내고 싶어 하기에 내가 자원했어요. 그게 모든 일의 발단이 된 셈이죠. 기사를 쓸 자료를 모으려면 직접 거지가 되어 구걸을 해보는 수밖에 없었어요. 배우 생활을 할 때 분장 기술을 배웠는데 솜씨가 좋기로 유명했죠. 나는 실력을 유감없이 발휘했습니다. 먼저 얼굴에 칠을 한 뒤 불쌍하게 보이기 위해 커다란 흉터를 만들었어요. 입술이 비뚤어지게 한쪽을 뒤집은 뒤 살색 반창고를 붙였죠. 그런 다음 오렌지색 가발을 쓰고 적당한 옷을 입은 뒤 런던에서 가장 번화한 거리에 자리를 잡았습니다. 성냥팔이로 가장하긴 했지만 실제로는 거지였죠. 일곱 시간 동안 구걸을 한 후에 집으로 돌아가 받은 돈을 세어보니 놀랍게도 이십육 실링 사 펜스였습니다.

기사를 쓰고 한동안 그 일은 잊어버리고 있었습니다. 그러다가 친구의 부탁으로 뒷보증을 섰다가 그만 이십오 파운드의 빚을 지게 됐습니다. 어디서 돈을 구해야 하나 고민하던 끝에 갑자기 거지 노릇이 떠오르더군요. 난 채권자에게 변제 기한을 보름만 연장해달라고 부탁하고는 신문사에 휴가를 냈어요. 그 기간 동안 분장을 하고 시내에서 구걸을 했습니다. 열흘 만에 그 돈을 벌어 빚을 청산했죠.

한번 그러고 나니 힘들게 일해서 일주일에 이 파운드 버는 생활로 돌아가기가 얼마나 힘들었을지 상상이 될 겁니다. 얼굴에 지저분하게 칠을 하고 바닥에 모자를 놓고 앉아 있기만 해도 그만한 돈을 하루에 벌 수 있다는 걸 안 마당에 말입니다. 자존심과 돈 사이에서 한참을 갈등하다 결국 돈이 이겼습니다. 나는 기자 일을 그만두고 처음 나갔던 자리에 온종일 앉아 구걸을 시작했어요. 흉측한 얼굴로 동정을 얻으니 주머니가 동전으로 가득찼습니다. 비밀을 아는 사람은 한 명밖에 없었어요. 내가 세 들어 사는 어퍼스완덤 레인의 아편굴 주인 말입니다. 나는 매일 아침 지저분한 거지꼴을 하고 그 집에서 나갔다가 저녁이 되면 말쑥한 신사로 변신하곤 했죠. 인도인 집주인에게는 방값을 후하게 지불했습니다. 그렇게 해야 비밀이 새어 나가지 않을 테니까요.

얼마 지나지 않아 상당한 금액을 모을 수 있었습니다. 물론 런던에 있는 거지들이 모두 나처럼 연 칠백 파운드를 벌 수 있는 건 아닙니다. 뛰어난 분장 실력에 더해 날이 갈수록 늘어난 재치 있는 말솜씨도 한몫했죠. 덕분에 나름 시내의 유명 인사가 되었습니다. 온종일 동전이 쏟아져 들어왔는데 가끔 은화도 섞여 있었죠. 운이 나쁜 날만 아니면 하루에 이 파운드는 족히 벌었습니다.

돈을 많이 벌기 시작하자 야심도 커졌어요. 교외에 집을 사고 결혼을 했죠. 사랑하는 아내는 내가 시내에서 사업을 하는 줄 알고 있어요. 무슨 사업인지는 모르지만 말입니다.

그런데 지난 월요일, 일과를 끝내고 아편굴에 세 든 방에서 옷을 갈아입던 중에 창밖을 내다보다가 기절초풍했지 뭡니까. 길에서 아내가 나를 쳐다보고 있더군요. 깜짝 놀라 소리를 지르며 양손으로 얼굴을 가렸습니다. 그리고 인도인 주인에게 달려가 아무도 2층으로 올라오지 못하게 해달라고 부탁했죠. 이내 아래층에서 아내의 목소리가 들렸지만 곧장 올라오진 못할 걸 알고 있었어요. 난 재빨리 원래 옷을 벗고 거지 옷으로 갈아입었습니다. 다시 얼굴에 분장을 하고 가발을 썼죠. 아내도 알아보지 못할 정도로 변장은 완벽했지만 사람들이 방을 수색하기라도 하면 옷가지 때문에 정체가 드러나겠다는 생각이 들더군요. 정신없이 창문을 열다가 그날 아침에 베였던 손가락 상처가 터졌어요. 일단 코트를 집어 들었습니다. 가죽 가방에 들어 있던, 그날 벌어들인 동전을 코트 주머니에 옮겨놓은 뒤라 묵직했죠. 코트를 그대로 창문 밖으로 던지니 템스 강 바닥으로 가라앉더군요. 다른 옷가지도 그렇게 처리하려는 순간 경찰들이 밀고 올라왔습니다. 그리고 네빌 세인트클레어의 살인범으로 체포되었죠. 솔직히 정체를 들키기보다는 그 편이 나았습니다.

달리 변명할 방법도 없었으니 가능한 한 오래 변장을 유지하기로 마음먹었습니다. 그래서 지저분한 얼굴을 계속 씻지 않았죠. 아내가 걱정할 거라는 생각에 경찰이 보지 않는 틈을 타 걱정하지 말라는 내용의 편지를 쓰고 반지를 넣어 인도인 주인에게 맡겼습니다."

홈스가 말했다.

"편지는 어제 도착했습니다."

"그럴 수가! 아내가 일주일 내내 걱정했겠군요."

브래드스트리트가 말을 받았다.

"우리 경찰이 인도인 집주인을 감시하고 있었으니 몰래 편지를 부치는 일이 쉽진 않았을 겁니다. 어쩌면 아편굴에 온 선원에게 편지를 맡겼는데 그 사람이 며칠 동안 잊어버렸을지도 모르죠."

"그랬을 겁니다. 그건 그렇고 구걸하다가 잡힌 적은 없습니까?"

홈스가 고개를 끄덕이며 물었다.

"여러 번 잡혔죠. 그렇지만 벌금이 대수겠습니까?"

브래드스트리트가 말했다.

"이젠 그만둬야 합니다. 경찰에서 이번 일을 덮으려면 휴 분이라는 자는 더이상 존재해선 안 되니까요."

"다시는 그러지 않겠다고 맹세하겠습니다."

세인트클레어가 대답했다.

"그렇다면 이 문제는 이것으로 마무리짓도록 하죠. 하지만 당신이 또다시 구걸하는 모습을 보게 된다면 그땐 이번 일을 공개할 겁니다. 홈스 씨 덕분에 이번 사건을 해결했군요. 신세를 어떻게 갚아야 할지 모르겠습니다. 그런데 진상을 어떻게 아셨습니까?"

브래드스트리트가 물었다.

"베개 다섯 개를 깔고 앉아 섀그 담배 삼십 그램을 피워 없앤 덕분이죠. 왓슨, 지금 베이커 스트리트로 가면 아침 식사 시간에 맞출 수 있겠군."

푸른 카벙클

크리스마스가 지나고 이틀째 되는 날 아침, 나는 인사차 셜록 홈스를 찾아갔다. 보라색 실내복을 입은 그는 소파에 늘어져서, 오른쪽으로 손이 닿는 곳에는 파이프 걸이를 두고 앞에는 구겨진 조간신문들을 수북하게 쌓아둔 채였다. 조금 전까지 읽고 있던 게 분명했다. 소파 옆에 놓인 나무 의자 등받이에 허름하고 보기 흉한 펠트 모자가 걸려 있었다. 여기저기 헌 모양새를 보니 더이상은 쓸 수 없을 것 같았다. 의자 위에 돋보기와 핀셋이 있었다. 모자를 조사하던 모양이었다.

"일하는 중이었군. 방해한 건 아닌가 모르겠네."

"그렇지 않아. 오히려 내가 알아낸 결과에 대해 이야기를 나눌 친구가 와서 기쁘다네. 아주 사소하긴 하지만."

홈스가 엄지손가락으로 낡은 모자를 가리켰다.

"이번 일은 흥미로운데다 교훈적이기까지 하다네."

나는 안락의자에 앉아 탁탁 소리를 내며 타오르는 벽난로에 손을 녹였다. 유리창에 두꺼운 성에가 낄 정도로 날씨가 갑자기 추워졌다.

"낡은 모자에 끔찍한 사연이 있는 모양이군. 모자는 어떤 사건을 해결할 실마리, 그러니까 범죄 사건의 범인을 잡을 수 있는 단서겠지."

"아니, 범죄 사건이 아니라네."

셜록 홈스가 웃으면서 말을 이었다.

"수십 제곱킬로미터의 공간에서 사백만 명이나 되는 인간들이 북적거리며 살다 보면 일어날 만한 사소하면서도 별난 일일세. 인간들이 부대끼면서 작용과 반작용을 거듭하면 정말 별의별 일들이 다 일어나는 법이지. 범죄가 아니더라도 깜짝 놀랄 정도로 기이한 사건들이 수도 없이 일어난다네. 우리도 많이 경험하지 않았나."

"그렇긴 하지. 내가 최근에 기록한 여섯 건의 사건들 중에 범죄라고 보기 어려운 사건도 세 건이나 있었으니까."

내가 대답했다.

"맞아. 아이린 애들러에게서 사진을 찾아오는 일이나 메리 서덜랜드 양의 기이한 약혼자 사건, 입술이 비뚤어진 남자 사건이 그랬지. 이번 일도 틀림없이 비슷한 유형에 들어갈 걸세. 자네도 수위로 일하는 피터슨을 알지?"

"안다네."

"이건 그 사람의 전리품이야."

"그 사람 모자란 말이군."

"아니, 피터슨이 주운 모자야. 주인은 몰라. 자네가 이 모자를 낡아빠진 중산모로만 보지 말고 지적인 탐구 문제로 봐주면 좋겠네. 모자가 여기로 온 과정부터 설명해주지. 모자는 크리스마스 아침에 통통한 거위 한 마리와 함께 우리집에 왔다네. 거위는 지금 피터슨의 화덕에 들어가 있을 거야. 어떻게 된 일인가 하면, 크리스마스 새벽 4시경 우리의 정직한 친구 피터슨은 흥청망청 놀다가 토트넘코트 로드에 있는 집으로 돌아가는 중이었다네. 그 앞에 하얀 거위를 둘러멘 키 큰 남자가 가스등 불빛을 받으며 비틀비틀 걸어가고 있었는데, 피터슨이 구지 스트리트 모퉁이에 이르렀을 때 앞서 가던 남자가 불량배와 시비가 붙었다더군. 불량배 중 한 명이 주먹을 휘두르는 통에 남자의 모자가 떨어졌지. 남자는 자기 몸을 지키기 위해 지팡이를 들고 휘두르다가 그만 상점 유리를 깨고 말았고. 피터슨이 남자를 도우러 달려가자 그렇지 않아도 창문이 깨져 놀란 남자는 제복 입은 피터슨이 경찰인 줄 알았는지 들고 있던 거위마저 내던지고 도망가버렸다네. 토트넘코트 로드 뒤에 있는 미로 같은 골목으로 사라진 거지. 불량배들 역시 피터슨을 보고 도망갔고 결국 피터슨 혼자 전쟁터에 남아 낡은 모자와 죄 없는 크리스마스 거위를 전리품으로 얻게 된 거야."

"그런 거라면 주인을 찾아 돌려줘야 하지 않나?"

"그게 관건이라네. 거위의 왼쪽 다리에는 '헨리 베이커 부인에게'라고 쓴 작은 카드가 달려 있었어. 그리고 모자 안감에도 'H.B.'라는 머리글자가 있고. 하지만 베이커라는 성을 가진 사람은 이 도시에 몇천 명이나 있을 테고 헨리 베이커라는 사람도 몇백 명은 있을 거야. 그중에서 모자와 거위의 주인을 찾는 일은 쉽지 않지."

"피터슨은 어떻게 했나?"

"그날 아침에 바로 모자와 거위 고기를 들고 날 찾아왔다네. 내가 이런 사소한 문제들에도 관심을 가지는 것을 아니까. 거위도 오늘 아침까지 여기서 보관했는데 날씨가 춥긴 하지만 그대로 놔두면 상하겠더군. 그래서 거위가 궁극적인 소임을 다할 수 있게 처음 발견했던 피터슨에게 주었다네. 크리스마스 만찬 거리를 잃어버린 정체불명의 신사가 썼던 모자는 여기서 계속 보관하기로 했지."

"분실물 광고는?"

"없더군."

"신사의 신원을 밝힐 단서는?"

"추리로 알아낸 게 다야."

"모자로 말인가?"

"그래."

"농담하지 말게. 낡은 모자에서 대체 뭘 알아낼 수 있단 말인가?"

"여기 돋보기가 있네. 자네는 내 방식을 잘 알지. 직접 낡은 모자의 주인에 대해 한번 추리해보겠나?"

나는 낡은 모자를 받아들고 뒤집어보았다. 안쓰러운 마음이 들었다. 둥근 모양의 평범한 검은색 모자는 쓰고 다니기엔 너무 낡았다. 빨간색 비단 안감은 색이 바랬다. 상표는 없었지만 홈스가 말한 대로 'H.B.'라는 머리글자가 한쪽에 휘갈겨 씌어 있었다. 모자가 바람에 날아가지 않게 고무줄을 달 수 있도록 챙에 구멍을 뚫었지만 고무줄은 달려 있지 않았다. 모자는 해지고 먼지투성이에 얼룩덜룩했는데 색이 바랜 부분을 잉크로 덧칠하다 생긴 얼룩으로 보였다.

"별다른 건 보이지 않는데."

나는 모자를 친구에게 돌려주며 말했다.

"아니, 자넨 전부 봤어. 추리를 하지 못했을 뿐이지. 추리에 너무 소극적이라니까."

"그럼 자네는 모자에서 무엇을 알아냈나?"

홈스는 모자를 집어든 뒤 버릇처럼 깊은 생각에 잠겨 바라보았다.

"생각보다는 정보가 많지 않을 수도 있어. 하지만 몇 가지 분명한 사실들이 있고 가능성이 높은 것도 몇 가지 있다네. 모자의 주인은 머리가 좋은 사람임이 분명해. 삼 년 전만 해도 괜찮았던 형편이 지금은 많이 어려워진 모양이야. 또한 준비성이 철저한 사람이었지만 그것도 예전만 못한 것 같네. 마음가짐이 느슨해진 것 같아. 아마 형편이 어려워지면서 안 좋은 영향을 받은 게 분명해. 술을 마시기 시작했을지도 모르겠어. 그래서 부인의 애정도 식었을 거야."

"이보게, 홈스!"

"그래도 어느 정도 자존심을 지키며 살고 있지."

홈스는 내 말을 무시하고 말을 이었다.

"이 사람은 집에서 나가는 일이 거의 없어. 건강 상태도 좋지 않고. 나이는 중년이고 머리는 희끗희끗한데 얼마 전에 이발을 했다네. 그리고 라임 향 헤어크림을 발랐지. 모자에서 알아낼 수 있는 확실한 사실들은 이 정도야. 그리고 이 사람 집에는 가스등이 없을 가능성이 높아."

"자네 지금 농담하는 거지?"

"그럴 리가 있나. 이렇게까지 설명했는데도 어떻게 알아냈는지 전혀 모르겠나?"

"확실히 내가 멍청한가 보군. 자네가 하는 말을 따라갈 수가 없으니 말이야. 이를테면 남자가 머리가 좋다는 건 어떻게 알아냈나?"

홈스는 대답 대신 모자를 머리에 썼다. 모자가 이마를 지나 콧등까지 내려왔다.

"뇌 용량의 문제지. 머리가 이렇게 큰 사람이면 든 것도 많지 않겠나."

"가세가 기울었다는 건?"

"이 모자는 삼 년 된 거야. 당시에는 이렇게 챙 끝이 말린 모자가 유행했지. 더군다나 이건 최고급 모자일세. 골이 진 비단 끈과 고급 안감을 보게. 삼 년 전만 해도 이런 모자를 살 여유가 있던 사람이 그 뒤로 새 모자를 사지 못했다면 그사이에 가세가 기울었기 때문이라고 봐야지."

"흠, 확실히 그렇겠군. 준비성이 철저했다는 것과 마음가짐이 느슨해졌다는 건 어떻게 알아냈지?"

셜록 홈스가 웃고는 끈을 끼우는 구멍을 가리키며 말했다.

"이걸로 준비성을 확인할 수 있지. 원래 모자에는 따로 구멍을 뚫어 팔지 않는데, 특별히 구멍을 뚫어달라고 주문해서 모자가 바람에 날아가지 않도록 철저하게 대비한 거야. 그런데 끈이 끊어졌는데도 새 끈을 끼우지 않았다는 건 예전보다 준비성이 부족해졌다는 뜻이야. 한마디로 마음가짐이 느슨해졌다는 것을 말해준다네. 그런 반면 색이 바랜 곳을 잉크로 덧칠한 건 아직까지 자존심은 남아 있다는 뜻이지."

"제법 그럴듯하군."

"그 외에 이 남자가 중년이라는 것, 머리가 희끗희끗하다는 것, 최근에 이발을 했고 라임 향 헤어크림을 발랐다는 건 모자 안감 아래쪽을 살펴보고 알아냈다네. 돋보기로 보면 이발 가위로 짧게 자른 머리카락들이 많이 보이지. 안감에 끈적끈적하게 달라붙은 머리카락에서는 라임 향이 나고. 보다시피 모자에 쌓인 먼지는 거리의 깔깔한 회색 먼지가 아니라 집에 떠도는 폭신폭신한 갈색 먼지야. 모자가 계속 집안에 있었다는 뜻이지. 모자 안쪽에 남은 땀자국은 모자를 쓴 사람이 땀을 많이 흘렸다는 증거야. 고로 건강 상태가 좋지 않을 걸세."

"부인의 애정이 식었다는 건?"

"한참 동안 모자를 솔질한 흔적이 없지 않나. 이보게 왓슨, 만일 먼지가 수북이 쌓인 모자를 쓰고 나가는 자네를 부인이 모른 척 내버려둔다면 자네 부부도 애정 전선에 문제가 생겼다고 봐야 해."

"독신일 수도 있잖아."

"아니, 남자는 부인에게 줄 화해의 선물로 거위를 들고 집으로 돌아가던 길이었어. 거위 다리에 달려 있던 카드를 떠올려보게."

"자넨 정말 모르는 것이 없군. 집에 가스등이 없다는 건 어떻게 알았나?"

"모자에 우지 촛농이 한두 개 있다면 우연일 수도 있지만 다섯 개까지 보이면 양초를 자주 쓰는 사람이라고밖에 볼 수 없지. 이 남자는 한 손에는 모자를 들고 다른 손에는 촛농이 흐르는 양초를 들고 계단을 올라갔을 거야. 가스등을 쓴다면 이런 얼룩이 묻었을 리 없지 않은가. 이 정도면 대답이 됐나?"

"대단하군. 하지만 자네 말대로 이번 일은 범죄 사건도 아니고 거위를 잃어버린 것 외에는 피해를 입은 것도 없으니 공연히 머리를 쓴 게 아닌가?"

내가 웃으며 대꾸했다.

셜록 홈스가 대답을 하려는 순간 문이 벌컥 열리면서 피터슨이 뛰어들어왔다. 얼굴이 벌겋게 달아오른 채 놀란 빛이 역력한 모습이었다.

"거위요, 홈스 선생님! 거위가!"

그가 숨을 헐떡이며 외쳤다.

"무슨 일입니까? 거위가 살아나서 주방 창문으로 도망가기라도 했어요?"

홈스가 돌아앉아서 남자의 흥분한 얼굴을 쳐다보았다.

"이것 보십시오! 아내가 모이주머니에서 이걸 찾았습니다!"

피터슨이 손을 내밀었다. 손바닥 위에 눈부시게 빛나는 푸른색 보석이 놓여 있었다. 크기는 콩알보다 약간 작았지만 순도와 광채가 뛰어나 손바닥 한가운데에서 스파크처럼 날카롭게 빛났다.

셜록 홈스는 자세를 똑바로 고쳐 앉더니 휘파람을 불었다.

"세상에, 피터슨. 정말 귀한 보석을 찾아냈군요! 이게 뭔지 압니까?"

"다이아몬드요! 귀한 보석이죠! 유리를 반죽처럼 자른다는 보석이잖습니까."

"그보다 더 귀한 겁니다. 아주 귀한 보석이죠."

"모카 백작 부인의 푸른 카벙클 아닌가?"

내가 외쳤다.

"바로 그거야. 《타임스》 광고란에 매일 등장하는 그 보석과 크기나 형태가 똑같은 걸 보게. 아주 희귀한 보석이라네. 값어

치가 어마어마할 거야. 현상금으로 내건 천 파운드는 보석 시가의 20분의 1도 되지 않을 걸세."

"천 파운드! 오, 자비로우신 주여!"

피터슨이 의자에 털썩 주저앉아 우리 두 사람을 번갈아 쳐다보았다.

"현상금은 천 파운드지만 백작 부인은 보석을 되찾을 수 있다면 재산의 절반이라도 주겠다고 했지. 개인적인 사연이 담긴 보석인 모양이야."

"내 기억이 맞다면 코스모폴리탄 호텔에서 잃어버렸다고 했는데."

내가 말했다.

"맞아. 닷새 전인 12월 22일에 있었던 일이지. 배관공인 존 호너가 백작 부인의 보석함에서 보석을 훔쳤다는 혐의를 받고 있다네. 그자가 범인이라는 명백한 증거가 있어서 순회심판에 회부되었지. 여기 어디 기사가 있었는데."

홈스가 신문을 뒤적거리며 날짜를 확인했다. 그러다 한 장을 빼내 반으로 접더니 기사를 소리 내어 읽기 시작했다.

코스모폴리탄 호텔 보석 도난. 스물여섯 살인 배관공 존 호너는 22일 현재 '푸른 카벙클'로 알려진 모카 백작 부인의 귀금속을 훔친 혐의로 기소되었다. 호텔 급사장인 제임스 라이더는 도난 사건이 있던 당일 존 호너를 모카 백작 부인의 옷방으로 데려갔다고 증언했다. 벽난로에서 떨어진 두 번째 쇠살대를 땜질하기 위해서였다. 라이더는 잠깐 호너와 같이 있다가 호출을 받고 자리를 떴다. 다시 돌아와보니 호너는 보이지 않았고 화장대 서랍에 억지로 연 흔적이 있었다. 그리고 화장대 위에는 텅 빈 모로코가죽 상자가 뚜껑이 열린 채 놓여 있었다. 백작 부인이 푸른 카벙클을 보관하고 있던 상자였다. 라이더는 즉시 신고를 했고 그날 저녁 호너는 체포되었다. 하지만 호너의 몸과 집을 수색해도 보석은 나오지 않았다. 라이더가 보석 도난 현장을 보고 놀라서 외치는 소리를 듣고 달려온 백작 부인의 하녀인 캐서린 큐색 역시 라이더가 본 것과 똑같은 광경을 보았다고 증언했다. B 지구의 브래드스트리트 경위의 말에 따르면 호너는 체포 당시 거세게 저항했으며 강력하게 결백을 주장했다고 한다. 하지만 용의자에게 불리한 절도 전과가 있다는 것까지 밝혀지자 치안판사는 심판을 하지 않고 순회심판으로 사건을 회부했다. 호너는 그 과정에서 감정적으로 심하게 동요하다가 결정이 내려지자 실신했으며 그대로 법정 밖으로 실려 나갔다.

"흠! 즉결심판이란 게 그렇지."

홈스가 신문을 던지고 생각에 잠겼다.

"우리가 해결해야 할 문제는 호텔방에 있던 보석 상자에서 도난당한 보석이 토트넘코트 로드에 떨어진 거위의 모이주머니에 들어가기까지의 과정이군. 이보게 왓슨, 우리가 한 소소한 추리가 중요해졌어. 이번 일이 처음 생각과 다르게 범죄와 관련되어 있으니 말이야. 여기 보석이 있네. 헨리 베이커가 가지고 있던 거위 속에서 나왔지. 낡은 모자의 주인은 조금 전 내가 지루하게 늘어놓은 특징들을 가지고 있어. 작은 수수께끼를 풀기 위해서는 신사부터 찾아야 할 것 같군. 아무래도 가장 간단한 방법은 석간신문에 광고를 내는 거야. 그렇게 해서 못 찾으면 다른 방법을 찾아야겠지."

"광고는 뭐라고 낼 건가?"

"연필과 종이 한 장만 주게. '구지 스트리트 모퉁이에서 거위와 검은색 펠트 모자 습득. 헨리 베이커 씨는 오늘 저녁 6시 30분에 베이커 스트리트 221번지로 와서 찾아가기 바람.' 이 정도면 간단하고 명료하지."

"그렇군, 그런데 그 사람이 광고를 볼까?"

"신문만 뚫어져라 보고 있을걸. 가난한 사람한테는 큰 손실일 테니까. 그 신사는 운 나쁘게 창문을 깬 뒤 마침 다가오는 피터슨을 보자 도망가야겠다는 생각밖에 못 했네. 그때 놀라서 거위를 떨어뜨리고 간 걸 두고두고 후회하고 있겠지. 그런 상황이니 자기 이름이 신문에 나오면 당연히 볼 수밖에 없네. 주변 사람들도 알려줄 테고 말이야. 피터슨, 지금 광고 대행사로 가서 이걸 석간신문에 실어달라고 해줘요."

"어느 신문 말입니까?"

"아, 《글로브》, 《스타》, 《폴 몰》, 《세인트제임스 가제트》, 《이브닝 뉴스》, 《스탠더드》, 《에코》. 그 외에도 생각나는 곳 있으면 전부요."

"알겠습니다. 보석은 어떻게 할까요?"

"보석은 내가 맡아두겠습니다. 고마워요. 그리고 오는 길에 거위 한 마리만 사다 주십시오. 그 신사에게 당신 가족들이 먹고 있는 거위 대신 다른 거위라도 돌려줘야 할 것 같으니까요."

수위가 나가자 홈스는 보석을 들고 불빛에 비춰 보았다.

"아름답군. 광채를 보게. 범죄의 표적이 되기 쉬운 보석이야. 모든 보석이 그렇긴 하지만. 보석은 악마가 즐겨 쓰는 미끼라네. 크고 오래된 보석일수록 단면이 피로 물들어 있다고 봐야 하지. 이 보석은 세상에 나온 지 이십 년도 채 되지 않았어. 중국 남부의 아모이 강 기슭에서 발견되었고, 루비 같은 붉은빛이 아닌 푸른빛을 띠면서도 석류석의 모든 특징을 가지고 있다는 점에서 주목받았지. 덕분에 세상에 나온 지 얼마 지나지 않았는데도 벌써부터 불길한 역사를 쓰기 시작했다네. 2.6그램짜리 탄소 결정체를 두고 살인 두 건, 황산 투척 한 건, 절도 사건도 여러 건 일어났지. 이렇게 예쁜 보석이 감옥과 교수대로 직행하는

다리가 될 줄 누가 알았겠나? 이제 이 보석은 금고에 잘 넣어두고 백작 부인에게 보석을 찾았다는 편지를 써야겠군."

"자넨 호너가 결백하다고 생각하나?"

"모르지."

"헨리 베이커라는 인물은 사건과 연관이 있을까?"

"헨리 베이커란 신사는 아무것도 모를 확률이 높아. 자기가 금덩이로 만든 것보다 더 값비싼 거위를 들고 있다는 사실을 몰랐던 듯하네. 그 문제는 베이커가 광고를 보고 찾아오기만 한다면 간단하게 확인할 수 있겠지."

"그때까지는 할 일이 없는 건가?"

"그렇지."

"그럼 나는 진료를 하러 갔다가 자네가 말한 6시 30분까지 다시 오도록 하지. 복잡하게 얽힌 사건이 어떻게 해결되는지 보고 싶으니까."

"자네가 오면 나야 좋지. 저녁 식사 시간은 7시라네. 멧도요 요리인 것 같던데 좀 전에 있었던 일을 보니 허드슨 부인한테 모이주머니를 잘 살펴보라고 해야겠군."

일이 늦게 끝나는 바람에 나는 6시 30분이 조금 지나 베이커 스트리트에 도착했다. 집 앞에 다다르니 챙 없는 모자를 쓰고 코트 단추를 맨 위까지 잠근 키 큰 남자가 부채꼴 채광창을 통해 새어 나오는 환한 불빛을 받으며 서 있었다. 현관문이 열리자 우리 두 사람은 함께 홈스의 방으로 들어갔다.

"헨리 베이커 씨죠?"

홈스가 자리에서 일어나며 손님을 따뜻하고 편안하게 맞이했다. 그는 언제든 마음만 먹으면 그런 태도를 취할 수 있었다.

"난로 옆에 있는 의자에 앉으시죠. 날이 춥군요. 보아하니 베이커 씨는 더위보다 추위를 더 타시는 것 같습니다. 왓슨, 자네도 시간 맞춰 왔군. 베이커 씨, 이 모자가 맞습니까?"

"네, 내 모자가 확실하군요."

헨리 베이커는 체격이 크고 어깨가 둥글고 머리도 컸다. 넓적한 얼굴은 지적으로 보였고 희끗희끗한 갈색 턱수염을 뾰족하게 길렀다. 불그레한 뺨과 코, 살짝 떨리는 손을 보니 홈스의 말이 떠올랐다. 베이커는 낡은 검정색 프록코트의 단추를 끝까지 채우고 옷깃을 세운 채였다. 소매를 보니 안에 셔츠를 받쳐 입지 않았는지 여윈 손목이 그대로 드러났다. 그는 신중히 어휘를 골라 낮은 목소리로 또박또박 이야기했는데 몰락한 지식인처럼 보였다.

"며칠 동안 물건들을 보관했습니다. 분실하신 분이 광고를 낼 거라고 생각했거든요. 어째서 광고를 내지 않으셨습니까?"

방문객은 부끄러워하는 웃음을 지었다.

"예전과 다르게 형편이 좋지 않아서요. 날 공격했던 불량배들이 모자와 거위를 가져갔다고 생각했습니다. 가망 없는 일에 돈을 쓰고 싶지 않았어요."

"그러셨겠죠. 그런데 거위는 우리가 먹어버렸습니다."

"먹어버렸다고요!"

방문객은 흥분해서 의자에서 몸을 반쯤 일으켰다.

"네, 그대로 두면 상하겠더군요. 하지만 저 선반 위에 무게도 비슷하고 신선한 거위가 한 마리 있습니다. 그걸로 대신해도 되겠습니까?"

"아, 그럼요. 물론입니다!"

베이커가 안도의 한숨을 내쉬며 대답했다.

"베이커 씨의 거위에서 나온 깃털과 다리, 모이주머니는 남아 있습니다. 혹시 필요하시다면……."

그는 큰 소리로 웃었다.

"내가 겪은 소동의 기념품이군요. 하지만 '잘린 수족■'을 무엇에 쓰겠습니까? 아니요, 괜찮다면 저 선반 위에 놓인 멋진 거위만 가져가겠습니다."

셜록 홈스는 재빨리 나를 쳐다본 뒤 어깨를 으쓱했다.

■ 호라티우스 「풍자시」의 한 구절. '흩어진 잔해'라는 의미의 관용구로 사용된다.

"그럼 모자를 가져가십시오. 물론 거위도요. 그런데 혹시 거위를 어디서 샀는지 물어봐도 되겠습니까? 제가 거위 고기를 좋아하는데 베이커 씨의 거위가 드물게 맛이 좋더군요."

"물론이죠. 낮 동안 시간을 때우는 박물관 근처 알파인이라는 술집에서 친구들끼리 자주 모입니다. 그 술집의 마음씨 좋은 주인 윈디게이트가 올해 거위 클럽을 만들었습니다. 매주 몇 페니씩 내고 크리스마스 때 거위를 한 마리씩 받는 모임이었죠. 돈을 꼬박꼬박 내서 거위를 받았어요. 그리고 선생도 아시다시피 이런 일이 생긴 겁니다. 정말 신세 많았습니다. 지금 쓰고 있는 챙 없는 모자는 사실 내 나이나 분위기에 어울리지 않지요."

자리에서 일어난 베이커는 새로 얻은 거위를 옆구리에 끼고 말했다. 그리고 우리에게 우스울 만큼 진지하게 인사를 하더니 밖으로 나갔다.

"헨리 베이커 일은 이걸로 끝났군. 저 사람은 확실히 아무것도 모르네. 그런데 많이 시장한가, 왓슨?"

홈스가 문을 닫으며 말했다.

"별로."

"그럼 저녁 식사는 약간 미루고 단서부터 쫓아가보는 게 어떤가?"

"그러세."

추운 날이었다. 우리는 얼스터코트를 걸치고 머플러를 둘렀다. 밖에 나와보니 구름 한 점 없는 하늘에 별들이 차갑게 빛나고 있었다. 지나가는 사람들의 입에서 권총이 뿜어내는 연기 같은 하얀 입김이 새어 나왔다. 우리는 저벅저벅 소리를 내며 병원이 밀집한 윔폴 스트리트와 할리 스트리트를 지나쳐 위그모어 스트리트를 지나 옥스퍼드 스트리트로 접어들었다. 십오 분 뒤 블룸즈버리의 알파인에 도착했다. 홀본 스트리트에 인접한 거리 모퉁이의 작은 술집이었다. 우리는 벌건 얼굴로 흰색 앞치마를 두른 주인에게 맥주 두 잔을 주문했다.

"여기 맥주는 거위만큼이나 맛이 좋군요."

홈스가 말했다.

"거위라뇨!"

주인은 깜짝 놀란 것처럼 보였다.

"조금 전에 헨리 베이커 씨와 이야기를 했는데 주인장이 만든 거위 클럽 회원이었다고 하더군요."

"아! 알고 있습니다. 그건 우리집 거위가 아닙니다."

"그랬군요! 거위는 어디서 난 겁니까?"

"코번트 가든의 상인에게 샀죠. 스물네 마리."

"그렇군요! 그쪽은 나도 좀 아는데. 누구한테서 샀습니까?"

"브레킨리지라는 사람입니다."

"아! 그 사람은 잘 모르겠군요. 어쨌든 주인장도 건강하고 사업 번창하길 바랍니다. 안녕히 계십시오!"

얼어붙을 듯 추운 바깥으로 나온 홈스가 단추를 채웠다.

"이제 브레킨리지를 찾아야겠군. 왓슨, 잊지 말게. 고작 거위 한 마리를 뒤쫓는 일 같아도 반대편에는 우리가 결백을 입증해주지 않으면 무고하게 징역 칠 년을 선고받을 젊은이가 있다는 걸 말이야. 물론 수사를 하다 보면 젊은이가 유죄라고 입증할 수도 있겠지만. 어쨌든 우리는 지금 경찰이 놓친 단서를 쫓고 있어. 좋은 기회를 잡은 거지. 자, 끝까지 한번 가보세. 남쪽을 향해 전진하는 거야!"

우리는 홀본 스트리트를 거쳐 엔델 스트리트로 내려갔다. 빈민가의 구불구불한 골목을 지나 코번트 가든의 시장에 도착하니 큰 가게들 중 한 곳에 브레킨리지라는 간판이 걸려 있었다. 주인장은 말상에 생김새가 날카로웠고 구레나룻을 단정하게 기른 남자였다. 그는 소년과 함께 가게문을 닫고 있었다.

"안녕하십니까. 날이 아주 춥군요."

홈스가 말했다.

고개를 끄덕인 상인은 의아한 눈으로 홈스를 쳐다보았다.

"거위는 다 팔린 모양이네요."

홈스가 텅 빈 대리석 진열대를 가리켰다.

"내일 아침에 오백 마리가 들어올 거요."

"당장 필요한데요."

"저기 가스등이 켜져 있는 가게를 찾아가면 남아 있는 게 있을 거요."

"아, 하지만 이 집으로 가보라고 소개를 받았습니다."

"누구한테 말이오?"

"알파인 주인장요."

"아, 그랬군. 내가 그 사람한테 스물네 마리를 팔았지."

"거위가 무척 좋더군요. 그런 거위는 어디서 구합니까?"

놀랍게도 상인은 그 질문을 받자 갑자기 화를 냈다.

"이봐, 지금 뭐하는 거요? 솔직히 말하쇼."

상인은 양손을 허리에 올리더니 턱을 쳐들었다.

"솔직하게 말했잖습니까. 당신이 알파인에 판 거위들을 어디서 들여왔는지 알고 싶다고 말입니다."

"말해줄 수 없소! 그만 꺼지쇼!"

"별일도 아닌데 왜 이러실까. 이 정도 일로 왜 그렇게 화를 내는지 모르겠군요."

"화를 낸다고! 당신도 나처럼 괴롭힘을 당하면 화를 낼 수밖에 없을 거요. 제대로 값을 지불하고 좋은 물건을 사 왔으면 그것으로 끝이잖소. 그런데 '거위들은 어디로 갔느냐', '거위를 누구한테 팔았느냐', '그 거위가 어떤 거위인줄 아느냐' 이러면서 난리를 치니 누가 보면 세상에 거위가 그것들뿐인 줄 알 거요."

홈스가 무심하게 말했다.

"내 용건은 그런 질문을 하는 사람들과 관계 없습니다. 댁이 대답을 하지 않겠다면 내기만 이대로 끝나는 거지. 난 언제나 거위에 대해서라면 자신 있어요. 시골에서 기른 거위라는 데 오 파운드 걸었지."

상인이 재빨리 대답했다.

"그럼 당신은 오 파운드를 잃었소. 거위는 도시에서 길렀으니까."

"그럴 리가 없어요."

"그렇다니까."

"못 믿겠는데."

"어릴 때부터 이 바닥에 있었던 나보다 당신이 더 잘 안다고 생각하는 거요? 분명히 말하지만 알파인에 넘긴 거위는 모두 도시에서 길렀소."

"아무리 그렇게 말해도 믿을 수 없어요."

"그럼 내기라도 하죠?"

"당신 돈만 잃을 거요. 내 말이 맞으니까. 하지만 댁 같은 고집불통을 가르친다는 의미에서 금화 한 닢을 걸지."

상인이 싱긋 웃었다.

"빌, 장부를 가져와라."

소년이 얇고 작은 공책 한 권과 기름때가 묻은 커다란 장부 한 권을 들고 와서 천장에 매달린 등불 아래 놓고 갔다.

"자, 자신만만한 양반, 어디 한번 봅시다. 거위를 다 판 줄 알았는데 한 마리 값이 더 들어올 것 같군. 작은 공책 보이쇼?"

"그런데요?"

"나한테 거위를 판 사람들 명부요. 알겠소? 그중에서도 여기 적힌 게 시골 사람들 명단이오. 이름 뒤에 쓴 숫자들은 거래 명세가 기재된 큰 장부의 쪽수를 가리키지. 그럼, 자, 이쪽 다른 페이지에 빨간 잉크로 기록된 게 보이시나? 이건 거위를 대주는 도시 사람들 명단이오. 세 번째 줄에 나오는 이름을 큰 소리로 읽어보쇼."

"오크숏 부인, 브릭스턴 로드 117번지, 249페이지."

홈스가 읽었다.

"자, 그럼 이제 그 내용을 장부에서 찾아보시오."

홈스는 장부에서 249페이지를 펼쳤다.

"여기 있군. '오크숏 부인, 브릭스턴 로드 117번지, 달걀 및 가금류 공급자.'"

"마지막 줄에 뭐라고 적혀 있소?"

"'12월 22일. 거위 스물네 마리. 칠 실링 육 페니.'"

"좋소. 그 밑에는?"

"'알파인의 윈디게이트 씨에게 판매. 십이 실링.'"

"이래도 할말이 있소?"

셜록 홈스는 분하다는 표정을 지었다. 그는 주머니에서 금화를 꺼내 진열대 위에 던지고는 화가 잔뜩 난 사람처럼 그대로 발걸음을 돌려 나왔다. 그러다가 몇 미터 떨어진 가로등 아래 멈춰 서더니 조용히 웃었다.

"구레나룻을 저런 식으로 기르고 주머니에 《스포팅 타임스》 같은 경마 잡지를 꽂고 다니는 남자들은 내기라면 환장하지. 저런 사람에게는 백 파운드를 거저 준다고 해도 지금처럼 정보를 완벽하게 알아내지 못할 걸세. 왓슨, 이제 조사도 막바지에 이르렀네. 이제 남은 문제는 오크숏 부인을 오늘밤에 찾아갈 것인지 아니면 내일로 미룰지 정하는 일뿐일세. 저 무뚝뚝한 상인 말로는 우리 말고도 이 문제를 파헤치는 사람이 있다고 했지. 내가 보기엔……."

홈스가 갑자기 말을 끊었다. 우리가 방금 나온 가게에서 요란한 고함소리가 들렸기 때문이다. 돌아보니 흔들리는 노란 등불 아래 생쥐 같은 얼굴을 한 작은 남자가 서 있었다. 문 앞에 서서 굽실거리는 남자를 향해 브레킨리지가 주먹을 흔들었다.

"네놈 거위 이야기는 이제 그만해! 지옥으로나 꺼져버리라고! 한 번만 더 여길 찾아와 그딴 헛소리를 떠들어대면 그땐 개를 풀 테다. 아니면 오크숏 부인을 데려오든지. 그럼 대답해줄 테니까. 대체 네놈이 거위와 무슨 상관이냐고! 내가 거위를 네놈한테 산 거냐?"

"그건 아니지만 그중 한 마리는 제 거란 말이에요."

작은 남자가 우는 소리를 냈다.

"그럼 오크숏 부인한테 물어봐."

"그쪽에서는 당신한테 물어보랬어요."

"그럼 프루지아의 국왕한테 물어보든가. 내 알 바 아니니까. 이제 그만하고 여기서 꺼져!"

브레킨리지가 무섭게 앞으로 나서자 작은 남자는 황급히 어둠 속으로 사라졌다.

"브릭스턴 로드에는 안 가도 되겠군. 어서 따라가세. 저 친구에 대해 알아봐야겠어."

홈스가 속삭였다. 그는 불 켜진 가게 주변에서 어슬렁거리는 사람들 사이를 헤치고 빠른 걸음으로 뒤쫓아가서 작은 남자의 어깨를 쳤다. 남자가 돌아보았다. 가스등 불빛 아래 남자의 하얗게 질린 얼굴이 보였다.

"누구시죠? 왜 그러십니까?"

남자가 떨리는 목소리로 물었다.

“실례인 줄은 알지만 아까 가게 주인과 하는 이야기를 우연히 들었습니다. 내가 당신을 도와줄 수 있을 것 같습니다만.”

홈스가 부드럽게 말했다.

“당신이요? 누구신데요? 대체 이 일을 어떻게 압니까?”

“난 셜록 홈스라고 합니다. 다른 사람들이 모르는 것을 알아내는 게 내 일이죠.”

“그래도 알 리 없어요.”

“안됐지만 전부 압니다. 당신은 브릭스턴 로드에 사는 오크숏 부인이 브레킨리지라는 상인에게 판 거위 중 한 마리를 찾고 있지 않습니까. 그 거위는 알파인의 주인장 윈디게이트 씨에게 넘어갔고 거기서 거위 클럽의 회원인 헨리 베이커 씨에게 넘어갔습니다.”

작은 남자가 떨리는 손을 내밀며 외쳤다.

“오, 제가 애타게 찾아다니던 분을 이제야 만났군요. 제가 이 일에 얼마나 관심이 많은지는 말로 다 할 수 없을 정도랍니다.”

셜록 홈스가 지나가던 사륜마차를 잡았다.

“찬바람 부는 시장에서 이러지 말고 따뜻한 방에 가서 이야기를 나누는 게 좋을 것 같군요. 일단 출발하기 전에 도움을 드릴 분의 이름이라도 알고 싶습니다만.”

남자는 잠시 머뭇거리다가 곁눈질을 하며 말했다.

"제 이름은 존 로빈슨이라고 합니다."

"아니, 본명을 대야죠. 가명을 쓰는 사람과 거래하고 싶지 않습니다."

홈스가 상냥하게 말하자 남자의 파리한 얼굴이 붉게 달아올랐다.

"제 본명은 제임스 라이더입니다."

"아하, 코스모폴리탄 호텔 급사장이로군요. 어서 마차에 올라타요. 당신이 알고 싶어 하는 건 곧 전부 말해줄 테니."

작은 남자는 두려움과 희망이 반씩 섞인 눈으로 우리를 차례로 쳐다보았다. 지금 자신에게 찾아온 것이 횡재인지 재앙인지 구분이 가지 않는 것 같았다. 결국 그는 마차에 올라탔고 삼십 분 뒤에는 베이커 스트리트의 하숙집 거실에 앉아 있었다. 여기까지 오는 동안 새로운 동행은 아무 말도 없었지만 숨을 가늘게 몰아쉬면서 주먹을 쥐었다 폈다 하는 걸 보니 얼마나 긴장했는지 알 수 있었다.

"다 왔습니다! 이런 날씨에는 난롯불이 최고지. 라이더 씨, 많이 추워 보이는군요. 여기 고리버들 의자에 앉으십시오. 먼저 슬리퍼로 갈아 신은 뒤에 당신 문제를 해결해주겠습니다. 자! 그러니까 당신은 거위들이 어떻게 됐는지 알고 싶단 거죠?"

방에 들어가자 홈스가 기분 좋게 말했다.

"네."

"아니, 거위들이 아니라 그 거위겠지요. 당신은 하얗고 꼬리에 검은 줄무늬가 있는 거위한테 관심이 있잖습니까."

라이더가 감정이 격해졌는지 부들부들 떨기 시작했다.

"선생님, 그 거위가 어디에 있는지 말씀해주시겠습니까?"

"여기 있었죠."

"여기요?"

"그래요. 대단한 거위더군요. 당신이 관심을 가질 만합니다. 죽은 뒤에 알을 낳았는데 그렇게 아름답고 반짝거리는 파란 알은 난생처음 봤습니다. 그 알은 지금 내 박물관 안에 모셔두었지요."

젊은 남자는 비틀거리며 일어나서 오른손으로 벽난로 선반을 꼭 붙잡았다. 홈스가 금고를 열고 별처럼 눈부시고 차가운 빛을 내뿜는 푸른 카벙클을 꺼냈다. 라이더는 보석의 소유권을 주장해야 할지 말아야 할지 판단이 서지 않은 듯 일그러진 얼굴로 쳐다보고만 있었다.

홈스가 조용히 말했다.

"다 끝났네, 라이더. 이런, 똑바로 서게나. 그러다 난로에 코를 박겠군. 왓슨, 저 친구를 부축해서 의자에 앉혀주게. 지금 보니 큰 죄를 지을 배짱도 없는 친구야. 브랜디도 한 잔 가져다주게. 됐어! 이제야 사람 얼굴처럼 보이는군. 이런 못난 친구를 다 봤나!"

휘청거리다가 쓰러질 뻔한 라이더는 브랜디를 마시고서 얼굴빛이 살아났다. 그는 의자에 앉아서 겁에 질린 눈으로 자신을 비난하는 홈스를 쳐다보았다.

"사건의 연결 고리는 모두 찾았어. 필요한 증거도 확보했고. 그러니 자네한테 들을 이야기도 별로 없긴 하네. 하지만 사건을 완벽하게 끝내기 위해서는 작은 일이라도 확실하게 해놓는 게 좋겠지. 라이더, 자네는 모카 백작 부인이 푸른 카벙클을 가지고 있다는 걸 진작부터 알고 있었지?"

"캐서린 큐잭한테 들었어요."

라이더가 갈라진 목소리로 말했다.

"그랬군. 백작 부인의 하녀한테 들었다는 거지. 하기야 손쉽게 부자가 될 수 있다는 유혹을 떨쳐버리긴 어려웠을 거야. 자네보다 잘난 사람들도 그러니까. 하지만 자네가 쓴 방법은 치사했어. 그런 걸 보면 범죄자로서의 소질이 있다는 건가? 자네는 배관공인 호너가 절도 전과가 있다는 걸 알고 있었어. 그래서 이런 일이 생기면 호너가 제일 먼저 의심받을 거라고 생각했던 거지. 공범인 큐잭과 함께 백작 부인의 방에 작은 문제를 만들고는 그 일을 해결하기 위해 호너를 불렀어. 호너가 일을 끝내고 나간 뒤에 보석 상자에서 보석을 훔쳤지. 난리를 떨며 경찰에 신고한 덕분에 불운한 친구가 체포됐고. 그런 다음…….”

라이더가 갑자기 양탄자 위에 몸을 던지며 홈스의 다리를 끌어안았다.

“한 번만 봐주십시오! 제 아버지와 어머니를 봐서요! 이 일을 아시면 두 분 다 가슴이 찢어지실 거예요. 전 이제껏 나쁜 짓을 한 적이 없습니다! 다시는 이런 일이 없을 거예요. 맹세합니다. 성서에 대고 맹세해요! 제발 경찰에 넘기지만 마세요! 부디 한 번만 봐주세요!”

“일어나서 의자에 앉게! 지금 이렇게 싹싹 비는 건 좋지만 아무것도 모르고 자네 대신 재판을 받고 있는 불쌍한 호너는 조금도 생각하지 않는 건가!”

홈스가 엄격하게 말했다.

“홈스 씨, 떠나겠습니다. 이 나라를 떠나겠어요. 그럼 호너도 풀려날 겁니다.”

“흠! 그 얘기는 나중에 하지. 일단은 어떻게 된 일인지부터 이야기해보게. 보석이 어떻게 거위 뱃속에 들어 갔으며 그 거위는 어쩌다 시장에서 팔렸는지. 살고 싶으면 솔직하게 털어놓는 게 좋아.”

라이더가 바짝 마른 입술을 혀로 축였다.

“어떻게 된 일인지 말씀드리겠습니다. 호너가 체포되자 전 보석을 들고 바로 도망쳐야겠다는 생각을 했어요. 보석을 찾겠다고 경찰이 언제 제 몸이나 방을 뒤질지 모르니까요. 호텔 안에는 안전하게 숨길 장소가 없었습니다. 그래서 저는 볼일이 있는 것처럼 호텔을 나와 누나 집으로 갔어요. 누나는 오크숏이라는 남자와 결혼해 브릭스턴 로드에 살면서 가금류를 파는 일을 하지요. 가는 길에 마주친 사람들이 전부 경찰이나 형사처럼 보였습니다. 추운 밤이었는데도 얼굴에 땀이 비 오듯 흘렀어요. 누나가 창백한 제 얼굴을 보고 무슨 일이 있냐고 묻기에 호텔에 도난 사건이 일어나는 바람에 신경이 쓰여서 그렇다고 대답했어요. 그런 다음 뒤뜰로 나가 파이프 담배를 피우면서 어떻게 해야 할지 고민했죠.

저한테는 모즐리라는 친구가 있습니다. 안 좋은 길로 빠져서 펜턴빌 교도소에 들어갔다가 얼마 전에 출소했죠. 예전에 그 친구에게서 도둑질을 하는 법과 장물을 처리하는 법에 대한 이야기를 들었어요. 친구가 한 짓을 좀 알고 있으니 절 속이진 않을 것 같았죠. 그래서 모즐리가 사는 킬번에 가서 이번 일에 대해 털어놓기로 마음을 먹었어요. 그 친구라면 보석을 돈으로 바꿀 방법을 알려줄 테니까요. 하지만 거기까지 보석을 안전하게 옮기는 것이 문제였어요. 호텔에서 누나 집까지 오는 동안에 겪었던 고통이 떠오르더군요. 혹시라도 붙잡혀서 몸수색을 당하면 조끼 주머니에서 보석이 발견될 테니 말이에요. 전 벽에 기대선 채 발치를 돌아다니는 거위들을 보고 있다가 문득 방법이 떠올랐어요. 아무리 뛰어난 형사라도 알아낼 수 없는 기발한 생각이었죠.

누나가 몇 주 전에 크리스마스 선물로 거위를 한 마리 주겠다고 했었어요. 누나는 약속을 지키는 사람이죠. 그러니 당장 거위를 한 마리 잡아 보석을 먹인 뒤 킬번에 가져가면 그만이었어요. 뒤뜰에 작은 헛간이 있어요. 통통하고 꼬리에 검은 줄이 있는 하얀 거위를 헛간 뒤로 몰고 가서는 붙들어 부리를 벌린 뒤 보석을 목구멍 속에 손가락이 닿는 곳까지 밀어넣었죠. 거위는 보석을 삼켰어요. 보석이 거위의 식도를 지나 모이주머니 안에 들어가는 것이 느껴졌죠. 하지만 거위가 날개를 퍼덕거리며 난리를 치자 누나가 무슨 일인지 알아보러 나왔어요. 변명을 하려고 누나를 돌아본 순간 거위는 제 품을 빠져나가 무리 속으로 달아나버렸습니다.

'거위한테 무슨 짓을 하는 거니?'

누나가 물었어요.

'누나가 크리스마스 선물로 한 마리 준다고 했잖아. 그래서

통통한 놈을 고르고 있었어.'

'아, 네 건 따로 놔뒀어. 그 녀석을 제임스의 거위라고 부른단다. 저쪽에 있는 커다랗고 하얀 거위가 보이지? 모두 스물여섯 마리가 있는데 네 것과 우리 것만 빼고 나머지 스물네 마리는 장에 팔 거야.'

'고마워, 누나. 하지만 난 조금 전에 골랐던 놈을 데려가고 싶어.'

'제임스의 거위가 일 킬로그램은 더 나갈 텐데. 널 위해 특별히 살을 찌웠단 말이야.'

'괜찮아. 그냥 내가 고른 거위로 가져갈게. 지금 가져가도 되지?'

'좋을 대로 해. 어떤 걸 가져갈 건데?'

누나는 골이 난 듯 말했어요.

'무리에서 오른쪽에 있는 녀석. 꼬리에 까만 줄 있는 하얀 거위로 데려갈게.'

'알았어. 잡아서 가져가.'

누나가 말한 대로 그 거위를 잡아 킬번에 가져갔어요. 그리고 친구에게 그간 있었던 일들을 몽땅 털어놓았죠. 모즐리한테는 그런 말을 하기가 어렵지 않았어요. 그 친구는 제 얘기를 듣고 숨이 넘어갈 정도로 웃더군요. 우리는 칼을 가지고 와서 거위의 배를 갈랐어요. 그런데 아무리 찾아도 보석이 보이지 않는 겁니다. 심장이 철렁 내려앉았어요. 엄청난 실수를 저질렀다는 사실을 깨달았죠. 전 거위를 그대로 내버려두고 다시 누나 집으로 정신없이 달려갔어요. 그런데 뒤뜰에 거위가 한 마리도 보이지 않더군요.

'누나, 거위들은 어디로 갔어?'

제가 소리를 질렀죠.

'상인한테 넘겼지.'

'상인이 누군데?'

'코번트 가든의 브레킨리지란 사람이야.'

'꼬리에 까만 줄 있는 거위가 한 마리 더 있었어? 내가 가져간 것과 똑같이 생긴 놈 말이야.'

제가 물었어요.

'응, 꼬리에 까만 줄 있는 거위가 두 마리 있었지. 나도 구별하지 못할 정도로 똑같았어.'

그제야 어찌된 영문인지 알게 된 저는 당장 브레킨리지한테 달려갔습니다. 하지만 그 사람은 전부 팔아버렸다면서 거위들이 어디로 갔는지 말해주지 않았어요. 오늘밤에 저한테 하는 말 들으셨죠? 늘 그런 식으로만 대꾸해요. 지금 누나는 제가 미쳤다고 생각합니다. 가끔은 저도 제가 미쳤다는 생각이 들어요.

그런데 이제…… 제 영혼을 팔아서 얻은 부를 제대로 만져보지도 못하고 도둑이라는 낙인만 찍히게 생겼어요. 하느님 도와주세요! 하느님!"

라이더는 두 손에 얼굴을 묻더니 발작이라도 일으키듯이 흐느끼기 시작했다.

한참 동안 침묵이 흘렀다. 들리는 건 라이더의 거친 숨소리와 홈스가 손가락으로 탁자 끝을 두드리는 소리밖에 없었다. 그러다 홈스가 자리에서 일어나더니 방문을 벌컥 열고 말했다.

"썩 나가게."

"네? 아, 선생님, 정말 감사합니다!"

"입 다물고 나가!"

더이상 말이 필요 없었다. 사내가 곧장 뛰쳐나갔다. 계단을 우당탕탕 내려가는 소리, 현관문이 쾅 닫히는 소리, 그리고 정신없이 거리를 뛰어가는 발소리가 들렸다.

홈스가 파이프에 손을 뻗으며 말했다.

"왓슨, 내가 경찰들의 부족한 점을 채워주는 사람은 아니잖은가. 호너가 위험해진다면 또 모르지만 저 친구 때문에 불리해지진 않을 거야. 이번 사건은 이대로 기각될 테니까 말이지. 내가 죄인을 풀어줬다고 할 수도 있지만 한편으로는 한 사람을 구제한 것 아닌가. 저 친구는 두 번 다시 나쁜 짓을 저지르지 못할 걸세. 겁에 잔뜩 질렸으니 말이지. 저런 자를 지금 감옥에 보내면 남은 평생 계속해서 감옥을 제집처럼 드나들고 말걸. 지금은 자비를 베풀어야 할 크리스마스 주간이지 않나. 우연히 이처럼 기발하고 특이한 사건과 마주쳐 해결까지 한 것도 크리스마스 선물이라고 할 수 있지. 의사 선생, 종을 울려주겠나? 이제 또 다른 수사를 시작하세. 오늘 저녁 주요리도 새 요리거든."

얼룩 띠

지난 팔 년간 나는 친구인 셜록 홈스의 추리 방식을 연구하면서 칠십 건의 사건 기록을 남겼다. 기록을 훑어보니 비극적인 사건이 많았고 유쾌한 사건도 조금 있었다. 진부한 것은 하나도 없고 대부분 기묘한 사건들이었다. 왜냐하면 홈스는 돈을 벌기 위해서가 아니라 예술적으로 능력을 발휘하고 싶어서 일을 하기 때문에, 특이하거나 기이한 사건이 아니면 아예 사건을 맡으려고 하지 않았다. 다양한 사건들 가운데서도 가장 기이한 것을 꼽으라면 서리 주 스토크모런 지역의 로일럿 가문과 관련된 사건이다. 이 사건은 내가 홈스를 안 지 얼마 되지 않았을 때, 베이커 스트리트에서 함께 하숙하던 시절에 발생했다. 당시 비밀로 하겠다는 약속을 하지 않았더라면 훨씬 전에 공개했을 사건이다. 그런데 우리에게 약속을 받아냈던 부인이 지난달 갑작스럽게 세상을 떠서 사건을 공개할 수 있게 되었으니, 이제라도 진실을 밝히는 편이 나을 것이다. 항간에 그라임즈비 로일럿 박사의 죽음과 관련해 진실보다 훨씬 끔찍한 소문들이 무성했기 때문이다.

때는 1883년 4월 초, 어느 날 아침 잠에서 깨어나보니 벌써 옷을 차려입은 셜록 홈스가 내 침대 옆에 서 있었다. 그는 평소 늦게 일어나는 편이다. 벽난로 위의 시계는 이제 겨우 7시 15분을 가리키고 있었다. 나는 깜짝 놀라 눈을 깜박거렸다. 짜증이 좀 나기도 했다. 난 언제나 정해진 시각에 일어나는 사람이었으니 말이다.

"잠을 깨워서 미안하네, 왓슨. 오늘 아침엔 여러 사람이 다른 사람 때문에 깨는군. 누가 문을 두드려 허드슨 부인을 깨웠고, 심통이 난 허드슨 부인이 내게 같은 방식으로 복수를 했고, 나는 자네에게 똑같이 하고."

"대체 무슨 일인가? 불이라도 났나?"

"아니, 의뢰인이 찾아왔어. 젊은 숙녀가 흥분해서 날 만나겠다고 찾아왔지. 지금 거실에서 기다리고 있네. 숙녀가 이렇게 이른 아침에 대도시로 찾아와 잠자는 사람들을 깨우다니 긴급한 상황 때문 아니겠는가. 아무래도 흥미로운 사건인 것 같더군. 자네가 처음부터 함께하고 싶어 할 것 같았어. 그래서 기회를 주려고 깨운 걸세."

"그런 일이라면 놓칠 수 없고말고."

홈스의 노련한 수사를 지켜보는 것보다 짜릿한 즐거움은 없었다. 논리적인 기반 위에서 직관만큼 빠른 추리로 사건을 해결해나가는 그의 모습을 보면 감탄이 절로 나왔다. 나는 재빨리 옷을 갈아입고 몇 분 뒤 친구와 함께 거실로 들어갔다. 검은 옷을 입고 두꺼운 베일을 쓴 숙녀가 창가에 앉아 있다가 우리를 보고 자리에서 일어났다.

홈스가 기분 좋게 말했다.

"안녕하십니까. 셜록 홈스라고 합니다. 이쪽은 절친한 친구이자 동료인 왓슨 박사입니다. 이 친구 앞에서는 제게 그러듯이 무슨 말씀이든 하셔도 됩니다. 오, 허드슨 부인이 고맙게도 난롯불을 피워놓았군요. 불 옆으로 가까이 앉으십시오. 떨고 계신 걸 보니 따뜻한 커피도 한잔 가져다달라고 해야겠군요."

"추워서 떠는 게 아니에요."

여자는 홈스가 권한 대로 난로 옆자리로 옮겨 앉으며 낮은 목소리로 말했다.

"그럼 무슨 일로 그러십니까?"

"두려움 때문이에요, 홈스 씨. 너무 무서우니까요."

그녀는 그렇게 말하더니 베일을 걷어올렸다. 안쓰러울 정도로 불안에 떨고 있었다. 잔뜩 일그러진 얼굴에 안색은 잿빛이었고 두 눈은 사냥꾼에게 쫓기는 짐승처럼 겁에 질렸다. 삼십 대로 보였지만 벌써 머리가 희끗희끗하게 셌고 지쳐 보이는 얼굴은 초췌하기 그지없었다. 셜록 홈스는 단번에 모든 것을 꿰뚫어 보는 시선으로 그녀를 살폈다.

"두려워하실 것 없습니다. 우리가 문제를 해결해드릴 테니까요. 오늘 새벽에 기차를 타고 오셨군요."

홈스가 몸을 앞으로 내밀어 그녀의 팔을 다독거리면서 달래듯 말했다.

"절 지켜보셨나요?"

"아뇨, 장갑 낀 왼손에 돌아갈 기차표를 쥐고 있어서요. 이른 아침에 길을 나섰고 역까지는 이륜마차로 질퍽거리는 도로를 지나왔군요."

숙녀는 깜짝 놀라 당황한 얼굴로 홈스를 쳐다보았다.

"놀랄 일은 아닙니다. 아가씨의 왼쪽 팔에 진흙 튄 자국이 일곱 개 정도 있으니까요. 묻은 지 오래되지 않은 자국이고 그런 식으로 진흙이 튄 자국은 지붕 없는 이륜마차에서만 생깁니다. 마부의 왼쪽에 앉았던 모양이군요."

홈스가 미소를 지으며 말했다.

"어떻게 알아내셨는지 몰라도 전부 사실입니다. 6시 전에 집에서 나와 이십 분 만에 레더헤드에 도착했어요. 거기서 워털루행 첫 기차를 타고 왔죠. 더이상 이런 긴장감을 견딜 수가 없어요. 더 있다가는 미쳐버릴 것 같아요. 의지할 사람도 없어요. 저를 아껴주는 사람이 있긴 하지만 그분도 처지가 딱한지라 큰 도움을 주긴 힘들답니다. 홈스 씨 이야기는 파린토시 부인에게 들었어요. 곤란한 처지에 놓였을 때 홈스 씨가 도와주셨다고 하더군요. 여기 주소도 파린토시 부인에게 받았어요. 홈스 씨, 제발 도와주세요. 절 둘러싸고 있는 막막한 어둠 속에 한줄기 빛을 내려주세요. 지금 당장은 보답할 능력이 없지만 한두 달 안에 결혼을 하면 제 돈을 스스로 관리할 수 있게 돼요. 그때가 되면 제가 은혜를 모르는 사람이 아님을 아시게 될 거예요."

홈스는 책상 서랍에서 이제껏 담당했던 사건들을 기록해놓은 수첩을 꺼냈다.

"파린토시 부인이라. 아, 여기 있군요. 기억납니다. 오팔 티아라에 관련된 사건이었죠. 왓슨, 이건 자네를 만나기 전에 해결한 사건이라네. 아가씨, 파린토시 부인의 사건처럼 내가 이번에도 도움이 되면 좋겠습니다. 그리고 내게는 일을 하는 것 자체가 보수입니다. 수사에 드는 경비만 형편 닿는 대로 주시면 됩니다. 이제 무슨 상황인지 자세히 말씀해주시죠."

홈스가 말했다.

"아! 제가 무엇을 두려워하는지 확실하게 말씀드릴 수 없다는 게 가장 괴로워요. 그러다 보니 사소한 것까지 전부 의심하고 있어요. 제가 유일하게 도움을 청할 수 있는 그분조차 제 이야기를 신경이 예민한 여자의 망상으로 여기는 상황이에요. 그 사람이 망상이라고 말한 건 아니지만 이 이야기를 꺼내면 시선을 피하고 그저 달래려고만 하니까요. 홈스 씨는 인간 내면 깊숙한 곳에 숨겨진 사악함을 꿰뚫어 보실 수 있다고 들었어요. 홈스 씨라면 제가 처한 위험한 상황을 어떻게 헤쳐나가야 할지 알려주시겠죠."

"주의깊게 듣고 있습니다."

"제 이름은 헬렌 스토너예요. 새아버지와 함께 서리 주 서쪽 경계선에 있는 스토크모런에 살죠. 아버지는 잉글랜드에서 가장 오래된 색슨족 가문인 로일럿가의 마지막 후손이랍니다."

홈스가 고개를 끄덕였다.

"이름을 들어본 적이 있습니다."

"로일럿가는 한때 잉글랜드에서 가장 부유한 가문 중 하나로 소유지가 북쪽으로는 버크셔, 서쪽으로는 햄프셔까지 뻗어 있었어요. 하지만 지난 백 년간의 상속자 네 명이 낭비벽이 심하고 방탕했다죠. 그러다 도박꾼이었던 상속자 때문에 1810년대에 결국 가문이 몰락했어요. 지금은 이백 년 된 저택과 주변에 몇 제곱킬로미터 되지 않는 땅밖에 없는데 그마저도 저당잡혀 있죠. 마지막으로 작위를 계승한 상속자는 가난한 귀족으로서 비참한 생활을 이어나가야 했어요. 그 외아들이 바로 제 새아버지랍니다. 새아버지는 새로운 상황에 순응해야 한다는 것을 깨닫고 친척에게 돈을 빌려 의대를 졸업한 뒤 캘커타로 가셨어요. 그곳에서 의술과 카리스마를 발휘해 큰 병원을 세우셨죠. 하지만 집에서 도난 사건이 몇 차례 일어나자 새아버지는 화를 참지 못해 현지인 집사를 때려죽이고 말았어요. 간신히 사형은 면했지만 장기 복역을 해야 했죠. 그 뒤에 실의에 빠진 새아버지는 영국으로 돌아오셨어요.

새아버지는 캘커타에 있을 때 어머니와 결혼하셨어요. 어머니는 벵골 포병부대의 스토너 소장과 결혼해서 우리 쌍둥이를 낳으셨지만 아버지가 일찍 돌아가시는 바람에 혼자가 되셨었죠. 어머니가 새아버지와 재혼할 당시 줄리아와 저는 겨우 두 살이었어요. 어머니껜 연 수입이 천 파운드쯤 되는 상당한 재산이 있었는데 결혼한 후에는 모두 새아버지에게 양도하셨죠. 쌍둥이가 결혼을 하면 각자에게 매년 일정한 금액을 나누어준다는 조건을 달아서요. 영국으로 돌아온 뒤 얼마 지나지 않아 어머니가 돌아가셨어요. 팔 년 전 크루 역 근처에서 교통사고를 당하셨답니다. 새아버지는 런던에서 개업하기를 포기하고, 우리를 데리고 스토크모런에 있는 유서 깊은 저택으로 돌아가셨어요. 어머니가 남겨주신 재산이 상당했기 때문에 우리는 아무 일 없이 행복하게 살 수 있겠다고 생각했죠.

하지만 그때부터 새아버지는 사람이 무섭게 달라졌어요. 이웃들은 스토크모런의 로일럿 가문 후계자가 옛 터전으로 돌아왔다고 반갑게 맞아주었죠. 그렇지만 그분은 이웃들과 친구가 되고 서로의 집을 방문하는 대신, 집에 완전히 틀어박혀 꼼짝도 하지 않다가 자기 땅을 지나가는 사람이 있으면 쫓아가서 싸움을 거셨어요. 원래 이 집안 남자들에게는 광기에 가까운 폭력적인 기질이 있다고 해요. 새아버지는 열대지방에서 오래 살다 보니 정도가 더 심해진 것 같았어요. 남부끄러운 싸움들이 연이어 벌어졌고 그중에서 두 번은 즉결심판에까지 회부되었어요. 결국 새아버지는 마을에서 공포의 대상이 되었어요. 사람들이 슬슬 피하기 시작했죠. 새아버지는 완력이 센데다 화를 내기 시작하면 말릴 수가 없거든요.

지난주에는 새아버지가 마을 대장장이를 다리에서 개천으로 밀어버리셨어요. 저는 그 일을 무마시키기 위해 여기저기서 돈을 끌어다 배상금을 지불했죠. 새아버지에게 친구라고는 떠돌이 집시뿐이었어요. 새아버지는 검은딸기나무로 뒤덮인, 가문에 마지막으로 남은 소유지를 집시의 야영지로 내주셨어요. 새아버지는 야영지에 들를 때마다 집시들의 환대를 받았고 어떨 때는 몇 주일 동안 함께 어울려 다니시더군요. 그리고 그분은 인도 동물을 무척 좋아하셔서 지인이 보내준 치타와 개코원숭이를 기르세요. 소유지에 그대로 풀어놓고 키우기 때문에 마을 사람들은 그 동물들을 새아버지만큼이나 무서워한답니다.

상황이 이러니 불쌍한 줄리아와 제가 평소에 낙이 없이 살았다는 것을 아셨겠죠. 집에 들어와 살겠다는 하인도 없어서 한참 동안 집안일도 우리가 해야 했죠. 줄리아는 서른 살에 죽었는데 그때 이미 머리가 하얗게 세었어요. 지금 저처럼 말이에요."

"동생분이 돌아가셨습니까?"

"이 년 전에요. 제가 말씀드리고 싶은 게 바로 그 일이에요. 우리가 어떻게 살았는지 말씀드렸으니 눈치채셨겠지만 우리는 신분이나 나이가 비슷한 사람들을 좀처럼 만날 수가 없었어요. 그나마 해로 근처에 사는 이모가 한 분 계세요. 호노리아 웨스트페일 양으로 불리시죠. 우리는 가끔씩 새아버지의 허락을 받아 이모님 댁에 다녀오곤 했어요. 그러다 이 년 전 크리스마스에 그곳에 갔던 줄리아는 전직 해군 소령을 만나 그대로 약혼하게 되었어요. 집에 돌아가 동생이 약혼한 사실을 알렸더니 새아버지도 반대하진 않으셨어요. 그런데 결혼식을 보름 앞두고 끔찍한 일이 벌어지는 바람에 전 유일한 혈육을 잃었죠."

이제까지 눈을 감고 머리를 쿠션에 깊숙이 묻은 채 의자에 기대앉아 있던 셜록 홈스가 눈을 반쯤 뜨고 의뢰인을 쳐다보며 말했다.

"그때 일어난 일을 자세히 말씀해주실 수 있겠습니까?"

"어렵지 않아요. 끔찍한 순간순간이 기억에 낙인처럼 찍혀 있으니까요. 말씀드렸지만 우리가 사는 대저택은 굉장히 오래된 건물이에요. 그래서 건물 한쪽만 사용하고 있죠. 침실은 모두 1층 한쪽에 있고 건물 가운데에 거실이 있는데 곁채의 첫 번째 침실은 새아버지가 쓰시고 두 번째 침실은 줄리아, 세 번째 침실은 제가 썼어요. 침실끼리 통하는 문은 없고 전부 복도 쪽으로 문이 나 있죠. 어떤 구조인지 아시겠어요?"

"네."

"침실은 모두 잔디밭 쪽으로 창문이 나 있어요. 문제의 그날 밤 새아버지는 일찍 침실로 들어가셨지만 그대로 잠자리에 들지는 않으셨다는 걸 알 수 있었어요. 독한 인도산 시가 냄새 때문에 줄리아가 힘들어했거든요. 결국 동생은 제 방으로 건너왔어요. 한참 동안 침대에 앉아서 얼마 남지 않은 결혼식 이야기를 주고받았죠. 그러다 11시가 돼서야 그 애는 자리에서 일어났어요. 나가려다가 문 앞에서 뒤돌아보며 이렇게 묻더군요.

'언니, 혹시 한밤중에 휘파람 소리 들은 적 없어?'

'없어.'

'혹시 자다가 휘파람을 분 건 아니지?'

'그럴 리가 없잖아. 왜 그러는데?'

'지난 며칠 동안 새벽 3시쯤에 나지막한 휘파람 소리가 들려서 그래. 원래도 내가 잠을 깊이 못 자는데 휘파람 소리에 잠이 깨. 그런데 어디서 들리는 소리인지 모르겠더라고. 옆방에서 나는 것 같기도 하고 잔디밭 쪽일 수도 있고. 그래서 들은 적이 있는지 물어보는 거야.'

'아니. 난 못 들었어. 야영지에 있는 몹쓸 집시들이 부는 거겠지.'

'그럴 수도 있겠네. 하지만 그쪽에서 나는 소리면 언니는 왜 듣지 못했을까?'

'내가 너보다 잠이 깊게 들어서 그런가 보지.'

'그런가. 하긴 별일 아니니까.'

동생은 미소를 짓더니 문을 닫고 나갔어요. 몇 분 뒤에 그 애가 방문을 잠그는 소리가 들렸어요."

"밤에는 항상 방문을 잠급니까?"

홈스가 물었다.

"네."

"어째서요?"

"아까도 말했듯이 새아버지가 치타와 개코원숭이를 키우셔서요. 문을 잠그지 않으면 불안해요."

"그렇겠군요. 그다음에는 어떻게 됐습니까?"

"그날 밤 도통 잠이 오지 않았어요. 불행한 일이 일어날 거라는 막연한 예감 때문에요. 줄리아와 제가 쌍둥이란 거 기억하시죠? 우리처럼 아주 가까운 두 영혼은 서로 긴밀하게 연결되어 있거든요. 그날 밤은 날씨가 무척 거칠었어요. 바람이 거세게 몰아쳤고 빗줄기가 요란하게 창문을 두드렸죠. 느닷없이 거친 빗소리 사이로 겁에 질린 여자의 비명이 들려왔어요. 줄리아의 목소리였죠. 전 자리에서 벌떡 일어나 숄을 두르고 밖으로 뛰어나갔어요. 제 방문을 열었을 때 줄리아의 말처럼 나지막한 휘파람 소리 같은 것이 들렸어요. 잇달아 금속 물체가 부딪히는 듯 철컹거리는 소리도 들렸고요. 줄리아의 방문 앞으로 달려가니 문손잡이가 돌아가며 방문이 천천히 열리더군요. 전 방안에서 뭐가 나올지 몰라 겁에 질린 채 쳐다보고만 있었죠. 방에서 나온 건 줄리아였어요. 복도 불빛에 비친 그 애는 겁을 잔뜩 먹어 얼굴이 하얗게 질려 있었어요. 도움을 청하는 것처럼 양팔을 허우적거리며 술에 취한 사람처럼 휘청거렸죠. 달려가 부축했지만 줄리아는 그대로 다리에 힘이 풀려 쓰러졌어요. 끔찍한 고통을 겪고 있는 것처럼 발작하면서요. 팔다리가 무서울 정도로 경련을 일으켰죠. 처음에는 절 알아보지 못하는 것 같았어요. 그 애에게 몸을 숙이자 죽어도 잊지 못할 목소리로 비명을 지르더군요.

'오, 하느님! 언니! 그건 띠였어! 얼룩 띠!'

줄리아는 새아버지 방을 손가락으로 가리키며 뭔가를 말하려고 했어요. 하지만 또다시 경련이 일어나는 바람에 말할 수가 없었죠. 전 큰 소리로 새아버지를 부르며 달려갔어요. 그러다 실내복을 입고 뛰어나오는 새아버지와 마주쳤죠. 새아버지가 다가갔을 때 그 애는 의식을 잃은 상태였어요. 새아버지는 줄리아의 입에 브랜디를 흘려 넣은 뒤 마을에서 의사를 불러오셨어요. 하지만 어떤 노력도 소용없었죠. 줄리아는 끝내 의식을 회복하지 못한 채 그대로 죽고 말았어요. 사랑하는 동생은 끔찍한 최후를 맞이했답니다."

"잠시만요, 휘파람 소리와 철컹거리는 소리를 정말 들었습니까? 확실한가요?"

홈스가 물었다.

"주 검시관도 같은 질문을 했어요. 그런 소리를 들었다고 생각해요. 하지만 밖에서 비바람이 불어댔고 여기저기 삐걱거리는 낡은 집이니 잘못 들었을 가능성도 있어요."

"그때 동생분은 옷을 차려입고 있었습니까?"

"아뇨, 잠옷 차림이었어요. 오른손에 타다 남은 성냥개비를, 왼손에는 성냥갑을 들고 있었어요."

"뭔가에 놀라서 성냥불을 켜고 주위를 살폈던 모양이군요. 중요한 사실입니다. 그래서 검시관은 어떻게 결론을 내렸습니까?"

"검시관은 사건을 주도면밀하게 조사했어요. 새아버지는 그간의 행적 때문에 오래전부터 지역에서 악명이 높았으니까요. 하지만 납득이 갈 만한 사망 원인을 찾지 못했어요. 제가 본 대로라면 방문은 안쪽에서 잠겨 있었고 밤에는 늘 그렇듯이 창문은 쇠창살이 달린 구식 덧문까지 닫아놓았거든요. 벽도 두들겨 가며 조사해봤지만 튼튼하기만 했고, 마룻바닥도 철저히 조사했지만 역시 이상 없었어요. 굴뚝이 크다지만 커다란 창살 네 개로 막혀 있고요. 동생 말고 방에는 아무도 없었다는 게 확실했죠. 더군다나 그 애의 몸에는 눈에 띄는 외상이 전혀 없었어요."

"독살당했을 가능성은 없습니까?"

"의사가 검사를 했지만 아무것도 발견하지 못했어요."

"동생분의 사인이 뭐라고 생각하십니까?"

"줄리아는 공포심과 신경 발작으로 죽은 게 아닐까요. 뭐가 그렇게 무서웠는지는 모르겠지만요."

"당시에도 야영지에 집시들이 있었습니까?"

"네, 집시들은 거의 항상 그곳에 있어요."

"그 띠, 그러니까 얼룩 띠는 무슨 뜻인 것 같습니까?"

"줄리아가 정신이 없어서 헛소리를 한 것이 아닌가 싶어요. 아니면 야영지에 있는 집시 무리를 가리키는 말을 제가 잘못 들었을 수도 있고요. '얼룩'이라는 이상한 표현을 쓴 건 집시들이 머리에 쓰고 다니는 얼룩무늬 수건이 떠올라서 그런지도 모르겠어요."

홈스는 수긍이 가지 않는다는 듯 고개를 저었다.

"정말 알 수 없는 말입니다. 어쨌든 다음 이야기를 계속해주시죠."

"이 년이 지났어요. 전 그전보다 훨씬 외롭게 지냈죠. 한 달 전쯤 오래전부터 좋은 친구로 지냈던 사람이 고맙게도 청혼을 했어요. 퍼시 아미티지라는 분이에요. 레딩 근방의 크레인워터에 사는 아미티지 씨의 둘째 아들이죠. 새아버지도 반대하지 않았기 때문에 우리는 올봄에 결혼식을 올리기로 했어요. 그런데 이틀 전부터 오른쪽 곁채를 수리하기 시작해서 제 침실 벽에 구멍이 났어요. 그래서 전 어쩔 수 없이 줄리아의 방으로 옮겨 그 애가 쓰던 침대를 쓰게 됐죠. 생각해보세요, 제가 얼마나 무서웠을지. 밤새 끔찍하게 죽은 줄리아가 떠올라 잠을 이룰 수가 없었어요. 그때 갑자기 한밤의 정적을 깨고 동생의 죽음을 예고했던 나지막한 휘파람 소리가 들리더군요. 전 침대에서 일어나 등불을 켜고 방안을 살폈어요. 아무것도 없었죠. 너무 겁이 나서 다시 침대에 누울 수가 없었어요. 그래서 옷을 입고 있다가 날이 밝자마자 집을 나섰어요. 집 건너편에 있는 크라운 여관 앞에서 이륜마차를 잡아타고 레더헤드 역으로 갔죠. 그리고 홈스 씨를 만나기 위해서, 조언을 구하기 위해 여기까지 왔어요."

"잘하셨습니다. 이야기는 그게 전부인가요?"

홈스가 물었다.

"네, 전부 이야기했어요."

"그렇지 않을 텐데요, 스토너 양. 당신은 지금 의붓아버지를 감싸고 있어요."

"네? 무슨 말씀이세요?"

홈스는 대답하지 않았다. 대신 스토너 양이 무릎에 얹은 손을 감싼 검은 레이스 소매를 살짝 들어올렸다. 그녀의 하얀 손목에는 다섯 개의 손가락 자국이 뚜렷하게 남아 있었다.

"의붓아버지에게 학대를 당했군요."

홈스가 말했다.

스토너 양은 얼굴을 붉히며 옷소매를 내려 손목을 가렸다.

"새아버지는 강건한 사람이에요. 본인이 얼마나 힘이 센지도 모르실 거예요."

한참 동안 침묵이 흘렀다. 홈스는 양손에 턱을 괸 채 활활 타오르는 난롯불을 응시하고 있었다.

"심각한 사건입니다. 행동을 개시하기 전에 확인하고 싶은 것이 수도 없이 많지만 지체할 시간이 없어요. 우리가 오늘 스토크모런에 간다면 의붓아버지에게 들키지 않고 침실을 살펴볼 수 있을까요?"

"마침 새아버지가 오늘 중요한 일이 있어서 시내에 나가신다고 하셨어요. 온종일 집에 안 계실 테니 방해할 사람은 없을 거예요. 가정부가 한 명 있지만 나이가 많은데다 어리숙한 구석이 있으니 쉽게 내보낼 수 있어요."

"잘됐군요. 왓슨, 자네도 같이 가겠나?"

"물론이지."

"그럼 같이 가세. 스토너 양은 어떻게 하시겠습니까?"

"여기까지 왔으니 볼일을 한두 가지 보고 가야겠어요. 12시 기차를 타고 돌아가면 두 분이 오시는 시각에 맞출 수 있을 거예요."

"그럼 오후 일찍 찾아뵙도록 하겠습니다. 그사이에 처리할 일이 있으니까요. 잠시 기다려서 아침 식사라도 하고 가시겠습니까?"

"아뇨, 그만 가볼게요. 홈스 씨께 털어놓은 것만으로도 마음이 홀가분하네요. 오후에 뵙죠."

그녀는 두꺼운 베일로 얼굴을 다시 가리더니 미끄러지듯 방에서 빠져나갔다.

"왓슨, 이 사건을 어떻게 생각하나?"

셜록 홈스가 의자에 기대앉으며 물었다.

"뭔가 음침하고 불길한 사건인 것 같군."

"음침하고 불길하긴 하지."

"저 아가씨 말대로 바닥과 벽에 아무 문제가 없고 문이나 창문, 굴뚝으로 침입이 불가능한 상태였다면 동생이 의문의 죽음을 맞이했을 때 정말 혼자 있었다는 말이잖은가."

"그럼 한밤중에 들린 휘파람 소리나 동생이 죽어가면서 남긴 이상한 말은 무슨 뜻이란 말인가?"

"모르겠네."

"이야기를 종합해보세. 한밤중에 들린 휘파람 소리, 늙은 박사와 가까운 사이라는 집시 무리, 박사가 의붓딸들의 결혼을 막고 싶어 한다는 충분한 근거, 동생이 죽어가면서 남긴 '띠'라는 말. 헬렌 스토너 양이 들었다는 금속성 소리도 있지. 어쩌면 덧문의 쇠창살 중 하나가 떨어지면서 난 소리일 수도 있어. 어쨌든 모든 단서들을 따라가다 보면 사건의 수수께끼가 풀릴 거라고 생각하네만."

"집시들이 저지른 일이라는 건가?"

"그거야 모르지."

"허점이 많은 추리 같은데."

"나도 그렇게 생각해. 그래서 오늘 스토크모런에 가야 하는 거야. 허점이 치명적인지 설명이 가능한지 알아보고 싶군. 아니, 이게 무슨!"

홈스가 갑자기 소리를 높였다. 방문이 벌컥 열리더니 거구의 남자가 나타났기 때문이다. 남자는 검정색 중산모에 긴 프록코트를 입고 무릎 아래까지를 각반으로 감싸고 손에는 사냥용 채찍을 들고 있었다. 신사 복장과 농부 복장이 뒤섞인 특이한 차림새였다. 키가 무척 커서 문틀에 모자가 닿았다. 체격도 떡 벌어져서 문에 끼일 것 같았다. 햇볕에 누렇게 그을리고 주름진 넓적한 얼굴에 분노가 가득했다. 움푹 파인 눈, 높고 날카로운 콧대가 늙고 사나운 맹금류 같은 인상을 주고 있었다.

"어느 쪽이 홈스지?"

갑자기 들이닥친 남자가 물었다.

"납니다. 그러는 당신은 누굽니까?"

친구가 조용히 물었다.

"난 스토크모런의 그라임즈비 로일럿 박사다."

"그러셨군요. 이쪽으로 앉으시죠."

홈스가 차분하게 말했다.

"앉을 생각 없어. 내 의붓딸이 여기 왔지. 그 애를 뒤쫓아왔다. 무슨 말을 하던가?"

"이맘때치고는 날씨가 쌀쌀하군요."

홈스가 말했다.

"그 애가 뭐라고 했냐니까!"

노인이 화를 내며 소리쳤다.

"그래도 크로커스꽃은 필 거라고 하더군요."

홈스는 차분하게 말을 이었다.

"하! 지금 내 말을 무시하는 건가?"

방문객이 한 발자국 내딛더니 들고 있던 채찍을 흔들었다.

"네놈을 잘 안다, 이 악당! 네놈에 대한 이야기는 진작에 들었지. 참견꾼 자식이라고!"

홈스가 미소를 지었다.

"주제넘게 나서는 놈!"

홈스가 활짝 웃었다.

"거만한 경찰 나부랭이!"

홈스는 소리 내어 웃기 시작했다.

"말씀을 참 재미있게 하십니다. 나갈 때 문은 닫아주십시오.

바람이 많이 들어오니까요."

"할말만 하고 가겠다. 내 일에 간섭하지 마. 헬렌 스토너가 여기 왔다 갔다는 걸 알고 있어. 그 애 뒤를 따라왔으니까! 내게 덤빌 생각은 하지 말라고. 자, 이걸 봐라!"

남자는 안으로 성큼 들어와 부지깽이를 집어 들더니 맨손으로 구부렸다.

"내 손에 걸리면 어떻게 되는지 똑똑히 알아두라고."

그는 험악하게 소리치면서 구부러진 부지깽이를 벽난로 앞에 던져버리고는 방을 떠났다.

"재밌는 사람이야. 저 사람이 조금만 더 있었으면 내가 체구는 그리 크지 않아도 완력이 만만치 않다는 것을 보여줬을 텐데 말이지."

홈스가 웃으며 구부러진 부지깽이를 집어 들어 본래대로 펴 놓았다.

"날 경찰과 혼동하다니 무례하기 짝이 없군! 이런 일을 겪고 나니 사건에 관심이 더 생겼어. 저런 무뢰한이 뒤쫓는 것도 몰랐던 조심성 없는 아가씨에게 아무 일이 없어야 할 텐데. 왓슨, 일단 아침 식사부터 할까? 그런 다음 민법 박사 회관에 가서 사건에 도움이 될 만한 자료가 있는지 찾아봐야겠네."

셜록 홈스는 거의 1시가 다 돼서 돌아왔다. 그는 글자와 숫자를 마구 갈겨쓴 푸른 종이 한 장을 들고 있었다.

"사망한 부인이 남긴 유언장을 보고 왔다네. 유언장의 내용을 정확히 알기 위해 부인이 투자한 자산의 시세를 알아봤지. 부인이 사망했을 당시에는 연간 1100파운드의 수입이 있었는데 지금은 농산물 가격이 떨어지는 바람에 750파운드밖에 되지 않더군. 그런데 딸이 결혼을 하면 250파운드씩을 주게 되어 있어. 박사에게는 푼돈밖에 남지 않지. 한 명만 결혼을 해도 타격이 클 테고. 오전에 가서 조사해보길 잘했어. 박사가 딸들의 결혼을 막아야 할 강력한 동기가 있음이 입증되었으니 말일세. 왓슨, 심각한 상황이야. 우리가 이 일에 관심을 가지고 있다는 것을 박사가 눈치챘으니 꾸물거릴 시간이 없네. 자네가 준비를 마치는 대로 마차를 잡아타고 워털루 역으로 가세. 아무래도 자네가 권총을 가져가는 게 좋겠어. 부지깽이를 손쉽게 구부러뜨리는 신사를 상대하려면 '엘리 2호'는 있어야지. 그 외에는 칫솔만 챙기면 될 거야."

워털루 역에서 운 좋게도 바로 출발하는 레더헤드행 기차를 탈 수 있었다. 레더헤드에 도착하자 역 앞에 있는 여관에서 이륜 경마차를 잡아타고 서리의 아름다운 길을 칠팔 킬로미터 정도 달렸다. 태양이 눈부시게 빛나고 양털 구름이 둥둥 떠다니는 화창한 날씨였다. 길가의 나무들과 관목들은 초록색을 띠기 시작했고 촉촉하고 상쾌한 흙냄새가 대기를 가득 메우고 있었다. 이처럼 달콤한 봄기운이 풍기는 날에 불길한 사건을 조사하러 간다는 사실이 기묘하게 느껴졌다. 앞자리에 앉은 홈스는 팔짱을 끼고 모자를 눈까지 내려쓴 채 고개를 푹 숙이고 깊은 생각에 잠겼다. 그러다 갑자기 어깨를 툭툭 치더니 풀밭 너머를 가리켰다.

"저길 보게!"

홈스가 말했다.

나무가 무성한 지대가 완만한 언덕을 만들다 꼭대기에서 작은 숲을 이루고 있었다. 나뭇가지들 사이로 오래된 저택의 잿빛 박공과 높은 지붕이 보였다.

"스토크모런에 다 온 거요?"

홈스가 마부에게 물었다.

"네, 저기가 바로 그라임즈비 로일럿 박사님의 저택입니다."

"공사중인 건물이 저기로군. 저쪽으로 갑시다."

홈스가 말하자 마부가 멀리 왼쪽에 모여 있는 지붕들을 가리켰다.

"마을은 저기입니다. 저택에 가실 거라면 저쪽에서 울타리를 넘어가 들판의 오솔길을 따라가는 게 빠를 겁니다. 저기 숙녀분이 걸어오는 곳 말이에요."

"스토너 양인 것 같은데. 좋아요, 그편이 낫겠군요."

홈스가 손으로 햇빛을 가리고 쳐다보며 말했다.

우리는 마차에서 내린 뒤 요금을 지불했다. 마차는 레더헤드 역 쪽으로 되돌아갔다.

"마부가 우리를 건축가나 어떤 사업 때문에 찾아온 거라고 여겨야 할 텐데. 그래야 소문이 퍼지지 않을 테니까. 스토너 양, 약속한 대로 찾아왔습니다."

홈스가 말했다.

아침에 찾아왔던 의뢰인은 우리를 보자 환한 표정으로 다가왔다. 그녀가 우리 손을 따뜻하게 붙잡으며 말했다.

"두 분을 기다리고 있었어요. 일이 잘됐어요. 새아버지는 시내에 나갔는데 저녁때나 돌아올 거예요."

"벌써 박사님과 인사를 했습니다."

홈스가 아침에 있었던 일을 간략하게 설명해주었다. 이야기를 들으면서 스토너 양은 입술까지 하얗게 질렸다.

"세상에! 제 뒤를 밟았군요."

그녀가 소리쳤다.

"그런 것 같습니다."

"새아버지가 어찌나 교활한지 마음을 놓을 수 없네요. 집에 돌아와서 뭐라고 할까요?"

"그자도 조심할 겁니다. 자기보다 더 교활한 인간이 뒤를 쫓는다는 걸 알았으니까요. 스토너 양은 오늘밤 방에 들어가 문을 꼭 잠그고 계십시오. 만일 박사가 폭력을 휘두른다면 해로에 있는 이모님 댁까지 모셔다드리겠습니다. 시간이 얼마 없으니 조사를 시작해야겠습니다. 먼저 방부터 보여주시죠."

회색 돌로 지어진 저택은 이끼에 뒤덮여 있었다. 중앙에 우뚝 솟은 본관 양옆으로 게의 집게발처럼 곁채들이 붙어 있었다. 왼쪽의 곁채는 유리창이 다 깨져서 나무판자를 덧대어놓았고 지붕까지 살짝 내려앉아 폐가처럼 보였다. 중앙 건물도 상태가 썩 좋아 보이진 않았다. 하지만 오른쪽 곁채는 비교적 현대적이었다. 창문에는 커튼이 드리워졌고 굴뚝에서 푸른 연기가 피어올랐다. 이 집 식구들이 생활하는 건물인 모양이었다. 오른쪽 곁채의 가장 바깥쪽 벽이 헐어서 비계飛階가 설치되어 있었지만 인부들은 보이지 않았다. 홈스는 손질되지 않은 잔디밭 위를 천천히 걸으면서 창문을 유심히 살폈다.

"끝 방이 스토너 양의 침실이고 가운데가 동생분 방, 중앙 건물에 가까운 방이 로일럿 박사의 침실인가요?"

"맞아요. 지금은 제가 가운데 방을 쓰고 있어요."

"집을 수리하는 바람에 그렇게 된 거죠. 그런데 오른쪽 곁채는 굳이 수리할 필요가 없어 보이는데요."

"네, 아무래도 제가 방을 옮기게 할 구실이었던 것 같아요."

"아! 의미심장하군요. 이 건물은 뒤쪽에 복도가 있고 침실 문도 모두 그쪽으로 나 있다고 하셨죠. 복도 쪽에도 창문이 있습니까?"

"네, 하지만 작아서 사람이 드나들기에는 좁아요."

"문만 잠그면 아무도 들어올 수 없다는 말이군요. 그럼 이제 방에 들어가서 덧문을 닫아주시겠습니까?"

스토너 양이 방에 들어가 덧문을 닫았다. 홈스는 열린 창문을 통해 덧문을 꼼꼼히 살핀 다음에 갖은 방법으로 열어보려고 했지만 덧문은 열리지 않았다. 빗장을 벗기기 위해 칼날을 밀어넣을 작은 틈도 없었다. 홈스가 돋보기를 꺼내들고 덧문의 경첩을 살펴보았지만 쇠로 만든 경첩은 거대한 돌벽에 단단히 박혀 있었다.

"음! 내가 세운 가설은 확실히 허점이 있군. 덧문이 잠기면 이쪽으로는 들어갈 수 없겠어. 일단 안에 들어가서 단서를 찾아보도록 하지."

홈스가 곤혹스럽다는 듯 턱을 긁적이며 말했다.

작은 옆문으로 들어가니 벽을 하얗게 칠한 복도가 나왔다. 침실 문은 세 개 다 복도 쪽으로 나 있었다. 홈스가 세 번째 방은 보지 않겠다고 해서 우리는 곧장 두 번째 방으로 들어갔다. 현재 스토너 양이 쓰고 동생이 죽음을 맞이했던 방이었다. 오래된 시골 저택의 방답게 천장이 낮고 벽난로가 있으며 작고 아늑했다. 한쪽 구석에는 갈색 서랍장이, 맞은편에는 하얀 침대보를 씌운 좁은 침대가 자리했다. 그리고 창문 왼쪽에 화장대가 있었다. 그 외에 방안에 있는 물건이라고는 작은 고리버들 의자 두 개와 방 한가운데 깔려 있는 네모난 윌턴 양탄자가 전부였다. 바닥과 벽을 두른 갈색 벽널은 참나무로 만들었는데 무척 오래되고 벌레 먹은데다 색이 바래서 이 집을 짓고 나서 전혀 바꾸지 않은 것처럼 보였다. 홈스는 구석에서 의자 한 개를 끌어와 앉더니 말없이 방안 구석구석을 살피기 시작했다.

"설렁줄은 어디로 연결되어 있습니까?"

홈스가 침대 옆에 달린 굵은 설렁줄을 가리키며 물었다. 줄은 장식 술이 침대 베개에 닿을 정도로 길게 늘어져 있었다.

"가정부 방으로 연결되어 있어요."

"다른 물건들에 비해 새것처럼 보이는군요."

"네, 설치한 지 이 년밖에 되지 않았으니까요."

"동생분이 설치하자고 한 겁니까?"

"아뇨, 그 애는 한 번도 사용한 적 없어요. 우리는 일이 있으면 사람을 부르지 않고 직접 처리했거든요."

"그럼 저렇게 거창한 설렁줄은 필요 없겠군요. 실례지만 잠시 바닥을 좀 살펴보겠습니다."

홈스는 손에 돋보기를 들고 엎드린 채 이리저리 기어다니며 바닥 틈새를 살피기 시작했다. 목재 벽널도 마찬가지 방식으로 살폈다. 그런 다음 침대를 한참 쳐다본 뒤 그쪽 벽을 위아래로 훑어보고 마지막으로 설렁줄을 잡아당겼다.

"이런, 장식이었군요."

"소리가 안 나나요?"

"네, 연결조차 되어 있지 않습니다. 이거 흥미로운데요. 작은 환기구 바로 위에 있는 고리에 묶어놓기만 했습니다."

"세상에! 지금까지 전혀 몰랐어요."

"정말 이상하군."

홈스가 설렁줄을 잡아당기며 중얼거렸다.

"이 방에는 이상한 점이 몇 개 있습니다. 이를테면 바보 같은 시공업자가 환기구를 다른 방으로 낸 것도 그렇죠. 바깥으로 내는 게 더 힘든 작업도 아닌데 말입니다!"

"그것도 최근에 설치한 거예요."

스토너 양이 말했다.

"설렁줄을 달 때와 같은 시기였나요?"

홈스가 물었다.

"네, 그 무렵에 보수 공사를 했거든요."

"하나같이 흥미로운 공사로군요. 장식용 설렁줄, 환기가 되지 않는 환기구. 스토너 양, 괜찮다면 다른 방도 살펴보고 싶습니다만."

그라임즈비 로일럿 박사의 침실은 의붓딸이 쓰는 방보다 컸지만 간소하기는 마찬가지였다. 접을 수 있는 간이침대, 주로 의학 서적들이 꽂힌 작은 나무 선반, 침대 옆에 놓인 안락의자, 벽에 기대놓은 평범한 나무 의자, 원형 탁자와 커다란 철제 금고가 전부였다. 홈스는 방안을 천천히 돌아보며 모든 것들을 유심히 살폈다.

"이 안에는 뭐가 들었습니까?"

홈스가 금고를 톡톡 두드리며 물었다.

"업무 관련 서류들요."

"아! 스토너 양은 금고 안을 본 적이 있나 보군요?"

"몇 년 전에 한 번 봤어요. 서류로 가득차 있었죠."

"혹시 고양이 같은 게 들어 있진 않았죠?"

"그럴 리가요!"

"이걸 보십시오!"

홈스가 금고 위에 있던 작은 우유 접시를 들어 보였다.

"아닐 거예요. 우리집에 고양이는 없어요. 치타와 개코원숭이는 있지만요."

"물론 그렇겠죠! 치타가 고양잇과 동물이긴 합니다만 이 정도 우유로는 턱없이 모자랄 겁니다. 한 가지 확인해보고 싶은 게 있습니다."

홈스는 나무 의자 앞에 웅크리고 좌석 부분을 자세히 살폈다.

"고맙습니다. 이 정도면 충분한 것 같군요."

홈스는 몸을 일으킨 뒤 돋보기를 주머니에 넣었다.

"아하! 여기 흥미로운 물건이 있군!"

침대 모서리에 걸려 있는 작은 채찍이 홈스의 시선을 사로잡았다. 채찍 끝이 고리 매듭으로 묶여 있었다.

"왓슨, 이게 뭐 같은가?"

"흔히 볼 수 있는 평범한 채찍이잖은가. 왜 이렇게 묶어놨는지 모르겠지만."

"전혀 평범하지 않아. 이런! 정말 사악한 세상이로군. 똑똑한 사람이 범죄자로 돌아서면 최악의 상황이 벌어지지. 스토너 양, 이만하면 집안은 충분히 보았습니다. 이제 잔디밭으로 나가죠."

박사의 침실에서 돌아서는 홈스의 얼굴이 너무나 어두웠다. 처음 보는 표정이었다. 우리는 잔디밭을 몇 번이나 돌았다. 골똘히 생각에 잠겼던 홈스가 먼저 입을 열 때까지 스토너 양과 나는 아무 말도 하지 않고 기다렸다.

"스토너 양, 이제부터 반드시 제가 하라는 대로 하셔야 합니다."

"그렇게 할게요."

"상황이 심각하니 머뭇거릴 시간이 없습니다. 제 말대로 하지 않으면 목숨이 위험합니다."

"말씀하시는 대로 할게요."

"오늘밤 친구와 제가 스토너 양의 방에서 지내야겠습니다."

스토너 양과 나는 깜짝 놀라 홈스를 쳐다보았다.

"그렇게 해야 합니다. 잘 들으세요. 저쪽에 있는 것이 여관이죠?"

"네, 크라운 여관이에요."

"좋습니다. 스토너 양의 방에서 저 여관이 보입니까?"

"네."

"의붓아버지가 돌아오면 머리가 아프다는 핑계를 대고 방에서 나오지 마십시오. 그런 다음 의붓아버지가 밤에 침실로 들어가고 나면 창문의 덧문을 열고 걸쇠도 푼 뒤 창가에 등불을 놓아서 신호를 보내세요. 그런 다음 필요한 물건들을 챙겨서 예전에 쓰던 침실로 가는 겁니다. 수리하는 중이긴 해도 하룻밤 정도는 지낼 수 있을 겁니다."

"그렇게 할게요."

"나머지는 우리에게 맡기시면 됩니다."

"어떻게 하시려고요?"

"밤새 스토너 양의 침실에 머물면서 이상한 소리의 원인을 알아낼 생각입니다."

"뭔가를 알아내신 모양이군요."

스토너 양이 내 친구의 소매에 손을 올리며 말했다.

"그런 것 같습니다."

"그럼 제 동생이 죽은 이유를 말씀해주세요."

"확실한 증거를 찾은 뒤에 말씀드리겠습니다."

"그럼 제 생각이 맞는지 틀린지만이라도 말씀해주세요. 줄리아는 공포에 질려 죽었나요?"

"아뇨, 그렇지 않습니다. 좀더 구체적인 이유가 있었을 겁니다. 스토너 양, 우리는 이제 가봐야 할 것 같군요. 로일럿 박사가 돌아와서 우리를 보기라도 하면 지금까지의 노력이 허사가 될 테니까요. 부디 용기를 가지십시오. 아까 말씀드린 대로만 하면 곧 위험에서 벗어날 겁니다."

셜록 홈스와 나는 크라운 여관에서 방을 쉽게 구했다. 그 방은 2층에 있어서 창문으로 스토크모런 저택의 대문과 현재 그 집 사람들이 살고 있는 곁채를 한 눈에 내려다볼 수 있었다. 해 질 무렵 그라임즈비 로일럿 박사가 탄 마차가 저택으로 들어가는 것이 보였다. 마차를 모는 소년 옆자리에 거구의 박사가 앉아 있었다. 소년이 무거운 철문을 여느라 애를 먹자 박사가 큰 소리로 호통을 치면서 주먹을 흔들며 화를 냈다. 마차가 안으로 들어가고 몇 분이 지난 뒤 나무 사이로 불빛이 새어 나오기 시작했다. 거실에 불을 켠 모양이었다.

어둠이 내려앉기 시작하자 같이 앉아 있던 홈스가 말했다.

"왓슨, 실은 오늘밤 자네와 함께 가기가 망설여진다네. 이번엔 특히 위험하거든."

"내가 도움이 되긴 하나?"

"자네가 있으면 큰 도움이 될 거야."

"그럼 가야지."

"정말 고맙네."

"위험하다는 걸 보니 아까 그 방에서 내가 보지 못한 뭔가를 본 모양이군."

"그렇진 않아. 그저 자네보다 좀더 많은 추리를 했을 뿐이지. 내가 본 건 자네도 다 봤어."

"설렁줄을 제외하면 특별히 눈에 띄는 게 없던데. 솔직히 그게 달린 이유를 모르겠더군."

"자네도 환기구를 봤지?"

"그래. 하지만 두 방 사이에 환기구가 있는 게 이상할 뿐 다른 건 모르겠네. 쥐새끼 한 마리 드나들지 못할 정도로 좁지 않나."

"난 스토크모런에 도착하기 전부터 환기구가 있을 줄 예상했다네."

"세상에!"

"그래, 정말일세. 동생이 로일럿 박사의 시가 냄새를 맡았다고 했던 스토너 양의 말 기억나나? 바로 두 방이 통하고 있다는 뜻이지. 검시관의 주목을 끌지 못할 만큼 작은 통로가. 그래서 환기구가 있을 거라고 추측했네."

"통로가 있다고 문제될 게 뭐가 있단 말인가?"

"시기가 일치한다는 게 이상하지. 환기구를 만든 것과 설렁줄을 매단 것, 침대에서 자던 여자가 죽은 시기가 일치하잖아. 자넨 어떻게 생각하나?"

"무슨 연관성이 있는지 모르겠는데."

"침대에서 이상한 점을 찾지 못했나?"

"아니."

"침대가 바닥에 고정되어 있더군. 그런 식으로 침대를 고정시켜놓는 걸 본 적 있나?"

"본 적 없군."

"스토너 양의 동생은 침대를 옮길 수 없었어. 환기구 아래 설렁줄이 드리워진 자리에서 잘 수밖에 없다는 거지. 아니, 설렁을 울릴 수 없는 줄이니 그냥 밧줄이라고 부르는 편이 낫겠군."

"홈스, 자네가 하려는 말이 무슨 말인지 알겠네. 우리가 제시간에 왔으니 끔찍한 범죄를 막을 수 있을 거야!"

내가 외쳤다.

"정말 교묘하고 끔찍한 범죄야. 의사가 나쁜 마음을 먹으면 아주 악독한 범죄자가 될 수 있다네. 대담할 뿐만 아니라 지식까지 있으니까. 그쪽 분야에서는 윌리엄 파머▪와 에드워드 프리처드▪▪가 최고라고 할 수 있지. 비록 그자들보다 로일럿 박사가 한 수 위로 보이긴 하지만 우리를 이길 순 없을 걸세. 하지만 왓슨, 오늘밤에는 끔찍한 일을 겪게 될 거야. 그러니 몇 시간만이라도 조용히 담배나 피우면서 기분 전환이나 하세."

밤 9시가 되자 나무들 사이로 보이던 불빛이 사라지고 저택은 완전히 어둠 속에 잠겼다. 그로부터 천천히 두 시간이 더 지나 11시가 되었을 때 갑자기 우리 쪽으로 한줄기 불빛이 비쳤다.

"신호로군. 두 번째 침실 창문에서 비치는 불빛이야."

홈스가 자리에서 벌떡 일어나며 말했다.

우리는 여관 주인에게 밤늦게 지인을 만나러 가게 되어 거기

▪ 보험금을 노리고 친구와 형제, 아내를 비롯한 여러 명을 독살한 의사.

▪▪ 아내와 장모를 독살한 의사.

서 자고 올지도 모른다고 말했다. 잠시 후 어두운 거리로 나서자 차가운 바람이 얼굴에 부딪혔다. 우리는 이 침울한 임무를 수행하기 위해 노란 불빛이 이끄는 대로 따라갔다.

사유지로 들어가는 것은 별로 어렵지 않았다. 오래된 정원 담 한쪽이 무너져 있었기 때문이다. 우리는 나무 사이를 지나 잔디밭을 가로질러 창문 앞에 이르렀다. 막 창문을 넘어 안으로 들어가려 할 때 월계수 덤불 아래에서 흉측한 기형아 같은 존재가 튀어나와 뒤틀린 팔다리로 재빨리 잔디밭을 가로지르더니 어둠 속으로 사라졌다.

"세상에! 저거 봤나?"

내가 속삭였다.

그 순간 홈스도 나만큼 놀랐던 모양이었다. 크게 동요한 듯 내 손목을 꼭 붙잡고 있었다. 그러다 낮은 소리로 웃음을 터뜨리고는 내 귓가에 속삭였다.

"대단한 집이로군. 개코원숭이야."

나는 박사가 아낀다는 낯선 동물들에 대해 까맣게 잊어버리고 있었다. 치타도 있다고 했으니 언제 우리를 덮칠지 알 수 없는 일이었다. 고백건대 홈스를 따라 신발을 벗고 방안으로 들어간 뒤에야 마음을 놓을 수 있었다. 홈스는 소리 없이 덧문을 닫고 등불을 화장대 위에 올려놓은 다음 방안을 둘러보았다. 낮에 봤을 때와 똑같았다. 홈스는 옆으로 다가와 손나팔을 만들어 내 귓가에 대더니 간신히 알아들을 수 있을 만큼 나지막한 목소리로 말했다.

"조금이라도 소리를 내면 우리 계획은 실패야."

나는 알아들었다는 뜻으로 고개를 끄덕였다.

"불도 끄고 있어야 한다네. 박사가 환기구를 통해 불빛을 볼 수도 있으니."

나는 다시 한번 고개를 끄덕였다.

"잠들면 안 되네. 목숨이 위험할 수도 있어. 그리고 필요할지 모르니까 권총은 꺼내놓게. 난 침대에 앉을 테니 자넨 의자에 앉아."

나는 권총을 꺼내 화장대 구석에 올려놓았다.

홈스는 가지고 온 가늘고 긴 지팡이를 앉은 자리 옆에 두었다. 성냥갑과 짤막한 양초도 침대 위에 올려놓았다. 그런 다음 등불을 끄자 방안이 컴컴해졌다.

그 무시무시했던 불침번을 어떻게 잊을 수 있겠는가? 방안은 고요했다. 숨소리조차 들리지 않았지만 조금 떨어진 곳에 앉아 있는 홈스 역시 나만큼이나 잔뜩 긴장했다는 것이 느껴졌다. 덧문을 닫아두어서 밖에서 불빛이 전혀 들어오지 않았다. 우리는 그렇게 칠흑 같은 어둠 속에서 기다렸다.

밖에서는 밤새가 우는 소리가 때때로 들렸다. 창문 바로 앞에서 고양이 우는 소리 같은 것이 한참 들리기도 했다. 정말 치타를 소유지 안에 풀어놓은 모양이었다. 멀리서 교회 시계가 십오 분에 한 번씩 낮은 소리로 울렸다. 십오 분이 얼마나 길던지! 12시가 되고 1시, 2시 그리고 3시가 됐다. 우리는 여전히 소리 없이 자리를 지키며 무슨 일이 일어날지 기다리고 있었다.

그때 환기구 쪽에서 순간적으로 빛이 보였다. 불빛은 금세 사라졌지만 이내 기름이 타는 냄새와 열에 달궈진 금속 냄새가 코를 찔렀다. 옆방에서 각등에 불을 붙인 모양이었다. 그리고 뭔가가 조용히 움직이는 소리가 들리는가 싶더니 이내 잠잠해졌다. 냄새는 점점 더 강해졌다. 삼십 분 동안 나는 무슨 소리가 나는지 청각에 집중하며 가만히 앉아 있었다. 그때 갑자기 다른 소리가 들렸다. 주전자에서 물이 끓을 때 김이 올라오는 듯한 부드러운 소리였다. 소리가 들리는 순간, 홈스는 자리에서 벌떡 일어나 성냥을 그었다. 그리고 지팡이로 설렁줄을 힘차게 난타했다.

"자네도 봤나, 왓슨? 봤어?"

홈스가 소리쳤다.

난 아무것도 보지 못했다. 홈스가 불을 켤 때 났던 나지막한 휘파람 소리는 똑똑히 들었지만 갑자기 비친 불빛에 눈이 부셔 무엇 때문에 그토록 세게 지팡이를 내려쳤는지는 보지 못했다. 하지만 홈스의 얼굴이 무서울 정도로 창백하고 공포와 혐오감으로 가득찼다는 것은 알 수 있었다.

그는 지팡이를 휘두르는 것을 멈추고 환기구를 올려다보았다. 갑자기 한밤의 정적을 깨는 비명이 들렸다. 나는 이제껏 그토록 처참한 비명은 한 번도 들어보지 못했다. 비명은 점점 더 커졌다. 공포와 고통, 분노가 뒤섞인 끔찍한 소리였다. 나중에 들어보니 비명은 마을을 지나 멀리 떨어져 있는 교회까지 울려 사람들의 잠을 깨웠다고 한다. 심장이 얼어붙는 것 같은 소리였다. 나는 멍하니 서서 홈스를 쳐다보았고 홈스 역시 나를 쳐다보았다. 메아리가 서서히 잦아들어 밤의 정적 속으로 사라질 때까지 우리는 서로의 얼굴만 쳐다보고 있었다.

"대체 어떻게 된 일인가?"

내가 숨을 헐떡거리며 물었다.

"이제 끝났군. 어쩌면 이게 최선의 결과인지도 모르지. 권총을 들게. 로일럿 박사의 방으로 가야겠어."

홈스가 대답했다.

그는 심각한 표정으로 등불을 밝히고 복도로 나섰다. 로일럿 박사의 침실 문을 두 번 두드렸지만 대답이 없었다. 홈스는 방문을 열고 안으로 들어갔다. 나도 권총의 공이치기를 당긴 뒤

뒤따라 들어갔다.

방안의 풍경은 아주 기이했다. 덮개를 반쯤 연 각등이 탁자 위에서 철제 금고를 환히 비추고 있었다. 금고 문은 조금 열린 채였다. 회색 실내복을 걸치고 탁자 옆의 나무 의자에 앉아 있는 그라임즈비 로일럿 박사가 보였다. 실내복 아래로 맨발에 신은 굽 없는 빨간색 터키 슬리퍼가 눈에 띄었다. 무릎 위에는 손잡이가 짧고 끈 길이는 긴 채찍이 있었다. 낮에 봤던 채찍이었다. 박사는 고개를 위로 쳐들고 공포심이 가득한 두 눈으로 천장 한구석을 보고 있었다. 이마 위에 특이한 갈색 반점이 찍힌 노란색 띠를 둘렀는데 그 띠가 머리를 꽉 조이고 있었다. 우리가 방안에 들어가도 박사는 말이 없었고 미동도 하지 않았다.

"띠야! 얼룩 띠!"

홈스가 속삭였다.

나는 한 발자국 앞으로 나갔다. 순간 이상한 머리띠가 움직이기 시작하더니 박사의 머리카락 속에서 혐오스러운 뱀이 마름모꼴의 납작한 대가리를 위로 쳐들고 목을 부풀렸다.

"늪살모사야! 인도에 서식하는 무시무시한 독사지. 박사는 저 뱀에게 물린 지 십 초 만에 죽었어. 폭력은 폭력을 쓴 사람에게 되돌아가고 함정을 판 사람은 자기가 판 함정에 빠지는 법이지. 독사를 우리에 가둬야겠군. 그런 다음 스토너 양을 안전한 곳으로 옮기고 여기서 있었던 일을 경찰에 알려야겠네."

홈스는 죽은 남자의 무릎에 있던 채찍을 집어 든 뒤 매듭을 뱀 대가리에 걸었다. 그런 다음 똬리를 튼 뱀을 들어올려 금고에 던져넣은 뒤 문을 닫았다.

이상이 스토크모런의 그라임즈비 로일럿 박사가 죽음에 이르게 된 진짜 경위다. 우리는 잔뜩 겁에 질린 스토너 양에게 슬픈 소식을 전한 뒤 아침 기차로 해로에 사는 상냥한 이모에게 데려다주었다. 경찰은 로일럿 박사가 위험천만한 애완동물을 부주의하게 다루다가 목숨을 잃었다는 결론을 내리기까지 무척 오랜 시간을 들였다. 안 그래도 긴 이야기를 더 길게 할 필요는 없을 것이다. 사건에서 미처 이해하지 못했던 소소한 점들에 대해서는 다음날 런던으로 돌아가는 기차 안에서 홈스가 설명해주었다.

"왓슨, 나는 처음에 완전히 잘못된 결론을 내렸다네. 불충분한 정보로 내린 결론이 얼마나 위험한지를 다시 한번 알게 되었네. 집시의 존재와 '띠'라는 말 때문에 완전히 방향을 잘못 잡았던 거야. '띠'라는 건 스토너 양의 불쌍한 동생이 흐릿한 성냥 불빛에 얼핏 본 것을 설명하려고 했던 걸세. 방에 있는 사람을 위협하는 것이 무엇이든 방문이나 창문을 통해 들어올 수 없다는 사실이 확실해지자 내가 처음 내린 결론을 재고했다는 게 그나마 잘한 일이려나. 그 후 나는 자네에게 말했던 것처럼 곧장 환기구와 침대 옆에 드리워진 설렁줄에 주목했어. 설렁줄이 가짜라는 것과 침대가 바닥에 고정된 것을 알게 되자 줄의 역할이 환기구와 침대를 연결하는 다리가 아닌가 하는 의심이 들었지. 그러자 뱀이 떠오르더군. 로일럿 박사가 인도에서 동물들을 들여온다는 사실을 기억하자 제대로 짚었다는 생각이 들었지. 어떤 화학 검사로도 검출되지 않는 독을 쓴다는 건 동양에서 경험을 쌓은 영리하고 무자비한 인간의 머리에서 충분히 나올 수 있는 발상이니까. 더군다나 그 독이 빨리 퍼진다는 사실도 박사의 입장에서는 장점이었을 거야. 관찰력이 뛰어난 검시관이 아니면 뱀에 물린 거무스름한 작은 자국을 찾아내지 못할 테니까.

그리고 휘파람 소리에 대해 생각해봤어. 당연히 박사는 날이 밝아 희생자가 발견되기 전에 뱀을 불러들여야 했을 테지. 우리가 봤던 우유 접시는 뱀을 불러들이는 훈련에 이용했을 거야. 박사는 자기가 적당하다고 생각하는 시각에 뱀을 환기구에 풀어놓았겠지. 뱀은 설렁줄을 타고 침대로 내려갔을 테고. 물론 침대에서 자고 있는 사람을 물 수도 있고 물지 않을 수도 있겠지. 어쩌면 스토너 양의 동생도 일주일 정도는 뱀에게 물리지 않았을지도 몰라. 하지만 머지않아 물렸지.

박사의 방에 들어가기 전부터 그렇게 결론을 내렸다네. 의자를 살펴보니 올라섰던 흔적이 남아 있더군. 뱀을 환기구에 풀어놓으려면 의자를 쓸 수밖에 없었을 테니까. 그리고 금고와 우유 접시, 끝을 고리 매듭으로 묶은 채찍을 보자 확신이 들었지. 스토너 양이 들었다는 금속 부딪히는 소리는 박사가 금고에 뱀을 집어넣고 서둘러 문을 닫는 소리였을 거야. 결론을 내린 후 증거를 잡기 위해 어떻게 했는지는 자네도 알겠지. 난 뱀이 쉭쉭거리는 소리를 들었어. 자네도 들었을 거야. 그래서 즉시 촛불을 켜고 공격했던 거라네."

"그 바람에 뱀은 환기구로 되돌아갔지."

"그래서 반대편에 있던 주인이 그런 꼴을 당한 거야. 지팡이에 몇 대 맞는 바람에 약이 잔뜩 오른 뱀이 사람을 보자마자 공격한 거지. 난 그라임즈비 로일럿 박사의 죽음에 간접적인 책임이 있다네. 그렇다고 양심의 가책이 느껴지지는 않는군."

기술자의 엄지손가락

우리가 가깝게 지내는 동안 내가 셜록 홈스에게 소개한 사건은 두 건밖에 되지 않는다. 바로 해덜리 씨의 엄지손가락 사건과 미친 워버턴 대령 사건이다. 예리하고 독창적인 관찰자에겐 후자의 사건이 더 흥미로울지 모르지만 보통 사람들이 보기에는 해덜리 씨의 사건이 발단도 기묘하고 세부 사항도 훨씬 극적이며 기록할 가치도 뛰어나다고 생각할 것이다. 비록 흥미로운 결과를 이끌어낼 친구의 추리 방식을 발휘할 여지가 부족한 사건이긴 했다. 이 이야기는 신문에도 여러 번 소개되었지만 언제나처럼 기사는 모든 사실들을 하나로 뭉뚱그려 몇 줄로 이야기를 끝내기 마련이다. 새로운 사실을 발견할 때마다 차근차근 나아가 마침내 수수께끼를 풀어 완벽하게 사건을 해결하는 과정을 보여주는 내 회고록이 좀더 재미있을 것이다. 당시 사건이 워낙 깊은 인상을 남긴 터라 이 년이나 지났는데도 그때의 느낌이 고스란히 남아 있다.

사건이 일어났던 1889년 여름은 내가 결혼하고 얼마 지나지 않았을 때였다. 나는 개업을 하기 위해 베이커 스트리트의 하숙집을 떠났지만 시간이 날 때마다 홈스를 찾아갔다. 가끔은 그를 설득해 제멋대로인 보헤미안적 습관을 버리고 우리집에 방문하게 만들기도 했다. 시간이 지나면서 나를 찾는 환자들은 꾸준히 늘어났다. 진료실이 패딩턴 역과 가까워서 그런지 환자들 중에는 역무원도 몇 명 있었다. 그중에서 통증이 심한 지병을 치료받은 역무원은 끊임없이 내 실력을 주위에 알리고 환자가 있으면 내게 보내주려고 애를 썼다.

어느 날, 아침 7시도 되기 전에 하녀가 문을 두드려 깨우더니 패딩턴 역에서 두 사람이 찾아와 아래층 진료실에서 기다리고 있다고 전했다. 경험상 철도 사고가 나면 대부분 심한 부상을 입는다는 것을 알아 서둘러 옷을 갈아입고 내려갔다. 오랫동안 나를 챙겨준 역무원이 진료실 밖으로 나와 문을 꼭 닫았다.

"저 안에 있습니다. 이젠 괜찮은 것 같아요."

역무원이 엄지손가락으로 어깨 너머를 가리키며 속삭였다.

"무슨 일입니까?"

진료실에 이상한 동물이라도 가둬놓은 것 같은 그의 태도에 내가 물었다.

"새로운 환자예요. 아무래도 다른 병원으로 가지 않도록 직접 데려오는 게 나을 것 같아서요. 어쨌든 무사히 데려다 놓았으니 그만 가보겠습니다, 선생님. 저도 선생님처럼 해야 할 일이 있으니까요."

역무원이 속삭였다. 믿음직한 호객꾼은 고맙다는 인사를 할 새도 없이 그대로 떠났다.

진료실에 들어갔더니 탁자 옆에 신사가 앉아 있었다. 그는 수수한 모직 양복을 입고 있었고 챙이 없는 모자는 내 책 위에 얹어놓았다. 한쪽 손을 손수건으로 둘둘 말았는데 피에 흠뻑 젖어 있었다. 스물다섯 살이 넘지 않아 보이는 젊은이로 남자다운 생김새였는데 큰 충격을 받아 도저히 마음을 진정시키지 못하는 사람처럼 안색이 창백했다.

"이렇게 일찍 찾아와서 죄송합니다, 선생님. 간밤에 큰 사고를 당해서요. 아침 기차로 패딩턴 역에 도착하자마자 병원이 어디 있냐고 물었더니 친절한 역무원 한 분이 여기로 안내해주셨습니다. 하녀에게 명함을 건넸는데 여기 보조 탁자 위에 놓고 그냥 갔습니다."

나는 명함을 집어 들었다.

빅토리아 스트리트 16A번지(3층). 유압 기술자. 빅터 해덜리.

앞에 앉은 환자의 주소와 직업, 이름이 적혀 있었다.

"너무 오래 기다리신 건 아닌지 모르겠군요. 야간 기차를 타고 오신 모양입니다. 그건 참 지루하죠."

내가 진료실 의자에 앉으며 말했다.

"오, 저는 전혀 지루하지 않았답니다."

그가 대답하더니 웃기 시작했다. 의자에 기댄 채 온몸을 흔들면서 높은 소리로 발작적으로 웃었다. 나는 의사의 본능으로 정상적인 웃음이 아니라는 것을 직감했다.

"멈춰요! 진정하고 웃음을 멈춰요!"

나는 유리병에서 물을 한 잔 따라주었다. 하지만 소용없었다. 그는 병적으로 웃어댔다. 강한 의지로 심각한 위기를 이겨낸 사람에게 나타나는 증상이었다. 잠시 뒤 그는 정신을 차렸지만 하얗게 질린 얼굴이 많이 지쳐 보였다.

그가 숨을 헐떡거리며 말했다.

"바보 같은 꼴을 보이고 말았습니다."

"아닙니다. 일단 이것부터 좀 마셔요!"

난 브랜디를 탄 물을 권했다. 핏기 하나 없던 얼굴에 혈색이 돌아왔다.

"많이 나아졌습니다! 선생님, 이제 제 엄지손가락을, 아니 엄지손가락이 붙어 있던 자리를 봐주시겠습니까?"

그가 손에 둘둘 만 손수건을 풀었다. 험한 꼴을 보는 데 제법 단련된 나도 눈앞의 광경에 소름이 끼쳤다. 손가락이 네 개밖에 없었고 엄지손가락이 있던 자리에 빨간 생살이 고스란히 드러나 있었다. 끔찍하게도 엄지손가락 밑동이 잘려나갔거나 잡아뜯긴 것처럼 보였다.

"맙소사! 상태가 심각하군요. 출혈이 심했을 텐데."

"네, 피를 많이 쏟았죠. 한참 동안 정신을 잃었을 정도니까요. 정신을 차린 뒤에도 여전히 피가 흐르고 있기에 손수건 끝으로 손목을 단단하게 감은 다음 나뭇가지로 조였습니다."

"잘했어요! 외과 의사라고 해도 그 이상은 못했을 겁니다."

"아시다시피 이것도 유체역학에 관한 문제니까요. 제 전공 분야이기도 하죠."

"묵직하고 날카로운 도구 때문에 이렇게 된 것 같군요."

나는 상처를 살펴보며 말했다.

"큰 식칼 같은 것이었어요."

"사고가 있었나 보죠?"

"그건 아닙니다."

"그럼 누가 죽일 생각으로 고의로 이랬단 말입니까?"

"하마터면 죽을 뻔했죠."

"끔찍한 일이군요."

나는 상처 부위를 닦아내고 치료했다. 그리고 그 부위를 약솜으로 덮은 뒤 석탄산으로 처리한 붕대로 감았다. 그는 치료를 받는 동안 꼼짝도 하지 않았지만 이따금씩 입술을 깨물었다.

"이제 어떻습니까?"

치료를 마치고 물었다.

"좋습니다! 브랜디를 마시고 붕대를 감고 나니 새사람이 된 것 같군요. 힘이 하나도 없었는데 이젠 기운이 납니다."

"사건에 대해서는 이야기하지 않는 편이 좋겠군요. 신경에 좋지 않을 테니까요."

"아닙니다. 이제 괜찮아요. 경찰에 신고하러 가야 합니다. 우리끼리 말이지만 이 부상이 없었다면 경찰도 제 말을 믿지 않을 겁니다. 그들이 믿어준다면 그게 더 놀랄 일이죠. 너무나도 괴상한 사연인데다가 확실한 증거마저 없으니까요. 경찰들이 믿는다 해도 제가 줄 수 있는 단서가 너무 막연해서 범인을 체포하기는 어려울 겁니다."

"그런 상황이라면 경찰에 가기 전에 내 친구인 셜록 홈스부터 만나보라고 권해주고 싶군요."

"아, 그분의 이야기를 들어본 적이 있습니다. 그분이 제 일을 맡아주신다면 마음이 놓일 겁니다. 물론 경찰에도 알리긴 해야 겠지만요. 선생님이 소개장을 써주시겠습니까?"

"더 좋은 방법이 있습니다. 제가 직접 데려다드리죠."

"뭐라고 감사의 말씀을 드려야 할지 모르겠습니다."

"마차를 불러서 타고 가시죠. 지금 가면 홈스와 함께 아침 식사를 할 수 있을 겁니다. 같이 가겠습니까?"

"물론입니다. 제가 겪은 일을 한시라도 빨리 털어놓고 싶어요."

"하인에게 마차를 부르라고 하죠. 잠깐만 기다리십시오."

나는 2층으로 올라가 아내에게 상황을 간단히 설명했다. 오 분 뒤 나는 새로운 의뢰인과 함께 이륜마차를 타고 베이커 스트리트로 향했다.

내가 예상했던 대로 셜록 홈스는 실내복을 입은 채 거실 소파에 편안히 앉아《타임스》의 개인 광고란을 보며 식전 담배를 피우고 있었다. 전날 피우고 남은 담배 찌꺼기를 모아 벽난로 한쪽에서 조심스럽게 말려서 만든 담배였다. 그는 언제나처럼 차분하고 친절한 태도로 우리를 맞았다. 우리는 아침 식사로 신선한 베이컨과 달걀을 주문해 배부르게 먹었다. 식사가 끝나자 홈스는 새로운 의뢰인을 소파에 눕힌 뒤 머리에 베개를 받쳐주었다. 손이 닿는 자리에는 물을 탄 브랜디 한 잔을 갖다놓았다.

"해덜리 씨, 보아하니 특별한 경험을 한 것 같군요. 집처럼 생각하고 편안하게 누우세요. 이야기를 하다가 힘들다 싶으면 언제든지 멈추고, 여기 있는 술을 한 잔 마시고 기운을 차리십시오."

홈스가 말했다.

"감사합니다. 의사 선생님이 치료를 해주신 뒤로 새사람이 된 느낌이었는데 이렇게 아침 식사까지 하고 나니 다 나은 것 같아요. 두 분의 귀한 시간을 아끼기 위해서라도 제가 겪은 이상한 일에 대해 바로 말씀드리겠습니다."

홈스는 커다란 안락의자에 앉았다. 피곤한 듯 눈꺼풀이 무거워 보였지만 그런 표정 뒤에는 날카롭고 열성적인 본성이 숨어 있었다. 나는 홈스의 맞은편에 앉았다. 그리고 의뢰인이 겪었다는 기이한 사연에 조용히 귀를 기울였다.

"제가 고아에 독신이며 런던의 하숙집에서 혼자 살고 있다는 점을 먼저 말씀드리겠습니다. 직업은 유압 기술자고요. 그리니치에서 유명한 베너 앤드 매시선이라는 회사에서 칠 년간 수습 사원으로 일했죠. 이 년 전 수습 기간이 끝났을 때 아버지가 돌아가셨는데 상당한 유산을 남기셨습니다. 그 돈으로 빅토리아 스트리트에 개인 사무실을 차렸죠.

사업을 시작하면 처음엔 누구나 힘들기 마련입니다. 저 역시 예외는 아니었습니다. 지난 이 년간 사무실에 들어온 일은 자문 세 건과 작은 일거리 하나밖에 없었습니다. 수입이라곤 이십칠 파운드 십 실링이 전부였죠. 전 매일 아침 9시에 출근해서 오후 4시까지 골방 같은 사무실에 앉아 일감이 들어오길 기다렸습니다. 하지만 일거리가 너무 없다 보니 낙심해서 애초에 개업을 하지 말았어야 한다는 생각까지 들더군요.

그런데 어제 퇴근을 하려던 참에 사환이 들어와 신사 한 분이 일 때문에 찾아왔다면서 "라이샌더 스타크 대령"이라고 적힌 명함을 건네주었습니다. 그 뒤로 들어온 대령은 키가 크고 몸이 마른 사람이었어요. 제 평생 그렇게 마른 사람은 처음 봤습니다. 대령의 얼굴은 날카롭게 튀어나온 코와 턱밖에 보이지 않았고 광대뼈가 도드라진 뺨에도 살이 전혀 없었어요. 병 때문에 야윈 게 아니라 타고난 것 같았습니다. 눈에서 빛이 나고 걸음걸이도 씩씩한데다 자신감이 넘쳐 보였으니까요. 나이는 마흔 살쯤 되어 보였습니다.

'해덜리 씨? 소개받아 찾아왔소. 실력도 좋을 뿐 아니라 사람이 신중하고 입이 무겁다고 하더군.'

대령의 말투엔 독일 억양이 섞여 있었어요. 칭찬을 듣자 여느 젊은이들처럼 기뻐져서 저는 고개 숙여 인사를 했습니다.

'그런 좋은 말씀을 해주신 분이 누군지 물어도 될까요?'

'지금은 말하지 않는 게 좋을 것 같소. 그 사람 말로는 당신이 고아에 독신이며 현재 런던에 살고 있다고 하던데.'

'맞습니다. 하지만 그런 게 일과 무슨 상관인지 모르겠군요. 일적인 문제로 오셨다고 들었습니다만.'

'그렇소. 내가 이런 얘기를 왜 하는지 곧 알게 될 거요. 난 당신에게 일을 의뢰하러 왔소. 반드시 비밀을 지켜야만 하는 일이지. 알겠소? 무슨 일이 있어도 비밀을 지켜야 해요. 그런 면에서 보면 가족과 함께 사는 사람보다는 혼자 사는 사람이 낫지 않겠소?'

'일단 비밀을 지키겠다고 약속하면 그 비밀은 무슨 일이 있어도 지킬 겁니다.'

제가 대답하자 대령이 뚫어지게 쳐다보더군요. 이제껏 누가 그렇게까지 의심스럽다는 눈으로 절 쳐다보는 건 처음이었어요.

'약속하겠소?'

마침내 대령이 말했습니다.

'네, 약속합니다.'

'일을 하기 전에도 하는 중에도 끝낸 뒤에도 절대로 누설하면 안 되오. 말로든 글로든 절대 누설하지 않겠다고 약속할 수 있소?'

'약속을 지키겠다고 말씀드렸잖습니까.'

'좋소.'

대령이 자리에서 갑자기 일어나더니 번개처럼 방을 가로질러 방문을 열어젖히더군요. 복도에는 아무도 없었습니다.

'이제 됐소. 가끔 주인 일에 관심이 많은 사환들이 있어서. 이제 안심하고 이야기를 나눕시다.'

대령은 의자를 제 쪽으로 바짝 붙이고 앉아서 또다시 의심에 차고 복잡한 눈빛으로 절 쳐다보기 시작했습니다.

바짝 마른 사내의 이상한 행동을 보자 반감과 공포심이 들더군요. 고객을 잃고 싶지는 않았지만 도저히 참을 수 없었어요.

'일 이야기를 해주시죠. 지금은 시간 낭비를 하는 것 같군요.'

마지막 말은 하고 싶지 않았지만 이미 나와버렸죠.

'하룻밤 일이고 보수는 오십 기니면 어떻겠소?'

대령이 물었어요.

'좋습니다.'

'하룻밤 일이라곤 했지만 실제로 일은 한 시간이면 끝날 거요. 고장난 유압프레스에 대해 그쪽 의견을 듣고 싶은 것뿐이니까. 뭐가 잘못되었는지 말해주면 직접 고칠 거요. 이 일에 대해 어떻게 생각하시오?'

'간단하고 보수도 좋군요.'

'그렇소. 당신이 오늘밤 마지막 기차를 타고 와줬으면 하오.'

'어디로 가면 됩니까?'

'버크셔 주의 아이퍼드요. 옥스퍼드셔 주 경계선 근처에 있는데 레딩에서 십 킬로미터쯤 떨어진 곳이지. 패딩턴 역에서 기차를 타면 11시 15분쯤 도착할 거요.'

'좋습니다.'

'내가 마차를 몰고 마중을 나가겠소.'

'거기서 더 가야 합니까?'

'그렇소. 집이 외곽에 떨어져 있어서. 아이퍼드 역에서도 십일 킬로미터쯤 더 들어가야 하오.'

'자정을 넘겨야 그 집에 도착한다는 뜻이군요. 런던으로 돌아갈 열차편이 없을 테니 하룻밤 묵을 수밖에 없겠는데요.'

'잠자리 정도야 얼마든지 마련해줄 수 있소.'

'번거롭겠는데요. 좀더 편한 시간에 가면 안 될까요?'

'우린 당신이 밤늦게 오는 게 좋다고 생각하오. 당신처럼 이름도 알려지지 않은 젊은 사람에게 업계 최고 수준의 보수를 지불하는 건 불편함을 보상하기 위함이오. 이 일에서 손을 떼고 싶으면 떼시오. 시간은 충분하니까.'

전 오십 기니와 그 돈이 얼마나 유용할지를 생각했죠.

'아닙니다. 기꺼이 따르죠. 하지만 제가 어떤 일을 해야 하는

지 좀더 자세히 알려주셨으면 합니다.'

'그럽시다. 도대체 무슨 일이기에 비밀을 지키겠다고 다짐을 받는지 궁금할 거요. 나 역시 무슨 일인지 알려주지도 않고 일을 시키고 싶진 않소. 설마 지금 우리 이야기를 엿듣는 사람은 없겠지?'

'물론입니다.'

'그럼 말하지. 당신도 백토白土에 대해서는 들어봤을 거요. 영국에서 두 군데서만 채굴된다는 귀한 흙 말이오.'

'들어봤습니다.'

'내가 얼마 전에 작은 땅을 샀소. 레딩에서 십오 킬로미터 이내에 있는 아주 작은 땅이지. 그런데 운이 좋게도 그 땅에 백토가 묻혀 있다는 사실을 안 거요. 조사를 해보니 매장량이 얼마 되지 않았소. 하지만 내 땅을 사이에 둔 양쪽 이웃들의 땅에 엄청난 백토층이 형성되어 있는 것을 알게 되었지. 이웃 사람들은 자기들 땅에 금보다 귀한 것이 묻혀 있음을 전혀 모르오. 나야 당연히 그 사람들이 가치를 알기 전에 땅을 사들이고 싶지만 안타깝게도 그만한 자금이 없소. 친구들 몇 명에게 의논하자 내 땅에 있는 얼마 안 되는 백토를 캐내 이웃들의 땅을 살 자금을 마련하라고 하더군. 그래서 얼마 전부터 백토를 캐내는 작업을 시작했고 더불어 유압프레스도 마련했다오. 그런데 말했듯이 유압프레스가 고장난 거요. 그래서 당신에게 조언을 구하는 거지. 모든 일을 비밀리에 진행하고 있는데 우리가 사는 작은 집에 유압 기술자를 불렀다는 소문이라도 나면 사람들의 의심을 사지 않겠소. 그럼 땅을 사들이겠다는 계획도 물거품이 되지. 바로 그 때문에 당신한테 오늘밤 아이퍼드에 간다는 말을 아무에게도 하지 말라고 당부한 거요. 무슨 말인지 알아들었소?'

'알겠습니다. 그런데 백토를 캘 때 유압프레스를 어디에 쓰는지 이해가 안 됩니다. 그냥 파내면 되지 않습니까?'

내가 물었어요.

'아! 우리만의 작업 방식이오. 백토를 벽돌처럼 찍어내는 거요. 그래야 남들에게 들키지 않고 운반할 수 있거든. 중요한 일은 아니지. 어쨌든 난 당신을 믿기 때문에 모든 이야기를 털어놓았소, 해덜리 씨.'

대령은 무심하게 대답하더니 자리에서 일어나며 말을 이었습니다.

'그럼 아이퍼드 역에서 11시 15분에 봅시다.'

'시간 맞춰 가겠습니다.'

'다시 한번 말하지만 아무한테도 말하지 마시오.'

대령이 또 의심이 담긴 눈으로 한동안 절 쳐다보다가 차갑고 축축한 손으로 제 손을 잡더니 서둘러 사무실에서 나가더군요.

그 후에 다시 한번 냉정하게 생각해보니 갑작스럽게 이런 일을 맡게 됐다는 사실이 새삼 놀랍더군요. 두 분도 똑같이 생각하실 겁니다. 일단 평소 제가 받는 돈의 열 배나 되는 보수 때문에 몹시 기뻤습니다. 다른 사람한테 뺏길 수도 있었으니까요. 한편으로는 고객의 얼굴과 태도가 마음에 걸렸습니다. 백토 때문이라는 설명만으로는 한밤중에 부르는 이유나 이 일을 다른 사람한테 말할까 봐 불안에 떠는 이유를 납득하기 어려웠어요. 하지만 근심은 바람에 날려버리고 저녁 식사를 든든히 한 뒤 패딩턴 역으로 가서 기차를 탔습니다. 대령이 요구한 대로 이번 일에 대해서는 아무한테도 말하지 않았어요.

레딩 역에서 기차를 갈아타야 했습니다. 아이퍼드행 마지막 기차를 때맞춰 타서 11시가 조금 넘은 시간에 어둑어둑한 아이퍼드 역에 도착했어요. 거기서 내린 사람은 저밖에 없었습니다. 승강장에도 전등을 든 채 꾸벅꾸벅 조는 짐꾼 외에는 아무도 없었죠. 하지만 개찰구를 통과해 밖으로 나가니 오후에 사무실을 찾아왔던 고객이 역 맞은편 어둠 속에 서 있는 것이 보였습니다. 그 사람은 한마디 말도 없이 제 팔을 잡아끌고는 문을 열어놓고 대기하던 마차에 서둘러 태웠습니다. 대령이 양쪽 창문을 닫고 앞쪽 벽을 두드리자 마차를 끄는 말이 빠른 속도로 달리기 시작했어요."

"말은 한 마리밖에 없었습니까?"

불쑥 홈스가 물었다.

"네, 한 마리뿐이었습니다."

"말이 무슨 색인지 봤습니까?"

"네, 마차에 올라탈 때 등불에 비쳤어요. 밤색이었습니다."

"지쳐 보이던가요, 기운이 넘쳐 보이던가요?"

"아, 털에 윤기가 자르르 흐르는 것이 기운이 넘쳐 보였습니다."

"고맙습니다. 중간에 말을 가로막아버렸군요. 이야기를 계속 해주시죠."

"마차를 타고 한참을 갔습니다. 한 시간은 넘게 달린 것 같아요. 대령 말로는 십 킬로미터 정도 떨어져 있다고 했지만 우리가 마차를 타고 달린 시간을 생각하면 이십 킬로미터는 떨어진 곳 같았죠. 대령은 가는 내내 말없이 옆에 앉아 있었어요. 어쩌다 돌아보면 절 뚫어져라 쳐다보고 있더군요. 시골길이라서 그런지 길이 고르지 않았어요. 가는 내내 마차가 심하게 덜컹거렸습니다. 어디로 가는지 보려고 창을 봤지만 간유리창이라 가끔씩 스쳐지나가는 불빛을 제외하면 아무것도 보이지 않았어요. 지루함을 덜어볼 생각에 대령에게 말을 걸어보기도 했지만 짤막한 대답만 돌아와서 대화가 이어지지 않았죠. 마침내 울퉁불

통하던 시골길이 평탄한 자갈길로 바뀌더니 마차가 멈춰 섰습니다. 서둘러 내린 라이샌더 스타크 대령을 따라 저도 마차에서 내렸어요. 그 사람은 재빨리 저를 현관으로 끌고 갔죠. 마차에서 내리자마자 집안으로 들어갔기 때문에 집이 어떻게 생겼는지 전혀 보지 못했어요. 제가 문지방을 넘자마자 대령은 현관문을 닫아버렸습니다. 밖에서 마차가 덜컹거리며 떠나는 소리가 들리더군요.

집안은 칠흑같이 어두웠습니다. 대령은 뭐라고 작게 중얼거리며 더듬더듬 성냥을 찾더군요. 갑자기 복도 끝에 있는 방문이 열리더니 우리가 있는 쪽으로 눈부신 금색 불빛이 뻗어 나왔죠. 불빛이 점점 가까워지더니 등불을 든 여자가 나타났어요. 등불을 높이 들고 우리 쪽을 쳐다보더군요. 반짝이고 고급스러운 검정 드레스를 입은 아름다운 여자였죠. 그녀가 뭐라고 말을 걸었는데 외국어더군요. 뭘 묻는 것 같았습니다. 대령이 무뚝뚝한 말투로 대꾸하자 그녀는 깜짝 놀라며 등불을 땅에 떨어뜨릴 뻔했어요. 스타크 대령은 그녀에게 다가가 귓가에 뭐라고 속삭이더니 처음 나왔던 방으로 들여보내더군요. 그런 다음 등불을 들고 제 쪽으로 돌아왔습니다.

'이 방에서 몇 분만 기다려주시오.'

대령이 다른 쪽 방문을 열면서 말했습니다. 꼭 필요한 가구 몇 개만 놓인 단출한 방이었는데 가운데 있는 원탁에는 독일어로 된 책 몇 권이 흩어져 있었어요. 스타크 대령은 문 옆에 있는 풍금 위에 등불을 내려놓았습니다.

'오래 기다리게 하진 않을 거요.'

그리고 어둠 속으로 사라져버렸죠.

전 탁자에 놓인 책들을 살펴보았습니다. 독일어는 전혀 모르지만 두 권은 과학 논문이고 나머지는 시집이라는 것 정도는 알겠더군요. 바깥 풍경이라도 볼까 해서 창가 쪽으로 가보았지만 참나무로 된 덧문이 굳게 닫혀 있었어요. 이상하다 싶게 조용한 집안에서는 복도 어딘가의 벽시계 소리 외에는 아무 소리도 들리지 않았죠. 갑자기 불안한 마음이 들었습니다. 저 독일 사람들은 누굴까? 이렇게 외따로 떨어진 집에서 무엇을 하는 걸까? 무엇보다 여긴 어디일까? 집이 아이퍼드 역에서 십 킬로미터 정도 떨어져 있다는 건 알았지만 동서남북 어느 쪽인지조차 모르겠더군요. 사실 반경 안에 레딩 같은 큰 마을도 있을 테니 어쩌면 외진 곳이 아닐 수도 있었죠. 그렇지만 적막하기 짝이 없는 시골은 확실한 것 같았습니다. 전 기운을 차리기 위해 콧노래를 부르며 방안을 서성였습니다. 오십 기니가 수중에 들어오겠다는 생각을 하면서 말이죠.

적막 속에서 갑자기 문이 천천히 열렸어요. 어떤 전조도 느끼지 못했는데 말입니다. 여자가 컴컴한 복도를 등진 채 문 앞에 서 있었습니다. 방에 놓인 등불에 여자의 진지하고 아름다운 얼굴이 비쳤죠. 한눈에 그녀가 두려움에 떨고 있음을 알아보았어요. 가슴이 철렁 내려앉았습니다. 여자는 조용히 하라는 듯 손가락을 흔들고는 어두운 복도를 겁에 질린 토끼처럼 돌아보며 서툰 영어로 속삭였어요.

'난 가야 해요. 난 가야 한다고요. 여기 있으면 안 돼요. 당신도 여기 있으면 안 좋아요.'

여자는 차분하게 말하려고 노력하는 것처럼 보였습니다.

'아직 할 일을 끝내지 못했는데요. 기계를 보기 전에는 떠날 수 없습니다.'

제가 말했어요.

'그럴 가치가 없는 일이에요. 저 문으로 나가요. 지금 아무도 없어요.'

여자가 말했어요. 하지만 제가 미소를 지으며 고개를 젓자 조심스러운 태도를 버리고 앞으로 불쑥 다가와 양손을 꼭 맞잡으며 속삭이더군요.

'제발! 늦기 전에 여기서 도망가요!'

전 고집이 세서 누가 말리면 더 악착같이 하는 성격이죠. 오십 기니와 여기까지 오느라 한 고생, 그리고 이대로 여길 떠나면 노숙을 해야 할지도 모르는 상황을 생각했어요. 그런데도 갈 수 있겠습니까? 어째서 의뢰받은 일을 하지도 않고 정당한 보수를 받지도 않은 채 도망가야 한단 말입니까? 여자가 편집증일지도 모른다는 생각이 들었어요. 그녀의 태도에 마음이 흔들리긴 했지만 완강히 고개를 저으며 떠나지 않겠다는 의사를 명확하게 밝혔습니다. 그녀가 다시 간청하려는 순간 위층에서 문이 닫히는 소리에 이어 몇 사람이 계단을 내려오는 발소리가 들렸습니다. 그녀는 가만히 귀를 기울이더니 포기했다는 듯 양손을 들어올리고 나타났을 때처럼 소리 없이 사라져버렸죠.

대령이 이중턱에 친칠라 같은 수염을 기른 땅딸막한 사내와 함께 나타났습니다. 퍼거슨이라는 자였죠.

'내 비서이자 관리인이오. 그건 그렇고 아까 방문을 닫고 나갔던 것 같은데 어쩐지 방안에 바깥공기가 들어온 것 같군.'

대령이 말했습니다.

'제가 문을 열었습니다. 방안이 갑갑한 것 같아서요.'

대령이 의심스럽다는 눈으로 쳐다보았습니다.

'이제 일을 시작하도록 합시다. 퍼거슨이 기계를 보여줄 거요.'

'모자부터 써야겠군요.'

'그럴 필요 없소. 기계는 집안에 있으니까.'

'집안에서 백토를 파낸단 말입니까?'

'아니, 압축만 집안에서 하는 거요. 신경쓸 것 없소! 당신은 기계를 살펴보고 어디가 잘못됐는지 알려주기만 하면 되니까.'

우리는 함께 위층으로 올라갔습니다. 등불을 든 대령이 앞장서고 뚱뚱한 관리인과 제가 뒤를 따랐죠. 낡은 집은 미로 같았습니다. 회랑과 복도, 좁은 나선계단을 지나 높이가 낮은 문들을 통과했습니다. 몇 세대에 걸쳐 밟히느라 다 닳아버린 문지방을 넘어갔습니다. 위층에는 양탄자도 깔려 있지 않고 가구도 없었습니다. 벽에 바른 회반죽들은 다 벗겨졌고 불결해 보이는 녹색 얼룩 사이로 눅눅한 습기가 배어 나왔습니다. 태연한 척 무시하려고 해도 아래층에서 만났던 여자의 경고가 계속 떠오르더군요. 두 사람을 유심히 살펴봤습니다. 퍼거슨은 침울해 보이고 말수가 적은 사내였어요. 하지만 그의 말소리를 들어보니 적어도 영국인이라는 건 확인할 수 있었습니다.

마침내 라이샌더 스타크 대령이 나지막한 문 앞에 멈춰 서서 잠긴 문을 열었어요. 세 명이 한꺼번에 들어갈 수 없을 만큼 좁고 작은 정사각형 방이었습니다. 퍼거슨은 밖에 남고 대령과 저만 안으로 들어갔죠.

'지금 유압프레스 안에 들어와 있소. 혹시 누가 밖에서 기계를 작동시키면 우리에겐 끔찍한 일이 닥치겠지. 이 작은 방의 천장은 하강하는 피스톤의 바닥이오. 수 톤에 이르는 압력이 이 강철 방바닥에 가해지는 거요. 그럼 당신도 잘 아는 것처럼 저기 바깥에 있는 작은 물기둥들이 힘을 받아 전달하고 배가시키지. 기계가 움직이긴 하는데 약간 빽빽하게 돌아가고 압력도 약해졌소. 그러니 자세히 살펴보고 어디가 문제인지 알려주시오.'

전 대령에게서 등불을 받아든 뒤 기계를 철저히 점검했습니다. 엄청난 압력을 가할 수 있는 대형 기계더군요. 밖에 나가 조종 레버를 눌러보니 어딘가에서 물이 새는 쉭쉭하는 소리가 들렸습니다. 측면에 있는 실린더 한 곳에서 물이 역류하고 있었죠. 자세히 살펴보니 구동장치의 윗부분을 감싸고 있던 고무 밴드 중 한 개가 오그라드는 바람에 구동장치를 끼운 구멍에 틈이 생겼더군요. 그 때문에 기계의 압력이 약해진 거죠. 제가 두 사람에게 문제점을 알려주자 두 사람은 주의깊게 듣더니 기계를 고치는 방법에 관해 몇 가지 질문을 하더군요. 저는 질문에 대답해준 뒤 다시 기계 안으로 들어가서 살펴보았습니다. 호기심 때문이었죠. 백토 이야기는 거짓말이라는 걸 바로 알 수 있었습니다. 백토를 압축하기 위해 그 정도로 강력한 기계를 사용한다는 건 말도 안 되는 이야기예요. 벽은 나무였지만 바닥은 거대한 강철로 되어 있었습니다. 자세히 살펴보니 바닥에 금속 부스러기가 떨어져 있더군요. 뭔지 확인하기 위해 몸을 숙여 가루를 모을 때 독일어로 뭐라고 하는 소리가 들렸어요. 고개를 드니 대령이 새파랗게 질린 얼굴로 내려다보고 있더군요.

'지금 뭐하는 거요?'

대령이 물었어요.

순간 교묘한 거짓말에 속았다는 생각에 화가 치밀어 올랐습니다.

'대단한 백토군요. 이 기계의 정확한 용도를 알려주었다면 훨씬 잘 도와 드릴 수 있었을 겁니다.'

전 그 즉시 경솔하게 말을 내뱉은 것을 후회했습니다. 대령의 표정이 굳어지면서 회색 눈동자가 사악한 빛을 띠기 시작했으니까요.

'좋아, 기계에 대해 제대로 알려주지.'

대령은 한 발자국 뒤로 물러서더니 작은 문을 쾅 닫았습니다. 그리고 밖에서 자물쇠를 채웠죠. 황급히 손잡이를 돌려보았지만 문은 꼼짝도 하지 않았습니다. 아무리 발로 걷어차고 온몸으로 밀어도 소용이 없었습니다.

'이봐요! 대령님! 문 열어요!'

제가 소리쳤죠.

그때 갑자기 정적을 뚫고 무슨 소리가 들렸어요. 심장이 밖으로 튀어나올 것 같았죠. 그건 조종 레버를 누르는 소리와 실린

더에서 물이 새는 소리였어요. 대령이 기계를 작동시킨 거였습니다. 바닥을 살펴보느라 내려놓았던 등불이 그대로 있었어요. 검은 천장이 천천히 요동을 치면서 내려오는 게 보이더군요. 그 압력으로 내려오면 순식간에 형체도 남기지 못하고 짓눌리리라는 걸 전 누구보다 잘 알았죠.

비명을 지르며 온몸을 내던져 문을 밀치고 손톱으로 열쇠 구멍을 후볐어요. 밖에 있는 대령에게 내보내달라고 애걸복걸했지만 무자비하게 철컹거리는 레버 소리에 비명소리가 묻혀버렸죠. 천장은 이제 머리 위로 오륙십 센티미터 위까지 내려왔어요. 손을 올려보니 거칠고 딱딱한 표면이 만져지더군요. 순간 어떤 자세로 죽음을 맞이하느냐에 따라 고통의 강도가 달라질 거라는 생각이 들었습니다. 바닥에 엎드리면 압력이 그대로 척추에 실린 후 몸이 으스러지겠죠. 생각하니 소름이 돋더군요. 똑바로 눕는 편이 나을 수도 있겠지만 서서히 다가오는 죽음의 검은 그림자를 쳐다볼 용기가 있을지 의문이었습니다. 이미 똑바로 서 있을 수 없는 높이였습니다. 그 순간 뭔가 눈에 들어오면서 희망이 되살아나더군요.

말씀드렸다시피 그 방은 바닥과 천장은 강철로, 벽은 나무로 되어 있었습니다. 마지막으로 주위를 둘러보았을 때 벽널 사이의 틈으로 희미하게 빛이 들어오는 것이 보이더군요. 작은 벽널을 밀자 틈이 크게 벌어졌어요. 죽음에서 벗어날 문이 있다니 믿기지 않았지만 틈 사이로 냅다 몸을 던졌습니다. 저는 반쯤 기절한 채로 기계 바깥쪽에 떨어졌죠. 틈이 벌어졌던 벽널은 다시 닫혔고 등불이 깨지는 소리가 들렸어요. 이어 철판과 철판이 맞부딪히는 요란한 소리를 듣고 나니 제가 얼마나 아슬아슬하게 빠져나왔는지 알겠더군요.

그때 누가 손목을 힘껏 잡아당기는 바람에 정신을 차렸습니다. 저는 좁은 복도의 돌바닥 위에 누워 있더군요. 어떤 여자가 제게 몸을 숙인 채 오른손에 등불을 들고 왼손으로 절 잡아끌고 있었죠. 조금 전 경고를 해줬던 여자였어요. 제가 어리석게도 받아들이지 않았지만요.

'어서요! 어서 와요! 저들이 여기로 올 거예요. 당신이 없어진 걸 알아차릴 거예요. 시간 낭비하지 말고 어서 와요!'

여자가 숨을 헐떡이며 외쳤어요.

이번엔 충고를 무시하지 않았습니다. 전 비틀거리며 자리에서 일어나 그녀와 함께 복도를 지나 나선계단으로 내려갔어요. 또 다른 넓은 통로가 나타나더군요. 그때 뛰어오는 발소리와 두 사람의 고함소리가 들렸습니다. 한 사람은 우리와 같은 층에서 소리치고 있었고 다른 한 사람은 아래층에 있는 것 같았죠. 앞장서던 여자는 걸음을 멈추더니 어쩌면 좋을지 모르겠다는 듯 주위를 두리번거렸어요. 그러다 앞에 보이는 침실 문을 활짝 열었어요. 창문으로 들어온 달빛이 방안을 환하게 비췄습니다.

'도망치려면 이 방법밖에 없어요. 높긴 하지만 뛰어내릴 수 있어요.'

그녀가 말할 때 통로 끝에서 불빛이 나타났습니다. 대령이 비쩍 마른 몸으로 한 손에는 등불을, 다른 한 손에는 푸줏간에서 쓰는 큰 식칼 같은 무기를 든 채 이쪽으로 뛰어오더군요. 전 침실을 가로질러 창문을 열고 밖을 내다보았습니다. 달빛에 비치는 정원은 고요하고 아름다웠어요. 창문에서 바닥까지 십 미터가 넘을 것 같진 않았습니다. 전 창틀에 올라갔습니다만 바로 뛰어내리지 않고 생명의 은인인 여자와 절 쫓는 불한당 사이에 오고가는 대화를 들었어요. 그자가 폭력이라도 휘두른다면 위험을 무릅쓰고라도 그녀를 도울 생각이었죠. 그런 생각을 한 순간 그자가 문 앞에 나타나 여자를 밀쳤는데, 여자가 그를 끌어안으며 들어오지 못하게 막더군요.

그녀가 외쳤어요.

'프리츠! 프리츠! 지난번에 했던 약속 잊지 마요. 다시는 이러지 않기로 했잖아요. 저 사람은 아무 말도 하지 않을 거예요! 비밀을 지킬 거예요!'

'엘리제, 당신 미쳤군! 저자가 모든 걸 망칠 거야. 너무 많이

봤어. 이거 놔!'

대령이 여자를 뿌리치려고 애쓰면서 말했습니다. 결국 그녀를 떼어낸 대령은 창문으로 달려와 저를 향해 묵직한 칼을 휘둘렀습니다. 창틀에 매달려 있던 저는 그의 칼이 내리꽂혔을 때 둔탁한 통증을 느끼면서 창틀을 놓쳤고 그대로 아래로 떨어졌습니다.

온몸이 떨리긴 했지만 다친 곳은 없었어요. 자리에서 일어나 관목 숲 사이로 있는 힘껏 달리기 시작했죠. 아직 위험에서 완전히 벗어나지 못했으니까요. 그런데 갑자기 어지럽고 속이 울렁거리기 시작했습니다. 손이 욱신거리기에 쳐다보니 엄지손가락이 잘려 나가고 없었습니다. 그제야 그 사실을 알았죠. 상처에서 피가 사정없이 흐르고 있었어요. 손수건으로 상처 부위를 감싸는데 갑자기 귀에서 이명이 들리더니 그대로 장미꽃밭 사이에 쓰러져 기절하고 말았습니다.

그 상태로 시간이 얼마나 흘렀는지 모르겠습니다. 제법 오랜 시간이 지났을 거예요. 정신을 차려보니 달이 지고 아침해가 떠오르고 있더군요. 옷은 아침 이슬에 젖고 코트 소매는 손에서 흐른 피로 물들어 있었어요. 그걸 보니 간밤의 기이한 모험이 떠올랐고 뒤를 쫓는 자들로부터 안전한지 확신할 수 없어 자리에서 벌떡 일어났습니다. 하지만 주위를 둘러보니 놀랍게도 그

집도 정원도 보이지 않았습니다. 전 큰길 옆에 있는 울타리의 한쪽에 쓰러져 있었죠. 아래쪽에 길쭉한 건물이 있기에 가까이 가보니 전날 밤에 내렸던 기차역이더군요. 손에 있는 심한 부상만 아니었다면 그 끔찍했던 기억이 전부 악몽이라고 생각했을 겁니다.

반쯤 멍한 상태로 역에 들어가 아침에 출발하는 기차 시간을 물어봤어요. 레딩으로 가는 기차가 한 시간 내에 올 거라고 하더군요. 어젯밤 이곳에 도착했을 때 봤던 짐꾼이 여전히 일하고 있기에 혹시 라이샌더 스타크 대령을 아는지 물어봤습니다. 그런 이름은 처음 듣는다더군요. 어젯밤에 여기서 기다리던 마차를 보지 못했냐고 물었더니 보지 못했다고 했습니다. 마지막으로 가까운 곳에 경찰서가 있는지 물었죠. 오 킬로미터가량 떨어진 곳에 있다고 하더군요.

걸어가기에는 멀기도 했고 몸도 너무 아팠습니다. 그래서 런던으로 돌아가 신고하기로 마음먹었죠. 6시가 조금 지나 런던에 도착했습니다. 상처부터 치료하려 했는데 여기 계신 의사 선생님이 친절하게도 이리로 데려와주셨죠. 이제 사건은 홈스 씨께 맡기고 시키는 대로 할 생각입니다."

우리 두 사람은 희한한 경험담을 다 들은 후 잠시 조용히 앉아 있었다. 그러다 셜록 홈스가 선반에서 기사들을 모아둔 두툼한 스크랩북을 꺼내 들었다.

“여기 흥미로운 광고가 있습니다. 일 년 전쯤 신문에 실렸던 거죠. 들어보십시오. ‘사람을 찾습니다. 제러마이어 헤일링. 나이는 이십육 세. 유압 기술자. 금월 9일 밤 10시에 하숙집을 나선 뒤 연락이 없습니다. 옷차림은……’ 등등. 흠, 이때도 대령은 기계를 수리할 사람이 필요했던 모양입니다.”

홈스가 말했다.

“맙소사! 그래서 여자가 그런 말을 했던 모양이군요.”

해덜리가 외쳤다.

“그럴 겁니다. 대령은 냉혹할 뿐만 아니라 대단히 위험한 인물이 분명해요. 포획한 배의 선원을 한 명도 살려두지 않는 해적처럼 방해되는 인물은 가차없이 없애버리는 거죠. 자, 이럴 시간이 없습니다. 해덜리 씨만 괜찮다면 먼저 런던 경찰청에 들렀다가 아이퍼드로 가봅시다.”

세 시간 뒤 우리는 기차를 타고 레딩을 떠나 버크셔의 작은 마을로 향했다. 일행은 셜록 홈스와 유압 기술자, 런던 경찰청의 브래드스트리트 경위, 사복 경찰 한 명, 그리고 나였다. 브래드스트리트는 기차 좌석 위에 육지 측량부 지도를 펼친 뒤 아이퍼드를 중심에 놓고 컴퍼스로 원을 그렸다.

“자, 보십시오. 이 원은 아이퍼드에서 반경 십오 킬로미터 내에 있는 지역을 표시한 겁니다. 우리가 찾는 집은 틀림없이 이 선과 가까운 곳에 있을 겁니다. 해덜리 씨, 십오 킬로미터 정도라고 하셨죠?"

"마차를 타고 한 시간 넘게 갔으니까요."

"해덜리 씨가 의식을 잃은 뒤에는 그자들이 역까지 데려다놓았다고 생각하는 겁니까?"

"틀림없습니다. 어렴풋하긴 해도 어딘가로 실려갔던 기억이 있어요."

"한 가지 이해가 안 가는 건, 그자들이 정원에서 기절한 당신을 발견한 뒤에 어째서 살려주었느냐는 겁니다. 악당이 여자의 애원에 마음이 약해지기라도 한 걸까요?"

내가 말했다.

"아닐 겁니다. 제 평생 그렇게 무서운 얼굴은 처음 봤는데요."

"이제 곧 알게 될 겁니다. 문제는 원을 그리긴 했지만 그자들을 어디서 찾느냐는 거죠."

브래드스트리트가 말했다.

"장소를 알 것 같습니다."

홈스가 조용히 말했다.

"세상에! 벌써 생각을 정리하셨군요! 그럼 홈스 씨와 생각이 일치하는 사람이 있는지 한번 알아보죠. 전 남쪽인 것 같습니다. 이 부근에서 가장 외딴 곳이니까요."

경위가 외쳤다.

"전 동쪽요."

해덜리가 말했다.

"전 서쪽인 것 같습니다. 그쪽에 조용하고 작은 마을들이 몇 개 있습니다."

사복 경관이 말했다.

"그럼 전 북쪽으로 하죠. 언덕이 없으니까요. 해덜리 씨는 마차가 언덕을 올랐다는 말은 하지 않았습니다."

내가 말했다.

"자, 의견이 갈렸습니다. 동서남북이 다 나왔어요. 홈스 씨는 누구에게 표를 던지실 겁니까?"

경위가 웃으면서 말했다.

"모두 틀렸습니다."

"그럴 리가 없어요."

"그럴 수 있습니다. 내가 생각하는 곳은 바로 여기니까. 놈들은 여기에 있을 겁니다."

홈스는 손가락으로 원의 한가운데를 짚었다.

"거기서 이십 킬로미터 정도를 갔는데요?"

해덜리가 깜짝 놀라며 말했다.

"십 킬로미터쯤 갔다가 원래 자리로 되돌아온 겁니다. 간단한 일이죠. 해덜리 씨는 마차를 끄는 말의 털에 윤기가 흐르고 기운이 넘쳐 보였다고 했습니다. 험한 길을 이십 킬로미터나 달렸다면 어떻게 그럴 수 있겠습니까?"

"그럴듯하군요. 그놈들이 꾸몄을 법한 계략이긴 합니다. 무슨 짓을 하는 놈들인지는 확실하니까 말이죠."

브래드스트리트 경위가 생각에 잠긴 채 말했다.

"그럼요. 그자들은 화폐 위조범입니다. 기계를 이용해 아말감으로 가짜 은화를 찍어냈겠죠."

홈스가 말했다.

"그런 영악한 놈들이 활개치고 다닌다는 건 이미 알고 있었습니다. 반 크라운짜리 은화를 수천 개나 찍어낸 놈들이죠. 레딩까지 쫓아간 적은 있습니다만 거기서 놓쳤습니다. 자신들의 흔적을 지우는 데 뛰어난 자들이에요. 이번에 붙잡을 기회가 온 겁니다."

하지만 경위의 생각과 달리 범죄자들은 정의의 심판대에 설 운명이 아니었다. 우리는 아이퍼드 역에 도착하자마자 근처 작은 숲 뒤에서 올라오는 거대한 연기 기둥을 보았다. 풍광을 가린 거대한 타조 깃털처럼 보였다.

"어느 집에서 불이라도 났습니까?"

기차가 증기를 뿜으며 역을 빠져나간 뒤에 브래드스트리트가 물었다.

"그렇습니다."

역장이 대답했다.

"언제 난 겁니까?"

"간밤에 난 것 같습니다. 불길이 거세져서 집 전체로 퍼진 거죠."

"누구 집이죠?"

"베커 박사 집입니다."

"혹시 베커 박사라는 사람은 독일인입니까? 깡마른 체구에 콧날이 길고 날카롭게 생기진 않았습니까?"

해덜리가 불쑥 물었다.

역장이 큰 소리로 웃었다.

"아닙니다. 베커 박사는 영국인이에요. 이 교구에서 베커 박사보다 품이 큰 조끼를 입는 사람이 없을 정도로 뚱뚱하답니다. 하지만 베커 박사 집에서 지내는 외국인 환자가 한 분 있긴 하죠. 질 좋은 버크셔 쇠고기를 먹어야 할 것처럼 보이는 신사라더군요."

역장의 말이 끝나기도 전에 우리는 불이 난 쪽으로 뛰어갔다.

길을 따라 나지막한 언덕으로 올라가자 회반죽을 칠한 커다란 건물이 나타났다. 벽의 갈라진 틈과 창문 사이로 불길이 솟아올랐다. 정원에 서 있는 세 대의 소방차가 불길을 잡아보려 했지만 좀처럼 잡히지 않았다.

"바로 저깁니다! 자갈길도 있고 저기가 바로 제가 쓰러졌던 장미꽃밭이에요. 바로 저 2층 창문에서 뛰어내렸습니다."

해덜리가 흥분해서 외쳤다.

"최소한 복수는 한 셈이군요. 아무래도 해덜리 씨가 유압프레스 안에 놓고 나온 기름등이 부서지면서 나무 벽널에 불이 붙어 화재가 난 것 같습니다. 그자들은 당신을 뒤쫓느라 불을 제때 발견하지 못했을 겁니다. 저기 모인 사람들 중 간밤에 본 자들이 있는지 찾아보십시오. 지금쯤 멀리 도망갔을 가능성이 크긴 합니다만."

홈스가 말했다.

그의 말이 맞았다. 그날 이후로 아름다운 여인이나 흉악한 독일인, 침울해 보이던 영국인에 관한 이야기는 전혀 들을 수 없었다. 그날 아침 일찍 여러 명이 탄 마차가 커다란 상자를 몇 개나 싣고 레딩 쪽으로 급하게 달려가는 것을 어느 농부가 봤다고 했다. 하지만 도망자들의 흔적은 아무데도 남지 않았고 홈스의 능력으로도 그자들의 행방을 밝힐 단서를 찾아내지 못했다.

집안에서 나온 이상한 장치들에 놀란 소방관들은 2층 창틀에서 잘린 지 얼마 안 된 엄지손가락까지 보자 대경실색했다. 해 질 무렵이 되자 소방관들의 노력으로 불은 진화됐지만 건물은 완전히 무너지고 지붕까지 내려앉았다. 불운한 의뢰인이 큰 희생을 치르게 한 기계는 실린더 몇 개와 쇠파이프 몇 개를 빼고 형태조차 알아볼 수 없었다. 헛간에서 엄청난 양의 니켈과 주석이 나왔지만 은화는 한 개도 발견되지 않았다. 은화는 농부가 보았다는 커다란 상자에 담겨 있었을 것이다.

정원에서 쓰러진 유압 기술자가 어떻게 다른 곳에서 의식을 회복할 수 있었을까? 수수께끼는 정원에 남아 있던 흐릿한 발자국 덕분에 풀렸다. 두 사람이 해덜리를 옮긴 듯했는데 한 사람은 발이 작고 다른 사람은 무척 컸다. 독일인 동료에 비해 덜 잔인하고 덜 대범한 과묵한 영국인이 엘리제라는 여자를 도와 의식을 잃은 해덜리를 안전한 곳으로 옮긴 게 분명했다.

유압 기술자는 런던으로 돌아가는 기차 안에서 애처롭게 말했다.

"이게 도대체 무슨 일인지! 엄지손가락을 잃은데다 오십 기니도 받지 못했습니다. 이번 일로 제가 얻은 게 뭔지 모르겠네요!"

홈스가 웃으며 말했다.

"경험이죠. 이번 일은 큰 자산이 될 겁니다. 이 이야기를 글로 쓴다면 앞으로 회사를 운영해나가는 데 도움이 될 만큼 이름을 알릴 수 있을 겁니다."

독신 귀족

세인트사이먼 경의 결혼과 기이한 파경이, 그 불운한 신랑이 속한 상류사회의 화젯거리였던 것도 이젠 한참 전의 일이다. 새로운 사건이 연달아 터지면서 사람들은 사 년이나 지난 이야기 대신 좀더 새롭고 자극적인 이야기로 눈을 돌렸다. 하지만 그 사건의 진상은 대중에게 제대로 알려지지 않은데다 내 친구 셜록 홈스가 사건을 해결하는 데 기여를 했으므로, 나는 그의 사건 기록을 완성하기 위해서라도 이 특이한 사건을 간단하게나마 정리하고자 한다.

내가 결혼하기 몇 주 전, 베이커 스트리트의 하숙집에서 셜록 홈스와 같이 살고 있을 때였다. 어느 날 홈스가 오후 산책을 갔다 돌아오니 탁자에 편지가 한 통 놓여 있었다. 나는 날씨가 갑자기 바뀌면서 비가 오고 가을바람이 불자 아프간전쟁 때 총상을 입은 부위가 욱신거리기 시작해, 온종일 집에 틀어박혀 있었다. 안락의자에 앉아 두 다리를 다른 의자 위에 올려놓고 산더미처럼 쌓아둔 신문을 읽었다. 그날의 뉴스로 머릿속이 넘칠 지경이 되자 신문을 옆으로 밀어놓은 뒤, 나른하게 누워 탁자에 놓인 편지 봉투의 문장紋章과 모노그램을 보면서 홈스에게 편지를 보낸 귀족이 누군지 궁금해했다.

홈스가 들어오자 내가 말했다.

"귀족이 보낸 편지 같아. 내 기억이 정확하다면 아침에 자네가 받은 편지 두 통은 생선 장수와 세관 감시인에게서 온 것이었지?"

그가 미소 지으며 대답했다.

"그래, 나는 다양한 편지들을 받지. 대체로 가난한 사람들이 보내는 편지가 더 흥미롭다네. 보아하니 이 편지는 반갑지 않은 사교계 초대장인 것 같군. 보통은 지루하거나 거짓말만 많지."

홈스는 봉투를 뜯어 편지를 읽었다.

"오, 이런. 이건 좀 흥미로울지도 모르겠는데."

"초대장이 아닌가?"

"아니야, 사건 의뢰라네."

"귀족이 보낸 건가?"

"영국에서 가장 지체 높은 집안에서 보낸 거라네."

"축하하네, 홈스."

"왓슨, 분명히 밝혀둘 게 있네. 나한테는 의뢰인의 신분이 아니라 사건이 얼마나 흥미로운지가 중요하다는 걸 말이야. 그런데 그럭저럭 재미있어 보이는 사건이군. 자네 요즘 신문을 열심히 읽지?"

"그랬지. 달리 할 일이 없거든."

나는 구석에 쌓인 신문더미를 가리키며 서글프게 대답했다.

"잘됐군. 자네에게 정보를 얻으면 되겠어. 나는 범죄 뉴스와 개인 광고란밖에 안 읽으니까 말이야. 개인 광고란을 보다 보면 배우는 게 많다네. 요즘 자네는 신문을 열심히 읽었으니 세인트사이먼 경의 결혼에 대한 기사도 읽었겠지?"

"아, 물론이지. 아주 흥미로운 일이잖은가."

"그럼 잘됐군. 이 편지는 바로 세인트사이먼 경이 보낸 걸세. 내용을 읽어줄 테니 자네는 관련 기사들을 찾아주게. 편지 내용은 이렇다네."

홈스가 편지를 소리 내어 읽었다.

친애하는 셜록 홈스 씨

백워터 경의 말로는 귀하가 아주 신중하고, 뛰어난 판단력을 가지고 있으며 믿을 만하다더군요. 그래서 귀하를 찾아가 내 결혼과 관련된 고통스러운 사건에 대해 조언을 구하고자 합니다. 문제를 해결하기 위해 런던 경찰청의 레스트레이드 형사가 나섰지만 그 사람도 귀하의 협조를 구하는 일에 반대하지 않았을 뿐만 아니라 도리어 도움이 될 거라고 생각하는 것 같더군요. 오후 4시에 찾아갈 예정이니 혹시 다른 약속이 있더라도 사태의 심각성을 고려해 연기해주었으면 합니다.

로버트 세인트사이먼

홈스가 편지를 다시 접으며 말했다.

"그로브너 맨션스에서 보냈고 깃펜으로 쓴 편지야. 안타깝게도 이 귀족은 오른쪽 새끼손가락 바깥쪽에 잉크를 묻혔군그래."

"세인트사이먼 경은 4시에 온다고 했는데 지금 3시야. 한 시간만 있으면 오겠군."

"자네가 도와주면 그때까지 사건의 사전 지식을 얻을 수 있겠어. 신문을 뒤져서 사건에 관한 내용을 시간순으로 정리해주게. 그동안 나는 의뢰인이 어떤 인물인지부터 알아볼 테니까."

그는 벽난로 옆 책장의 참고 문헌 칸에서 빨간색 표지의 책을 꺼냈다. 그리고 자리에 앉아 무릎 위에 책을 펼쳤다.

“여기 있군. ‘로버트 월싱엄 드비어 세인트사이먼. 밸모럴 공작의 차남.’ 흠! ‘문장, 하늘색. 검은색 가로 띠 위쪽에 세 개의 마름쇠. 1846년 출생.’ 사십일 세군. 결혼할 나이가 됐어. 전대 정부에서 식민부 차관을 역임했고 부친 밸모럴 공작은 외무부 장관을 역임했군. 플랜태저넷 왕가의 직계 후손이고 모계로는 튜더 왕가의 피를 이어받았어. 하! 쓸 만한 내용은 하나도 없군. 왓슨, 아무래도 구체적인 정보를 얻으려면 자네 도움을 받아야겠네.”

“기사 찾는 건 어렵지 않네. 비교적 최근에 일어난 일인데다가 인상적인 사건이니까. 자네한테도 알려줄까 하다가 이미 맡은 사건이 있어서 그만뒀지. 자넨 사건을 조사하는 중에 다른 일이 끼어드는 걸 좋아하지 않잖나.”

“그로브너 스퀘어의 가구 운반차 사건 말이지? 그건 깨끗이 해결됐네. 처음부터 빤한 사건이었지. 신문에서 뽑은 내용들을 읽어주게.”

“내가 찾은 첫 번째 기사는 《모닝 포스트》의 인사란에 실린 거라네. 몇 주일 전 기사지. ‘일설에 따르면 밸모럴 공작의 차남 로버트 세인트사이먼 경과 미국 캘리포니아 샌프란시스코의 앨로이시어스 도런 씨의 외동딸 해티 도런 양이 조만간 결혼식을 올릴 예정이다.’ 이게 전부야.”

"일목요연하군."

홈스가 길고 마른 다리를 난로 쪽으로 뻗으며 말했다.

"같은 주에 나온 사교계 신문에 훨씬 자세한 내용이 나와 있다네. 아, 여기 있군."

나는 홈스에게 기사를 읽어주었다.

결혼 시장에도 보호무역의 필요성이 대두되었다. 현재의 자유무역 제도는 국산품에 지극히 불리해 보인다. 영국 귀족 가문을 관리하는 안주인 자리가 대서양을 건너온 아름다운 사촌들에게 하나씩 넘어가고 있다. 지난주 이 매력적인 침입자들은 전리품 목록에 중요한 인물을 추가했다. 이십 년 넘게 큐피드의 화살을 꿋꿋이 막아낸 세인트사이먼 경이 캘리포니아 재력가의 매력적인 따님인 해티 도런 양과의 결혼을 발표했다. 웨스트버리 하우스 축제에서 우아한 몸매와 인상적인 외모로 사람들의 시선을 사로잡은 도런 양은 외동딸이며, 앞으로의 수입까지 생각하면 지참금 액수가 여섯 자릿수에 이를 것으로 보인다. 밸모럴 공작이 지난 몇 년간 소장하고 있던 그림까지 팔아야 했다는 것은 공공연한 비밀이며 세인트사이먼 경 역시 버치무어에 있는 작은 땅을 제외하면 소유한 재산이 없다. 따라서 공화국 숙녀에서 영국 귀부인으로 신분이 상승할 갑부의 외동딸만 결혼으로 이득을 보는 것은 아니다.

"다른 건 없나?"

홈스가 하품을 하며 물었다.

"있지. 많네. 《모닝 포스트》는 결혼식은 하노버 스퀘어의 세인트 조지 교회에서 대여섯 명의 친구들만 초대해 조용하게 치를 예정이며 식이 끝난 뒤에는 앨로이시어스 도런 씨가 가구를 포함해서 구입한 랭커스터게이트의 집에서 피로연을 할 계획이라는 기사를 냈네. 그리고 이틀 뒤, 그러니까 지난 수요일에 결혼식을 올렸고 신혼여행은 피터즈필드 근처의 백워터 경의 영지에서 지낼 거라는 짤막한 기사가 또 났고. 신부가 실종되기 전에 나온 기사는 이게 전부일세."

"뭐라고?"

홈스가 깜짝 놀라며 물었다.

"신부가 사라졌어."

"언제?"

"결혼 피로연 때."

"그렇군. 생각보다 훨씬 흥미로운 사건이야. 정말 극적이지 않은가."

"맞아, 나도 별일이 다 있다고 생각했다네."

"식을 올리기 전에 신부가 사라지는 경우는 종종 있지. 가끔은 신혼여행에서 사라지는 경우도 있고. 하지만 이런 경우는 처음 보는 것 같군. 어떻게 된 일인지 자세히 말해주겠나."

"미리 말해두지만 내용이 많이 빈다네."

"비는 부분은 우리가 채우면 되겠군."

"어제 아침 신문에 실린 기사를 읽어주지. 제목은 '귀족 결혼식에서 일어난 전례 없는 사건'이야."

로버트 세인트사이먼 경의 가족은 결혼식과 관련된 기이하고 고통스러운 사건으로 커다란 실의에 빠졌다. 어제 신문에 간단히 보도된 대로 결혼식은 이틀 전 아침에 치러졌다. 그 뒤로 계속해서 괴이한 소문이 돌다가 이제야 사실이 확인되었다. 친지들은 조용히 덮으려고 했지만 사건은 세간에 알려져 대중의 주목을 받고 있으므로 아무리 모르는 척한다고 해도 소용없는 일이다.

결혼식은 하노버 스퀘어의 세인트 조지 교회에서 조용히 치러졌다. 하객은 신부의 아버지인 앨로이시어스 도런 씨, 밸모럴 공작 부인, 백워터 경, 유스터스 세인트사이먼 경과 레이디 클래라 세인트사이먼(신랑의 남동생과 여동생), 레이디 얼리샤 휘팅턴이 전부였다. 일행은 결혼식이 끝난 뒤 피로연이 준비된 앨로이시어스 도런 씨의 랭커스터게이트에 있는 집으로 향했다. 그런데 이때 한 여성이 작은 소란을 일으켰다. 신원을 알 수 없는 여성이 자신을 세인트사이먼 경의 약혼녀라고 주장하며 집까지 따라 들어가려고 한 것이다. 한참 동안 소란을 피운 여성은 집사와 하인에게 쫓겨났다. 다행히 신부는 불쾌한 광경을 보기 전에 집안에 들어가 다른 사람들과 함께 피로연장에 앉아 있었다. 그러다 신부는 갑자기 몸이 불편하다면서 방으로 올라갔다. 신부가 너무 오래 자리를 비운다는 말이 나오자 신부의 아버지가 방으로 찾아가보았지만 딸은 보이지 않았다. 하녀의 말에 따르면 신부가 방에 올라오자마자 얼스터코트를 걸치고 모자를 쓴 뒤 급히 복도로 뛰어나갔다고 한다. 하인 한 명은 집을 나가는 숙녀를 보았지만 신부일 줄은 전혀 몰랐다고 말했다. 신부는 피로연장에서 하객들과 함께 있을 거라고 생각했기 때문이다. 딸이 사라졌다는 것을 확인한 앨로이시어스 도런 씨는 신랑과 함께 즉시 경찰에 신고했다. 경찰이 대대적인 수사를 시작하면서 이 특이한 사건은 조속히 해결될 것으로 보였다. 하지만 사라진 신부의 행방에 대해 지난밤까지 아무것도 밝혀지지 않았다. 신부가 살해당했을지도 모른다는 소문과 경찰이 집 앞에서 소란을 일으킨 여성을 체포했다는 소문도 돌았다. 경찰은 그 여성이 질투심이나 그 외 다른 동기로 신부의 실종에 관여했을지도 모른다고 생각한다.

"그게 단가?"

"다른 조간신문에 실린 기사가 한 개 더 있는데 짧은 추측성 기사라네."

"뭔데?"

"소동을 일으켰던 플로라 밀러 양이 정말 체포되었다는 거야. 알레그로 극장의 전직 발레리나로 신랑과 오래전부터 알고 지낸 사이라더군. 그 외에 다른 특별한 내용은 없어. 이제 사건은 자네 손에 달렸네. 신문에 보도된 내용 그대로라면 말이지."

"흥미로워 보이는 사건이야. 이번 사건은 꼭 수사하겠네. 초인종 소리가 들리는군. 4시가 넘은 걸 보니 귀족 의뢰인이 온 모양이야. 이 방에서 나가지 말게, 왓슨. 단지 내 기억을 확인해 주는 것뿐이라고 해도 상황을 함께 지켜볼 사람이 있는 편이 좋으니까."

"로버트 세인트사이먼 경이십니다."

사환이 문을 열면서 알렸다. 방안에 들어온 신사는 예의 바르고 교양 있어 보이는 얼굴에 콧대가 높고 안색이 창백했다. 오만함이 깃든 입매와 차분하면서도 서글서글한 눈빛을 보니 명령과 지배에 익숙해 보였다. 태도는 활기찼지만 어깨가 살짝 구부정하고 걸을 때도 무릎이 굽어 있어서 전체적으로 나이들어 보이는 인상이었다. 챙이 휜 모자를 벗자 끝이 희끗희끗하고 정수리 부근에 숱이 적은 머리가 드러났다. 높은 칼라, 흰 조끼, 검정 프록코트, 노란색 장갑, 에나멜가죽 구두, 밝은색의 각반으로 한껏 멋을 낸 옷차림이었다. 그는 천천히 방안으로 들어오더니 오른손에 든 금테 안경의 줄을 흔들며 좌우를 둘러보았다.

"어서 오십시오, 세인트사이먼 경."

홈스가 자리에서 일어나 인사를 했다.

"여기 고리버들 의자에 앉으시죠. 이쪽은 제 친구이자 동료인 왓슨 박사입니다. 난로 가까이 앉아서 사건에 관한 이야기를 하는 게 어떨까요."

"홈스 씨, 나를 힘들게 하는 문제가 뭔지 이미 짐작하고 있을 거요. 정말 큰 상처를 받았지. 홈스 씨는 이처럼 조심스럽게 다루어야 할 사건을 몇 차례 해결한 적이 있다고 들었소. 물론 나 같은 상류층이 관련된 일은 아니겠지만."

"아닙니다. 실은 계급이 내려갔죠."

"지금 뭐라고 했소?"

"지난번 사건을 의뢰한 분은 한 나라의 국왕이셨습니다."

"그럴 수가! 그건 몰랐군. 어느 나라 왕이었소?"

"스칸디나비아의 국왕입니다."

"세상에! 그분도 왕비가 사라진 거요?"

"경의 비밀을 지키는 것처럼 다른 의뢰인의 비밀도 똑같이 지켜야 함을 이해해주실 거라 생각합니다."

홈스가 점잖게 말했다.

"물론이오! 당연히 그래야지! 그래야 하고말고! 내가 결례를 저질렀군. 이번 사건을 해결하는 데 도움이 된다면 무엇이든 말해주겠소."

"고맙습니다. 신문에 보도된 사건 내용은 알고 있습니다만 그 외에는 모릅니다. 기사들이 사실입니까? 이를테면 여기 있는 신부의 실종에 관한 기사 말입니다."

세인트사이먼 경이 기사를 흘깃 쳐다보았다.

"맞소, 기사들은 사실이오."

"이번 사건을 해결하기 위해서는 여러 가지 보충 자료들이 필요합니다. 아무래도 경에게 직접 물어보는 것이 빠르겠습니다만."

"그러시오."

"해티 도런 양은 언제 처음 만났습니까?"

"일 년 전 샌프란시스코에서 만났소."

"여행을 가신 겁니까?"

"그렇소."

"그때 약혼하셨나요?"

"아니오."

"그래도 가까운 사이셨겠죠?"

"해티와 함께 있으면 즐거웠소. 그녀도 그랬을 거요."

"도런 양의 아버지가 갑부라고 하던데요?"

"태평양 연안에서 가장 부자라고 하더군요."

"그분은 어떻게 재산을 모으신 겁니까?"

"광산업으로요. 몇 년 전만 해도 아무것도 없었소. 그러다 금광을 발견하고 투자를 해서 재산을 쌓았다고 하더군요."

"그럼 그 아가씨, 아니, 경의 부인께서는 어떤 성격입니까?"

귀족은 안경을 좀더 빨리 흔들며 난롯불을 빤히 쳐다보았다.

"홈스 씨, 장인이 재산을 모은 건 아내가 스무 살이 되었을 무렵이었소. 그때까지 그녀는 광산촌에서 자유롭게 뛰어다니며 산과 숲을 돌아다녔소. 학교에서 배운 것보다 자연에서 배운 것이 더 많다고 하오. 영국에서라면 한마디로 말괄량이라고 불릴 사람이지. 강인하고 거칠고 자유분방한 성격이라 어떤 전통에도 얽매이지 않을 사람이오. 아내는 충동적이에요. 활화산처럼 말이오. 빠르게 결단해 거침없이 실행에 옮기는 사람이지. 내가 그녀에게 명예로운 이름을 안겨준 것은(그는 여기서 위엄 있게 헛기침을 했다) 귀족의 본바탕을 가졌다고 생각했기 때문이오. 나는 아내가 헌신할 줄 아는 사람이며 불명예스러운 일은 용납하지 않는다고 믿고 있소."

"부인의 사진을 가지고 계십니까?"

"이걸 가져왔소."

세인트사이먼 경은 로켓을 열고 사랑스러운 여성의 얼굴을 보여주었다. 사진이 아닌 상아에 새긴 조각이었다. 조각가는 여성의 윤기가 흐르는 검은 머리와 커다란 검은 눈동자, 아름다운 입술을 고스란히 옮겨놓았다. 홈스는 로켓을 닫고 세인트사이먼 경에게 돌려주었다.

"숙녀분이 런던에 온 뒤에 다시 만난 건가요?"

"그렇소. 해티는 지난 런던 시즌■에 아버지를 따라 런던에 왔다오. 우리는 몇 번 만난 뒤에 약혼했고 결혼까지 이른 거지."

"부인이 상당한 금액의 지참금을 가져왔다고 들었습니다만."

"적당한 액수였소. 우리 집안에서 보통 그 정도는 받으니까."

"어쨌든 결혼을 한 건 사실이니 지참금은 경의 소유가 되겠지요?"

"그에 대해서는 알아보지 못했소."

"그야 그렇겠지요. 결혼식 전날에도 도런 양을 만났습니까?"

"그렇소."

"기분이 좋아 보이던가요?"

"더할 나위 없이 좋아보였소. 해티는 우리의 장래에 대해 끊임없이 이야기했지."

"아, 그것참 흥미롭군요. 결혼식 아침에는 어땠습니까?"

"기분이 여전히 좋은 것 같았소. 식이 끝나기 전까지는 말이오."

■ 의회가 열리는 시기와 맞물려 지방 귀족들이 런던으로 모이는 때. 사교계가 활성화되는 시기이다. 보통 5~7월에 이르는 삼 개월 동안 매일같이 파티가 열린다.

"그 뒤에는 어떤 것 같았습니까?"

"사실대로 말하면 해티가 약간 날카로워졌다는 것을 알 만한 일이 있었소. 워낙 사소한 일이라 굳이 말할 필요도 없는 일이오. 사건과 관계도 없고."

"그렇더라도 말씀해주십시오."

"정말 별일 아니었소. 식이 끝나고 제의실로 가는 길에 아내가 부케를 떨어뜨렸다오. 마침 신도석의 맨 앞줄을 지나가고 있었는데 신도석 안쪽으로 굴러갔지. 그 앞에서 잠깐 지체되긴 했지만 신도석에 앉아 있던 신사가 부케를 집어줬어요. 기분이 나쁘다고 할 것도 없는 일이었소. 그런데 나중에 내가 그 이야기를 했더니 아내가 갑자기 화를 내지 뭐요. 별일도 아니었는데 마차를 타고 집으로 오는 내내 이상하게 흥분한 것처럼 보였소."

"그랬군요. 신도석에 웬 신사가 앉아 있었다고 하셨는데 하객 중에 일반인도 있었습니까?"

"그렇소. 열려 있는 교회 문으로 사람들이 들어오는 걸 막을 수는 없으니."

"신사분이 부인의 지인은 아니었습니까?"

"아니, 아니오. 예의상 신사라고 말하긴 했지만 평민처럼 보이는 남자였소. 얼굴은 자세히 보지 않았소. 이야기가 옆길로 샌 것 같군."

"결국 부인께서는 결혼식 후 기분이 좋지 않은 상태로 집으로 돌아왔다는 말이군요. 부인은 집으로 돌아가서 무엇을 했습니까?"

"하녀와 이야기를 나누는 걸 봤소."

"하녀는 어떤 사람이죠?"

"앨리스라는 이름이오. 해티가 미국에서 데리고 온 하녀지."

"믿을 만한 하녀였나 보죠?"

"지나치다 싶을 정도였소. 하녀가 주인한테 멋대로 구는 것 같이 보였으니까. 물론 미국 사람들이야 생각이 다를 수도 있겠지만."

"부인은 앨리스와 얼마나 오래 대화를 나눴습니까?"

"몇 분 정도였소. 나도 딴생각을 하고 있어서."

"두 사람이 무슨 이야기를 나누는지 듣지 못하셨습니까?"

"아내가 '채굴권 가로채기' 같은 이상한 말을 했소. 그녀는 그런 속어를 잘 썼어요. 난 그게 무슨 뜻인지 모르오."

"미국 속어는 때때로 표현이 절묘하죠. 부인은 하녀와 이야기를 끝낸 뒤 무엇을 했습니까?"

"피로연장으로 갔소."

"경의 팔을 잡고요?"

"아니, 혼자서 들어갔소. 사소한 일들은 스스로 처리하는 여자였으니까. 자리에 십 분쯤 앉아 있다가 벌떡 일어나더니 사과의 말을 몇 마디 남기고는 방으로 올라갔소. 그리고 다시는 돌아오지 않았지."

"앨리스라는 하녀의 말에 따르면 부인은 방에 올라와 웨딩드레스 위에 얼스터코트를 걸친 뒤 모자를 쓰고 밖으로 나갔다고 합니다."

"그렇소. 그 후에 아내가 하이드파크에서 플로라 밀러와 함께 있는 것을 봤다는 사람이 있소. 그날 아침 집 앞에서 소란을 피웠던 여자 말이오."

"그랬군요. 밀러 양이라는 여성과는 어떤 관계인지 말씀해주시겠습니까?"

세인트사이먼 경은 어깨를 으쓱하고는 눈썹을 치켜 올렸다.

"몇 년 전부터 가깝게 지내던 사이오. '무척' 가까웠다고 할 수 있지. 알레그로 극장에서 일했던 여자요. 박하게 대한 적은 없으니 그녀가 불만을 가질 이유는 없을 거요. 하지만 여자들이 어떤지 잘 알지 않소. 플로라는 사랑스럽긴 하지만 성질이 급한 데다 나에게 몹시 집착했소. 내가 결혼한다는 사실을 들은 뒤에는 무시무시한 협박 편지를 보내기도 했지. 솔직히 결혼식을 교회에서 조용히 올린 것도 불미스러운 일이 생기지 않을까 걱정했기 때문이오. 우리가 식을 마치고 돌아가자 그 여자는 장인의 집까지 쫓아와 억지로 들어오려고 했소. 아내에 대한 모욕적인 언사를 퍼붓고 위협적인 말까지 꺼냈지. 예상했던 사태였소. 미리 대기하고 있던 사복 경찰 둘이 그 여자를 밖으로 내쫓았지. 난리쳐봐야 좋을 게 없다는 걸 깨달았는지 이내 조용해지더군."

"부인은 그 일에 대해 알았습니까?"

"아니오, 다행히 아내는 몰랐소."

"그런데 나중에 두 사람이 함께 걸어가는 것을 본 사람이 있단 말이죠?"

"그렇소, 경찰청의 레스트레이드 형사는 그 점을 심각하게 여기는 것 같더군요. 플로라가 아내를 유인해 함정에 빠뜨렸다고 보는 것 같았소."

"그럴 가능성도 있겠군요."

"홈스 씨 생각도 그렇소?"

"가능성이 높아 보이지는 않습니다. 경께서는 어떻게 생각하십니까?"

"플로라는 파리 한 마리 죽이지 못할 여자요."

"질투심은 사람의 성격을 이상하게 바꿔놓기도 하니까요. 경께서는 이번 일에 대해 어떻게 생각하시는지 말씀해주시겠습니까?"

"난 여기에 홈스 씨의 생각을 들으러 왔지 내 생각을 말하러 온 게 아니오. 사건에 대해 아는 건 전부 털어놓았소. 굳이 내 생각이 듣고 싶다면 말하리다. 난 아내가 결혼으로 엄청난 신분 상승을 이루었다는 것을 의식하고 흥분하는 바람에 정신착란을 일으킨 거라고 생각하오."

"한마디로 부인이 갑자기 미쳤다고 생각하는 겁니까?"

"그게 아니면 아내가 등을 돌린 이유, 단순히 나한테만이 아니라 모든 사람들이 그토록 바라고 원하는 수많은 것들에 등을 돌린 이유를 달리 찾을 수 없으니 말이오."

"확실히 그 또한 생각해볼 만한 가설이군요."

홈스가 웃으며 말을 이었다.

"자, 세인트사이먼 경. 이제 필요한 정보는 거의 모았습니다. 한 가지만 더 묻죠. 부인과 함께 앉은 피로연장 자리에서 창밖이 보였습니까?"

"길 건너편과 하이드파크가 내다보였소."

"그렇군요. 이제 더이상 경을 붙잡아둘 필요가 없을 것 같습니다. 나중에 연락드리죠."

"부디 이 문제를 해결해주길 바라오."

세인트사이먼 경이 자리에서 일어나며 말했다.

"해결했습니다."

"뭐? 지금 뭐라고 했소?"

"사건을 해결했다고 했습니다."

"그럼 아내는 지금 어디에 있소?"

"세세한 사항들은 금세 알아낼 겁니다."

세인트사이먼 경이 고개를 저으며 말했다.

"아무래도 이번 일에는 당신이나 나보다 더 뛰어난 머리를 가진 사람이 필요할지도 모르겠군."

그리고 그는 고풍스러운 방식으로 위엄 있게 인사를 한 뒤 방을 나섰다.

셜록 홈스가 웃으며 말했다.

"세인트사이먼 경이 내 머리를 자기와 같은 수준으로 봐주다니 영광인데. 그건 그렇고 한참 이야기를 했더니 소다수를 탄 위스키와 시가가 생각나는군. 사실 의뢰인이 오기 전부터 사건은 결론이 나와 있었다네."

"어떻게 그런!"

"난 이와 비슷한 사건 기록들을 가지고 있어. 물론 아까 말했다시피 완전히 똑같지는 않지만 말이야. 전체적으로 사건을 들여다본 결과 추측은 확신이 되었다네. 소로의 말을 인용하자면 때때로 정황증거란 우유 속에서 송어를 발견할 때*처럼 확신을 줄 때가 있지."

“자네가 들은 이야기는 전부 나도 같이 들었는데.”

“자네는 나처럼 유사한 사건들에 관한 지식을 가진 사람이 아니지 않나. 몇 년 전 애버딘에서 비슷한 사건이 있었고 보불전쟁 이후에 뮌헨에서도 비슷한 사건이 있었지. 이번 사건도 그런 사건들 중 하나야. 이런, 레스트레이드 형사가 오셨군! 어서 오십시오. 형사님! 찬장에서 잔을 하나 들고 오십시오. 담배는 이쪽 상자에 들어 있어요.”

두꺼운 모직 더블 재킷에 스카프를 맨 레스트레이드 형사의 모습은 영락없는 뱃사람이었다. 손에는 검정색 자루를 들고 있었다. 짧게 인사를 건넨 그는 의자에 앉아 홈스가 권한 담배에 불을 붙였다.

“어쩐 일입니까? 불만족스러운 표정이군요.”

홈스가 눈을 빛내며 물었다.

“지긋지긋한 세인트사이먼 경의 결혼 사건을 생각하면 그럴 수밖에요. 어떻게 된 일인지 도통 알 수가 없으니 말입니다.”

“그렇습니까? 정말 놀랍군요.”

“이보다 더 복잡한 사건이 있을까요? 단서란 단서는 전부 손

■ 미국의 사상가 헨리 데이비드 소로는 젖소를 기르는 사람이 우유에 물을 섞어 팔지 않았다고 발뺌하다가 우유 속에서 송어가 나온 일에 빗대어 '어떤 정황증거는 우유 속에 있는 송어를 발견할 때처럼 강력하다'는 말을 남겼다.

가락 사이로 빠져나가버리니 말입니다. 오늘도 온종일 그 사건에 매달리다 오는 길입니다."

"그 때문에 이렇게 젖었나 봅니다."

홈스가 레스트레이드의 재킷 소매에 손을 대며 말했다.

"맞습니다. 하이드파크의 서펀틴 호수에 들어갔다 왔지 뭡니까."

"저런, 대체 무슨 일로요?"

"세인트사이먼 부인의 시신을 찾으려고요."

셜록 홈스가 의자에 몸을 기대어 큰 소리로 웃고는 이렇게 물었다.

"트라팔가 스퀘어의 분수 바닥은 안 찾아봅니까?"

"왜요? 무슨 뜻입니까?"

"시신을 발견할 가능성은 여기나 저기나 똑같으니 하는 말입니다."

레스트레이드는 화가 난 듯 홈스를 노려보면서 으르렁거렸다.

"사건에 대해 들으셨나 봅니다."

"조금 전에 들었습니다. 결론도 나왔죠."

"왜 아니겠습니까! 그럼 홈스 씨가 보기에 서펀틴 호수는 이번 사건과 아무 상관이 없다는 말입니까?"

"상관없을 가능성이 높습니다."

"그럼 우리가 호수에서 이런 것들을 찾아낸 이유를 설명해주시죠."

레스트레이드가 자루 속에서 물에 젖어 변색된 웨딩드레스와 하얀 새틴 구두 한 켤레, 신부의 화관과 면사포를 바닥에 쏟았다. 그리고 옷가지들 위에 새것으로 보이는 결혼반지를 올려놓으며 말했다.

"자, 이것도 있습니다. 어떻게 된 일인지 말해보십시오."

"음, 그렇군요. 이것들을 서펀틴 호수에서 건져냈단 말이죠?"

홈스가 담배 연기로 푸른 고리를 만들며 물었다.

"아뇨, 호숫가에 있는 걸 공원 관리인이 발견한 겁니다. 확인해보니 세인트사이먼 부인의 옷이더군요. 옷이 거기 있었으니 시신도 가까운 곳에 있을 거라고 생각했습니다."

"그런 논리대로라면 모든 시신은 옷장 근처에서 발견되겠군요. 거기서 뭘 찾아내고 싶은 겁니까?"

"플로라 밀러가 사건에 연루되어 있다는 증거요."

"그건 찾기 어려울 겁니다."

"과연 그럴까요? 이번에는 홈스 씨의 추리가 별 도움이 되지 않는 것 같습니다. 당신은 요 몇 분 사이에 벌써 두 가지 실수를 저질렀습니다. 이 드레스는 플로라 밀러 양과 연관이 있어요."

레스트레이드가 씁쓸하게 말했다.

"어떻게 말입니까?"

"드레스 안에 주머니가 있습니다. 주머니에 명함갑이 들어 있었고 그 안에 쪽지가 들어 있었죠. 이게 그 쪽지입니다."

레스트레이드가 탁자에 쪽지를 탁 내려놓았다.

준비를 끝내고 가겠습니다. 그때 바로 나와요. F.H.M.

"읽어보십시오. 내가 계속 주장한 것처럼 플로라 밀러가 세인트사이먼 부인을 유인한 겁니다. 그리고 밀러의 공범들이 부인을 납치한 게 틀림없습니다. 보다시피 쪽지에는 플로라 밀러의 머리글자가 적혀 있죠. 여자가 문 앞에서 부인 손에 슬쩍 쥐여준 것이 분명합니다. 결국 부인은 이걸 보고 범인들의 꾐에 넘어간 겁니다."

"잘하셨습니다, 형사님. 대단하다니까. 나도 쪽지 좀 봅시다."

홈스가 웃으며 말한 뒤 심드렁하게 쪽지를 집어 들었다. 하지만 이내 관심이 생긴 듯 쪽지를 자세히 살피고는 작은 탄성을 질렀다.

"중요한 증거로군요."

"그걸 이제 알겠습니까?"

"물론이죠. 진심으로 축하합니다."

레스트레이드는 의기양양하게 자리에서 일어나 고개를 숙여 홈스가 든 쪽지를 들여다보다가 소리쳤다.

"이런, 뒷면을 보고 있잖습니까!"

"아니, 이쪽이 앞면이에요."

"이쪽이 앞면이라고? 미친 겁니까? 연필로 쓴 쪽을 봐야 하지 않습니까!"

"이건 호텔 계산서의 일부일 겁니다. 흥미롭군요."

"나도 봤지만 별 내용 없었습니다. 10월 4일. 객실 팔 실링. 아침 식사 이 실링 육 펜스. 칵테일 일 실링. 점심 식사 이 실링 육 펜스. 셰리주 한 잔 팔 펜스. 아무것도 아니잖습니까."

"아무것도 아니죠. 동시에 가장 중요하기도 합니다. 이 쪽지에 적힌 내용도 중요하긴 하지만요. 머리글자만큼은 말이죠. 어쨌든 다시 한번 축하합니다."

"시간 낭비는 이만하면 충분한 것 같군요. 나는 난로 앞에 앉아 머리나 굴리며 늘어놓은 가설이 아니라 직접 뛰어다니며 열심히 일한 결과를 믿는 사람이라서요. 잘 있으시오, 홈스 씨. 누가 먼저 사건을 해결하는지 두고 봅시다."

레스트레이드가 자리에서 일어나며 말했다. 그리고 옷가지를 다시 자루에 집어넣더니 문 쪽으로 향했다.

"형사님, 조언 하나 드릴까요?"

경쟁자가 방을 나서기 전에 홈스가 천천히 말했다.

"이번 사건의 해결책이라고 볼 수 있을 겁니다. 세인트사이먼 부인은 허구입니다. 그런 사람은 전에도 없었고 지금도 없어요."

레스트레이드는 안타깝다는 눈빛으로 홈스를 쳐다보았다. 그런 다음 나를 돌아보며 이마를 세 번 톡톡 두드리더니 유감스럽다는 듯 고개를 젓고는 그대로 나가버렸다.

그가 문을 완전히 닫기도 전에 홈스도 자리에서 일어나 외투를 걸쳤다.

"저 친구 말대로 직접 뛰어다녀야 할 일이 있다네. 그동안 자넨 신문을 보고 있게나."

셜록 홈스가 집을 나선 건 오후 5시가 지나서였다. 그로부터 한 시간도 지나지 않아 외로움을 느낄 새도 없이 제과업자가 아주 큰 상자를 들고 나타났다. 그는 같이 온 젊은이와 함께 상자를 풀었다. 곧이어 허름한 하숙집의 마호가니 식탁에 차갑게 먹는 고급 요리들이 차려지는 것을 보고 깜짝 놀랐다. 차가운 멧도요 요리 두 접시, 꿩고기, 푸아그라파이와 거미줄까지 남아 있는 오래된 술병들이 놓였다. 두 사람은 온갖 고급 요리들을 차려놓은 뒤, 계산은 이미 끝났고 이 주소로 배달하라는 지시를 받았다는 말만 남긴 채 『아라비안나이트』에 나오는 지니처럼 홀연히 사라졌다.

9시가 되기 직전에 셜록 홈스는 활기 넘치는 발걸음으로 돌아왔다. 표정은 어두웠지만 반짝이는 눈빛으로 보아 자신이 내린 결론에 실망할 일은 없었던 모양이었다.

"저녁 식사를 차려놓고 갔군."

홈스가 두 손을 비비며 말했다.

"손님이 오는 모양이지? 5인분은 되어 보이는데."

"맞아. 손님이 몇 명 올 걸세. 세인트사이먼 경이 아직 오지 않았다는 게 이상하군. 아! 계단을 올라오는 발소리를 들어보니 이제 도착한 모양인데."

아침에 찾아왔던 의뢰인이 부산한 걸음으로 들어왔다. 귀족적인 얼굴에 당혹스러운 빛이 가득했고 이전보다 안경 줄을 더 세게 흔들고 있었다.

"전갈은 받으셨습니까?"

홈스가 물었다.

"받았소. 솔직히 내용을 보고 말할 수 없이 놀랐소. 그게 사실이오?"

"그렇습니다."

세인트사이먼 경은 의자에 털썩 주저앉더니 손으로 이마를 짚었다.

“가문의 일원이 이런 굴욕을 당했다는 것을 알면 공작께서 뭐라고 하실지.”

그가 중얼거렸다.

“이번 일은 순전한 우연이었습니다. 굴욕적으로 받아들일 일이 아닙니다.”

“당신은 이 일을 보는 관점이 나와 다른가 보군.”

“이 일에서 비난받을 사람은 아무도 없습니다. 아가씨로서는 다른 방법이 없었을 겁니다. 물론 충동적으로 행동한 건 유감스럽지만 말입니다. 하지만 위급한 상황에서 아가씨에게 조언을 해줄 사람이 아무도 없었죠.”

“내게는 모욕이었소. 공개적인 모욕이란 말이오.”

세인트사이먼 경이 손가락으로 탁자를 두드리며 말했다.

“불쌍한 아가씨가 너무나도 곤란한 상황이었다는 걸 참작해주셔야 합니다.”

“그럴 생각 없소. 난 몹시 화가 났으니까. 수치스러운 일을 당한 거잖소.”

“초인종 소리가 울린 것 같은데. 맞군요. 계단을 올라오는 발소리가 들리는 걸 보니 말입니다. 세인트사이먼 경, 너그럽게 봐달라고 제가 설득하는 것이 소용없다면 좀더 설득력 있는 변호인을 모시죠."

홈스가 방문을 활짝 열고 숙녀와 신사를 맞이했다.

"세인트사이먼 경, 프랜시스 헤이 몰턴 부부를 소개합니다. 부인과는 만난 적이 있으실 겁니다."

새로 온 손님들을 보자 세인트사이먼 경은 자리에서 벌떡 일어났다. 그러고는 한 손을 프록코트의 가슴 쪽에 찔러넣고 눈을 내리깐 채 꼿꼿이 서 있었다. 체면이 깎인 사람의 모습이었다. 숙녀가 재빨리 앞으로 나서며 손을 내밀었지만 그는 여전히 눈을 내리깔고 쳐다보려고도 하지 않았다. 세인트사이먼 경이 그녀의 애원하는 듯한 얼굴을 봤다면 저항하기 어려웠을 테니 그 편이 나았다.

"화가 많이 났군요, 로버트. 당연히 그렇겠죠."

그녀가 말했다.

"나한테 사과하지 마시오."

세인트사이먼 경이 씁쓸하게 말했다.

"알아요. 제가 당신한테 몹쓸 짓을 했죠. 떠나기 전에 말을 했어야 했어요. 하지만 교회에서 프랭크를 다시 본 뒤부터 정신이 하나도 없었어요. 뭐라고 말을 해야 할지도 몰랐어요. 제단 앞에서 쓰러지거나 기절하지 않은 게 이상할 정도였죠."

"몰턴 부인, 이번 일에 대해 세인트사이먼 경에게 설명하는 동안 저와 제 친구는 자리를 비켜드리는 편이 낫겠죠?"

홈스의 말에 낯선 신사가 대꾸했다.

"제 생각을 말씀드려도 될까요? 우리는 이미 이번 일을 지나칠 정도로 비밀로 했습니다. 저는 이번 일을 유럽 전체와 미국에 널리 알리고 싶습니다."

키는 작았지만 강인한 체격에 피부가 햇볕에 많이 그을린 사람이었다. 인상은 날카로웠지만 태도는 조심스러웠다.

숙녀가 말했다.

"그럼 이 자리에서 우리 이야기를 하겠습니다. 여기 있는 프랭크와 저는 1881년 로키산맥 근처의 매콰이어 광산촌에서 처음 만났어요. 아버지가 광산 채굴권을 가지고 있던 곳이었죠. 거기서 이 사람과 저는 약혼을 했어요. 그러던 중에 아버지가 금맥을 찾으면서 엄청난 재산을 모았고 불쌍한 프랭크는 그나마 캐던 광산의 광맥이 끊어져 아무것도 얻지 못하게 되었죠. 아버지가 점점 더 부자가 되는 반면 프랭크는 점점 더 가난해졌어요. 마침내 아버지는 우리를 결혼시킬 수 없다면서 저를 데리고 샌프란시스코로 떠났어요. 하지만 프랭크는 포기하지 않고 따라와줬어요. 우리는 아버지 몰래 만났죠. 아버지가 알면 화만 내실 것이 뻔했기에 우리 사이는 비밀로 했어요. 그러던 어느 날 프랭크는 돈을 벌러 떠나겠다며 아버지만큼 재산을 모으지 않으면 돌아오지 않겠다고 하더군요. 그래서 전 죽을 때까지 기다리겠다고 약속했어요. 이 사람이 살아 있는 한 누구와도 결혼하지 않겠다고 말이에요.

'그럼 지금 당장 결혼하면 어떻겠소. 그럼 나도 안심이 될 거요. 돌아오기 전에는 당신 남편임을 주장하지 않을 거요.'

프랭크의 말대로 하기로 했어요. 프랭크는 이미 준비를 다 해 놓은 상태였어요. 목사님까지 기다리고 계셨죠. 우리는 그 자리에서 결혼식을 올렸답니다. 프랭크는 돈을 벌러 떠나고 전 아버지한테 돌아갔어요.

그 후 프랭크가 몬태나에 있다는 소식을 들었어요. 그 뒤에 또다시 금맥을 찾아 애리조나로 갔다가 뉴멕시코로 갔다는 소식을 들었죠. 그러다 어느 광산촌이 아파치족의 공격을 받은 사건에 대해 자세히 보도한 신문 기사를 읽게 됐어요. 아파치족에게 살해당한 사람들 중에 프랭크의 이름이 있었어요. 전 그대로 실신해서 몇 달 동안 몸져누웠죠. 아버지는 제가 폐결핵에 걸렸다고 생각해 의사를 찾아다니셨는데, 저는 그때 아마 샌프란시스코에 있는 의사들 중 절반은 만나봤을 거예요. 일 년 넘게 소식이 없어 프랭크가 정말 죽었다고 생각했을 즈음 세인트사이먼 경이 샌프란시스코에 왔고 아버지와 저는 런던으로 오게 됐어요. 제가 경과 결혼을 하기로 하자 아버지는 무척 기뻐하셨죠. 그렇지만 전 불쌍한 프랭크에게 주었던 마음에는 이 세상 어느 누구도 들어올 수 없을 거라는 걸 잘 알고 있었어요.

만일 세인트사이먼 경과 결혼을 했더라면 당연히 이분 옆에서 의무를 다 했을 거예요. 억지로 사랑할 순 없어도 행동은 할 수 있으니까요. 식장에 들어갈 때까지만 해도 전 이분의 좋은 아내가 돼야겠다고 마음먹고 있었어요. 그런데 제단 앞에 섰을 때 얼핏 신도석 맨 앞줄에 서서 저를 쳐다보는 프랭크가 보였어요. 그때 심정이 어땠을지 상상하실 수 있으실 거예요. 처음엔 유령인 줄 알았어요. 하지만 다시 돌아봐도 프랭크는 여전히 그 자리에 서 있었어요. 자신을 다시 봐서 좋은지 유감스러운지 눈빛으로 묻고 있었죠. 그 자리에서 제가 쓰러지지 않은 게 이상해요. 세상이 빙글빙글 돌고 목사님 말씀도 귓가에서 윙윙거렸죠. 어떻게 해야 할지 몰랐어요. 결혼식을 중단하고 교회에서 소란을 일으켜야 하는 걸까?

다시 프랭크를 돌아보자 무슨 생각을 하는지 다 안다는 듯 가만히 있으라고 손가락을 입술에 대더군요. 그리고 작은 종이에 뭔가를 날려쓰는 걸 보았죠. 제게 줄 쪽지라는 걸 알았어요. 전 프랭크가 앉아 있는 신도석 옆을 지나칠 때 일부러 부케를 떨어뜨렸어요. 이 사람이 부케를 집어주면서 쪽지를 슬쩍 건네주었어요. 신호를 보내면 바로 나오라는 내용이었죠. 그 순간 전 당연히 프랭크의 말을 따라야 한다고 생각했어요. 무엇이든 이 사람이 하자는 대로 하자고요.

집에 돌아와 하녀에게 사실을 털어놓았어요. 그 애는 캘리포니아 샌프란시스코에 있을 때부터 이 사람에 대해 알고 있었고 항상 이 사람 편이었거든요. 전 하녀에게 아무 말도 하지 말고 간단하게 짐을 챙기고 외투를 꺼내놓으라고 했어요. 세인트사이먼 경에게 사실을 말해야 한다는 건 알고 있었지만 이분 어머님과 여러 지체 높은 분들이 계신 자리에서 말할 생각을 하니 엄두가 나지 않았어요. 결국 일단 도망쳤다가 해명은 나중에 하기로 마음먹었죠. 피로연 자리에 앉은 지 십 분도 채 지나지 않아 길 건너편에 서 있는 프랭크가 창밖에 보였어요. 저한테 손짓을 하더니 하이드파크 쪽으로 걸어가기 시작하더군요. 전 자리에서 빠져나가 외투를 걸치고 이 사람 뒤를 따라갔어요.

그런데 어떤 여자가 다가오더니 세인트사이먼 경에 대해 이런저런 이야기를 하기 시작했어요. 들어보니 결혼 전에 경에게 무슨 비밀이 있었다는 것 같더군요. 저는 그 여자를 간신히 떼어놓고 프랭크를 따라잡았어요. 우리는 마차를 타고 이 사람이 고든 스퀘어에 얻은 하숙집으로 갔어요. 오랜 시간을 기다린 끝에 진짜 부부가 된 거죠. 프랭크는 아파치족에게 포로로 끌려갔다가 탈출한 뒤 샌프란시스코로 돌아갔다가, 자신이 죽은 줄 알고 제가 영국으로 떠나버렸다는 걸 알았다더군요. 그래서 이 사람도 영국으로 건너와서 제 두 번째 결혼식 날 아침에야 만난 거예요."

"신문을 보고 알았습니다. 결혼식이 있을 교회 이름은 나와 있지만 신부의 집 주소는 나와 있지 않더군요."

프랭크가 설명했다.

"우린 앞으로 어떻게 해야 할지 이야기를 나눴어요. 프랭크는 전부 공개하자고 했지만 저는 부끄러워서 아무도 보지 않고 그냥 사라지고 싶었어요. 아버지한테만 살아 있다는 편지만 보내고 말이에요. 피로연장에 둘러앉아 제가 돌아오기만을 기다리고 있을 지체 높은 귀족분들을 생각하는 것만으로도 무서웠어요. 결국 프랭크는 아무도 쫓아오지 못하게 제가 결혼식 때 걸쳤던 옷가지들을 모아 사람들이 못 찾을 만한 장소에 갖다 버렸어요. 우리는 내일 파리로 떠날 예정이었죠. 그런데 어떻게 찾아냈는지 모르겠지만 여기 계신 훌륭한 신사분이 저녁때 우리를 찾아오셨어요. 홈스 씨는 프랭크의 생각이 옳고 제 생각이 틀렸으며 이 사실을 숨기는 건 잘못이라고 친절하게 일러주셨죠. 홈스 씨가 세인트사이먼 경에게 해명할 자리를 만들어주겠다고 하셔서 여기까지 왔습니다. 제가 당신한테 고통을 안겨드렸다면 진심으로 사과할게요. 절 너무 나쁘게 생각하진 마세요."

세인트사이먼 경은 긴장을 풀지 않고 엄격한 자세를 유지하면서, 긴 이야기를 듣는 동안 내내 이맛살을 찌푸린 채 입술을 꾹 다물고 있었다.

"이만 실례하겠소. 사적인 문제를 이렇게 공개적으로 논의하는 건 내 원칙에 어긋나오."

세인트사이먼 경이 말했다.

"절 용서해주지 않겠다는 말씀이군요? 떠나기 전에 악수도 해주지 않으실 건가요?"

"당신이 원한다면 그 정도야 얼마든지."

세인트사이먼 경은 냉정하게 그녀가 내민 손을 잡았다.

"이제 다 같이 기분 좋게 저녁 식사를 하면 어떨까요?"

홈스가 제안했다.

"나한테 너무 많은 걸 바라는군. 작금의 상황을 받아들이긴 하겠지만 당신들과 웃고 떠들 수는 없겠소. 양해해준다면 여기서 작별 인사를 하지."

세인트사이먼 경은 우리에게 가볍게 인사를 한 뒤 화가 난 태도로 그 자리를 떠났다.

"그렇다면 두 분이라도 우리와 식사를 함께 하는 영광을 베풀어주시지 않겠습니까? 몰턴 씨, 미국인을 만나는 것은 제겐 언제나 기쁜 일입니다. 전 지난날 국왕의 어리석음과 대신의 실수에도 불구하고, 영국기와 성조기가 하나된 깃발 아래 우리 아이들이 세계 국가의 시민으로 살아가리라 믿고 있으니까요."

손님들이 떠난 뒤 홈스가 말했다.

"흥미로운 사건이었네. 처음에는 이해할 수 없던 사건이라도 간단하게 설명될 수 있다는 것을 확실히 보여주었으니 말이야. 이해하기 어려운 사건이었어. 저 숙녀의 이야기를 들어보면 다 자연스럽게 일어난 일이었는데 런던 경찰청의 레스트레이드의 시각으로 보면 도무지 알 수 없는 사건이 되지 않나."

"자네는 처음부터 알고 있었나?"

"처음부터 두 가지 사실은 명확했어. 신부가 기꺼이 결혼식을 올리려고 했다는 것과 집으로 돌아온 지 몇 분도 되지 않아 결혼을 후회했다는 것. 그럼 그날 아침에 무슨 일이 있었고 그 때문에 심경의 변화를 일으켰다고 볼 수밖에 없지. 그렇다면 대체 무슨 일이 있었을까? 신부는 신랑과 같이 있었으니 밖에서 다른 사람과 얘기를 나눌 기회가 없었어. 그렇다면 누구와 마주치기라도 한 걸까? 그런 경우라면 상대는 틀림없이 미국인이었겠지. 영국에 온 지 얼마 안 됐기 때문에 그저 얼굴 한 번 본 걸로 인생을 송두리째 바꿀 결심을 할 만큼 깊은 관계를 맺은 영국인은 없을 테니까. 이런 식으로 하나씩 지워가다 보니 그녀가 본 사람은 미국인이라는 결론에 다다른 거지. 그렇다면 미국인은 누구며 어떤 이유로 신부에게 그 정도의 영향력을 행사할 수 있는 것일까? 아마 연인이거나 남편이겠지. 난 그녀가 그전까지 거친 환경에서 색다르게 살았다는 사실을 알고 있었어. 세인트사이먼 경의 이야기를 듣기 전부터 알고 있었다네. 경은 우리에게 신도석에 있던 남자와 신부의 달라진 태도, 쪽지를 주고받기 위해 부케를 떨어뜨리는 흔한 수법, 미국인 하녀에게 도움을 청한 일 등에 대해 말해줬지. 특히 그녀가 말했다는 '채굴권 가로채기'라는 말은 의미심장해. 광산을 캐는 권리를 다른 사람이 빼앗아갔다는, 광부들끼리 쓰는 말이잖은가. 그로서 상황은 완전히 명확해졌어. 신부가 남자와 떠났으니 남자는 연인이거나 전남편이라는 거지. 후자 같았네."

"두 사람은 어떻게 찾아냈나?"

"그 부분이 어려울 뻔했는데 우리의 친구 레스트레이드가 때마침 귀한 정보를 들고 나타나지 않았나. 그게 얼마나 귀한 정보인지는 모르면서 말이야. 물론 쪽지에 적혀 있던 머리글자도 중요했지만 그보다 더 중요한 건 계산 내역을 보고 그 인물이 일주일 이내에 런던에 있는 최고급 호텔 중 한 곳에서 지냈음을 알 수 있었다는 거지."

"그건 어떻게 알아낸 건가?"

"그야 적혀 있던 요금을 보고 알았지. 객실 하나에 팔 실링, 셰리주 한 잔에 팔 펜스나 지불한 걸 보면 최고급 호텔이지 않겠는가. 그 정도로 요금이 비싼 호텔은 런던에 그리 많지 않지. 노섬벌랜드 애비뉴에서 두 번째로 들어간 호텔에서 숙박부를 보고 프랜시스 H. 몰턴이라는 미국인 신사가 전날 떠났다는 것을 알아냈다네. 그 사람 앞으로 기재된 명목들을 살펴보니 쪽지 뒷면의 계산 내역과 그대로 일치하더군. 몰턴 씨 앞으로 온 편지는 고든 스퀘어 226번지로 보내달라고 되어 있었지. 그곳으로 갔더니 다행스럽게도 사랑스러운 연인을 만날 수 있었다네. 외람되지만 두 사람에게 아버지 같은 조언을 해주었지. 그들의 입장을 일반 대중, 특히 세인트사이먼 경에게 명쾌하게 밝히는 편이 여러모로 좋을 거라고 말이야. 여기 와서 그 사람을 만나보자고 했지. 자네도 알다시피 세인트사이먼 경에게도 이쪽으로 오라고 했고."

"결과가 썩 좋진 않았군. 세인트사이먼 경은 너그럽게 행동하지 못했네."

홈스가 웃으며 대꾸했다.

"이보게, 왓슨! 이런 상황이라면 자네라고 해도 너그러울 수 없을 거야. 구애에서 결혼까지 갖은 노력을 다했는데 별안간 아내와 재산을 다 빼앗긴 게 아닌가? 이 정도면 세인트사이먼 경에게 후한 점수를 줘야 한다고 생각하네. 그나마 우리는 그런 일을 당할 일이 없으니 하늘에 감사해야지. 의자를 끌고 이쪽으로 오게. 거기 있는 바이올린을 집어주고. 이제 우리가 풀어야 할 문제는 쓸쓸한 가을밤을 어떻게 보낼 것인가 하는 거야."

녹주석 보관

어느 날 아침, 내가 내닫이창 앞에 서서 거리를 내려다보다 말했다.

"홈스, 저기 미친 사람이 있네. 저런 사람을 혼자 돌아다니게 하다니 어느 집인지 몰라도 너무하는군."

안락의자에서 느릿느릿 일어난 홈스는 양손을 실내복 주머니에 찔러넣고는 내 어깨 너머로 창밖을 내다보았다. 맑고 화창한 이월 아침이었다. 전날에 거리를 온통 하얗게 뒤덮으며 내린 눈이 겨울 햇살에 반짝거렸다. 베이커 스트리트 한복판은 지나다니는 마차 바퀴에 패여 갈색 줄무늬가 나 있었지만 길 양옆과 보도 가장자리에 쌓인 눈은 처음 내렸을 때처럼 순백색이었다. 회색 보도는 눈을 깨끗하게 치웠음에도 여전히 미끄러워서 지나다니는 사람들이 평소보다 적었다. 실제로 메트로폴리탄 역에서 이쪽으로 오는 사람은 별난 행동으로 시선을 끌었던 신사밖에 없었다.

오십 대로 보이는 신사는 키가 크고 살집이 두둑했다. 이목구비가 뚜렷하고 강인해 보이는 커다란 얼굴이 인상적이었다. 수수한 색상의 옷차림은 고급스러웠다. 검정 프록코트에 반들거리는 모자, 단정한 갈색 각반에 재단이 잘된 은회색 바지를 입고 있었다. 하지만 품위 있는 옷차림이나 외모와는 동떨어진 행동을 하고 있었다. 그는 열심히 달리고 있었다. 다리에 그런 부담을 지우는 것이 익숙하지 않은 듯 힘겨운 모습으로, 가끔씩은 펄쩍거리고 갑자기 양손을 위아래로 휘젓거나 머리를 흔드는가 하면 얼굴을 심하게 찡그리며 달렸다.

"도대체 왜 저러는 걸까? 집집마다 번지수를 확인하고 있어."

내가 말했다.

"이 집을 찾고 있군."

홈스가 두 손을 비비며 말했다.

"우리집 말인가?"

"그래, 보아하니 나한테 일을 의뢰하러 오는 사람이야. 저런 모습은 잘 알지. 보게! 내 말이 맞지?"

홈스가 말하는 동안 신사는 숨을 헐떡거리며 하숙집 앞으로 달려와 온 집안이 떠나가라 초인종을 울리기 시작했다.

몇 분 뒤 신사가 방에 들어왔다. 여전히 숨을 거칠게 몰아쉬고 몸짓도 요란해서 우리는 슬쩍 미소를 지었지만, 슬픔과 절망이 가득 담긴 눈빛을 보고는 곧장 전율과 연민을 느꼈다. 잠시 신사는 아무 말도 못하고 몸을 흔들다가 이성이 한계에 다다른 사람처럼 머리카락을 쥐어뜯기 시작했다. 그러다 갑자기 벌떡 일어나 있는 힘껏 벽에 머리를 부딪쳤다. 우리는 뛰어가 신사를 가까스로 벽에서 떼어내어 방 한복판에 데려다놓았다. 셜록 홈스는 남자를 안락의자에 앉힌 뒤 옆에 앉아 손을 토닥거리면서 부드러운 목소리로 달래는 말을 건넸다. 그는 마음만 먹으면 그런 방법을 능숙하게 구사했다.

"제게 할 말이 있어서 여기까지 오신 거죠? 급히 오느라 많이 지치셨군요. 기운을 차릴 때까지 숨을 좀 돌리십시오. 어떤 문제든 해결해드리겠습니다."

남자는 일 분 남짓 가만히 앉아 숨을 몰아쉬며 감정을 추슬렀다. 그런 다음 손수건을 꺼내 이마를 닦더니 입을 꾹 다문 채 우리 쪽으로 얼굴을 돌렸다.

남자가 입을 열었다.

"두 분은 내가 미쳤다고 생각할 겁니다."

"큰 고민거리가 있는 것처럼 보입니다만."

홈스가 대답했다.

"말해 뭐하겠습니까! 너무 갑작스럽고 끔찍한 일을 당해 제 정신이 아닙니다. 지금껏 경력에 오점 하나 없이 살아왔건만 사회적 위신이 땅에 떨어지게 생겼소. 사적인 문제가 하나도 없는 사람이 어디 있겠소만 두 가지 문제가 한꺼번에, 그것도 아주 무섭게 닥쳐 영혼을 뒤흔들고 있습니다. 더군다나 혼자만의 문제가 아니오. 이 끔찍한 일을 어떻게든 해결할 방도를 찾지 못한다면 나라에서 가장 고귀한 분이 고통을 당하시게 생겼소."

"일단 진정하시고 선생님이 누구며 대체 무슨 일이 있었는지를 분명하게 말씀해주십시오."

홈스가 말했다.

"두 분도 내 이름을 들어봤을 겁니다. 나는 스레드니들 스트리트에 있는 홀더앤드스티븐슨은행의 알렉산더 홀더라고 하오."

우리도 익히 아는 이름이었다. 그는 시티에서 두 번째로 큰 은행의 대표였다. 무슨 일로 그런 대단한 유명 인사가 이런 누추한 곳까지 찾아온 걸까? 몹시 궁금했지만 그가 마음을 추슬러 이야기를 시작하기만을 기다렸다.

"정말 시급한 일이오. 경찰에게서 당신의 협조를 구하는 게 좋겠다는 제안을 듣자마자 달려왔소. 지하철을 타고 베이커스트리트 역에서 내려 여기까지 정신없이 뛰어왔소. 눈길이라 마차는 너무 느리니까. 평소에 운동을 별로 안 했더니 숨이 차는 군. 이제 괜찮아졌소. 무슨 일이 있었는지 가급적 간단명료하게 설명하리다.

두 분도 잘 아시겠지만 금융업은 예금주와 단골 거래처의 수를 늘리는 것만큼이나 이윤이 남는 투자처를 찾아내야 성공할 수 있다오. 돈으로 돈을 벌고자 할 때 가장 수입이 좋은 건 대출이지만 담보가 확실해야 가능하지요. 지난 몇 년간 우리는 대출을 많이 해줬소. 귀족 가문들이 소장했던 그림, 장서, 식기류를 담보로 잡고 거액을 빌려주기도 했소.

어제 아침 은행 사무실에 앉아 있는데 사환 한 명이 명함 한 장을 들고 오더군요. 명함에 적힌 이름을 보고 깜짝 놀랐소. 그 분은 바로……. 아니, 이름을 언급하지 않는 게 좋겠군. 그저 온 세상에 이름을 모르는 사람이 없고 영국에서 가장 높고 고귀한 분 중 한 명이라고만 해둡시다. 황송해서 어쩔 줄 모르겠더군요. 그분이 사무실에 들어오셨을 때 나는 이런저런 인사말을 올리려고 했소만 그분은 내키지 않는 일을 서둘러 끝내고 싶어 하는 사람처럼 곧장 용건을 꺼내셨소.

'홀더 씨, 당신이 돈을 융통해준다는 말을 들었소.'

'저희 은행에서는 담보만 확실하면 자금을 대출해드립니다.'

'당장 오만 파운드가 필요하오. 물론 친구들한테 그 열 배라도 빌릴 수 있긴 하지만 공적으로, 스스로 해결하고 싶소. 내 신분으로는 남에게 신세 지는 일이 현명하지 못하다는 것을 당신도 잘 알 거요.'

'대출 기한은 어느 정도 생각하시는지 여쭤봐도 되겠습니까?'

'다음주 월요일이면 돈이 들어올 거요. 그때 전부 갚겠소. 당신이 합당하다고 생각하는 이자까지 쳐서 말이오. 중요한 건 지금 당장 돈이 필요하다는 거요.'

'제 개인 금고에서 꺼내드리겠습니다. 그건 다른 절차 없이도 곧장 내드릴 수 있지만 그렇지 않은 경우에는 일이 복잡하니까요. 동업자 때문에라도, 은행 이름으로 대출을 해드릴 경우 신분 고하를 막론하고 정식 절차를 밟아야 합니다.'

'그럼 그렇게 해주시오.'

그분은 의자 옆에 두었던 검정 모로코가죽 상자를 집어 들면서 말씀하셨소.

'녹주석 보관寶冠에 대해서는 들어봤을 거요.'

'나라의 귀한 보물 아닙니까.'

'그렇소.'

그분이 상자를 열자 자수가 놓인 부드러운 살구색 벨벳 위에 바로 그 화려한 보관이 놓여 있었소.

'이 보관에는 서른아홉 개의 커다란 녹주석이 박혀 있소. 사실 문양이 새겨진 금장식만 해도 가격을 매길 수가 없지. 보관은 아무리 적게 잡아도 빌려가는 돈의 두 배 가치는 될 거요. 이걸 담보로 맡기겠소.'

난 귀중한 상자를 받아들고 곤혹스러움을 감추지 못한 채 고귀한 고객을 쳐다보기만 했소.

'지금 보관의 가치를 의심하는 거요?'

그분이 물으셨소.

'그럴 리가요. 제 생각엔 그저…….'

'내가 이걸 맡기고 가도 되겠느냐는 말이군. 마음놓으시오. 나흘 후에 되찾는다고 확신하지 않으면 이걸 맡긴다는 건 꿈도 꾸지 않았을 테니까. 담보로 충분하시오?'

'오히려 과합니다.'

'홀더 씨, 난 당신에 대해 들은 이야기를 믿고 보관을 신뢰의 증표로 맡긴 거요. 당신은 신중하고 입이 무거운 사람이니 이번 일에 관해 어떤 소문도 나지 않을 거라고 믿겠소. 그리고 무엇보다 보관을 잘 지켜줄 거라고 생각하오. 만일 보관에 약간이라도 문제가 생긴다면 난 엄청난 추문에 휩쓸릴 거요. 보석에 조금이라도 흠이 생기는 경우 보관 전체를 잃어버리는 셈이 되지. 세상 어디에도 이 녹주석을 대신할 수 있는 보석은 없으니까. 그럼 당신을 믿고 보관을 맡기겠소. 월요일 아침에 찾으러 오리다.'

고귀한 고객이 어서 자리를 떠나고 싶어 하셔서 더이상 아무 말도 하지 않았소. 회계 담당을 불러 오만 파운드에 달하는 수표를 내어드리라고 했습니다. 혼자 남아 책상에 놓인 귀한 보물을 보니 막중한 책임에 불안해지기 시작하더군요. 국가 재산인 보관에 혹시라도 안 좋은 일이 생긴다면 엄청난 소란이 일어날 테니 말이오. 보관을 맡은 것이 후회되었소. 하지만 이미 엎질러진 물이었소. 난 보관을 개인 금고에 집어넣고 업무를 마저 보았지요.

퇴근 시간이 되자 귀한 물건을 경솔하게 사무실에 놔두고 갈 순 없다는 생각이 들었소. 은행 금고도 털린 적이 있는데 내 금고는 안전하다는 보장이 어디 있으며 만일 그런 일이 생기면 입장이 뭐가 되겠소? 그래서 앞으로 며칠간 보관이 든 상자를 가지고 출퇴근하면서 한시도 곁에서 떼어놓지 않기로 마음먹었지요. 나는 보관이 든 상자를 챙겨 마차를 불러 타고 스트레텀에 있는 집으로 돌아갔다오. 집에 도착하자마자 2층으로 올라가 옷방의 옷장 속에 집어넣고 열쇠로 잠글 때까지 숨도 제대로 쉬지 못했소.

이쯤에서 우리집에 있는 사람들 이야기를 해야 할 것 같군. 홈스 씨가 상황을 완벽하게 이해할 수 있도록 말이오. 마부와 하인은 집밖에서 지내니까 제외해도 될 거요. 하녀들 중 세 명은 우리집에 오래 있었고 믿을 만한 사람들이오. 세 명 외에 루시 파라고 심부름하는 하녀가 있소. 우리집에 온 지는 몇 달 되지 않았는데 훌륭한 추천장도 있을 뿐만 아니라 일도 나무랄 데 없이 잘한다오. 한 가지 단점이 있다면 얼굴이 예쁘다 보니 남자들이 집 앞까지 쫓아오는 일들이 종종 있더군. 그것만 제외하면 흠잡을 데가 없다고 생각하오.

하인들 이야기는 이쯤 하지요. 가족은 워낙 단출해서 길게 이야기할 것도 없다오. 아내는 세상을 떠났고 아서라는 외아들이 있는데 아주 애물단지요. 그 애가 그렇게 된 건 다 내 잘못이라오. 사람들 말이 내가 그 애를 망쳤다고 하더군. 그 말이 맞을 거요. 사랑하는 아내를 먼저 보내고 나자 남은 건 그 애밖에 없었소. 그러다 보니 아들의 얼굴에서 잠깐이라도 웃음이 사라지는 걸 견딜 수가 없었다오. 해달라는 건 전부 해줬지. 아들을 좀 더 엄하게 키우는 편이 우리 둘 모두에게 좋았을 거요. 하지만 그땐 그게 최선이라고 믿었다오.

나는 그 애가 사업을 물려받기를 바랐소. 하지만 자질이 없는 놈이었소. 솔직히 말하자면 거칠고 제멋대로인 놈이라 거액을 믿고 맡길 수가 없었소. 아서는 어린 나이에 귀족 클럽의 회원이 되었는데 붙임성이 좋은 덕분인지 돈 많고 값비싼 취미를 가진 다른 회원들과 금세 친해졌지. 그러면서 카드 노름을 배우고 경마에 돈을 낭비하고 결국 노름빚을 갚기 위해 번번이 용돈을 가불해가는 지경에 이르렀다오. 그 애도 위험한 클럽을 그만두려고 한 적이 여러 번 있었지만 그때마다 친하게 지내는 조지 번웰 경의 말에 이끌려 다시 돌아가곤 했소.

아서가 조지 번웰 경에게 끌려다니는 건 이상한 일도 아니오. 우리집에도 자주 찾아오는데 내 눈에도 매력적인 사람이니 말이오. 번웰 경은 아서보다 나이도 많고 어느 모로 보나 세상 물정에 밝은 사람이라오. 안 가본 곳이 없고 모르는 것이 없소. 화술이 뛰어날 뿐만 아니라 외모도 아주 뛰어나다오. 그렇지만 매력과는 별개로 조지 번웰 경에 대해 냉정하게 생각해보면 그의 비열한 말투나 표정 때문에 믿음이 가지 않았지. 나만 그렇게 생각하는 게 아니라 여자로서의 직감이 뛰어난 메리도 똑같이 생각하고 있소.

이제 우리 메리에 대한 이야기만 남았군. 그 애는 내 조카인데 오 년 전에 동생이 죽는 바람에 혼자가 됐다오. 그래서 내가 메리를 우리집에 데려와 그때부터 친딸처럼 여기며 살고 있소. 우리집의 햇살 같은 존재라오. 사랑스럽고 다정하고 아름다울 뿐만 아니라 살림은 물론 집안의 모든 일들을 잘 챙기는 아이지. 그렇게 부드럽고 차분하고 다정한 여자는 세상에 또 없을 거요. 무엇보다 메리는 내 오른팔이나 마찬가지라 그 애가 없다면 나는 아무것도 못 할 거라오. 그 애가 내 바람을 들어주지 않은 건 한 가지밖에 없소. 아들 녀석이 메리를 무척 사랑해서 두 번이나 청혼했는데 다 거절했지 뭐요. 난 그 녀석을 올바른 길로 이끌어줄 사람은 세상에 메리밖에 없다고 생각한다오. 결혼만 하면 아서도 새사람이 될지도 모르지. 하지만 이제는, 이제는 늦었소. 너무 늦어버렸단 말이오!

홈스 씨, 우리집에 있는 사람들 이야기는 이걸로 끝이오. 이제부터 내가 처한 절망적인 상황에 대해 말하리다.

그날 밤 저녁 식사를 끝낸 뒤 거실에서 커피를 마시면서 나는 아서와 메리에게 그날 있었던 일에 대해 이야기했소. 고객의 이름까지 말하진 않았지만 귀한 보물을 집에 가져왔다고 말이오. 커피는 루시 파가 가져다주었는데 얘기를 한 건 확실히 그 애가 거실을 나간 뒤였지. 그때 문이 닫혀 있었는지는 모르겠소. 메리와 아서는 큰 관심을 보이며 유명한 보관을 보고 싶어 했지만 나는 보관을 꺼내지 않는 게 좋겠다고 생각했다오.

'어디에 두셨어요?'

아서가 묻더군.

'내 옷방의 옷장 속에 넣어두었단다.'

'도둑이 들지 않길 빌어야겠네요.'

아서가 말했소.

'열쇠로 잠가두었다.'

'오, 그 옷장은 아무 열쇠로나 다 열려요. 어렸을 때 골방 열쇠로 열었던 적도 있어요.'

그 애는 늘 입에서 나오는 대로 말했기 때문에 귀담아듣지 않았다오. 그런데 그날 밤 아서가 심각한 얼굴로 방까지 따라와서는 눈을 내리깔고 말하더군요.

'아버지, 이백 파운드만 주세요.'

'안 돼! 그동안 내가 네 씀씀이에 지나치게 관대했구나.'

난 단호하게 대답했소.

'그동안 도움을 많이 주신 거 알아요. 하지만 이 돈은 꼭 필요해요. 그렇지 않으면 다시는 클럽에 얼굴을 내밀 수가 없어요.'

'더 잘된 일이구나!'

내가 소리쳤소.

'맞아요. 그렇더라도 명예를 모르는 인간이라는 낙인이 찍힌 채 클럽을 떠날 순 없어요. 그런 치욕은 견딜 수 없다고요. 무슨 수를 써서든 돈을 마련해야 해요. 아버지가 돈을 주지 않겠다면 다른 방법을 강구하는 수밖에요.'

나는 정말 화가 났소. 이번 달에만 돈을 받아가는 게 세 번째였으니까.

'나한테선 땡전 한푼 받을 생각하지 마라!'

내가 소리치자 아들은 고개를 숙여 인사하더니 말없이 방을 나가더군.

그 애가 나간 뒤 나는 옷방에 가서 보관이 무사한지 확인하고 옷장을 다시 잠갔소. 그런 다음 평소처럼 집안을 한 바퀴 돌며 문단속을 했지. 평소에는 메리가 하는 일이었는데 그날 밤만큼은 직접 해야겠더군. 아래층으로 내려왔더니 메리가 홀의 구석 창가에 서 있는 게 보였소. 내가 그쪽으로 가까이 가니 그 애는 창문을 닫아 잠갔소.

'저기요, 큰아버지. 오늘밤에 루시한테 외출해도 좋다고 허락해주셨어요?'

메리가 어쩐지 불안해 보이는 얼굴로 물었소.

'그런 적 없는데.'

'그 애가 방금 뒷문으로 들어왔어요. 쪽문까지 나가 누굴 만나고 온 모양이에요. 아무래도 문단속에 좋지 않으니 앞으로는 그러지 말라고 해야겠어요.'

'아침에 제대로 말을 하렴. 네가 뭣하다면 내가 말하마. 그런데 문단속은 다 한 거니?'

'네, 다 했어요.'

'그래, 그럼 잘 자거라.'

난 메리에게 인사한 뒤 침실로 올라가 바로 잠이 들었소.

홈스 씨, 난 지금 사건이 있기까지 있었던 일들에 대해 하나도 빠짐없이 이야기하려고 노력하고 있소이다. 조금이라도 사건과 관계가 있을지 모르니 말이오. 혹시 명확하지 않은 부분이 있다면 무엇이든 물어보시오."

"워낙 명확하게 말씀해주시니 아직까진 괜찮습니다."

"지금부터 할 이야기도 그랬으면 좋겠소. 난 원래 잠이 깊이 드는 사람이 아니오. 마음이 불안해서 그런지 그날 밤은 평소보다 더 선잠이 들었소. 새벽 2시쯤이었나 집안에서 무슨 소리가 들려서 잠이 깼소. 내가 완전히 깨기 전에 소리는 사라졌지만 그다음에는 집안 어딘가에서 창문을 살짝 닫는 것 같은 소리가 들리더군. 나는 자리에 누운 채로 귀를 기울였다오. 그랬더니 갑자기 침실 옆 옷방에서 조심스러운 발자국 소리가 들리는 거요. 무서워서 심장이 두근거리긴 했지만 침대에서 일어나 옷방 문을 살짝 열고 안을 들여다봤소.

'아서! 이 못된 놈! 도둑놈 같으니라고! 네가 감히 보관에 손을 대?'

큰소리가 저절로 나오더군.

잠들기 전에 옷방에서 나가면서 반으로 줄여놓은 등불이 완전히 켜져 있었소. 외투도 없이 맨발에 바지와 셔츠만 입은 아들이 보관을 손에 든 채 등불 옆에 서 있더군요. 그 애는 보관을 비틀고 있었소. 아니, 있는 힘을 다해 구부리는 것 같았지. 내 고함에 놀란 아서가 보관을 떨어뜨리더니 안색이 시체처럼 창백해졌소. 난 보관을 집어 들어 살펴보았다오. 녹주석 세 개가 박혀 있던 금판 한 개가 사라졌더군.

'이 몹쓸 자식 같으니라고! 이걸 망가뜨리다니! 네놈 때문에 아비는 평생 얼굴을 들고 다닐 수가 없게 됐다! 훔친 보석은 어디에 둔 거냐?'

나는 끓어오르는 화를 참지 못하고 소리쳤소.

'제가 훔쳤단 말씀이세요?'

'그래, 이 도둑놈아!'

내가 녀석의 어깨를 잡고 흔들면서 고함치자 아들은 이렇게 말했소.

'없어진 건 없어요. 없어졌을 리가 없다고요.'

'보석 세 개가 없어졌어. 보석이 어디에 있는지는 네가 알겠지. 도둑질도 모자라서 이젠 거짓말까지 할 셈이냐? 지금 다른 금붙이까지 떼어 가려고 한 걸 모를 줄 알아?'

'이제 욕은 충분히 먹었어요. 더이상은 참지 않을 거예요. 절 욕보이기로 작정하신 모양이니 저도 더이상은 한마디도 하지 않겠어요. 아침이 되면 집에서 나갈 거예요. 독립하겠다고요.'

'네놈은 경찰에 잡혀갈 거다! 이번 일은 철저하게 조사할 테

니까.'

난 슬픔과 분노로 반쯤 미쳐서 소리를 질렀어요.

'저한테서는 아무것도 알아내지 못할걸요! 경찰을 부르고 싶으면 부르세요. 뭐든 경찰보고 찾으라고 하시라고요!'

아들이 화를 내며 소리쳤소. 녀석이 그렇게 성질부리는 건 처음 봤다오.

그때쯤 온 집안사람들이 깨어났소. 내가 화가 치솟아 큰 소리를 내서 그런 거였지. 메리가 제일 먼저 달려왔는데 보관과 아서의 표정을 보고 사건의 전말을 알아차렸는지 비명을 지르고 그 자리에서 기절해버렸다오. 난 결국 이번 사건을 경찰 손에 넘기기로 하고 하녀를 시켜 경찰을 불렀소. 경위가 경관 한 명을 대동하고 나타나자 아서가 뚱한 표정으로 팔짱을 끼고는 나보고 절도죄로 고발할 거냐고 묻더군. 나는 국가 재산인 보관이 망가진 건 사적인 문제가 아니라 공적인 문제이기 때문에 어쩔 수 없다고 했소. 모든 걸 법에 맡기기로 마음먹은 거요.

'지금 당장 체포하라고 하진 않으실 테죠. 오 분만 나갔다 오게 해주세요. 그렇게 하는 편이 아버지한테도 좋을 거예요.'

'그런 말을 하는 걸 보니 도망치든가 훔친 보석을 어딘가에 숨겨둘 심산인 게지.'

내가 말했소. 그러다 문득 얼마나 끔찍한 상황에 처한 건지 깨달았소. 아들에게 이번 일은 나뿐만이 아니라 나보다 훨씬 고귀한 분의 명예까지 더럽히는 일이라는 걸 잊어서는 안 된다고 애원했다오. 이 일로 추문이라도 퍼지면 그때는 국가적인 문제가 되는 거라고 위협하면서 없어진 보석 세 개를 어떻게 했는지 말해주면 아무 문제 없을 거라고 말했소.

'지금 상황을 잘 생각해보렴. 넌 현장에서 붙잡혔으니 자백하지 않으면 죄가 더 무거워질 거다. 이 상황을 수습할 생각이 네게 조금이라도 있다면, 보석이 어디에 있는지 말해다오. 그렇게만 하면 아무 일도 없었던 걸로 하고 용서해주마.'

'용서는 필요로 하는 사람한테나 해주세요.'

아들은 그렇게 대답하더니 날 비웃는 것처럼 돌아섰소. 난 저렇게 몰인정한 녀석에게는 어떤 말도 소용없다는 것을 깨달았다오. 방법은 한 가지밖에 없었소. 나는 경위에게 아들 녀석을 체포하라고 했다오. 그리고 즉시 아들의 몸을 비롯해 침실과 집 안 구석구석까지 보석을 숨겨두었을 만한 곳은 모두 뒤지기 시작했소. 하지만 보석은 아무데서도 나오지 않았지. 아들 녀석을 구슬리기도 하고 겁을 줘보기도 했지만 끝내 입을 열지 않더군. 오늘 아침 아서는 유치장에 갇혔소. 경찰의 의례적인 조사가 끝나자마자 사건 해결에 홈스 씨의 도움을 청하고자 여기까지 달려온 거요. 경찰은 지금 같은 상황에서는 할 수 있는 일이 아무것도 없다고 했소만. 비용은 얼마가 들어도 좋소. 이미 천 파운드의 보상금도 걸었소. 난 어쩌면 좋냔 말이오! 하룻밤 사이에 명예와 보석, 아들까지 잃었으니 정말 어떻게 해야 할지!"

그는 머리를 손으로 감싼 채 몸을 앞뒤로 흔들며, 슬픔을 가누지 못하는 아이처럼 혼잣말을 웅얼거렸다.

셜록 홈스는 한동안 말없이 이마를 찌푸린 채 벽난로 불만 쳐다보았다.

"집에 찾아오는 사람이 많습니까?"

홈스가 물었다.

"아뇨, 동업자와 그 가족들, 가끔씩 아서의 친구들이 찾아오는 정도요. 그러고 보니 조지 번웰 경은 최근 들어 여러 번 왔었군. 그 외에는 아무도 없소."

"사교 모임에는 자주 나가십니까?"

"아서는 많이 나가오. 메리와 난 집에 있소. 우리 둘 다 모임에 나가는 걸 그리 좋아하지 않거든."

"보통 젊은 아가씨들과는 다르군요."

"메리는 본래 차분한 성격이라오. 나이가 아주 어린 것도 아니고. 스물네 살이니 말이오."

"말씀을 들어보니 이번 일로 아가씨가 많이 놀란 모양입니다."

“그야 물론이오! 그 애가 나보다 더 놀랐을 거요.”

“아드님이 범인이라고 확신하십니까?”

“그 녀석이 보관을 들고 있는 걸 똑똑히 봤으니 그렇게 생각할 수밖에 없지 않겠소?”

“그건 결정적인 증거라고 할 수 없습니다. 보관이 망가졌다고 하셨죠?”

“그렇소, 비틀어져 있었지.”

“보관을 똑바로 펴기 위해 들고 있었던 게 아닐까요?”

“우리 부자 사이를 생각해서 그렇게 말해주다니 고맙소! 하지만 그럴 리 있겠소. 애초에 방에 들어간 이유가 뭐겠소? 게다가 결백하다면 어째서 말을 하지 않는단 말이오?”

“바로 그겁니다. 아드님이 범인이라면 어째서 거짓말을 꾸며대지 않은 걸까요? 지금 아드님의 침묵은 어느 쪽에도 들어맞지 않습니다. 이 사건에는 몇 가지 특이한 점이 있어요. 경찰 쪽에서는 밤중에 홀더 씨를 깨운 소리가 무슨 소리였을 거라고 하던가요?”

“경찰은 아서가 침실에서 나올 때 방문을 닫은 소리였을 거라고 했소.”

“그럴듯하군요! 중죄를 저지르려는 남자가 집안사람을 다 깨울 만큼 소리 나게 방문을 닫았다니 말입니다. 그럼 경찰은 보석이 어디에 있을 거라고 하던가요?"

"경찰은 보석을 찾느라고 바닥을 두드려보기도 하고 가구들을 하나하나 뒤지고 있는 중이오."

"집밖도 찾아보던가요?"

"물론이오. 열심히 찾고 있소. 벌써 정원 수색은 끝났소."

"사건이 홀더 씨나 경찰이 생각하는 것보다 훨씬 복잡할지도 모른다는 생각이 들진 않던가요? 얼핏 간단해 보일지 몰라도 제가 보기엔 복잡한 사건입니다. 홀더 씨가 세운 가설을 차분히 한번 생각해볼까요. 아드님은 한밤중에 방에서 나와 위험을 무릅쓰고 홀더 씨의 옷방에 들어간 다음, 옷장을 열어 보관을 꺼내고 엄청난 힘을 들여 한 부분만 떼어냅니다. 그리고 보관을 그대로 들고 다른 곳으로 가서 서른아홉 개의 보석들 중 세 개만 아무도 찾지 못할 곳에 숨겨놓은 뒤 나머지 서른여섯 개가 붙어 있는 보관을 들고 돌아온 거죠. 다른 곳도 아닌 가장 들키기 쉬운 옷방으로 말이에요. 말이 된다고 생각하십니까?"

"그게 아니라면 대체 어떻게 된 일이란 말이오? 아들 녀석이 결백하다면 어째서 해명하지 않는 거요?"

은행가가 절망적인 몸짓으로 소리쳤다.

"그 질문의 답을 찾는 것이 바로 우리가 할 일입니다. 홀더 씨, 지금 당장 스트레텀에 같이 가주실 수 있습니까? 사건 현장을 자세히 살펴봐야겠습니다."

꼭 같이 가달라는 친구의 고집을 나는 기꺼이 들어주었다. 사건 이야기를 듣다 보니 마음 깊은 곳에서 호기심과 연민이 솟구쳐 올랐기 때문이다. 솔직히 말하자면 가련한 아버지의 생각과 마찬가지로 사건의 범인은 아들이 확실해 보였다. 하지만 나는 홈스의 판단을 믿었다. 홈스가 은행가의 가설을 그대로 받아들이지 않았다는 건 희망이 있다는 뜻이었다. 목적지인 남부 교외로 가는 내내 홈스는 한마디도 하지 않았다. 고개를 숙이고 눈을 가릴 정도로 모자를 푹 눌러쓴 채 깊은 생각에 잠겨 있었다. 의뢰인은 어렴풋하긴 해도 희망의 빛이 보이자 기운이 나는 모양이었다. 심지어 내게 은행 일에 관한 잡담을 뜬금없이 늘어놓기도 했다. 잠깐 기차를 탄 뒤 조금 걸어 금융업계 거물의 수수한 저택인 페어뱅크에 도착했다.

페어뱅크는 도로에서 살짝 안으로 들어간 곳에 서 있는 큼지막하고 네모진 하얀 석조 건물이었다. 눈이 소복하게 쌓인 잔디밭과 이차선으로 된 마차길이 굳게 닫힌 커다란 철문 앞까지 이어졌다. 오른쪽에는 나무로 된 작은 쪽문이 있었고 울타리 사이에는 상인들이 주로 드나드는 부엌 뒷문으로 이어지는 좁은 길이 나 있었다. 왼쪽에 마구간으로 뻗은 길이 있었는데 그 길은 사유지에 난 길이 아니었다. 사람들이 많이 다니지는 않아도 엄연한 공용 도로였다. 우리를 문 앞에 세워둔 홈스는 천천히 집 주위를 둘러보았다. 대문 앞에서 출발하여 상인들이 드나드는 길로 정원을 한 바퀴 돌아 저택 뒤쪽에 있는 마구간까지 갔다. 홈스가 좀처럼 돌아오지 않자 홀더와 나는 식당에 들어가 난로 앞에서 그를 기다렸다. 말없이 앉아 있을 때 문이 열리고 젊은 아가씨가 들어왔다. 보통보다 큰 키에 호리호리한 몸매를 가진 그녀는 지나치게 창백한 피부 때문에 검은 눈동자와 검은 머리카락이 한층 새카맣게 보였다. 이제껏 이렇게 죽은 사람처럼 창백한 여자의 얼굴은 처음 보았다. 입술에도 핏기 하나 없었고 두 눈은 얼마나 울었는지 붉게 충혈되어 있었다. 소리 없이 식당에 들어오는 그녀의 모습에서 아침에 은행가에게 느꼈던 슬픔보다 더한 비통함이 느껴졌다. 하지만 그녀는 엄청난 자제심을 발휘하여 감정을 억누르고 있었다. 강인한 심성을 가진 여성임이 분명했고 그 때문인지 인상이 강렬했다. 아가씨는 내가 있다는 사실에 아랑곳하지 않고 곧장 큰아버지에게 다가가더니 다정하게 머리를 끌어안았다.

"경찰에 가서 아서 오빠를 풀어달라고 말씀하고 오신 거죠?"

"아니, 그러지 않았다. 이 사건은 철저히 조사해야 하니까."

"오빠는 결백해요. 여자의 직감이 어떤지 아시잖아요. 전 오빠가 죄를 짓지 않았다는 걸 알아요. 나중에 큰아버지도 오빠한테 심하게 굴었던 걸 틀림없이 후회하실 거예요."

"그 애가 결백하다면 어째서 아무 말도 하지 않겠니?"

"그거야 누가 알겠어요? 큰아버지가 의심하니까 너무 화가 나서 그럴 수도 있죠."

"보관을 들고 있는 걸 내 눈으로 똑똑히 봤는데 어떻게 의심하지 않을 수가 있단 말이냐?"

"한번 살펴보려고 그런 거겠죠. 오빠는 결백하다는 제 말을 믿어주세요. 이 일은 그만 덮고 더이상 문제 삼지 마세요. 오빠가 유치장에 갇혀 있다는 생각만 해도 너무나 무서워요!"

"보석을 되찾기 전에는 그만둘 수 없다. 그럴 수 없단 말이다, 메리! 너는 아서만 걱정하느라 지금 나한테 얼마나 큰일이 일어났는지 모르고 있어. 이번 일을 덮을 게 아니라 제대로 조사하기 위해 런던에서 신사분을 모셔왔단다."

"이분인가요?"

그녀가 나를 돌아보며 물었다.

"아니, 이 신사의 친구분이란다. 그분은 지금 혼자서 조사하는 중이지. 지금쯤 마구간으로 향하는 길을 돌아보고 있을 거야."

"마구간 길요?"

그녀가 눈썹을 치켜 올렸다.

"거기서 뭘 찾는다는 거죠? 아, 저분이시군요. 선생님, 전 사건과 사촌 오빠는 무관하다고 생각해요. 선생님이 오빠의 결백을 입증해주실 거라고 믿어요."

"저도 그렇게 생각합니다. 우리가 함께 그 사실을 입증할 수 있을 겁니다. 아가씨가 메리 홀더 양이시죠? 질문 몇 가지 드려도 되겠습니까?"

홈스가 신발에 묻은 눈을 현관 매트에 털며 말했다.

"끔찍한 사건을 해결하는 데 도움이 된다면 얼마든지요."

"간밤에 아무 소리도 듣지 못했습니까?"

"아무 소리도 못 들었어요. 큰아버지가 언성을 높이시기 전에는 말이에요. 그래서 방에서 나와본 거죠."

"간밤에 문단속은 홀더 양이 했다고 하던데요. 창문은 전부 잠갔습니까?"

"네."

"오늘 아침에도 그대로 잠겨 있던가요?"

"네."

"애인이 있는 하녀가 있다죠? 지난밤에 하녀가 애인을 만나러 밖에 나갔다고 큰아버지에게 말했다면서요?"

"네, 그 애는 거실에서 시중 드는 일을 해요. 큰아버지가 보관에 대해 말씀하시는 걸 들었을지도 몰라요."

"알겠습니다. 홀더 양은 하녀가 애인에게 이야기를 전했고 두 사람이 도둑질을 계획했을지도 모른다고 생각하는 거로군요."

"그럴 가능성은 희박하오. 오늘 아침에 보관을 들고 있는 아서를 봤다고 하지 않았소?"

은행가가 참지 못하고 소리를 버럭 질렀다.

"홀더 씨, 잠시만 기다려주십시오. 그 문제는 다시 이야기하도록 하죠. 홀더 양, 하녀가 부엌 뒷문으로 들어오는 걸 봤다고 하셨죠?"

"네, 문단속을 하러 갔다가 몰래 들어오는 하녀와 마주쳤어요. 어둠 속에 서 있는 남자도 봤어요."

"아는 사람이던가요?"

"네, 우리집에 채소를 대주는 청과물 상인이에요. 이름은 프랜시스 프로스퍼죠."

"남자가 문 왼쪽에 서 있지 않았습니까? 문에서 조금 떨어진 길 쪽으로 말입니다."

"네, 맞아요."

"남자는 한쪽 다리가 나무 의족이죠?"

표정이 풍부한 젊은 숙녀의 검정색 눈동자에 언뜻 두려움이 스쳤다.

"어머, 마법사 같은 분이시네요. 어떻게 아셨죠?"

그녀가 미소를 지었지만 홈스의 마른 얼굴은 사건에 집중하기만 할 뿐 미소에 응하지 않았다.

"이제 위층을 둘러보고 싶군요. 집 주변은 나중에 다시 살펴봐야 할 것 같습니다. 아, 올라가기 전에 아래층 창문부터 살펴봐야겠군요."

홈스는 재빨리 여기저기 돌아다니며 창문들을 하나씩 살폈다. 그러다 홀에서 마구간 길이 내려다보이는 커다란 창문 앞에 멈췄다. 그는 창문을 열더니 돋보기를 꺼내 창틀을 아주 면밀하게 조사했다.

마침내 홈스가 말했다.

"이제 위층으로 올라가죠."

은행가의 윗방은 바닥에 회색 양탄자가 깔려 있고 수수한 가구들이 놓인 작은 방이었다. 커다란 옷장과 긴 거울이 있었다. 홈스는 먼저 옷장 앞으로 가서 잠금장치를 살펴보았다.

"어느 열쇠로 열었을까요?"

홈스가 물었다.

"아들은 자기가 말한 열쇠로 열었을 거요. 골방 찬장 열쇠 말이오."

"여기 있습니까?"

"화장대 위에 있소."

셜록 홈스는 열쇠를 집어 들고 옷장 문을 열었다.

"소리 없이 열리는군요. 옷장 문이 열릴 때 홀더 씨가 깨지 않은 것도 당연합니다. 이게 보관이 든 상자인 모양이군요. 먼저 이것부터 살펴봐야겠습니다."

홈스가 상자를 열고 보관을 꺼내 탁자에 올려놓았다. 고도의 세공 기술로 만들어진 걸작이었다. 보관에 박힌 서른여섯 개의 녹주석들은 이제껏 본 중에 가장 최고급인 보석이었다. 보관의 한쪽 면은 가장자리가 비틀려 훼손되어 있었다. 보석 세 개가 박힌 금장식이 떨어져나간 흔적이었다.

"홀더 씨, 이쪽에 없어진 금장식과 똑같은 장식이 있군요. 한번 떼어내보시겠습니까?"

홈스의 말에 은행가는 사색이 되어 물러섰다.

"그런 짓은 꿈에도 할 수 없소."

"그럼 제가 해보죠."

홈스가 불끈 힘을 주었지만 보관에 붙은 장식은 꼼짝도 하지 않았다.

"움직이는 느낌이 약간 드는군요. 제가 다른 사람들보다 손힘이 훨씬 센데도 이걸 뜯어내려면 시간이 얼마나 걸릴지 모르겠습니다. 보통 사람 힘으로는 불가능합니다. 홀더 씨, 제가 이

걸 뜯어내면 어떻게 될 것 같습니까? 아마 총소리만큼 요란한 소리가 나겠죠. 바로 옆방에서 이런 일이 있었는데 홀더 씨는 아무 소리도 듣지 못했습니까?"

"뭐가 어떻게 된 일인지 모르겠군. 앞이 캄캄하오."

"앞으로 조금씩 밝아질 겁니다. 홀더 양 생각은 어떠신지요?"

"저도 큰아버지만큼이나 아무것도 모르겠어요."

"아드님을 이 방에서 봤을 때 신발이나 슬리퍼를 신고 있지 않았다고 하셨죠?"

"셔츠와 바지만 걸친 것 같았소."

"고맙습니다. 이번 조사에서는 유독 운이 좋습니다. 이런 상황에서 사건을 해결하지 못하면 전적으로 우리 잘못인 거죠. 홀더 씨, 이제 집 바깥을 다시 조사하러 나가봐야겠습니다."

홈스는 불필요한 발자국들을 많이 남기면 일만 어려워진다면서 혼자 나갔다. 한 시간쯤 지나 홈스가 신발에 눈을 잔뜩 묻히고 돌아왔다. 여느 때와 마찬가지로 무슨 생각을 하고 있는지 알 수 없는 표정이었다.

"여기서 봐야 할 건 다 본 것 같군요. 이제 그만 돌아가보겠습니다."

"홈스 씨, 보석은 어디에 있소?"

"모르죠."

은행가가 양손을 맞잡았다.

"보석을 영영 되찾을 수 없단 말이오? 그럼 내 아들은? 홈스 씨가 희망을 주지 않았소?"

"제 생각은 변함이 없습니다."

"그렇다면 간밤에 우리집에서 있었던 난해한 사건은 어떻게 된 거란 말이오?"

"내일 아침 9시와 10시 사이에 베이커 스트리트로 찾아오십시오. 그때 모든 것을 밝혀드리겠습니다. 이번 수사에서 제게 전권을 위임한다고 하셨죠. 보석을 되찾기 위해서라면 돈은 얼마가 들어도 상관없습니까?"

"보석을 되찾을 수만 있다면 전 재산도 내놓을 수 있소."

"좋습니다. 그럼 지금부터 문제를 해결해보죠. 그만 가보겠습니다. 저녁 전에 이곳에 한 번 더 들를지도 모르겠군요."

홈스는 이미 사건에 대해 결론을 내린 것이 분명해 보였다. 나로선 무엇인지 짐작조차 할 수 없지만 말이다. 집으로 돌아가는 길에 몇 번 떠보았지만 그때마다 홈스는 화제를 돌려버렸다. 결국 나는 포기했다.

우리는 3시가 되기 전에 집에 도착했다. 홈스는 서둘러 방으로 올라가더니 몇 분 뒤 길에서 흔히 보이는 부랑자처럼 차려입고 내려왔다. 옷깃을 잔뜩 세운 번질거리는 허름한 외투에 빨간 스카프를 걸치고 낡은 부츠를 신은 모습이 딱 그 부류의 사람처럼 보였다.

"이 정도면 된 것 같군."

홈스가 벽난로 위에 걸린 거울을 흘깃 쳐다보았다.

"자네도 같이 가면 좋겠지만 이번엔 좀 힘들 것 같군. 내가 제대로 된 단서를 쫓고 있는지 아니면 환영을 따라가고 있는지 곧 알게 되겠지. 몇 시간은 걸릴 거야."

그는 주방 찬장에 있던 고깃덩어리를 잘라 둥근 빵 사이에 한 쪽을 끼워 넣은 뒤 주머니에 아무렇게나 쑤셔넣고 집을 나섰다.

내가 막 차를 다 마셨을 때 홈스가 돌아왔다. 고무 밑창을 댄 낡은 신발 한 짝을 들고 흔드는 모습에서 기분이 아주 좋다는 걸 알 수 있었다. 홈스는 신발을 주방 한구석에 내려놓더니 차를 한 잔 따라 마셨다.

"잠깐 들렀네. 다시 나가봐야 해."

"어디로 가는데?"

"아, 웨스트엔드 맞은편에. 이번엔 시간이 더 걸릴 걸세. 늦어도 기다리지 말게."

"일은 잘되고 있는 건가?"

"그럭저럭. 불평할 상황은 아니야. 스트레텀에 다녀왔는데 홀더의 저택에 들어가진 않았어. 사실 이번 일은 소소하고 깜찍한 사건이야. 어떻게든 해결할 거라네. 지금 여기서 이렇게 떠들고 있을 때가 아니지. 먼저 이 형편없는 옷부터 벗고 평소처럼 품위 있는 차림새로 돌아가야겠어."

말과는 달리 홈스의 태도에서는 만족스러운 기색이 드러났다. 눈이 반짝거리고 창백한 뺨에는 혈색까지 돌고 있었다. 홈스는 서둘러 위층으로 올라갔다. 몇 분 뒤에 현관문이 쾅하고 닫히는 소리가 들렸다. 그가 또다시 신나는 사냥길에 나선 모양이었다.

자정까지 기다려도 홈스가 돌아오지 않자 나는 잠자리에 들었다. 한창 수사에 몰두하고 있을 때는 집에 며칠 동안 들어오지 않는 일도 많았기 때문에 놀랄 일은 아니었다. 몇 시에 돌아왔는지는 모르지만 아침 식사 자리에 나가보니 홈스가 한 손에는 커피잔을, 다른 손에는 신문을 들고 앉아 있었다. 지친 기색 없이 단정한 모습이었다.

"기다리지 않고 먼저 먹어서 미안하네, 왓슨. 하지만 자네도 알다시피 의뢰인이 아침 일찍 오기로 되어 있지 않은가."

"이런, 벌써 9시가 넘었군. 방금 초인종 소리가 들린 것 같은데 의뢰인이 온 것일 수도 있겠어."

찾아온 사람은 예상대로 은행가였다. 나는 하룻밤 사이에 변한 그의 얼굴을 보고 깜짝 놀랐다. 이목구비가 또렷한 넓적한 얼굴이 눈에 띄게 수척해졌고 흰머리도 는 것 같았다. 그는 지치고 무기력한 모습으로 들어왔다. 전날 아침 난리법석을 떨며 이 방에 들어왔을 때보다 더 고통스러워 보였다. 은행가는 내가 앞으로 밀어준 안락의자에 털썩 주저앉았다.

"어째서 이런 모진 시련이 찾아온 건지 모르겠습니다. 이틀 전만 해도 아무 걱정 없이 행복하고 편안한 삶을 누리고 있었는데 이제 그동안 쌓아올린 명예가 땅에 떨어진데다 세상없이 외로운 신세가 되고 말았습니다. 슬픔은 꼬리에 꼬리를 물고 밀려온다고 하죠. 메리가 나를 버리고 떠나버렸소."

"떠났다고요?"

"그렇소. 오늘 아침에 보니 방이 텅 비었고 침대에도 잠을 잔 흔적이 없었다오. 홀에 있는 탁자에 쪽지를 놓고 갔더군. 간밤에 내가 메리한테 네가 아서와 결혼해줬더라면 모든 일이 잘됐을 거라는 말을 했소. 화가 나서가 아니라 슬퍼서 했던 말이었소. 그런 말을 하다니 생각이 모자랐지. 이게 그 애가 남긴 쪽지라오."

사랑하는 큰아버지

제가 큰아버지를 너무 힘들게 한 것 같아요. 제가 처신만 달리했어도 이런 끔찍한 일은 일어나지 않았을 거예요. 그 생각이 도저히 머리를 떠나지 않아서 이젠 큰아버지와 한 지붕 아래서 행복하게 살 수 없을 것 같아요. 아무래도 이제 큰아버지 곁을 떠날 때가 된 것 같아요. 준비는 되어 있으니 앞날에 대해서는 염려하지 않으셔도 돼요. 무엇보다 절 찾지 마세요. 소용없을 뿐만 아니라 저를 위한 일도 아니에요. 살아서든 죽어서든 영원히 큰아버지를 사랑할게요.

메리 올림

"홈스 씨, 이게 무슨 뜻일 것 같소? 자살하겠다는 이야기는 아니겠지?"

"네, 그런 건 아닙니다. 어쩌면 최선의 해결책을 택한 것일 수도 있겠어요. 이제는 홀더 씨의 힘든 시간도 끝이 보이는 것 같습니다."

"하! 홈스 씨가 그렇게 말하는 걸 보니 뭔가 들은 모양이군요! 뭔가 알아냈소? 보석은 어디 있습니까?"

"보석 한 개당 천 파운드를 내라면 금액이 과하다고 생각하십니까?"

"열 배라도 내겠소."

"그럴 필요는 없습니다. 삼천 파운드만 있으면 문제가 해결되니까요. 보상금도 있다고 하셨죠. 수표책 가지고 계십니까?

펜은 여기 있어요. 사천 파운드라고 써주시면 됩니다."

은행가는 멍한 표정으로 수표에 금액을 적어넣었다. 홈스는 책상에서 보석 세 개가 박힌 삼각형 모양의 금장식을 꺼내 탁자에 놓았다.

의뢰인이 환호성을 지르며 장식물을 집어 들었다.

"찾았군요! 이제 살았소! 이제 살았단 말입니다!"

은행가가 기쁨을 드러내는 방식은 슬픔을 드러내는 방식보다 더욱 열정적이었다. 그는 되찾은 보석을 가슴에 꼭 끌어안았다.

"홀더 씨, 빚이 남았습니다."

홈스가 엄격하게 말했다.

"오! 금액만 말씀하시오. 얼마든지 지불할 테니까."

은행가가 펜을 집어 들었다.

"아뇨, 저한테 진 빚이 아닙니다. 아드님에게 솔직한 태도로 사과하십시오. 이번 사건에서 아드님은 고귀하게 행동했습니다. 만일 제게 아들이 있었고 같은 행동을 했다면 무척이나 자랑스러웠을 겁니다."

"아서가 보석을 가져간 게 아니었단 말이오?"

"어제도 말씀드렸지만 오늘 다시 한번 말씀드리죠. 절대 아닙니다."

"정말이었군요! 당장 그 애한테 가서 진실이 밝혀졌다는 걸 알려줘야겠소."

"아드님은 이미 알고 있습니다. 이번 사건의 진상을 밝힌 뒤에 만나러 갔죠. 아드님이 아무 말도 하지 않을 거라는 걸 알고 있었기에 제가 아는 것을 이야기했습니다. 아드님도 제 말이 옳다는 것을 인정할 수밖에 없었습니다. 그리고 제가 미처 알아내지 못한 몇 가지 세부적인 사실들에 대해 알려주더군요. 오늘 아침 홀더 씨가 받은 소식을 전하면 아드님도 입을 열 겁니다."

"이 말도 안 되는 사건이 어떻게 일어났는지 설명을 해주시오!"

"그러죠. 제가 알아낸 순서대로 말씀드리겠습니다. 먼저 홀더 씨가 듣기에 힘든 이야기부터 해드리죠. 조지 번웰 경과 조카인 메리 양이 한통속입니다. 두 사람은 함께 도망갔습니다."

"메리가? 그럴 리가 없소!"

"안타깝지만 사실입니다. 홀더 씨나 아드님은 번웰이라는 자의 정체도 모르고 집안에 들였어요. 그자는 영국에서 위험하기로 손꼽히는 인물입니다. 몰락한 도박사이자 피도 눈물도 없는 악당이죠. 인간성도 양심도 없는 놈이에요. 메리 양은 전혀 몰랐을 겁니다. 그자가 수많은 여자에게 그랬던 것처럼 사랑을 속삭이자 메리 양은 그의 마음을 얻었다고 착각했겠죠. 그 악마는 상대방의 마음을 얻으려면 무슨 말을 해야 할지 잘 알고 있습니다. 결국 메리 양은 그자의 꼭두각시가 되었습니다. 두 사람은 매일 저녁 만났죠."

"믿을 수도 없고 믿지도 않을 거요!"

은행가가 사색이 되어 큰 소리로 외쳤다.

"그날 밤 홀더 씨의 집에서 무슨 일이 있었는지 말씀드리죠. 메리 양은 홀더 씨가 잠자리에 들었다고 생각하고 몰래 아래층으로 내려와 마구간 길이 보이는 창문에 서서 연인과 이야기를 나누었습니다. 발자국이 눈밭에 선명하게 찍힌 걸로 보아 그자는 한참 동안 그 자리에 서 있었을 겁니다. 메리 양은 애인에게 보관 이야기를 했어요. 조지 번웰은 그 이야기를 듣고 탐욕에 눈이 멀었습니다. 결국 메리 양은 그자의 꼬드김에 넘어갔고요. 메리 양이 큰아버지인 홀더 씨를 사랑하는 건 사실입니다. 하지만 여자들 중에 사랑하는 남자가 생기면 소중한 사람들에 대한 애정은 전부 잊어버리는 부류가 있는데, 메리 양이 바로 그런 부류죠. 메리 양은 아래층으로 내려오는 홀더 씨를 보고 애인의 지시를 제대로 듣지 못한 채 허둥지둥 창문을 닫았을 겁니다. 그리고 홀더 씨에게 다리에 의족을 단 남자와 사귀고 있는 하녀의 탈선에 대해 이야기했죠. 그건 아마 사실일 겁니다.

아드님은 홀더 씨와 이야기를 한 뒤에 잠자리에 들었죠. 하지만 클럽에 갚아야 할 빚을 걱정하느라 도통 잠을 이루지 못했어요. 그러다 한밤중에 누가 문 앞을 지나가는 소리를 들은 겁니다. 자리에서 일어나 내다보니 놀랍게도 사촌동생이 살금살금 복도를 지나 옷방으로 들어가는 겁니다. 깜짝 놀란 아드님은 대충 옷을 걸치고 나가 무슨 일인지 확인하기 위해 어둠 속에서 조용히 기다렸습니다. 조금 뒤 메리 양이 옷방에서 나왔습니다. 복도 불빛에 그녀가 귀한 보관을 든 게 보였죠. 메리 양은 아래층으로 내려갔고 소스라치게 놀란 아드님은 홀더 씨의 방문 근처에 있던 커튼 뒤에 몸을 숨겼습니다. 그 자리에서 아래층 거실을 내려다볼 수 있었으니까요. 아드님은 메리 양이 창문을 열고 보관을 어둠 속의 누군가에게 건네주는 모습을 보았습니다. 그런 뒤 메리 양은 창문을 닫고 아드님이 숨어 있던 커튼을 지나 급히 방으로 돌아갔습니다.

메리 양이 현장에 있는 한 아드님은 나설 수가 없었습니다. 사랑하는 여자가 엄청난 범죄를 저질렀다는 것을 드러낼 수 없었거든요. 메리 양이 방으로 돌아가자마자 아드님은 이번 일로 아버지인 홀더 씨의 처지가 몹시 곤란해질 것이며 어떻게든 바로잡아야 한다는 것을 깨달았습니다. 아드님은 곧장 창문을 열고 밖으로 뛰어나갔어요. 눈이 수북이 쌓인 길을 맨발로 쫓아가다 마구간 길에서 달빛에 어슴푸레하게 모습이 드러난 사람을 발견했습니다. 조지 번웰은 도망치려고 했지만 아드님이 그를 붙잡았어요. 두 사람 사이에 격투가 벌어졌고 조지 번웰과 아드님은 보관을 한쪽씩 잡고 힘껏 잡아당겼습니다. 그 와중에 아드님이 조지 번웰을 한 대 쳐서 눈에 상처를 입혔죠. 그때 갑자기 뭔가 부러지는 소리가 나면서 보관이 아드님 손에 넘어왔습니다. 그래서 아드님은 재빨리 집안으로 들어와 창문을 닫고 옷방으로 들어갔죠. 찬찬히 보관을 살펴보다가 격투중에 한쪽이 찌그러진 것을 알고 똑바로 펴기 위해 애쓰고 있었던 겁니다. 그 모습을 홀더 씨가 보았죠."

"그게 정말이오?"

은행가가 숨을 헐떡이며 물었다.

"아드님은 자기가 칭찬받아 마땅한 일을 했다고 생각했는데 홀더 씨가 화를 벌컥 내며 소리를 지른 겁니다. 메리 양이 저지른 짓을 이야기하지 않고는 상황을 명쾌하게 해명할 수 없는 상황이었죠. 배려를 받을 가치도 없는 여자였지만 아드님은 기사도를 발휘해 메리 양의 비밀을 지켜주었습니다."

"그래서 메리가 보관을 보고 비명을 지르며 기절했던 거로군. 맙소사! 나는 눈먼 바보였소. 그래서 아서가 오 분만 밖에 나갔다 오게 해달라고 했군! 싸웠던 자리에 떨어져나간 금장식이 있는지 확인해보려던 거였어. 그런데 난 그 아이를 그렇게 무자비하게 도둑이라고 몰아붙였으니!"

"전 그 집에 처음 갔을 때 혹시 눈밭에 도움이 될 만한 단서가 남아 있지 않을까 싶어서 주위를 샅샅이 살폈습니다. 눈이 전날 저녁까지만 오고 그친데다가 추운 날씨에 바닥이 얼어붙어 흔적이 고스란히 남았을 걸 알았으니까요. 상인들이 드나든다는 길을 따라가보았지만 발자국투성이라 아무것도 알아낼 수 없었습니다. 하지만 부엌문에서 약간 떨어진 곳에 여자와 남자가 한참 동안 서서 이야기를 나눈 흔적이 남아 있었습니다. 한쪽에 남은 둥근 자국 덕분에 남자가 의족을 했음을 알 수 있었죠. 심지어 두 사람이 한참 이야기를 나누던 도중 방해를 받은 것까지 알 수 있었습니다. 여자가 부엌문 쪽으로 급히 돌아간 발자국이 남았거든요. 발 앞쪽은 깊게 패었는데 뒤꿈치 쪽은 가볍게 찍혔죠. 그사이 의족을 한 남자는 잠깐 기다리다가 자리를 떠났습니다. 그 발자국들의 주인은 홀더 씨가 말씀하셨던 하녀와 애인일 거라고 생각했습니다. 조사 결과 사실로 밝혀졌죠. 정원도 살펴보았지만 경찰의 것으로 보이는 어지러운 발자국들밖에 없었습니다. 하지만 마구간으로 향하는 길로 접어들자 앞에 펼쳐진 눈밭에 길고 복잡한 이야기가 아로새겨져 있었죠.

구두를 신은 남자의 발자국과 다른 발자국이 그 길을 오고간 흔적이 남았더군요. 다행히 한 명의 발자국이 맨발이라는 것을 금세 알아볼 수 있었죠. 홀더 씨가 했던 이야기로 보아 맨발자국이 바로 아드님의 발자국인 게 확실했습니다. 눈에 남은 발자국들을 살펴보니 구두를 신은 남자는 걸었고 맨발인 남자는 뛰었더군요. 그리고 맨발 자국이 구두 자국에 간간히 겹치는 것으로 보아 아드님이 구두 신은 남자를 뒤쫓아갔다는 것을 알 수 있었습니다. 발자국을 따라가보니 거실 창문으로 이어져 있었습니다. 그 앞에 구두를 신은 남자의 발자국이 눈 위에 여기저기 남아 있는 것으로 보아 거기서 한참을 서성거렸다는 것을 알 수 있었죠. 이번에는 그 발자국을 따라 반대쪽으로 가보았습니다. 구두 발자국이 백 미터 정도 가다가 돌아선 자국에 근방의 눈들이 엉망으로 팬 것으로 보아 싸움이 일어난 것처럼 보이더군요. 몇 방울 떨어진 핏자국도 발견했습니다. 제가 잘못 본 게 아니었던 거죠. 거기서 구두 발자국이 도로 쪽으로 뛰어가기 시작했습니다. 핏자국이 그쪽 방면으로 조금씩 이어지는 것으로 보아 다친 사람은 그쪽이었어요. 도로에 쌓인 눈을 치우는 바람에 구두 신은 남자의 흔적은 거기서 끊어졌습니다.

집안을 살펴볼 때 제가 홀에 있는 창문의 창틀을 조사했던 걸 기억하실 겁니다. 돋보기로 보니 창틀을 넘나든 흔적이 있더군요. 누가 젖은 발자국을 남기며 집안으로 들어온 거였습니다. 그제야 어떻게 된 상황인지 알았습니다. 어떤 남자가 창문 밖에서 기다렸고 누가 그에게 보관을 가져다준 거였죠. 그 장면을 목격한 아드님이 도둑을 쫓아가다 몸싸움을 벌였고 그때 양쪽에서 보관을 잡아당기다가 두 사람의 힘이 합쳐져 금장식이 떨어져나간 겁니다. 결국 아드님이 보관을 회수했지만 떨어진 금장식은 상대방의 손에 넘어갔죠. 사건의 진상은 모두 밝혀졌습니다. 남은 문제는 그 남자의 정체와 그자에게 보관을 가져다준 사람이 누구냐는 거였죠.

불가능한 일들을 하나씩 제거한 뒤에 마지막에 남는 것이 아무리 터무니없어 보이더라도 진실인 법입니다. 자, 저는 홀더 씨가 보관을 범인에게 넘기지 않았다는 것을 압니다. 그렇다면 남는 사람은 조카인 메리 양과 하녀들뿐이지요. 하녀가 범인이라면 아드님이 무엇 때문에 죄를 뒤집어쓰겠습니까? 그럴 이유가 없죠. 하지만 메리 양을 사랑하는 아드님이 그녀의 비밀을 지켜주기 위해 누명을 자처했다고 하면 충분한 이유가 됩니다. 그 비밀이 불명예스럽기 때문에 더 그랬을 겁니다. 홀더 씨가 창문 앞에 서 있던 메리 양을 봤다고 했던 이야기와 보관을 보고 그녀가 기절했다는 이야기를 떠올리자 추측은 확신이 되었죠.

그렇다면 메리 양의 공범은 누구일까요? 메리 양이 큰아버지인 홀더 씨에게 가진 사랑과 감사의 마음을 뛰어넘을 사람이 연인 말고 누가 있겠습니까? 두 분은 외출도 자주 하지 않고 집에 찾아오는 손님도 몇 명 없다고 했습니다. 그런데 그중에 조지 번웰이 있었죠. 여자들 사이에서 악명이 자자한 그 이름을 들어본 적이 있습니다. 구두를 신은 남자, 사라진 보석을 가지고 간 범인은 그자가 분명했죠. 조지 번웰은 아드님에게 자신이 범인임을 들켜도 안전하다고 생각했을 겁니다. 아드님이 사촌인 메리 양의 명예를 지키기 위해 아무 말도 못 할 거라는 걸 알았을 테니까요.

그다음에 제가 어떻게 했는지는 짐작이 가시겠죠. 저는 부랑자처럼 차려입고 번웰의 집으로 가 하인과 안면을 텄습니다. 지난밤 번웰이 얼굴을 다쳤다는 사실을 알아냈죠. 마지막으로 육 실링을 주고 집주인의 낡은 신발을 샀습니다. 신발을 스트레텀에 들고 와서 발자국과 맞춰본 뒤 정확하게 일치한다는 것을 확인했죠."

"어제저녁에 옷차림이 허름한 부랑자가 그 길에서 어슬렁거리는 걸 봤습니다."

홀더가 말했다.

"그 부랑자가 저였습니다. 범인을 확인한 뒤 집으로 돌아가 옷을 갈아입었어요. 그때부터는 조심스럽게 움직여야 했습니다. 추문이 퍼지는 것을 막으려면 그자를 경찰에 넘길 수 없으니 말입니다. 더군다나 우리가 그런 이유로 섣불리 움직일 수 없다는 걸 그 약삭빠른 악당도 잘 알죠. 나는 그자를 만나러 갔습니다. 당연히 처음에는 모든 사실을 부인하더군요. 하지만 내가 그동안 있었던 일들을 하나하나 따지자 고래고래 고함을 지르며 벽에 걸려 있던 호신용 지팡이를 집어 들었습니다. 나는 그자를 잘 알죠. 지팡이를 휘두르기 전에 권총을 머리에 댔습니다. 그러자 약간이나마 이성을 차리는 것 같더군요. 그자에게 보석 한 개당 천 파운드씩 주겠다고 제안하자 처음으로 비통한 표정을 지었습니다.

'젠장, 육백 파운드에 세 개를 다 넘겼는데!'

경찰에 넘기지 않겠다고 약속한 뒤 그자가 보석을 넘긴 중개인의 주소를 알아냈습니다. 중개인을 찾아가 한참 동안 가격을 흥정한 끝에 보석 한 개당 천 파운드를 주고 사들였어요. 그런 다음 아드님을 찾아가 전부 잘 해결됐다고 말해주었습니다. 일을 마치고 집에 돌아오니 새벽 2시가 넘었더군요. 참으로 힘든 하루였습니다."

은행가가 자리에서 일어나며 말했다.

"엄청난 추문으로부터 영국을 지켜낸 하루입니다. 홈스 씨, 뭐라고 감사의 말을 드려야 할지 모르겠군요. 이 은혜는 결코 잊지 않겠습니다. 듣던 것보다 훨씬 대단한 솜씨입니다. 나는 이제 그만 아들에게 가서 내가 저지른 짓에 대해 진심으로 사과를 해야겠소. 불쌍한 메리의 이야기가 마음에 사무치는군요. 홈스 씨의 솜씨로도 그 애가 어디 있는지는 알 수 없겠지요?"

"지금 조지 번웰 경과 함께 있다는 것은 확실합니다. 또한 메리 양의 죄가 무엇이든 두 사람 다 조만간 합당한 벌을 받게 되겠죠."

코퍼비치스의
비밀

"'예술을 위한 예술'을 사랑하는 사람이라면……."

셜록 홈스가 《데일리 텔레그래프》의 광고 면을 내던지며 말했다.

"중요하기는커녕 하찮기까지 한 표현에서도 종종 강렬한 기쁨을 얻을 수 있다네. 왓슨, 우리 사건을 기록한 글을 보니 자네도 그 사실을 알고 있는 것 같아 흐뭇하군. 물론 아직도 기록 자체에 충실하지 않고 윤색하는 경우가 있긴 해. 내가 관여한 사건 중에서 유명한 재판이나 악명 높은 범죄가 아닌 상대적으로 소소한 사건을 쓰고 있으니 말이지. 물론 내 특기인 논리력과 추리력을 마음껏 발휘할 수 있는 사건이 바로 그런 사건이지."

"그동안 내가 쓴 기록은 자극적이라는 비난을 받아온 게 사실이고 나도 딱히 부정할 수는 없는걸."

내가 웃으며 대답했다.

"자네가 잘못한 게 있다면 아마……."

홈스는 부젓가락으로 타다 남은 석탄 조각을 집어 올려 길쭉한 벚나무 파이프에 불을 붙였다. 그는 사색보다 논쟁을 하고 싶을 때는 사기 파이프 대신 벚나무 파이프를 쓰곤 했다.

"자네가 잘못한 게 있다면 글에 멋과 생기를 더하려고 했던 거겠지. 기록에서 유일하게 주목해야 하는 부분은 인과관계에 따른 엄정한 추론이라네. 자네는 추론 과정을 기록으로 남긴다는 본연의 임무에 충실하지 않았어."

"충분히 충실하게 기록했다고 생각하는데?"

나는 다소 차갑게 대꾸했다. 친구의 독특한 성격은 알고 있지만 자기중심적인 성향이 강하게 드러나는 말을 할 때마다 여간 기분이 상하는 게 아니었다.

"아니, 이기심이나 자만심 때문에 하는 말이 아니야."

홈스는 늘 그렇듯이 내 생각을 꿰뚫어 보고 대꾸했다.

"내가 수사 기술을 정당하게 표현해달라고 요구하는 건 그것이 내 사적인 영역이 아니기 때문일세. 그건 나라는 개인을 넘어선 공적인 영역이지. 범죄는 어디에나 있지만 논리는 드물다네. 그래서 범죄보다 논리를 강조해서 기록해야 하는 거야. 그런데 자네는 강연으로 풀어야 하는 것을 대중소설로 만들고 있어."

이른 봄날의 쌀쌀한 아침이었다. 우리는 베이커 스트리트의 방에서 아침 식사를 마친 뒤 기분 좋게 타오르는 벽난로 앞에 앉아 있었다. 줄줄이 늘어선 회갈색 집 사이로 짙은 황색 안개가 자욱하게 깔려 길 건너편에 있는 집 창문이 흐릿한 검은 얼룩처럼 보였다. 방에 켜놓은 가스등 불빛에 아직 치우지 않은 사기 접시와 금속 식기가 하얀 식탁보 위에서 반짝거렸다. 셜록 홈스는 아침 내내 말없이 신문의 광고 면만 뒤적였다. 그러다 결국 찾는 게 나오지 않은 모양이었다. 내 작품의 단점에 대해 일장 연설을 하기 전부터 기분이 좋아 보이진 않았다.

"그렇긴 하지만……."

홈스는 잠시 말을 멈추고 난로 불빛을 쳐다보면서 담배 연기를 뿜어냈다.

"자네 글이 자극적이라는 비난을 받을 이유는 없다네. 자네가 관심을 가진 사건들은 법적인 관점에서 보면 범죄가 아니었으니. 보헤미아 국왕을 도와주려 했던 사소한 사건이나 메리 서덜랜드 양의 기이한 경험, 입술이 비뚤어진 사나이와 관련된 문제, 독신 귀족 사건 등은 모두 법의 테두리에서 벗어나 있었지. 자극적인 사건을 피하려다 사소한 사건에만 집중한 건 아닌지 모르겠군."

"결과적으로는 그렇게 된 셈이지. 하지만 내 작법만큼은 새롭고 흥미로웠을걸."

"나참, 이것 보게. 직조공의 치아나 식자공의 왼손 엄지를 보고도 무슨 일을 하는 사람인지 알아차리지 못하는 대중이 분석과 추론의 미묘한 차이에 무슨 관심이 있겠는가! 하지만 사소한 사건만 다룬다고 자네를 탓할 수는 없지. 대사건의 시대는 갔으니까. 인간, 최소한 범죄자만큼은 모험심과 독창성을 잃었어. 이제 나는 잃어버린 연필을 찾아주거나 기숙학교를 졸업한 아가씨의 고민 상담이나 하는 역할로 전락해버렸다네. 이 정도면 완전히 바닥까지 내려간 것 아니겠나. 오늘 아침에 온 편지를 보면 지금 내 위치가 어디인지 알 것 같아. 읽어보게나!"

홈스가 구겨진 편지를 내 앞으로 던졌다.

어제저녁 몬터규 플레이스에서 온 편지였다.

친애하는 홈스 선생님

최근 가정교사 자리가 들어왔는데 받아들여야 할지 말지 고민이라 조언을 구하고 싶습니다. 괜찮으시다면 내일 오전 10시 30분에 찾아뵙겠습니다.

바이얼릿 헌터 드림

"아는 아가씨인가?"

내가 물었다.

"아니."

"지금 10시 30분인데."

"맞아, 방금 초인종을 울린 사람이 이 아가씨일 걸세."

"생각보다 흥미로운 사건일 수도 있어. 푸른 카벙클 사건도 처음에는 아무것도 아닌 것처럼 보였는데 실은 심각한 사건이었잖나. 이번 일도 그럴 거야."

"정말 그런 일이길 바랄 뿐이네! 무슨 일인지 곧 알게 되겠지. 내가 잘못 안 게 아니라면 당사자가 온 것 같으니까."

홈스가 말하는 동안 방문이 열리고 수수하지만 단정한 옷차림의 아가씨가 들어왔다. 주근깨가 박혀 물떼새 알처럼 보이는 얼굴은 쾌활하고 영리해 보였다. 자기 힘으로 살아가는 여성다운 활발한 태도였다.

홈스가 자리에서 일어나 인사를 하자 그녀가 말했다.

"이렇게 불쑥 찾아와서 죄송합니다. 정말 이상한 일이 있는데 의논할 부모님이나 친척이 없거든요. 선생님이라면 제가 어떻게 해야 할지 조언을 해주실 것 같아서 찾아왔습니다."

"일단 앉으세요, 헌터 양. 무슨 일이든 도움이 된다면 기쁠 겁니다."

홈스가 의뢰인의 태도와 말씨에 좋은 인상을 받았다는 것을 알 수 있었다. 그는 아가씨를 탐색한 뒤 눈을 내리깔고 양 손가락 끝을 마주대며 이야기를 들을 자세를 취했다.

"전 스펜스 먼로 대령님 댁에서 오 년 동안 가정교사로 일했습니다. 두 달 전 대령님이 노바스코샤의 핼리팩스로 발령을 받아 두 아이를 데리고 미국으로 떠나시는 바람에 일자리를 잃었죠. 구직 광고를 내기도 하고 구인 광고를 보고 지원하기도 했지만 일자리를 구하지 못했어요. 그러는 동안 저축해두었던 얼마 안 되는 돈마저 다 써서 어찌할 도리가 없는 상황이 되었죠.

웨스트엔드에 '웨스터웨이'라는 유명한 가정교사 직업소개소가 있답니다. 저는 일주일에 한 번씩 그곳에 들러 적당한 자리가 있는지 알아보곤 했어요. 웨스터웨이는 직업소개소를 차린 사람의 이름이고 실제로 운영하는 사람은 스토퍼 양이죠. 스토퍼 양은 작은 사무실에 앉아 있고 일자리를 구하는 여자들은 대기실에서 기다리다가 차례가 되면 사무실로 들어갑니다. 그럼 스토퍼 양이 장부를 보고 맞는 일자리가 있는지 알아봐주죠.

여느 때처럼 지난주에도 스토퍼 양의 사무실에 들어갔습니다. 그런데 스토퍼 양 혼자 있는 게 아니었어요. 굉장히 뚱뚱한 남자가 옆에 앉아 안경을 코에 걸치고 일자리를 구하러 들어오는 여자들을 유심히 살펴보고 있었어요. 턱에는 어찌나 살집이 두둑한지 목까지 겹겹이 늘어졌고 얼굴은 웃는 인상이었죠. 제가 들어가자 그 사람은 의자에서 벌떡 일어나 스토퍼 양을 돌아보며 말했어요.

'찾았어요. 이 이상 바랄 게 없습니다. 훌륭하군요! 아주 좋습니다!'

흥분한 신사분은 기분 좋다는 듯 양손바닥을 비비더군요. 아주 편안한 인상이라 쳐다보고 있으면 기분이 좋아지는 사람이었습니다.

'아가씨, 지금 일자리를 찾고 있죠?'

그분이 물었어요.

'네.'

'가정교사 일인가요?'

'네.'

'급료는 얼마나 원합니까?'

'이전에 일했던 스펜스 먼로 대령님 댁에서는 한 달에 사 파운드를 받았어요.'

'쯧쯧! 그건 착취요, 노동력 착취! 이렇게 매력적이고 능력도 뛰어난 숙녀에게 형편없는 급료를 주다니!'

그분은 화가 난다는 듯 통통한 주먹을 불끈 쥐더니 허공에 휘두르며 소리쳤습니다.

'제가 할 줄 아는 건 선생님이 짐작하시는 것처럼 대단하지는 않아요. 프랑스어 조금, 독일어 조금, 음악과 미술…….'

'쯧쯧! 숙녀에게 능력은 전혀 중요하지 않아요. 몸에 배어 있는 숙녀다운 태도와 처신이 더 중요하죠. 그렇지 못한 사람이라면 장차 이 나라 역사에 한 획을 그을지도 모를 아이를 맡길 수 없습니다. 하지만 소양을 갖춘 숙녀에게 어떤 신사가 세 자릿수가 안 되는 연봉을 주는 무례를 저지른단 말입니까? 아가씨가 우리집에 와준다면 연봉은 백 파운드에서 시작합시다.'

홈스 선생님, 짐작하시겠지만 형편이 어려운 저에게 정말 꿈 같은 제안이었습니다. 믿을 수 없다는 표정을 보았는지 신사분은 지갑에서 수표를 꺼냈어요.

'난 젊은 숙녀에게는 연봉의 반을 먼저 지급한답니다. 옷도 사 입고 여비로도 써야 할 테니까요.'

그분은 두 눈이 살에 파묻혀 안 보일 정도로 기분 좋게 웃으면서 말씀하셨죠.

그렇게 친절하고 사려 깊은 분은 처음이었습니다. 저는 여기저기 빚을 진 터라 선불을 받으면 도움이 많이 되는 상황이었죠. 그렇지만 뭔가 이상한 느낌이 들어서 일을 받아들이기 전에 좀더 알아봐야겠다는 생각이 들었어요.

'댁이 어디신지 여쭤봐도 될까요?'

제가 물었어요.

'햄프셔요. 살기 좋은 곳이죠. 윈체스터에서 팔 킬로미터쯤 떨어진 곳에 있는 코퍼비치스라는 저택이에요. 아름다운 전원에 자리잡은 운치 있고 오래된 시골집이랍니다.'

'제가 할 일은 뭐죠? 무슨 일을 해야 하는지 알려주시면 좋겠습니다.'

'아이가 한 명 있어요. 여섯 살짜리 개구쟁이 녀석이죠. 그 애가 슬리퍼로 바퀴벌레 잡는 걸 봐야 하는데! 탁! 탁! 탁! 눈 깜짝할 사이에 세 마리를 잡는답니다!'

그분은 의자에 기대앉으며 또다시 눈이 보이지 않을 정도로 크게 웃었어요.

전 어린 아이가 그런다는 데 약간 놀랐지만 아버지가 웃으며 말하는 것으로 보아 농담이라고 생각했습니다.

'제가 할 일은 아이 한 명을 보살피는 일뿐인가요?'

제가 물었어요.

'아뇨, 아뇨. 그렇지 않습니다. 그것만 하는 건 아니에요. 아가씨라면 이해해주시겠죠. 아내가 시키는 일들을 좀 해야 합니다. 당연히 숙녀로서 하기 어려운 일은 아니에요. 괜찮겠죠?'

'도움이 된다면 기쁠 거예요.'

'그럼요. 예를 들면 옷차림요! 우리가 좀 별난 사람들이라. 별

나긴 해도 인정은 많죠. 우리가 아가씨한테 어떤 옷을 주면서 입어달라고 부탁할 수도 있어요. 그 정도 부탁은 들어줄 수 있겠지요?'

'그럼요.'

대답은 그렇게 했지만 사실 그분의 말에 깜짝 놀랐습니다.

'여기 앉아달라 저기 앉아달라 부탁할 수도 있어요. 그래도 기분 상하진 않겠죠?'

'네, 물론이에요.'

'혹시 우리집에 오기 전에 머리카락을 짧게 잘라줄 수 있을까요?'

제가 잘못 들은 줄 알았습니다. 홈스 선생님, 보시다시피 제 머리는 숱도 풍성하고 밤색 중에서도 독특한 색이에요. 예술적이라는 말까지 들은 적이 있죠. 머리카락을 자른다는 건 상상도 할 수 없는 일이었습니다.

'그건 어렵겠습니다.'

제가 대답했어요. 그러자 절 쳐다보고 있던 그분의 작은 눈에 언뜻 그늘이 지더군요.

'중요한 일이라서요. 사실 아내의 취향이긴 한데, 알다시피 여자의 취향은 존중해야 하잖아요. 정말 머리를 자를 수 없겠어요?'

'안 되겠습니다.'

전 단호하게 말했습니다.

'좋아요. 그럼 없던 일로 합시다. 그것만 아니라면 만족스러운데 안타깝군요. 스토퍼 양, 다른 아가씨들을 좀더 만나보도록 하죠.'

그때까지 스토퍼 양은 우리 사이에서 말없이 서류만 보고 있다가 짜증스러운 얼굴로 절 쳐다보더군요. 제가 거절하는 바람에 큰 액수의 수수료를 놓치게 된 것 같았어요.

'장부에 이름을 계속 올려놓고 싶어요?'

스토퍼 양이 물었죠.

'네, 부탁드릴게요.'

'이렇게 좋은 자리도 거절하는데 무슨 소용이 있을지 모르겠네요. 앞으로 내가 이런 자리를 또 찾아줄 거라고 기대하지 마세요. 잘 가요, 헌터 양.'

스토퍼 양이 날카롭게 말한 뒤 책상 위에 있는 종을 쳤습니다. 전 사환을 따라 사무실을 나왔죠.

홈스 선생님, 집에 돌아와보니 찬장은 거의 비었고 탁자에는 청구서가 두세 장 놓여 있었어요. 바보 같은 짓을 했다는 생각이 들었습니다. 그 사람이 별나 보이긴 하고 이상한 일을 요구하긴 했지만 적어도 보상은 해준다고 했어요. 영국에서 연봉 백 파운드를 받는 가정교사는 별로 없을 거예요. 게다가 머리 길이가 무슨 소용이죠? 머리를 짧게 자른 뒤에 더 예뻐 보이는 사람들도 많잖아요. 어쩌면 저도 그럴지 모르죠. 다음날이 되자 아무래도 실수했다는 쪽으로 마음이 기울었습니다. 하루 더 지나자 확실히 실수였다는 생각이 들었죠. 자존심을 버리고 직업소개소에 가서 아직 그 자리가 남아 있는지 물어봐야겠다고 마음먹었습니다. 그때 신사분이 보낸 편지를 받았어요. 여기 가져왔어요. 제가 읽어드리죠."

헌터 양이 편지를 꺼냈다.

윈체스터 근처 코퍼비치스

친애하는 헌터 양

스토퍼 양이 친절하게도 헌터 양의 주소를 알려주었습니다. 혹시 생각이 바뀌진 않았는지 궁금해서 이렇게 편지를 보냅니다. 내가 헌터 양의 이야기를 하자 아내가 정말 마음에 들어 하며 우리집에 꼭 와주었으면 좋겠다고 하더군요. 우리의 별난 요구 때문에 헌터 양이 불편할 수도 있다는 것을 감안해 분기별로 삼십 파운드, 연간 총 백이십 파운드를 드리겠습니다. 사실 헌터 양에게 대단한 부탁을 하려는 것도 아니에요. 그저 아내가 검푸른색을 좋아하니 아침에 집안에서는 그런 옷을 입어달라는 것뿐입니다. 그렇다고 옷을 새로 장만하라는 것도 아니에요. 내 딸 앨리스(지금은 미국 필라델피아에 살고 있죠)가 입던 옷이 헌터 양한테도 잘 맞을 겁니다. 그 외에 여기저기 앉아달라는 거나 우리가 시키는 놀이를 하는 정도는 헌터 양에게 큰 불편을 끼치지 않을 테고요. 나도 잠깐 보았지만 그 아름다운 머리카락을 잘라야 한다는 것이 안타깝긴 해요. 그 문제만큼은 어떻게 해줄 수가 없군요. 급료 인상으로 보상이 되었으면 하는 마음뿐입니다. 아이 한 명만 보살피면 되니까 일도 힘들지 않을 겁니다. 그러니 우리에게 와주십시오. 윈체스터에 오면 마차를 끌고 마중나가겠습니다. 기차 시간을 알려줘요.

제프로 루캐슬

"이게 제가 받은 편지예요, 홈스 선생님. 전 이번 일을 받아들이기로 마음먹었습니다. 하지만 가기 전에 마지막으로 선생님께 조언을 구하려고요."

"헌터 양, 마음을 정했다면 끝난 것 아닙니까?"

홈스가 미소를 지으며 말했다.

"이 일을 거절하라고 조언하실 건 아니죠?"

"제 여동생이라면 이런 자리는 권하지 않겠습니다."

"이 모든 일이 대체 무슨 의미일까요?"

"정보가 없으니 알 수가 없군요. 헌터 양은 떠오르는 게 있습니까?"

"제가 보기에는 답은 하나밖에 없어요. 루캐슬 씨는 친절하고 성품도 좋은 사람인 것처럼 보였으니, 부인에게 정신병이 있는지도 모릅니다. 그래서 부인이 정신병원에 끌려가지 않도록 가능한 한 조용히 지내기 위해 그녀의 심기를 건드리지 않으려는 거죠."

"그럴 수도 있겠죠. 지금까지 들은 내용으로 보면 가능성이 높습니다. 하지만 상황이 어떻든 젊은 아가씨가 들어가기 좋은 집은 아닌 것 같군요."

"하지만 돈을 생각해보세요, 홈스 선생님. 그 돈을!"

"급료가 많긴 하죠. 지나칠 정도로 많아요. 그 점이 불안합니다. 가정교사는 사십 파운드로 얼마든지 쓸 수 있는데 어째서 백이십 파운드나 주겠다는 걸까요? 그럴 수밖에 없는 이유가 있을 겁니다."

"떠나기 전에 어떤 상황인지 말씀드리면 혹시 나중에 도움을 청해도 금방 아실 거라고 생각했습니다. 선생님이 뒤에 계시다고 생각하면 한결 마음이 놓일 것 같거든요."

"그렇게 하겠습니다. 지난 몇 달간 의뢰받은 사건 중에 가장 흥미롭군요. 확실히 독특한 구석이 있습니다. 만일 의심스럽거나 위험한 일이라도 생기면……."

"위험한 일이라고요! 어떤 일을 말씀하시는 건가요?"

홈스가 진지하게 고개를 저었다.

"뭐가 위험한지 안다면 더이상 위험이 아니죠. 낮이든 밤이든 언제라도 전보만 치면 도우러 가겠습니다."

"그럼 됐습니다. 이제 편안한 마음으로 햄프셔로 떠날 수 있겠어요. 루캐슬 씨에게 편지를 쓰고 제 가련한 머리카락을 자른 뒤 내일 윈체스터로 출발할 거예요."

그녀는 근심이 사라진 얼굴로 활기차게 일어났다. 홈스에게 감사의 말을 건네고 우리에게 작별 인사를 한 뒤 분주하게 방에서 나갔다.

계단을 내려가는 빠르고 활기찬 그녀의 발걸음 소리를 들으며 내가 말했다.

"저런 아가씨라면 자기 몸 하나는 지킬 수 있겠군."

"그래야지. 내 생각이 틀리지 않는다면 머지않아 소식이 올 거야."

친구의 예상이 맞아떨어졌다. 두 주가 지난 뒤였다. 그동안 나는 종종 그 아가씨 생각을 했다. 아가씨 혼자 외롭게 헤매고 있을 인생의 이상한 샛길을 떠올려보았다. 지나치게 많은 급료, 이상한 조건, 힘들지 않은 본업, 모두 정상에서 벗어나 있었다.

정말 별난 취향인지 다른 음모가 있는 건지, 그 남자가 자선가인지 악당인지를 판단하는 것은 능력 밖의 일이었다. 홈스는 자주 이마를 찡그린 채 삼십 분씩 멍하니 앉아 있었다. 내가 아가씨 일을 언급할 때마다 손을 내저으며 말을 막았다.

"정보! 정보! 정보! 점토 없이 벽돌을 어떻게 만든단 말인가!"

그는 조바심을 내며 소리쳤다. 그런 뒤에 자기한테 여동생이 있었다면 절대로 가지 못하게 했을 거라고 중얼거리곤 했다.

그러던 어느 날 밤늦게 전보가 도착했다. 나는 막 잠자리에 들려던 참이었고 홈스는 한번 시작하면 밤을 꼬박 새우곤 하는 화학 실험을 막 시작한 참이었다. 실험을 할 때면 홈스는 다음 날 아침까지 계속해서 증류기와 시험관만 들여다보았다. 그는 노란색 봉투를 열고 전보 내용을 읽은 뒤 내 쪽으로 던졌다.

"『브래드쇼 철도 안내서』에서 기차 시간 좀 확인해주게."

홈스는 그렇게 말한 뒤 다시 실험에 몰두했다.

전보 내용은 짧고 다급했다.

내일 정오에 윈체스터에 있는 블랙 스완 호텔로 와주세요. 제발요! 어떻게 해야 할지 모르겠습니다.

헌터

"자네도 함께 갈 건가?"

홈스가 고개를 들고 물어보았다.

"그러고 싶군."

"기차 시간을 봐주게."

"9시 30분 기차가 있어. 윈체스터에 11시 30분에 도착해."

나는 『브래드쇼 철도 안내서』에서 시간을 찾아보고 말했다.

"시간에 맞출 수 있겠군. 지금 하려던 아세톤 분석은 다음으로 미뤄야겠어. 아무래도 내일은 몸 상태가 최상이어야 할 테니 말이야."

다음날 11시, 우리는 잉글랜드 왕국의 옛 수도였던 윈체스터로 향하는 기차를 탔다. 홈스는 계속 신문만 쳐다보다가 기차가 햄프셔 경계를 지나자 신문을 내려놓고 창밖 풍경을 감상했다. 이상적인 봄 날씨였다. 연푸른 하늘에는 작은 양털 구름이 서쪽에서 동쪽으로 흘러갔다. 태양은 따사로이 빛났지만 아직 대기에는 사람의 기운을 북돋아주는 기분 좋은 냉기가 남아 있었다. 저멀리 올더숏 부근의 완만한 구릉까지 펼쳐진 시골 풍경이 보였다. 신록의 연한 초록빛 사이로 작은 농가의 빨간색과 회색 지붕들이 솟아 있었다.

"정말 싱그럽고 아름다운 풍경이 아닌가?"

나는 베이커 스트리트의 자욱한 안개에서 막 빠져나온 사람답게 열정적으로 외쳤다.

"왓슨, 나 같은 사람은 모든 것을 전공 분야와 연관시켜 보는 저주가 걸려 있다는 걸 알고 있나? 자네는 저기 드문드문 흩어진 집들을 보며 아름답다고 생각하겠지. 난 저런 집을 보면 저기 사는 사람이 세상에서 떨어져 고립되어 있다는 사실만 떠오른다네. 저런 곳에서는 범죄가 일어나도 범인을 잡을 수가 없겠다는 생각만 들지."

"맙소사! 정겨운 시골 풍경을 범죄와 연관시키는 사람이 어디 있나?"

내가 외쳤다.

"저런 집을 볼 때마다 항상 두려운 생각이 든다네. 왓슨, 경험한 바에 따르면 런던의 지저분한 빈민가보다 눈부시게 아름다운 시골에서 더 끔찍한 범죄가 일어나니까 말이야."

"그런 소리를 들으니 끔찍하군!"

"이유는 명확하지. 도시에서는 법이 어쩔 수 없는 것도 여론의 압력으로 해결할 수 있어. 아무리 지저분한 골목이라 해도 학대받는 아이의 비명이나 술에 취한 주정뱅이의 주먹질은 이웃의 동정과 분노를 사기 마련이야. 또한 경찰서가 가까이 있어서 누가 신고만 하면 금세 경찰이 달려오지. 범죄와 심판대가 한 발자국밖에 안 떨어져 있다는 말이야. 하지만 들판에 외따로 있는 시골집을 보게. 저런 곳에 사는 사람들은 대부분 법에 대해서 잘 모른다네. 저런 곳에서 잔인하고 사악한 일이 남모르게 몇 년이고 계속해서 벌어진다고 생각해보게나. 주위에서는 전혀 눈치채지 못하는 채로 말이야. 우리에게 도움을 청한 아가씨가 윈체스터 같은 도시에 있는 거라면 별로 걱정하지 않았을 걸세. 도시에서 팔 킬로미터나 떨어진 시골에 있기 때문에 위험하다는 거야. 아직까진 헌터 양의 신상에 위협이 닥치지는 않은 것 같지만."

"그래, 우리를 만나러 윈체스터까지 나올 수 있다면 도망칠 수도 있다는 말이니까."

"맞아, 그 아가씨는 자유롭게 행동할 수 있어."

"그럼 대체 무슨 일일까? 자넨 뭔지 알겠나?"

"일곱 가지 가설을 세워봤네. 전부 우리가 알고 있는 사실에 들어맞는 가설이지. 하지만 그중 어느 것이 맞을지는 이제부터 알게 될 새로운 정보에 달렸어. 저기 교회의 탑이 보이는군. 헌터 양을 만나면 그간 무슨 일이 있었는지 알게 되겠지."

블랙 스완은 번화가에 있는 호텔로 역에서 그리 멀지 않은 곳에 위치했다. 헌터 양이 우리를 기다리고 있었다. 그녀는 미리 방을 잡고 점심 식사까지 주문해놓았다.

"와주셔서 기뻐요. 두 분께 감사드립니다. 어떻게 해야 할지 모르겠어요. 선생님의 조언이 절실하게 필요합니다."

헌터 양이 진지하게 말했다.

"먼저 무슨 일이 있었는지부터 들어봅시다."

"그럴게요. 안 그래도 서둘러야 하니까요. 루캐슬 씨한테 3시 전에 돌아가겠다고 약속했어요. 오늘 아침에 시내에 다녀오겠다는 허락을 받고 나온 거예요. 물론 그분은 제가 무슨 일로 나왔는지 모르지요."

"그동안 있었던 일을 차례대로 말해주십시오."

홈스는 길고 늘씬한 다리를 난로 앞에 뻗으며 이야기를 들을 자세를 취했다.

"일단 제가 루캐슬 부부한테서 단 한 번도 좋지 않은 대접을 받지 않았다는 것부터 말씀드립니다. 그건 사실이니까요. 하지만 도무지 이해할 수가 없습니다. 그래서 마음이 편하지 않아요."

"뭘 이해할 수 없다는 거죠?"

"그 사람들이 이상한 행동을 하는 이유요. 무슨 일이 있었는지부터 말씀드릴게요. 제가 이곳에 도착했을 때 루캐슬 씨가 마중을 나와주셨습니다. 우린 마차를 타고 코퍼비치스 저택으로 갔죠. 그분이 말한 대로 아름다운 곳에 자리잡은 집이었지만 집 상태가 좋지 않았습니다. 회반죽을 바른 커다란 벽돌집인데 나쁜 날씨와 습기 탓인지 온통 얼룩진 상태였죠. 집을 둘러싼 마당이 있고 숲이 삼면을 감싸고 있어요. 나머지 한 면은 사우샘프턴 도로까지 이어진 경사진 들판이고요. 사우샘프턴 도로는 대문에서 백 미터가량 떨어진 곳에 굽어져 있죠. 마당은 코퍼비치스에 딸려 있지만 주변 숲은 서더턴 경의 소유라고 하더군요. 현관문 바로 앞에 너도밤나무 숲이 있어서 이 집을 코퍼비치스(너도밤나무 집)라고 부른다고 했습니다.

루캐슬 씨는 여전히 친절했습니다. 집에 도착하자 부인과 아이를 소개해주었어요. 홈스 선생님, 베이커 스트리트에서 말씀드렸던 제 추측은 완전히 빗나갔더군요. 루캐슬 부인은 정신병자가 아니었습니다. 말수가 적고 창백한 얼굴을 한 부인은 남편보다 훨씬 어려 보였어요. 부인은 서른 살도 안 되어 보이는데 남편은 마흔다섯 살은 족히 넘은 것 같거든요. 두 사람의 대화를 통해 전 그들이 칠 년 전에 결혼했다는 것과 당시 루캐슬 씨가 홀아비였다는 점, 전부인과의 사이에 낳은 외동딸은 필라델피아에 가 있다는 것을 알게 됐습니다. 루캐슬 씨는 딸이 집을 떠난 이유는 새어머니를 이유 없이 싫어했기 때문이라고 귀띔해주었어요. 스무 살이 넘은 딸이니 젊은 새어머니와 함께 지내기가 편하지는 않았을 테죠.

루캐슬 부인은 무채색 같은 사람이더군요. 외모나 성격에 특징이 없고 딱히 좋지도 싫지도 않은 사람이요. 실재하지 않는 사람 같았죠. 아들과 남편에게 헌신적이라는 점만은 확실했습니다. 부인의 연한 잿빛 눈은 쉴 새 없이 남편과 아들을 좇으며 아무리 사소한 거라도 두 사람이 필요한 게 없는지 살폈어요. 루캐슬 씨는 허세 부리듯 떠들썩하게 부인을 챙겼죠. 대체로 행복해 보이는 부부였어요. 그렇지만 부인에게는 남모르는 슬픔이 있는 것 같았습니다. 종종 슬픈 얼굴로 생각에 잠겨 있곤 했죠. 눈물 흘리는 부인을 보고 깜짝 놀란 적도 여러 번 있답니다. 부인의 마음이 무거운 이유가 아들 때문일지도 모른다는 생각도 가끔 했고요. 이제껏 그렇게 버릇없고 심술궂은 아이는 처음 봤거든요. 그 애는 또래에 비해 키는 작은데 균형에 안 맞게 머리는 지나치게 커요. 온종일 미친듯이 난리 법석을 떨거나 심통을 내며 입술을 삐죽거리죠. 자기보다 약한 동물을 괴롭히는 것이 유일한 취미로 쥐나 작은 새, 곤충을 사로잡는 재주는 타고났더군요. 이제 그 애 이야기는 그만하겠습니다. 제가 하려는 이야기와 아무 상관없으니까요."

"상관이 있든 없든 무슨 이야기든지 자세히 해주는 편이 좋습니다."

홈스가 말했다.

"중요한 부분은 빼놓지 않고 말씀드릴게요. 그 집에서 또 한 가지 거슬리는 건 바로 하인들입니다. 처음 봤을 때부터 모습과 행동거지가 불쾌했어요. 하인은 두 사람밖에 없지요. 톨러 부부인데 남편은 거칠고 무례한 사람이에요. 머리카락과 구레나룻이 희끗희끗하고 항상 술냄새를 풍기죠. 인사불성으로 술에 취해 있는 모습을 두 번이나 봤는데 루캐슬 씨는 별로 개의치 않아 보였습니다. 아내는 키가 크고 힘이 센 여자로 늘 침울한 얼굴을 하고 있어요. 루캐슬 부인만큼 말이 없고 붙임성은 아예 없죠. 기분 나쁜 사람들이라니까요. 그나마 다행은 제가 대부분의 시간을 놀이방이나 제 방에서 보낸다는 거예요. 두 방은 건물 한쪽 끝에 나란히 있답니다.

코퍼비치스에서 일하기 시작한 뒤 이틀 동안은 아무 일도 없었습니다. 그런데 셋째 날 아침 식사를 마친 뒤에 루캐슬 부인이 남편에게 뭔가 속삭이더군요.

'오, 그렇지. 헌터 양, 머리를 잘라달라는 별난 요구를 들어줘서 정말 고마워요. 그래도 헌터 양의 미모는 조금도 변함이 없으니 안심해요. 검푸른색 드레스가 헌터 양에게 어울리는지 한 번 보고 싶군요. 방에 가보면 침대 위에 드레스가 있을 거예요. 그걸 입고 나와주면 좋겠어요.'

루캐슬 씨가 제게 말했어요.

방에 올라가보니 독특한 파란색 드레스가 놓여 있었습니다.

질이 좋은 모직으로 만든 옷이었지요. 확실히 전에 누가 입던 옷이었어요. 입어보니 몸에 맞춘 것처럼 딱 맞더군요. 루캐슬 씨와 부인은 제 모습을 보고 좋아했지만 어쩐지 과장되고 억지스러운 느낌이 들었습니다. 저를 거실로 부르더군요. 집의 정면을 차지하는 큰 방이죠. 바닥까지 닿는 커다란 창문이 세 개나 있답니다. 가운데 창문 앞에 바깥쪽을 등진 의자가 놓여 있었는데 저보고 거기에 앉으라고 하더군요. 그리고 루캐슬 씨가 앞에서 왔다갔다하면서 재미있는 이야기들을 들려주었어요. 루캐슬 씨가 얼마나 웃기던지 전 웃느라 진이 빠질 지경이었죠. 하지만 루캐슬 부인은 유머 감각이 없는 게 확실했어요. 미소 한번 짓지 않고 무릎 위에 두 손을 올려놓은 채 슬픔과 걱정이 가득한 얼굴이었습니다. 그렇게 한 시간쯤 지났을 때 루캐슬 씨가 갑자기 하루 일과를 시작해야 할 시간이라며 옷을 갈아입고 놀이방에 있는 에드워드한테 가보라고 하더군요.

이틀 뒤에도 비슷한 상황에서 똑같은 일이 벌어졌습니다. 전 옷을 갈아입은 뒤 거실 창문 앞에 앉았고 루캐슬 씨의 재미있는 이야기에 마음껏 웃었어요. 그분은 그런 이야기를 많이 알고 있고 말솜씨도 좋아요. 그런 다음 루캐슬 씨는 통속소설을 한 권 건네주더니 책장에 그늘이 지지 않게 제가 앉은 의자를 옆으로 약간 돌렸어요. 그리고 책을 읽어달라고 하더군요. 십 분쯤 읽었을까 재미있어지기 시작할 때 갑자기 루캐슬 씨가 문장을 중간에서 뚝 끊고는 책은 그만 읽고 옷을 갈아입으라고 했습니다.

홈스 선생님, 전 이런 이상한 행동의 이유가 뭔지 궁금해서 견딜 수가 없었습니다. 루캐슬 부부는 항상 제 얼굴이 창문 쪽으로 향하지 않게 하려고 조심하는 것 같아요. 그래서 제 등뒤에서 대체 무슨 일이 일어나는지 보고 싶었죠. 처음에는 방법이 없을 것 같았지만 이내 좋은 수가 떠올랐어요. 마침 깨진 손거울이 하나 있었거든요. 거울 조각을 손수건에 숨겼죠. 그 다음번 옷을 갈아입고 거실에 갔을 때 저는 한참 웃다가 손수건을 눈에 가져갔어요. 그 상태로 살짝 들어올렸더니 뒤쪽이 보이더군요. 솔직히 실망했습니다. 아무것도 보이지 않았거든요.

적어도 처음에는 그랬습니다. 하지만 두 번째에는 사우샘프턴 도로에 서 있는 남자가 보였어요. 회색 양복을 입고 턱수염을 짧게 기른 남자가 제 쪽을 쳐다보고 있었습니다. 교통의 요지인 그 도로에는 평소에도 사람들이 지나다니죠. 하지만 남자는 울타리에 기대서서 이쪽을 뚫어지게 쳐다보고 있었어요. 손수건을 내리고 루캐슬 부인을 쳐다보니 부인이 탐색하는 시선으로 절 살피고 있더군요. 아무 말도 안 했지만 제가 거울을 들고 뒤쪽을 보았다는 것을 알아차린 모양이었습니다. 부인이 자리에서 일어났죠.

'여보, 길에서 어떤 남자가 무례하게도 헌터 양을 쳐다보고 있어요.'

'헌터 양, 아는 사람인가요?'

루캐슬 씨가 물었어요.

'아뇨, 전 이곳에 아는 사람이 없어요.'

'이런 무례한 녀석을 봤나! 돌아앉아서 손짓으로 가라고 해요.'

'그냥 모르는 척하는 게 낫지 않을까요?'

'아니, 아니에요. 그랬다가는 계속 이 근방에서 서성거릴 거요. 그만 가라고 손짓을 하는 게 좋겠어요.'

제가 시키는 대로 하자 루캐슬 부인이 커튼을 내렸습니다. 그게 일주일 전에 있었던 일이에요. 그 뒤로는 창가에 앉을 일이 없었습니다. 검푸른색 드레스도 입지 않았고 길에 서 있던 남자도 보지 못했죠."

"계속하시죠. 흥미진진하군요."

홈스가 말했다.

"너무 두서없이 이야기하고 있는 건 아닌지 모르겠군요. 제가 말씀드리는 내용이 서로 관계가 없을지도 몰라요. 코퍼비치스에 처음 도착한 날, 루캐슬 씨는 저를 부엌문 옆에 있는 작은 헛간로 데려갔습니다. 가까이 다가가자 쇠사슬이 절그럭거리는 소리와 커다란 짐승이 서성이는 소리가 들렸어요.

'들여다봐요! 근사하죠?'

루캐슬 씨가 판자 사이의 빈틈을 가리켰어요.

안을 들여다보니 어둠 속에서 번들거리는 두 눈과 뭔가 웅크리고 있는 게 보이더군요.

'겁먹을 것 없어요.'

깜짝 놀라는 저를 보고 루캐슬 씨가 웃으며 말했어요.

'마스티프종 개인데 이름은 카를로라고 해요. 주인은 나지만 다룰 수 있는 사람은 마부인 톨러 영감밖에 없죠. 우린 저 녀석한테 하루에 한 번 먹이를 주는데 많이 주진 않아요. 그래야 야성을 잃지 않으니까. 톨러가 밤마다 녀석을 풀어놓는데 혹시 누가 불법침입이라도 하면 녀석한테 제대로 물어뜯길 거요. 그러니까 헌터 양도 밤에는 나가지 마요. 잘못했다가는 목숨이 위태로울 수 있으니까.'

경고는 빈말이 아니었습니다. 이틀 뒤 새벽 2시에 우연히 창밖을 내다본 적이 있어요. 달빛이 아름다운 밤이었죠. 집 앞에 있는 잔디밭이 은색으로 빛나면서 주변을 환하게 비추었어요. 아름답고 평화로운 풍광에 저는 넋을 잃고 서 있었죠. 그때 너도밤나무 그늘 아래서 움직이는 뭔가가 보였어요. 그것이 그늘 밖으로 나오자 제대로 보이더군요. 송아지처럼 커다란 개였습니다. 황갈색 털에 시꺼먼 주둥이를 쫙 벌리고 턱은 밑으로 축 처져 있었어요. 너무 말라서 골격이 고스란히 드러나더군요. 개는 천천히 잔디밭을 가로지르더니 건너편 그늘 속으로 사라졌어요. 무시무시하고 소리 없는 파수꾼을 보고 나자 심장이 오그라들었습니다. 도둑을 봤어도 그보다 더 무섭진 않았을 거예요.

이제 정말 이상한 일을 말씀드리겠습니다. 선생님도 아시다시피 전 런던에서 머리를 잘랐잖아요. 그때 자른 머리카락은 뭉쳐서 여행 가방 아래에 넣어 가지고 왔답니다. 어느 날 저녁, 전 아이를 재운 뒤에 방에 있는 가구를 둘러보며 기분 좋게 짐 정리를 시작했습니다. 방에는 오래된 서랍장이 하나 있었는데 위의 두 칸은 비었고 아래쪽 한 칸은 잠겨서 열리지 않았어요. 열려 있는 서랍 두 칸에 옷을 정리하기 시작했지만 수납 공간이 부족했죠. 세 번째 서랍을 사용할 수 없다는 게 짜증이 나더군요. 그러다 누가 실수로 서랍을 잠갔을 수도 있다는 생각이 들었습니다. 그래서 열쇠 꾸러미를 들고 맞는 열쇠가 있는지 찾아보기로 했어요. 마침 처음 고른 열쇠가 맞아 서랍을 열 수 있었습니다. 그런데 그 안에 두 분은 상상도 못 하실 물건이 들어 있더군요. 제 머리카락 뭉치요.

전 머리카락 뭉치를 들고 자세히 살펴봤어요. 독특한 색깔이나 풍성한 숱이 제 머리와 똑같았습니다. 하지만 아무리 생각해도 그럴 리가 없었어요. 잠긴 서랍 안에 어떻게 제 머리카락이 들어가 있겠어요? 전 떨리는 손으로 여행 가방을 열고 아래쪽에 넣어뒀던 머리카락 뭉치를 꺼냈어요. 두 개를 나란히 놓고 보니 정말 똑같았죠. 너무 이상한 일이잖아요? 아무리 생각해도 대체 어떻게 된 일인지 알 수가 없더군요. 전 머리카락을 서랍에 다시 집어넣었어요. 아무래도 잠겨 있던 서랍을 연 게 잘못인 것 같아 루캐슬 부부에게는 아무 말도 하지 않았습니다.

홈스 선생님, 눈치채셨을지 모르겠지만 전 원래 관찰력이 뛰어나답니다. 집 전체의 도면을 머릿속에 그릴 수 있어요. 이 집에는 쓰지 않는 것처럼 보이는 구역이 있죠. 그 구역으로 통하는 문은 톨러 부부가 쓰는 방의 맞은편에 있는데 항상 잠겨 있답니다. 어느 날 계단을 올라가다가 그 문에서 나오는 루캐슬 씨와 마주쳤어요. 손에 열쇠를 들고 있었는데 평소 제가 알던 유쾌한 모습이 아니라 완전히 다른 사람 같은 표정을 짓고 있었어요. 뺨은 벌겋게 달아오른 채 잔뜩 화가 난 것처럼 인상을 쓰고 관자놀이에 핏줄까지 불거져 있었죠. 루캐슬 씨는 문을 잠그더니 저를 본 척도 하지 않고 한마디 말도 없이 그대로 지나갔습니다.

그러자 한층 더 호기심이 생겼죠. 아이를 데리고 정원을 거닐다가 그쪽으로 가 창문을 올려다봤어요. 창문 네 개가 나란히 있었는데 그중 세 개는 먼지투성이였고 나머지 한 개에는 덧문이 내려져 있었습니다. 아무도 안 쓰는 방이 확실해 보였어요. 제가 그 앞을 왔다갔다하면서 가끔씩 그쪽 창문을 올려다보고 있을 때 루캐슬 씨가 언제나처럼 유쾌한 얼굴로 다가왔습니다.

'아! 내가 말도 없이 지나갔다고 해서 무례하다고 여기진 마요. 사업 문제로 생각할 게 있어서 그랬으니까.'

전 괜찮다고 안심시킨 뒤 이렇게 말했어요.

'그런데 저 위에 있는 방들은 안 쓰시나 봐요. 하나에는 덧문까지 닫혀 있네요.'

'내 취미가 사진 찍기랍니다. 저 방을 암실로 쓰고 있어요. 이것참! 젊은 아가씨가 관찰력이 이렇게 뛰어날 수가 있나. 대단해요, 대단해.'

루캐슬 씨는 장난치듯 말했지만 쳐다보는 눈빛에는 장난기가 하나도 없었어요. 장난기는커녕 의심과 불쾌감이 어려 있었죠.

홈스 선생님, 그 구역에 제가 모르는 무언가가 있다는 것을 알게 되자 들어가보고 싶어 미칠 것 같았답니다. 단순한 호기심 때문만은 아니었어요. 일종의 의무감 같은 거죠. 안에 들어가 봐야 안심이 되겠다는 느낌요. 보통 그런 걸 여자의 직감이라고 하죠. 그래요, 아마 여자의 직감에서 비롯된 느낌이었을 거예요. 어쨌든 저는 그다음부터 금지된 문을 열고 들어갈 기회만을 노리고 있었습니다.

바로 어제 기회가 왔어요. 안에서 뭔가를 하는 사람은 루캐슬 씨만이 아니더군요. 톨러 씨와 톨러 부인도 그 구역을 드나들었어요. 한번은 톨러 씨가 커다란 검은 자루를 들고 들어가는 것을 본 적도 있었습니다. 최근 들어 그는 술을 더 많이 마셨고 어제저녁에도 잔뜩 취한 상태였어요. 제가 2층에 올라가보니 문에 열쇠가 그대로 꽂혀 있더군요. 톨러 씨가 열쇠를 꽂아둔 게 틀림없었죠. 루캐슬 씨 부부는 아래층에 있었고 아이도 부부와 함께 있었어요. 절호의 기회였어요. 전 조심스럽게 열쇠를 돌려 문을 열고 안으로 들어갔습니다.

작은 통로가 나왔는데 벽에 벽지도 바르지 않았고 바닥에는 양탄자도 없었어요. 끝에서 직각으로 꺾인 통로를 따라 돌아가자 세 개의 문이 나왔어요. 첫 번째 문과 세 번째 문은 열려 있었어요. 안에 들어가보니 사용하지 않는 빈방이라 먼지가 잔뜩 쌓이고 을씨년스러웠죠. 한쪽 방에는 창문이 두 개, 다른 쪽 방에는 창문이 한 개 있었는데 먼지가 잔뜩 쌓여 저녁 햇살이 흐릿하게 비쳤어요. 두 번째 문은 닫혀 있었는데 방문에 침대에서 뽑아낸 것 같은 쇠막대로 빗장까지 질렀더군요. 쇠막대의 한쪽 끝은 벽에 박힌 고리에 맹꽁이자물쇠를 채워놓았고 다른 한쪽 끝은 굵은 밧줄로 고정시켰고요. 문 역시 잠겨 있었는데 열쇠는 없었습니다. 안으로 못 들어가게 막아놓은 이 방이 덧문이 닫혀 있던 바로 그 방 같았어요. 하지만 방문 밑으로 새어 나오는 흐릿한 빛을 보니 방안이 완전히 어둡지 않다는 걸 알겠더군요. 천창이 있어 빛이 들어오는 게 분명했습니다. 전 통로에 서서 불길한 문을 바라보며 안에 숨겨진 비밀을 궁금해하고 있었어요. 그때 갑자기 방안에서 발소리 같은 게 들리더니 방문 밑으로 새어 나오던 흐릿한 빛을 가리는 그림자가 보였어요. 홈스 선생님, 전 그 모습을 보고 뭔지 모를 공포심이 들었어요. 갑자기 팽팽하던 긴장의 끈이 끊어져 이성을 잃고 그대로 돌아서서 뛰었죠. 뒤에서 무시무시한 손길이 치맛자락을 잡아당기기라도 할 것처럼 도망쳤어요. 정신없이 통로를 지나 문으로 나가자 그 앞에 있던 루캐슬 씨의 품속에 뛰어드는 꼴이 되었죠.

'역시 아가씨였군요. 열린 문을 보고 그럴 줄 알았지.'

루캐슬 씨가 미소를 지으며 말했어요.

'너무 무서웠어요!'

제가 헐떡이며 말했어요.

'이런, 많이 놀란 모양이네. 괜찮아요. 그런데 뭐가 그렇게 무섭던가요?'

루캐슬 씨의 태도는 부드럽고 온화했어요. 하지만 지나치다 싶을 정도로 다정했죠. 과장된 목소리였습니다. 그래서 전 경계심이 들었죠.

'제가 바보같이 안에 들어가봤어요. 하지만 어둡고 스산한 게 너무 무서워서 그대로 뛰어나왔어요. 아, 거기다 무서울 정도로 적막했어요!'

'그것뿐이에요?'

루캐슬 씨가 날카롭게 쳐다보며 물었어요.

'뭐가 더 있나요?'

제가 물었죠.

'내가 이 문을 어째서 잠가두는 거라고 생각해요?'

'잘 모르겠어요.'

'이 안에 볼일이 없는 사람은 들어오지 말라는 의미요. 알아들었어요?'

루캐슬 씨는 평소처럼 사람 좋은 미소를 지었어요.

'그런 줄 알았더라면…….'

'이제는 알겠지. 한 번만 더 이 문턱을 넘어가면 그땐…….'

순간 루캐슬 씨의 웃는 표정이 분노로 돌변했어요. 절 쳐다보는 얼굴이 악마 같더군요.

'아가씨를 마스티프한테 던져줄 테니까.'

전 너무 겁에 질려서 그때 뭘 어떻게 했는지도 모르겠어요. 아마 제 방으로 뛰어갔겠죠. 정신을 차리고 보니 부들부들 떨며 침대에 누워 있었습니다. 그때 홈스 선생님이 생각났어요. 조언이라도 듣지 않고는 더이상 그곳에서 지낼 수 없을 것 같았어요. 집도 남자도 여자도 하인들도 심지어 아이까지 무서웠어요. 모든 게 무서웠답니다. 선생님만 와주시면 괜찮아질 것 같았어요. 그 집에서 도망칠 수도 있었겠지만 호기심은 두려움만큼이나 강하더군요. 그래서 결심했죠. 선생님께 전보를 보내기로요. 모자를 쓰고 외투를 걸친 다음 집에서 일 킬로미터쯤 떨어진 우체국으로 갔습니다. 돌아올 때는 마음이 한결 편안했어요. 그런데 집이 가까워지자 혹시 개를 풀어놓았을지도 모른다는 걱정이 되기 시작하더군요. 하지만 톨러 씨가 그날 저녁 인사불성으로 술에 취해 있던 게 생각났어요. 제가 알기로는 그 집에서 무시무시한 짐승을 다루고 풀어놓을 수 있는 사람은 톨러 씨밖에 없죠.

전 무사히 집안으로 들어갔습니다. 밤새 선생님을 다시 뵐 수 있다는 생각에 기뻐서 잠이 오지 않았어요. 오늘 아침 루캐슬 씨 부부에게 윈체스터에 다녀오겠다고 했더니 순순히 허락해줬습니다. 하지만 3시까지는 돌아가야 해요. 루캐슬 씨 부부도 나갔다가 저녁 늦게 들어올 예정이라 제가 아이를 보살펴야 하거든요. 제가 겪었던 일을 전부 말씀드렸습니다. 홈스 선생님. 이 일들을 어떻게 이해해야 할지, 앞으로 어떻게 해야 할지 말씀해주세요."

그때까지 홈스와 나는 헌터 양의 기이한 이야기에 흠뻑 빠져 있었다. 홈스는 자리에서 일어나더니 주머니에 손을 찔러 넣고 심각한 표정으로 방안을 서성거렸다.

"톨러가 아직도 취해 있을까요?"

홈스가 물었다.

"네, 부인이 루캐슬 부인에게 자기 남편은 아무 일도 못하겠다고 말하는 걸 들었어요."

"잘됐군요. 루캐슬 부부는 밤에 외출한다고 했죠?"

"네."

"혹시 그 집에 튼튼한 자물쇠가 달린 지하실이 있습니까?"

"네, 와인 저장고가 있어요."

"헌터 양의 이야기를 들어보니 지금까지 있었던 모든 일에 용감하고 현명하게 대처한 것 같군요. 한 번만 더 그렇게 할 수 있겠습니까? 헌터 양이 특별하다고 생각하기 때문에 이런 부탁을 드리는 겁니다."

"해볼게요. 무슨 일을 하면 되죠?"

"내가 여기 이 친구와 함께 저녁 7시까지 코퍼비치스로 갈 겁니다. 그때쯤이면 루캐슬 부부는 집에 없을 것이고, 희망 사항이긴 하지만 톨러도 술에 취해 곯아떨어졌겠죠. 방해가 되는 건 톨러 부인밖에 없어요. 헌터 양이 무슨 핑계로든 톨러 부인을 와인 저장고에 내려보낸 뒤 밖에서 문을 잠가버리면 일이 수월해집니다."

"그렇게 할게요."

"좋습니다! 그럼 이제까지 있었던 일을 하나씩 살펴보도록 하죠. 모든 상황에 적합한 가설은 한 가지밖에 없습니다. 헌터 양을 이곳으로 부른 건 누군가의 대역으로 삼기 위해서였어요. 당사자는 틀림없이 그 방에 갇혀 있을 겁니다. 갇힌 사람은 앨리스 루캐슬 양이고요. 내 기억이 맞다면 미국으로 건너갔다는 루캐슬 씨의 딸 말입니다. 헌터 양이 선택된 건 앨리스 양과 키와 외모, 머리색이 닮았기 때문이겠죠. 앨리스 양은 어떤 병 때문에 머리를 잘라야 했습니다. 그래서 헌터 양한테 머리를 자르라고 한 거죠. 머리카락을 발견한 건 이상한 우연이었어요.

길에 서 있던 남자는 앨리스 양의 친구였을 겁니다. 어쩌면 약혼자일 수도 있고요. 헌터 양이 앨리스 양의 옷을 입은데다 닮았기 때문에 남자는 착각했을 겁니다. 그곳에 찾아갈 때마다 헌터 양의 웃는 모습을 보았고 나중에는 자신을 쫓아내는 손짓까지 하자 남자는 앨리스 양이 지금 행복하며 더이상 자신을 필요로 하지 않는다고 생각했겠죠. 밤마다 개를 풀어놓은 것도 남자와 앨리스 양을 만나지 못하게 하기 위해서였을 겁니다. 여기까지는 명확해요. 하지만 이 상황에서 가장 심각한 것은 아이의 성격입니다."

"아이 성격이 이 일과 무슨 관계가 있단 말인가?"

내가 불쑥 끼어들었다.

"왓슨, 자네도 의사로서 부모를 보고 아이의 성향을 파악하지 않나. 그렇다면 역으로 생각할 수도 있다는 거지. 지금까지 나는 아이를 보고 부모의 성격을 파악한 적이 여러 번 있다네. 그런데 이 아이는 비정상적으로 잔인해. 이유도 없이 말이야. 그런 성향은 늘 싱글벙글 웃는다는 아버지에게서 물려받은 것일 수도 있어. 그럴 가능성이 높지. 아니면 어머니에게서 물려받았을 수도 있고. 그게 어느 쪽이든 지금 저들의 손에 잡힌 불쌍한 아가씨한테 안 좋은 상황인 거야."

"홈스 선생님 말씀이 맞습니다. 돌이켜보니 그렇게 생각할 수 있는 일이 셀 수 없이 많았어요. 당장 가서 그 불쌍한 아가씨를 도와줘야 해요."

우리 의뢰인이 외쳤다.

"신중하게 행동해야 합니다. 상대는 교활한 자니까요. 일단 7시 전에는 할 수 있는 일이 아무것도 없어요. 그때 보도록 하죠. 곧 모든 일이 해결될 겁니다."

우리는 약속을 정확히 지켰다. 마차를 길가 선술집 앞에 세우고 정각 7시에 코퍼비치스에 도착했다. 헌터 양이 미소를 지으며 문 앞에 나와 있지 않았더라도 쉽게 찾을 수 있는 집이었다. 너도밤나무 숲의 잎사귀들이 저물어가는 태양빛에 반들거리는 금속처럼 빛났기 때문이다.

"어떻게 됐습니까?"

홈스가 물었다.

아래층 어딘가에서 문을 쾅쾅 두드리는 소리가 울렸다.

"톨러 부인은 와인 저장고에 가뒀어요. 톨러 씨는 부엌 깔개 위에 쓰러져 코를 골며 자고 있고요. 여기 열쇠 꾸러미도 있어요. 톨러 씨가 지니고 있던 건데 루캐슬 씨의 열쇠 꾸러미와 똑같아요."

"잘했습니다!"

홈스가 열정적으로 외쳤다.

"길을 안내해주십시오. 이제 고약한 사건이 끝날 겁니다."

우리는 계단을 올라갔다. 문을 열고 통로를 지나 헌터 양이 말했던 쇠막대로 가로막은 문 앞에 도착했다. 홈스가 밧줄을 끊고 쇠막대를 치웠다. 그리고 자물쇠에 열쇠들을 이것저것 꽂아 보았지만 어느 것도 맞지 않았다. 안에서는 아무 소리도 들리지 않았다. 홈스의 안색이 어두워졌다.

"늦지 않았어야 하는데. 헌터 양은 물러서는 게 좋겠습니다.

자, 왓슨. 몸으로 밀쳐보세. 힘으로 열 수 있을지 알아봐야겠어."

워낙 낡고 오래된 문이라 우리가 힘으로 밀자 그대로 넘어갔다. 우리는 방안으로 뛰어들어갔다. 안에는 아무도 없었다. 방안에 있는 거라곤 짚을 깐 초라한 침대와 작은 탁자, 옷이 담긴 바구니가 전부였다. 천창이 열려 있었고 사람은 보이지 않았다.

"아무래도 최악의 상황이 벌어진 것 같군. 그자가 헌터 양의 의도를 알아차리고 갇혀 있던 사람을 빼돌렸어."

홈스가 말했다.

"어떻게 말인가?"

"천창을 이용했어. 어떤 방법을 썼는지는 금세 알아낼 수 있을 거야."

홈스는 날렵하게 지붕위로 올라갔다.

"오호라, 이거였군. 이쪽 처마 위로 긴 사다리 끝이 보여. 사다리를 이용한 거야."

"그럴 리가 없어요. 루캐슬 씨 부부가 외출할 때만 해도 사다리는 없었어요."

헌터 양이 말했다.

"다시 돌아와서 갖다놓았겠죠. 아주 위험하고 영리한 자라고 하지 않았습니까. 지금 계단을 올라오는 사람이 그자라고 해도 놀랄 일이 아니죠. 왓슨, 권총을 준비하는 게 좋을 것 같군."

말이 끝나기가 무섭게 뚱뚱한 남자가 한 손에 묵직한 지팡이를 들고 문 앞에 나타났다. 헌터 양이 그를 보자 비명을 지르며 벽 쪽으로 물러났다. 셜록 홈스가 재빨리 그 앞을 가로막았다.

"이 악당! 네 딸은 어디로 빼돌린 거냐?"

홈스가 말했다.

뚱뚱한 남자는 주위를 둘러보더니 활짝 열린 천창을 올려다보았다.

"내가 묻고 싶은 말이다, 이 도둑놈들아! 염탐꾼에 도둑놈들 같으니라고! 네놈들은 내가 잡았어! 내 손아귀 안에 있단 말이야! 가만두지 않을 거다!"

그는 돌아서더니 쿵쾅거리며 계단을 뛰어 내려갔다.

"개를 끌고 오려는 거예요!"

헌터 양이 소리쳤다.

"나한테 권총이 있습니다."

내가 말했다.

"일단 현관문을 닫는 게 좋겠어!"

홈스가 소리쳤다. 우리는 서둘러 계단을 내려갔다. 1층에 이르기도 전에 개 짖는 소리에 이어 고통스러운 비명이 울려 퍼졌다. 더불어 개가 뭔가를 물어뜯는 끔찍한 소리가 들렸다. 그때 옆문에서 얼굴이 벌건 노인이 떨리는 몸으로 비틀거리며 걸어

나왔다.

"맙소사! 누가 개를 풀었소? 이틀이나 먹이를 주지 않았는데! 어서 가요, 어서! 늦기 전에 가야 해요!"

홈스와 나는 급히 달려 저택 모퉁이를 돌았다. 톨러도 뒤쫓아 나왔다. 그곳엔 잔뜩 굶주린 거대한 짐승이 시꺼먼 주둥이를 루캐슬의 목덜미에 파묻고 있었다. 바닥에 쓰러진 루캐슬은 몸을 비틀며 비명을 질러댔다. 나는 그쪽으로 달려가면서 총을 쐈고 총알은 짐승의 머리에 박혔다. 짐승은 겹겹이 주름진 루캐슬의 목에 하얗고 날카로운 이빨을 박은 채로 쓰러졌다. 우리는 루캐슬에게서 힘겹게 개를 떼어낸 뒤 집안으로 옮겼다. 그는 아직 숨은 붙어 있었지만 상처가 끔찍했다. 우리는 루캐슬을 거실 소파에 눕힌 뒤 술이 깬 톨러에게 부인을 데려오라고 했다. 그사이 나는 루캐슬의 고통을 덜어주기 위해 최선을 다했다. 우리가 그를 둘러싸고 있을 때 갑자기 문이 열리더니 키가 크고 마른 여자가 안으로 들어왔다.

"톨러 부인!"

헌터 양이 소리쳤다.

"헌터 양, 루캐슬 씨가 2층으로 올라가기 전에 날 풀어줬어요. 이런 계획이 있다는 걸 미리 알려주지 그랬어요. 그랬으면 이런 수고를 할 필요가 없었을 텐데."

"하! 아무래도 이 사태에 대해서 톨러 부인이 제일 잘 알고 있는 것 같군요."

홈스가 톨러 부인을 날카롭게 쳐다보며 말했다.

"어떻게 된 일인지 전부 밝힐게요."

"자리에 앉아서 이야기를 듣죠. 실은 아직 밝혀내지 못한 점들이 몇 가지 있으니까요."

"말씀드리죠. 지하실에 갇히지만 않았어도 벌써 말씀드렸을 거예요. 혹시 이번 일로 즉결심판이라도 열린다면 제가 여러분 편이고 앨리스 양의 편이라는 걸 잊지 않으셨으면 해요.

앨리스 양은 아버지가 재혼한 뒤로 이 집에서 행복했던 적이 없었어요. 냉대를 받았지만 누구에게도 말하지 않았죠. 앨리스 양이 친구 집에서 파울러 씨를 만난 뒤부터 상황은 더 안 좋아졌어요. 제가 알기로는 앨리스 양은 물려받은 유산이 있어요. 하지만 워낙 조용하고 참을성이 많은 성격이라 그때까지 유산에 대한 권리를 주장하지 않고 루캐슬 씨의 손에 맡겨두었어요. 루캐슬 씨는 딸만 데리고 있으면 유산이 전부 자기 것이라는 걸 잘 알고 있었죠. 하지만 딸이 결혼이라도 하게 되면 사위가 가져갈 것이 뻔했어요. 그래서 루캐슬 씨는 딸의 결혼을 막으려고 했죠. 그분은 앨리스 양에게 결혼을 하든 하지 않든 유산을 계속 자기 소유로 두도록 하는 서류에 서명을 종용했어요. 앨리스 양이 거절하자 루캐슬 씨는 딸을 심하게 괴롭히기 시작했어요. 그러다 앨리스 양은 뇌염에 걸렸고 육 주 동안 사경을 헤맬 정도로 심하게 아팠어요. 겨우 병이 나았을 때는 알아보기 힘들만큼 야위었고 아름답던 머리카락도 짧게 자른 상태였어요. 하지만 파울러 씨의 마음은 변하지 않았고 앨리스 양을 한결같이 진심으로 대해주었어요."

"아, 부인의 이야기를 듣고 보니 어떻게 이런 일이 일어났는지 확실해졌군요. 나머진 내가 말해보도록 하죠. 그래서 루캐슬 씨가 저런 감옥을 만든 겁니까?"

홈스가 말했다.

"네."

"헌터 양을 런던에서 데려온 건 딸에게 끈질기게 달라붙어 있는 파울러 씨를 떼어내기 위해서였군요."

"맞아요."

"하지만 파울러 씨는 훌륭한 뱃사람답게 흔들림 없이 이 집에 들어와 어떻게든 부인을 설득시키는 데 성공했죠."

"파울러 씨는 말씨도 친절하고 인심도 좋은 신사예요."

톨러 부인이 차분하게 말했다.

"그래서 파울러 씨는 부인 남편에게 술이 떨어지지 않게 대주고 주인 부부가 외출하자 바로 사다리를 준비했던 거죠."

"맞아요, 선생님. 그렇게 된 거예요."

"톨러 부인에게 감사 인사를 드려야겠군요. 덕분에 모든 사실을 명확히 알았으니 말입니다. 왓슨, 지금 저기 오는 사람들이 루캐슬 부인과 의사인 모양이군. 우리가 헌터 양을 윈체스터까지 데려다주는 게 좋겠어. 이런 상황이 되었으니 법적으로 처리하기도 애매해졌군."

문 앞에 너도밤나무 숲이 있는 불길한 저택의 수수께끼는 이렇게 풀렸다. 루캐슬은 목숨은 간신히 건졌지만 불구가 되어 아내의 헌신적인 보살핌 아래서 살 수밖에 없는 신세가 되었다. 그들은 여전히 늙은 하인 부부와 함께 살고 있다. 하인들이 루캐슬의 과거에 대해 너무 많이 알기 때문에 내보낼 수 없을지도 모른다. 파울러 씨와 앨리스 루캐슬 양은 도망친 다음날 대주교에게 특별 허가를 받아 사우샘프턴에서 결혼했다. 파울러 씨는 현재 정부 관리로 모리셔스 섬에서 지내고 있다. 사건이 해결되고 나자 실망스럽게도 홈스는 바이얼릿 헌터 양에게 더이상 관심을 보이지 않았다. 지금 헌터 양은 월솔의 사립학교 교장이 되었는데 거기서도 일을 잘하고 있을 거라고 생각한다.

*

트리비아

TRIVIA

날짜 오류

「빨간 머리 연맹」에는 중대한 날짜 오류가 있다. 작품에 따르면 연맹의 모집 광고가 실린 신문은 1890년 4월 27일 자《모닝 크로니클》이며 오늘로부터 "두 달 전"이라고 한다. 또한 의뢰인 제이베즈 윌슨은 자신이 "정확히 팔 주 전" "월요일"에 연맹의 면접을 봤고 다음날인 1890년 4월 29일 화요일부터 일을 시작했다고 말한다. 토요일마다 주급으로 사 파운드씩 총 "삼십이 파운드"를 받았다면 연맹이 해체한 날이자 사건 의뢰일인 오늘 토요일의 날짜는 1890년 6월 28일이어야 한다. 그런데 윌슨이 당일 아침에 발견했다는 쪽지에는 빨간 머리 연맹이 "1890년 10월 9일"에 해체했다고 적혀 있다. 왓슨은 홈스를 찾아갔다가 윌슨의 이야기를 들은 시기를 "지난가을"이라고 하며, 등장인물들은 모두 외투와 "두툼한 모직 코트"를 입고 있다. 윌슨이 연맹에서 일한 기간은 두 달일까 다섯 달일까? 왓슨은 종종 실제 사건의 세부 사항을 숨기기 위해 시기나 등장인물의 이름 등을 다르게 적는다는 이야기를 한다. 「빨간 머리 연맹」의 날짜 오류도 도일이 그 설정에 충실하려다 생긴 오류인지 아니면 단순히 실수한 것인지는 알 수 없다.

「입술이 비뚤어진 남자」에도 사소한 날짜 오류가 존재한다. 왓슨의 친구이자 담당 환자인 아이자 휘트니가 마약굴에서 혼몽한 상태로 오늘 날짜를 묻자 왓슨은 이렇게 답한다. "금요일이야. 날짜는 6월 19일이고". 그러나 1889년 6월 19일은 마약에 취한 아이자가 말한 대로 수요일이다. 「입술이 비뚤어진 남자」가 발표된 1891년의 6월 19일이 금요일이다. 도일이 그 해 달력을 보고 작품을 썼다가 실수를 저질렀을 가능성이 크다.

「다섯 개의 오렌지 씨앗」의 날짜 오류는 시리즈의 다른 작품과 관련되어 있다. 사건의 배경은 1887년 9월 말인데, 왓슨은 아직 일어나지도 않은 1888년의 『네 사람의 서명』 사건을 언급한다. 이에 관한 재미있는 해석이 존재한다. 도일이 『네 사람의 서명』 단행본을 홍보하고 싶어 했다는 것이다. 『네 사람의 서명』은 1890년 2월에 출간되었고 「다섯 개의 오렌지 씨앗」은

1891년 11월 《스트랜드 매거진》에 게재되었다. '셜록 홈스' 시리즈는 잡지 연재를 시작하며 인기를 끌기 시작했는데, 형편이 어려웠던 도일은 유명해지기 직전에 출간된 단행본의 판매를 올려 인세를 받기 원했을지도 모른다.

레스트레이드

1891년 《스트랜드 매거진》에 실린 「보스컴밸리 사건」은 홈스의 유명한 경찰 동료인 레스트레이드가 처음으로 등장하는 단편이다. 레스트레이드는 1887년 『주홍색 연구』에서 짧게 등장한 후 삼 년 넘게 나타나지 않다가 「보스컴밸리 사건」에서 재등장해 홈스와 함께 수사를 펼친다. 이후 그는 '셜록 홈스' 시리즈 육십 편 중 열세 편에 등장하는데 작품마다 조금씩 다르게 표현된다는 점이 흥미롭다. 처음 등장한 『주홍색 연구』에서는 "안색이 누르스름한 쥐 같은 얼굴에 눈이 검고 덩치가 작은 남자"라고 묘사됐지만, 「보스컴밸리 사건」에서는 "음흉하고 교활한 족제비처럼 생긴 비쩍 마른 남자"라고 표현되고, 『바스커빌 가문의 사냥개』에서는 "작고 강단 있는 불도그처럼 생긴 남자"로, 「소포 상자」(『셜록 홈스의 마지막 인사』에 수록)에서는 "강단 있고 말쑥하며 흰 담비를 닮은" 사람으로 그려진다. 도일은 새 작품을 쓸 때 전작을 들춰보지 않았던 것으로 유명한데, 이런 차이 역시 도일의 집필 습관 때문에 발생한 듯하다.

경찰의 능력을 높이 평가하지 않는 홈스는 레스트레이드를 가리켜 "발상이 뻔하다"(『주홍색 연구』), "상상력이 부족하다"(『셜록 홈스의 귀환』에 수록된 「노우드의 건축업자」)고 매몰차게 말하면서도, "형편없는 치들 중에서는 제일 낫습니다"(『주홍색 연구』)라거나 "경찰 중에서도 가장 능력 있는 그"(『바스커빌 가문의 사냥개』)라며 인정하는 모습을 보이기도 한다.

35쪽 | 터너 부인

「보헤미아 스캔들」에서 하숙집 주인으로 나오는 사람은 '허드슨 부인'이 아니다. 낯선 '터너 부인'이라는 사람이 홈스와 왓슨을 위해 식사를 준비해주었다. 이에 대해 학자들은 홈스나 왓슨이나 도일이 실수를 했거나, 이웃에 사는 터너 부인이 허드슨 부인의 일을 잠시 대신했다는 등의 가설을 제시했다. 혹은 허드슨 부인은 집주인이 맞고 터너 부인은 하녀라는 설, 심지어는 허드슨 부인이 홈스와 밀회를 즐길 때 사용했던 이름이 터너라는 설까지 있다. 실수였다고 하기에는 '터너 부인'을 수정하지 않고 그대로 남겨두었다는 점이 이 문제를 더욱 수수께끼로 만든다.

113쪽 | 지하철

「빨간 머리 연맹」에서 홈스와 왓슨은 올더스게이트까지 지하철Underground을 타고 이동한다. 홈스가 마차나 기차를 탔다는 구절은 빈번하게 등장하는 반면 지하철을 탔다고 거론되는 장면은 여기 하나뿐이다.

1863년 메트로폴리탄 레일웨이사社에서 세계 최초로 지하철을 건설하여 대중교통의 범위를 확대했다. 그전까지 사람들은 마차나 기차 등을 사용해 지상으로만 이동할 수 있었는데, 지하 터널을 통한 이동이 가능해지면서 생활 반경이 넓어진 것은 물론 사용 가능한 토지 면적도 늘어났다. 런던의 첫번째 지하철 노선은 현재 런던 지하철의 서클Circle 선, 해머스미스 앤드 시티Hammersmith and City 선, 메트로폴리탄Metropolitan 선에 통합되었다.

한편 철도는 빅토리아시대에 이미 영국 사람들에게 중요한 교통수단 중 하나였다. 홈스와 왓슨이 사건 현장으로 가기 위해 기차를 사용하는 장면은 시리즈 전반에 걸쳐 등장한다. 또한 「브루스파팅턴호 설계도」(『셜록 홈스의 마지막 인사』에 수록)에서는 철도와 기차가 주요 트릭으로 사용되기도 했다.

261쪽 | 크리스마스

「푸른 카벙클」은 시리즈 중 유일하게 크리스마스 시기를 배경으로 한 작품이다. 찰스 디킨스의 『크리스마스 캐럴』을 대표로 하는 크리스마스 배경의 작품들은 교훈적이고 훈훈한 이야기가 많다. 홈스 역시 어설픈 절도범을 자비롭게 풀어주어 갱생의 여지를 허락하는데, 이런 모습은 평소 엄정한 법의 대리인으로서의 모습과는 사뭇 다르다. 심지어 그는 범죄자를 풀어주었다는 비난을 피하기 위해 "지금은 자비를 베풀어야 할 크리스마스 주간 아닌가"라며 자신을 적극적으로 변호하기까지 한다.

흔히 '크리스마스' 하면 크리스마스트리, 선물, 가족 모임, 갖가지 요리로 휘황찬란하게 차려진 저녁 식탁 등을 떠올린다. 하지만 이런 모습의 크리스마스 축하 방식은 19세기 중후반에야 시작되었다. 19세기 초까지만 해도 크리스마스는 공휴일도 아니었고 커다란 거위(혹은 칠면조) 요리를 먹는 날도 아니었다. 1848년 빅토리아 여왕과 앨버트 공이 크리스마스를 기념하여 트리를 만드는 모습이 《일러스트레이티드 런던 뉴스The Illustrated London News》에 실려 전국으로 퍼지면서 대부분의 가정에서도 촛불, 사탕, 작은 선물, 장식 등으로 꾸민 트리를 만들기 시작했다. 또한 카드, 선물, 초콜릿 혹은 사탕 등을 주고받는 풍습도 빅토리아시대에 생겼다.

트리비아 참고 문헌

Arthur Conan Doyle, 『The Adventures of Sherlock Holmes』, Oxford University Press, 1993
Jack Tracy, 『The Ultimate Sherlock Holmes Encyclopedia』, Doubleday & co., 1977
Nick Utechin, 『Amazing & Extraordinary Facts - Sherlock Holmes』, David & Charles, 2012
데이비드 스튜어트 데이비스 외, 이시은 · 최윤희, 『셜록 홈즈의 책』, 지식갤러리, 2015
아서 코넌 도일, 레슬리 S. 클링거, 승영조 외 옮김, '주석 달린 셜록 홈즈' 시리즈, 현대문학, 2013

*

해설

'가정의 천사'라는 비극

"그런 결혼을 계속 유지하는 것 자체가
이미 신성모독이고 범죄고 극악무도한 짓이라고요.
당신네들이 만든 괴물 같은 법이 분명히 이 땅에 저주를 몰고
올 거예요. 하늘이 이런 사악함을 두고 보실 리 없으니까요."

- 아서 코넌 도일, 『셜록 홈스의 귀환』,
「애비 그레인지 저택 사건」의 레이디 브래컨스톨

아서 코넌 도일은 《스트랜드 매거진》에 연재하는 단편을 빨리 썼다. 잡지라는 매체의 성격이 그러하듯, 도일 역시 당대 대중의 관심사와 격변하는 사회상을 그때그때 반영하여 이야기

속에 적절한 정도로 녹여 넣었다. 하지만 아무래도 셜록 홈스의 뛰어난 추리에 감탄하다 보면 배경이 되는 사회상은 희미한 흔적만 남긴 채 뒤로 겸손하게 물러선다. 이는 소설가로서 도일의 플롯 구성 능력이 대단했음을 입증하는 동시에, 초창기 추리소설의 한계이자 19세기 말 빅토리아시대의 한계가 반영된 예이기도 하다.

그 한계들 중 도일의 작품 속 여성들에 대해 얘기해보자. 잠깐, '셜록 홈스' 시리즈에 여성'들'이 등장했다고? "그 여성" 아이린 애들러 말고 누가 또 있던가? 꽤 많이 있었다. 메리 모스턴, 바이얼릿 헌터, 메리 서덜랜드, 헬렌 스토너, 키티 윈터, 이사도라 클라인, 레이디 힐다 트렐로니 호프 등등. 이들이 뇌리에 금방 떠오르지 않는 이유는 대부분 의뢰인에 그치거나, 드물게 범인으로 등장할 때도 홈스의 입과 두뇌 뒤로 물러서 있기 때문이다. 그들은 자신을 둘러싼 사건을 제대로 이해하지 못하고 횡설수설하거나, 슬픈 눈으로 입을 굳게 다물고 진실을 말하지 않거나, 결정적인 순간 정신을 잃고 쓰러진다. 준비된 무대에 의기양양하게 나서는 것은 홈스이며, 그녀들이 처한 난관을 표면적으로 해결해주는 것도 홈스다. 그러나 개별적인 사건은 해결되었을지언정 그녀들이 계속 겪어야 할 상황에 대해서는 홈스도, 도일도 아무 언급을 하지 않는다. 도일은 그녀들이 겪은 '불합리하고 힘겨운 상황'과 '구석에 몰린 그녀들이 범죄행위에까지 가담하게 되는 상황'을 작품에 기민하게 써먹었지만, 사건에 얽힌 여성들을 생생하게 형상화하거나 개별적인 범죄 이면의 사회구조적 문제를 들여다보는 것까지는 도달하지 못했다. 숨겨진, 언급되지 않은, 작가가 미처 성찰하지 못한 문제를 들여다보는 것은 후대 독자의 몫으로 남았다.

먼저 재산 문제가 있다. 물론 추리소설에서 가장 큰 범죄의 이유는 사랑 아니면 돈, 이 두 가지에 대한 욕망이지만 19세기 말 영국을 배경으로 한 '셜록 홈스' 시리즈에서 여성의 재산을 둘러싼 범죄 양상은 좀더 복잡하다. "19세기에는 대부분 여성이 결혼하면 법적으로 단독 인격체가 되지 못했으며 이와 마찬가지로 공식적으로 자신만의 재산을 소유하지도 못했다. 즉 결혼한 여성이 소유한 재산은 모두 남편에게 귀속됐다."(데이비드 스튜어트 데이비스 외 편저, 이시은·최윤희 옮김, 『셜록 홈즈의 책』, 지식갤러리, 2015) 또한 같은 책에 따르면, 1893년에 이르러서야 기혼 여성에게 자신만의 재산을 소유할 수 있고 유산상속 등으로 획득한 재산을 소유할 수 있는 권리가 부여되었다. "기혼 여성이 소유하고 있거나 획득한 모든 재산을 남편의 양도할 수 없는 재산으로 규정했던 법은 1870~1882년 사이에 통과된 일련의 의회 법령을 통해서 비로소 바뀌었다."(리처드 D. 앨틱, 이미애 옮김,『빅토리아 시대의 사람들과 사상』, 아카넷, 2011) 그전까지 기혼 여성들은 결혼과 동시에 부모님의 감시와 통제보다 더 큰 감옥으로 걸어 들어가 가정의 천사인 동시에 죄수로 살아야만 했다.

'셜록 홈스' 시리즈에서 이에 대한 문제의식이 가장 분명하게 부각되는 작품은 「사라진 약혼자」와 「얼룩 띠」(두 작품 모두『셜록 홈스의 모험』에 수록), 「홀로 자전거 타는 아가씨」(『셜록 홈스의 귀환』에 수록)이다. 먼저 「사라진 약혼자」를 살펴보자. 화려한 모자에 멍한 얼굴로 구두마저 짝짝이로 신은 채 허둥지둥 셜록 홈스를 찾아온 아가씨 메리 서덜랜드는 결혼식 날 아침 감쪽같이 사라진 약혼자를 찾는다며 도움을 청한다. 홈스가 파악한 바로는, 메리 서덜랜드의 의붓아버지 제임스 윈디뱅크와 친어머니가 공모한 사건이었다. 메리는 숙부의 유산에서 비롯된 연간 이자를 넉넉하게 받지만 타자수로 일하기 때문에 그다지 많은 돈이 필요하지 않아 일 년에 백 파운드에 달하는 이자 수익을 모두 어머니와 의붓아버지에게 주고 있었다. 하지만 메리가 누군가와 결혼하는 순간 메리의 재산은 남편에게 귀속된다. 어머니와 의붓아버지는 딸을, 정확하게는 딸의 재산을 자신들에게 계속 묶어두기 위해 가상의 약혼자를 만들어주었다가 이별시켜 그녀를 상심하도록 만든 것이다. 그런데 찜찜한 점은, 사건을 해결하고 난 다음에도 홈스가 메리 서덜랜드에게 전모를 밝히지 않는다는 사실이다. 즉 사라진 약혼자가 다름 아닌 그녀의 의붓아버지라는, 근친상간에 준하는 끔찍한 비극까지 연상케 하는 사실을 밝히지 않은 채 잊으라고만 한다. 상처를 더 키우지 않으려는 배려 때문이겠으나 사실상 그녀는 처음부터 끝까지 주변 사람들이 세운 비밀의 벽에 갇혀 제대로 된 도움을 받지 못하고 무지한 상태로 남는다. 어쩌면 이것이 그녀의 가장 큰 비극이다.

「얼룩 띠」에서도 쌍둥이 자매의 어머니가 사후에 남긴 상당한 재산은 의붓아버지 로일럿 박사의 손으로 들어간다. 그리고 쌍둥이 자매 헬렌과 줄리아는 결혼 후 재산을 나눠 받을 예정이다(그리고 재산은 그녀들의 남편에게로 갈 것이다). 스토너 부인의 재산으로 편안하게 살던 로일럿 박사로서는 두 딸이 차례로 결혼하면 수입이 3분의 1로 줄어드는 셈이다. 그는 불로소득을 지키기 위해 독사를 이용해 흉악한 완전범죄를 고안한다. 게다가 로일럿 박사의 경우, 의붓딸들을 향해 불의한 성적 욕망을 품고 있었다는 의혹까지도 든다. 그녀들을 다른 남자에게 보내느니 차라리 죽여버리겠다는 정신병자의 왜곡된 욕망이 재산 너머 그림자처럼 드리워져 있다.

「홀로 자전거 타는 아가씨」의 의뢰인 바이얼릿 스미스는 당대의 신여성 중 한 명이다. "에드워드 7세 시대에 자전거를 타는 여성은 독립적이고 현대적이며 당차다는 인식이 있었다. 자전거는 최초로 남자의 지도 없는 여행을 가능하게 하여 실제로 여성을 해방시켰다."(『셜록 홈즈의 책』) 그녀는 음악 교사라는 반듯한 직업도 있다. 하지만 독립적이고 활달한 여성이더라도 얼굴마저 가물가물한 삼촌이 남길 막대한 유산 때문에 남자들의 범죄에 휘말린다. 바이얼릿 스미스와 강제로 결혼하고 재산을 차지하려 했던 남자들의 음모는 납치와 강간, 살인 위협에까지 이른다. 하지만 셜록 홈스의 활약으로 바이얼릿 스미스는 무사히 약혼자의 품으로 돌아가 평온한 결혼 생활에 진입한다.

'셜록 홈스' 시리즈에 자주 등장하는 소재는 폭압적인 남편으로부터 벗어나지 못하는 아내의 비극도 주목해야 한다. 남편의 잦은 손찌검과 외도에 시달리는 비극에서 그녀들이 강제로 침묵하거나 혹은 살인을 저지르는 비극까지, 이 모든 것은 빅토리아시대 여성들에게 이혼은 어려운 일이었기 때문에 벌어진다. "1857년까지 이혼은 견딜 수 없는 극한적 상황이 아니라면 여론의 매도를 받았고, 개별적 사례에 따라서 의회의 법령을 통과해야만 가능했다. (……) 법정을 통해서 이혼이 가능해진 후에도 소송 절차에 돈이 너무 많이 들었으므로 그것을 감수할 수 있는 사람은 극소수에 불과했다. (……) 남편은 간통이라는 단순한 이유만으로도 아내와 이혼할 수 있었지만, 아내는 남편의 간통뿐 아니라 처자 유기, 하대, 강간, 혹은 근친상간과 같은 범죄를 추가적으로 입증해야 했다. 1890년대에도 법원을 거친 이혼소송은 연간 600건 이하에 불과했다."(『빅토리아 시대의 사람들과 사상』) 심지어 『셜록 홈스의 미스터리어스한 세계The Mysterious World of Sherlock Holmes』(2014)를 쓴 브루스 웩슬러에 따르면, 당시 남편은 결혼 생활에서 벗어나려 하는 여성을 감금할 수 있는 법적 권한까지 가졌다. 여성이 인격체로 인정받기 힘들었던 시대, 가정과 사회가 요구하는 조건을 만족시키지 못했다는 판결이 떨어지는 순간 여성에게 가해졌을 신체적 정신적 폭력. 이 같은 범죄는 합법적으로 얼마든지 저질러졌고 홈스가 맡았던 사건 중에도 여기서 파생된 범죄가 많다.

「애비 그레인지 저택 사건」(『셜록 홈스의 귀환』에 수록)과 「베일을 쓴 하숙인」(『셜록 홈스의 사건집』에 수록)이 대표적인 예다. 난폭한 술주정뱅이 남편을 둔 레이디 브래컨스톨은 팔뚝의 "새빨간 반점 두 개"를 감추려 든다. 남편에게 폭행당한 흔적을 보이지 않으려는, 자신의 치부가 가정의 치부가 될 수밖에 없기 때문에 터놓고 도움을 요청하지 못하는 여성이다. 그리고 「베일을 쓴 하숙인」의 유지니아 론더 역시 잔인한 남편과의 불행한 결혼 생활 때문에 내내 자유롭게 살지 못했던 여성이다. 성적 학대와 폭행이 이어지는 상황이라도 이혼이 불가능했기 때문에 그녀들은 결국 목숨과 자유를 걸고 범죄를 저지르게 된다. 혹은 『바스커빌 가문의 사냥개』의 베릴 스테이플턴처럼 악행을 저지르는 남편이 강제해 공범이 되었고 그에 저항하자 감금당했던 여성의 초상은 어떤가. 「두 번째 얼룩」, 「찰스 오거스터스 밀버턴」(두 작품 모두 『셜록 홈스의 귀환』에 수록)과 「유명한 의뢰인 사건」, 「스리 게이블스 저택 사건」, 「춤추는 사람들」(세 작품 모두 『셜록 홈스의 사건집』에 수록)에서는 결혼 이전의 "경솔한" 연애 때문에 협박과 위협을 당해야 했던 여성들이 등장한다(그리고 이중 「찰스 오거스터스 밀버턴」, 「유명한 의뢰인 사건」, 「스리 게이블스 저택 사건」의 여성들은 비정하고 잔혹하게, 냉철하게 보복을 실행에 옮긴다).

당시 중상류층 여성들에게(하류층 여성에게는 해당되지 않는다) 요구될 수 있는 최상의 위치는 가정의 천사, 즉 여성성의 극한으로 숭배받고 사랑받는 존재였다. "마음의 능력을 발휘하겠다고 주장하는 의지가 강한 여자들은 불쾌하고 염려스러운 존재였다. 그러므로 상류층과 중상류층의 소녀들이 가정교사와 언어와 음악을 가르치는 방문 교사에게서 받은 교육은 (……) 더 부드럽고 매력적인 분위기를 도입하는 데 도움이 될 우아한 교양을 얻는 것에 제한되었다. 토머스 헨리 헉슬리가 표현했듯 소녀들은 '남자들 밑에서 노예나 장난감이 되도록 혹은 남자들 위에서 일종의 천사가 되도록' 교육되었다."(『빅토리아 시대의 사람들과 사상』) 이런 여성성에 흠이 될 만한 과거의 흔적은 그녀를 순식간에 천사의 위치에서 끌어내려 비천한 존재로 만들 것이었다. 여성성을 비하하는 듯한 발언을 자주 했던 셜록 홈스조차 이런 상황에는 연민과 공감을 표하고 때로는 아예 범죄를 묵인해주기까지 한다(당시 독자들은 법을 대표하다시피 한 이 탐정의 선택에 꽤 충격받지 않았을까).

그리고 아이린 애들러가 있다. 미국 출신의 오페라 가수이자 다른 나라 국왕과의 연애를 즐길 정도로 자유롭고 당당한 여성. 그녀가 두고두고 기억되는 것은 셜록 홈스의 속임수를 알아차린 동시에 셜록 홈스를 속여넘김으로써 그를 패배시킨 유일한 여성이기 때문이다. 하지만 그녀의 결말은 잘생긴 변호사와의 결혼을 통해 무대에서 퇴장하는 것이기도 하다. 아무리 국왕의 위협을 느낀다 한들, 아이린 애들러가 왜 그토록 급하고 비밀스럽게 변호사와 결혼해야 했는지에 대해서는 납득이 가지 않는다. 어쨌든 그녀는 예전 같은 화려한(당시 여성으로선 드물었을) 생활을 미련 없이 떨치고 무명의 삶으로 들어선다. 그녀는 홈스에게만 '그 여성'으로 기억될 뿐 홈스를 뛰어넘는 지략을 발휘할 기회를 얻지 못한다. 어떤 의미에서 아이린 애들러는 아주 예외적인 여성, 셜록 홈스와 대등한 위치의 여성 '히어로'로서 존중과 관심을 한몸에 받도록 고안된, 말 그대로 '판타지'라고 볼 수 있다.

2016년에 개봉한 영화 〈셜록: 유령 신부〉는 뜬금없는 서프러

제트(여성 참정권 운동가)의 등장으로 많은 비판을 받았다. 영화에서 서프러제트들은 딱히 직접 입을 열지 않는다. 수수께끼 같은 살인극을 벌이고 죽음을 맞이하거나, 중세 시대 수도사 같은 가면과 복장을 착용한 채 폐허가 된 교회에서 이상한 의식을 벌이는 기이한 이미지로만 제시된다. 그 사이에 뛰어든 셜록 홈스가 "인류 절반이 나머지 절반과 벌이는 전쟁이지. 지금까지 멸시당하고 짓밟혔던 여성들이 군대를 만들었어. 이건 우리가 져야만 하는 전쟁이야"라고 싸움의 정당성을 지지하며 주석을 길게 달아준다. 그녀들은 말없이 은근한 미소를 지으며 홈스를 바라볼 뿐이다. 혹평을 받았던 이 영화(정확하게는 드라마의 스페셜 버전)가 어떤 의미에서는 코넌 도일의 한계를 정확하게 포착했다고 봐야 하지 않겠는가. 「스리 게이블스 저택 사건」의 마지막 장면에서 셜록 홈스는 이사도라 클라인에게 이렇게 경고한 바 있다. "조심! 또 조심하세요! 날카로운 도구를 함부로 가지고 놀다가는 고운 손을 베일 수밖에 없으니까요." 생존을 향한 욕망에 충실하며 음모를 꾸미는 데 주저함이 없는 여성에게 던지는 홈스의 준엄한 경고는, 이제 다른 뜻으로 읽힌다. 악당에게 던지는 탐정의 충고라기보다 '여성'을 꾸짖는 '남성'의 독선으로 말이다.

김용언(《미스테리아》 편집장)

셜록 홈스의 모험
The Adventures of Sherlock Holmes

1판 1쇄 2016년 12월 9일
1판 2쇄 2021년 8월 23일

지은이 아서 코넌 도일 | **옮긴이** 권도희

책임편집 이송 | **편집** 임지호 이현 김세화
아트디렉팅 이혜경 | **본문조판** 이현정 | **일러스트 및 캐릭터디자인** 박해랑
저작권 김지영 이영은 | **마케팅** 정민호 정진아 김혜연 정유선
홍보 김희숙 함유지 김현지 이소정 이미희 박지원
제작 강신은 김동욱 임현식 | **인쇄** 한영문화사 | **제본** 신안제책사

펴낸곳 (주)문학동네 | **펴낸이** 염현숙
출판등록 1993년 10월 22일 제406-2003-000045호
임프린트 엘릭시르

주소 10881 경기도 파주시 회동길 210
문의 031-955-1918(편집) 031-955-3576(마케팅) 031-955-8855(팩스)
전자우편 editor@elmys.co.kr | **홈페이지** www.elmys.co.kr

ISBN 978-89-546-4310-8 04840
978-89-546-4306-1 (SET)

엘릭시르는 출판그룹 문학동네의 임프린트입니다.

잘못된 책은 구입하신 서점에서 교환해드립니다.
기타 교환 문의: 031-955-2661, 3580